（第六辑）

文学地理学

主 编
曾大兴 夏汉宁
刘川鄂

中国社会科学出版社

图书在版编目（CIP）数据

文学地理学.第6辑/曾大兴，夏汉宁，刘川鄂主编.
—北京：中国社会科学出版社，2018.6
　ISBN 978-7-5203-0746-8

　Ⅰ.①文… Ⅱ.①曾… ②夏… ③刘… Ⅲ.①中国文学—地理学—文集 Ⅳ.①I206-53

中国版本图书馆CIP数据核字（2017）第174305号

出 版 人	赵剑英
责任编辑	郭晓鸿
特约编辑	席建海
责任校对	郝阳洋
责任印制	戴　宽

出　　版	中国社会科学出版社
社　　址	北京鼓楼西大街甲158号
邮　　编	100720
网　　址	http://www.csspw.cn
发 行 部	010-84083685
门 市 部	010-84029450
经　　销	新华书店及其他书店

印　　刷	北京明恒达印务有限公司
装　　订	廊坊市广阳区广增装订厂
版　　次	2018年6月第1版
印　　次	2018年6月第1次印刷

开　　本	710×1000　1/16
印　　张	25.5
插　　页	2
字　　数	353千字
定　　价	108.00元

凡购买中国社会科学出版社图书，如有质量问题请与本社营销中心联系调换
电话：010-84083683
版权所有　侵权必究

目 录

文学地理学学科建设

文学地理学的多面相与学科融合　　　　　　　　　杜华平　3
文学地理学的学科地位分析　　　　　　　　　　　周文业　21

文学地理学基本理论研究

《诗经·国风》的地域风格论
　　——论地域的文学与文学的地理之关系　　　　陶礼天　43
文学地理学的内部研究和外部研究问题　　　　　　邹建军　78

文学地理学宏观研究

从"王者无外"到"置之度外"
　　——北宋士人的国家意识　　　　　　　　　　方丽萍　103
春秋物候景观与中国古典诗词　　　　　　　　　　刘　畅　119

北方文学地理

北魏文学的地域文化元素 ……………………………………… 高人雄 149

古丝绸之路上的骆驼 ……………………………………………… 高建新 166

齐鲁文学地理

八景诗歌的文学地理特点与创作动因
——以琅琊八景为例 ………………………………… 徐玉如 高 振 187

关于《水浒传》气候、地理描写问题的再思考 ……………… 纪德君 199

荆楚文学地理

论汉水流域的水浒戏及其传播意义 …………………………… 王建科 217

对话与突围：苏轼在黄州的空间书写 ………………………… 夏明宇 237

吴越文学地理

读元稹浙东诗想到浙东唐诗的发展 …………………………… 蒋 凡 263

百年悲笑 一时登览
——以两宋多景楼与江湖伟观吟咏为中心 ………………… 熊海英 279

岭南文学地理

岭南文学地理 …………………………………………………… 曾大兴 307

空间建构与地方认同
——清初岭南三大家罗浮山书写研究 ……………………… 蒋艳萍 336

硕博论坛

地方感、地方特性与恋地情结的文学抒写 　　　　　　徐汉晖　353

色彩观照下的世界文学地理
　——论文学地理学内在机制中的异质同构 　　　　　上官文洁　362

学科建设动态

中国文学地理学会第六届年会暨首届硕博论坛综述 　　　刘玉杰　385

中国文学地理学会第六届学术年会举行 　　　　　　　　　　　　402

文学地理学学科建设

文学地理学的多面相与学科融合

杜华平*

文学地理学学科理论中，核心的有两个方面：一是学科的概念范畴；二是学科的基本理念。与这两方面息息相关的首要问题则是学科的性质、任务和特点。只有把学科的性质、任务和特点讨论清楚了，其他的理论问题才有方向。本文从文学地理学的学科性质与任务角度讨论它的文学与文化面相，并提出学科理论的立足点问题。

一 "两个文学地理学"及其融合的基础

从学科源头看，文学地理学在西方存在两大背景，文化地理学之下有文学地理学的分支，而在文学之下也有文学地理学之名。同一个"文学地理学"之名，地理学者和文学者各说各话，互不相干，在中国学界尤其明显。戴俊骋有"两个文学地理学"之问，并指出"两条泾渭分明的研究路线，对学科的发展造成了一定困扰"，因此，主张寻找二者的差异，促使二者相互对话，并最终实现融合[①]。周尚意梳理了地理学研究者和文学研

---

* 作者为江西师范大学文学院教授。
① 戴俊骋：《中国文学地理学的研究范式与学科融合趋势》，载《地理科学进展》2015 年第 4 期。

究者有关文学地理学的研究问题的异同，并根据地理学知识框架，做出了前者大于后者的判断，实际上也就暗示了以地理学覆盖文学地理学的观点①。要说明的是，此一立场，周尚意本人在与笔者的邮件讨论中似有变化。

在我看来，"两个文学地理学"现象的出现本身，已说明这是一个大有作为，有多种生长方向，因而也是"很有想象空间"的学科。虽然目前"两个文学地理学"的局面已形成，一时不易实现融合，但是由于二者都是以"人地关系"为立足点，都有借助对方的基本意愿，因此，二者充分展开对话、逐渐趋近是完全可能的。二者对话的第一步，应是两方面的学者都各自从本学科出发，厘清本学科意义的文学地理学的根本关切，以及所要研究的各种具体问题，在此基础上，二者都应认真全面地了解对方的学术思想、学术逻辑，了解对方所赖以走向文学地理学的学术驱动源，这样才能在深层次上对话，并在对话中逐渐壮大自己。在此基础上二者实现融合才最有意义。为此，下面试图对两方面学者的意见做必要的梳理：

进入21世纪以来，文学地理学崛起，梅新林指出：

> 人类与地理的天然亲缘关系，不仅激发和塑铸了人类的空间意识，而且也为文学与地理学之间的有机融合提供了潜在的可能，因而以文学空间形态为重心的文学地理研究，实为一种回归于这一天然亲缘关系之本原的学术行为。20世纪以后，在西学东渐的背景下，中国源远流长的传统文学地理思维成果与西方人文地理学的碰撞、融合，促进了文学地理研究的现代转型。至20世纪80年代，得益于改革开放与"文化热"的有力推动，文学地理研究在沉寂数十年后再度复

---

① 周尚意：《文学地理学研究主题由来和相关实践案例》，载曾大兴等主编《文学地理学：中国文学地理学会第五届年会论文集》，中山大学出版社2016年版。

兴,并逐步臻于理论自觉阶段。这既是当今全球化背景下人类空间意识高涨的时代产物,同时也是中国文学研究自身发展的必然要求。①

关于"中国文学研究自身发展的必然要求",梅新林也有反思,他认为:中国文学史研究有两大问题,一是时间断裂;二是空间缺失。所谓空间缺失,即囿于传统线性思维,过于注重时间维度而忽视空间形态。他认为:"由此导致大量文学资源的流失以及整体文学生态的萎缩。"在他看来,文学地理学研究应以此为逻辑起点。换言之,文学地理学研究有学术"矫正"与"拓新"的双重用意。具体而言,可表述为:"文学地理学对于文学空间研究形态的拓展与深化,既在理论层面上更符合构建一种时空并置交融的新型文学史研究范式的内在需要,同时也可以在现实层面上反思与补救当前中国文学研究现状的明显缺失。"② 这是文学界引入文学地理学的基本逻辑。

地理学界近百年更是出现了重大发展与变革。蔡运龙认为西方地理学经历了四个发展阶段,分别是:传统地理学、"科学的"地理学、"人本的"地理学和"后现代"地理学,而聚焦于"人对空间和大地的经验"等内容的"人本的"地理学思潮③,与文学地理学的崛兴正相呼应。唐晓峰梳理了20世纪文化地理学的发展,区分了20世纪20—50年代以索尔为代表的伯克利学派和20世纪70年代以来的后现代文化地理学,前者借鉴人类学"超机体"(superorganic)文化概念来分析在环境、人和文化三者关系中,文化是先于行动的人而存在的一种动力,是控制人类行为的一种稳定的力量。文化景观成为伯克利地理学派的重要研究内容。而在后现代文化地理学那里,"超机体"文化概念被抛弃,文化景观也被视为需要主

---

① 梅新林:《走向理论自觉的文学地理研究》,《中国社会科学报》2009年9月1日第4版。
② 梅新林:《文学地理:文学史范式的重构》,《中国社会科学报》2009年4月7日第6版。
③ 蔡运龙等:《地理学思想经典解读》,商务印书馆2011年版,前言。

观"阅读"的"文本"。进而,"社会空间"也全面引入,"空间正义性"研究成为地理学家们的重要任务①。

问世于1998年的迈克·克朗的《文化地理学》就是用人文地理学理论研究文化地理的代表作,此书有大量讨论文学地理的内容,它引用了达比1948年对小说的地理学意义的看法:"作为一种文学形式,小说具有内在的地理学属性。"扩展开来,他指出:"文学作品中的诗歌、小说、故事和传奇都对空间现象进行了描述,并试着作出了解释和说明。"因此,至少从20世纪70年代以来,"一些地区的文学作品一直被当作资料和数据使用。这些作品就像是一份调查报告,成了一种可利用的地理数据"。而正如海德格尔所认为的那样,"地理学者不会从诗歌里的山谷中去探索河流的源头",相反,"我们必须很谨慎地假设文学可以让我们直接感受到某一地方的风土人情",很多时候,需要通过文学作品内特定历史背景中的"情感结构"来感受和理解文学中的地理内涵。人文地理学对文学资源的重视,根本原因有二:一是要将人的经验、感受等作为地理学的中心议题,要探索和解释"人与地理之间充满感染力和激情的关系"。二是解释文学作品经常是地理景观生成的重要因素:"许多时候是文学作品帮助塑造了这些景观。"②

对两方面学者的思想作以上排比之后,不难看出,虽然两大学科学术路径与研究范式不同,最终的归宿或目标有别,但是二者的交集、重叠处却明显大于分歧,主要有:第一,文学家、文学文本,是二者共同聚焦的基本资源;第二,以"人地关系"问题为中心,关注人在社会空间中的生存状况,关切人的精神、情感、经验、感觉,是二者共有的目标。迈克·克朗在《文化地理学》第七章"是地区还是空间"的末尾小结中说:生活

---

① 唐晓峰:《文化转向与地理学》,《读书》2005年第6期。
② [英]迈克·克朗:《文化地理学》,杨淑华、宋慧敏译,南京大学出版社2003年版,第55、53、53、57、59、55页。

于现代和后现代的人们，他们的世界，"天际在不断延伸，边界在不断消融"，而地理学的任务就是使得他们"仍然能找到家乡的感觉"。[①] 这不正是文学的任务所在吗？有这两大重合，文学地理学完全应该成为地理学和文学实现融合的领域。可以说，文学地理学是文学研究扩大自身的视野，直接面向地理学而出现的结果，也是地理学吸收并直接走入文学研究的结晶。

本文第二节讨论文学地理学的文学面相时，是以文学的立场来看文学地理学，但扣住"人地关系"的主题，贯彻文学与地理学对话融合的意旨。另外，正如迈克·克朗所一再表达的那样，如果文学文本仅仅被当作地理学资料和数据来使用，这并不是人文地理学或文化地理学的路向，因此，根据地理学作为综合性学科的性质，本文第三节讨论文学地理学的文化面向，实际是出自地理学的立场，但也与文学与地理学对话融合的意旨有关，为了克服地理本位意识，笔者将从文化的层面讨论。

二　文学地理学的文学面相

上一节的梳理说明，文学地理学无论最终归结于地理还是文学，首先都要立足于文学。因此，文学面相是文学地理学的第一面相，这应是两方面学者的基本共识。下面从以下两大主要任务来看文学地理学的文学面相。

（一）"人地关系"视阈下的文学家研究

这项研究最基本的是回答"在哪里"（where），包括：一个文学家在哪里（特定的空间、地点、场所）孕育、成长？其文学写作在哪里进行？

---

① ［英］迈克·克朗：《文化地理学》，杨淑华、宋慧敏译，南京大学出版社2003年版，第151页。

其写及的故事现场在哪里？其拥有的读者或粉丝在哪里？这些读者或粉丝在空间上如何扩散？等等。以上所有的问题，都离不开空间、方位、位置、边界、地点、场所或者区域、地域等能回答"where"的具体所在。这些"所在"包括山川风土，但又不限于此，还可以有人际环境、社会结构等方面的信息。

研究的主要内容是：

1. 描述文学家个体的"地理基因"。这个概念是由邹建军提出的，他认为："地理基因"是指"地理环境在作家身上留下的不可磨灭的印痕"，"不同的地理环境在不同作家身上留下的印记是各不相同的"，如"出身平原的作家与出生盆地的作家其文学视野与思维方式存在很大的差别"①。描述文学家个体的地理基因，主要得研究他的故乡（包括第二故乡），这可以认为是文学家的"地理出身"，其地理基因主要由此奠定。

2. 描述文学家个体的人生轨迹，呈现其"人生地理"的区域、边界、线路、节点、地标（借用林奇《城市意象》五要素说），展现其人生的空间图景，进而说明其精神、心理及变化状况。

3. 描述文学家个体的交际地理，揭示其人际环境，从社会实践、交际实践的角度解释其人际环境及对其精神、性格的影响。

4. 描述一定区域或时代的文学家群落的地理分布，包括静态籍贯和动态轨迹的地理分布，旨在构建文学史宏观图景。

所有上述研究均应扣住"人地关系"这一基本问题，从人与地理之间的交互影响角度恰当地说明各种类型、各种尺度的地理空间背景所赋予文学家的一定影响，又从文学家的"空间实践"解释人的"自由意志"本质及其限度，较完整地揭示出特定社会、历史、自然条件下的文学家精神面貌、性格个性和共性。

---

① 邹建军：《文学地理学批评的十个关键理论术语》，《内江师范学院学报》2015年第1期。

(二) 文学文本的"空间诗学"解读

文学地理学研究不能仅限于文学家研究，还应进入文学文本，应在解读文学作品上有所作为。对文学作品作"空间诗学"的解读，应是文学地理学最重要的工作，也是文学与地理学两个学科交集最大的方面。

1. 讨论文学文本中具体、确定的地理空间、地理意象、地理景观及其结构、意涵。这种讨论与分析，既可是对文本的空间形态、结构关系及其意涵进行解读分析，也可把文本中所创造的文学地理空间（具有虚拟性、想象性）与实际外在地理形态的相似性与差异性作比对分析，并找到有意思的生发和阐释之处。前者主要考验的是对文本的细致把握与分析能力，后者除了文本本身的分析外，还要做大量的文献比勘与实地田野考察。譬如迈克·克朗《文化地理学》中曾介绍达比研究托马斯·哈代小说时，将其笔下的西撒克斯与现实中西撒克斯原型的自然风貌加以对比，从而形成文本中呈现的"地图"与现实"地图"重叠、映射关系，就属于这种有趣的解读案例[①]。再如我们阅读李白的《蜀道难》《送友人入蜀》和杜甫的《剑门》等作品，在解读诗人所描写的空间意象之外，若再从方志等类史料中考察清楚秦蜀通道的详情与历史变迁，同时再作实地考察，那么，对李杜笔下的蜀道、剑门等地理空间意象就会获得更生动有趣的分析。

2. 对那些未能建构起文学地理空间、未能创造出地理意象的文学作品，从其模糊的、动态的空间构成、空间特点乃至空间逻辑，包括与日常生活、社会行为相关的空间属性方面做出恰当的解读。当然，这里所说的"地理意象"是在拙撰《地理意象研究刍议》一文中所定义的"创造层"

---

① ［英］迈克·克朗：《文化地理学》，杨淑华、宋慧敏译，南京大学出版社2003年版，第59页。

的地理意象，若从"基础层"的地理意象，也即"文学文本中一切对地理客体所做的描述、指称、隐喻"①角度看，梳理、统计存在于一定范围各种文学文本中的某类地名意象，并考索其含义，也是不少学者已做且仍然可以继续做的研究。

3. 对文学作品中所创造的一些不具有地理属性，但具有空间性与象征性的空间意象、空间原型的解读。很多作品创造有特定的空间意象或空间原型，它具有空间形态，主要是用于象征作者某种人生体验，往往兼有意识性、感觉性。譬如卡尔维诺笔下的迷宫意象，用以表达他所理解的后现代人生存的真相（头绪纷乱中使人自我迷失，找不到出路）。不仅如此，卡尔维诺还以"从一座迷宫逃向另一座迷宫"象征文学的功能与意义。卡尔维诺的结晶体意象则用以说明他对后现代社会中的多面体、无中心、完整性的理解。意象中充满着作者本人的后现代体验。对空间原型的分析，加斯东·巴什拉的《空间的诗学》堪称杰作。该书围绕家宅系列空间意象作了现象学和诗学的深入分析，如书中第二章"家宅和宇宙"分析了波德莱尔、巴舍兰、里尔克等人所写到的家宅小屋意象，巴什拉通过与外面的整个世界相联系、相对照之后，解释了这一原型意象所包含的幸福感、安全感、宁静感和完整感。在第一节末尾他引用了《在爱情的沙漠》中兰波的话："就像一个寒冬的夜晚，雪让世界彻底窒息。"然后分析道："在住着人的家宅外面，寒冬的宇宙是一个简化的宇宙。""家宅从冬天获得内心空间的内敛和细腻。在家宅之外的世界里，雪抹去了脚印，模糊了道路，窒息了声响，覆盖了色彩。我们切身感受到一统天下的白色对宇宙空间的否定。家宅的梦想者知道这一切，感觉到这一切，并通过外部世界中的存在的消减，他体会到内心空间中的所有价值的加强。"②波德莱尔情感体验

---

① 杜华平：《地理意象研究刍议》，载曾大兴等主编《文学地理学：中国文学地理学会第五届年会论文集》，中山大学出版社2016年版，第57页。

② [法]加斯东·巴什拉：《空间的诗学》，张逸婧译，上海译文出版社2009年版，第42页。

世界中的家宅，作为空间原型意象是典型的，这也是文学地理学研究所应讨论的。

4. 对作品中的故事框架和空间转换模型及其意涵的研究。有些叙事类的作品往往会选择一定的母题或相应的故事框架，并可能形成特定的空间模型，如一些采用游记框架写成的传统小说，往往都有相同的情节套路：主人公从离家开始，经历在外闯荡的复杂经历后，最终回到家。一些历险记、英雄传奇类的传统小说也是如此。这类作品所采用的故事框架及其空间转换模型，其背后的意涵，是理解作品应该面对的问题。而在近似的框架中多样化的不同处理方式，更充分体现了作品的个别意蕴和主题表达，也是作品的空间诗学解读的题中应有之义。

5. 讨论文学作品的空间叙事策略、方法，以及空间构建的艺术水平，是对作品进行空间诗学研究的重要内容。文学作品本质上就是文学家把自己的精神生命（感觉、感受、情感、价值观、信仰）外化为文本形式，为使文本呈现具体化、情境化、情味化的文学面貌，作者总是通过一定的叙事手段、修辞技巧或"互文写作"等文学技法来实现。空间性文本也是如此，空间叙事是这种文本的生成路径。而空间叙事研究的任务，按龙迪勇的观点应是"对于叙事文本中空间元素的叙事功能，以及叙事文本的空间形式问题"的探讨。譬如龙迪勇在威廉·福克纳的短篇小说《纪念爱米丽的一朵玫瑰花》中，注意到爱米丽居住的屋子与外界环境的关系，正是她与镇上他人的关系，深层实际上即是传统与现代的关系。可见在该小说中"空间已成为一种时间的标识物，成为一种特殊的时间形式"[①] 解读的就是小说文本中空间关系的叙事作用、叙事意涵。

6. 对文学作品中的文学地理解读还应包括对作品中所体现的人地观、空间意识等做出解读批评。实际上，人与世界之间的关系和人对

---

① 龙迪勇：《空间叙事学》，博士学位论文，上海师范大学，2008 年，第 22 页。

世界的感觉及在此基础上形成的人地观、空间意识，是人一切社会性实践的基础，必然要或隐或显地体现在作品中。文学地理学的根本出发点是"人地关系"，文学的奥秘也多半在此，所以，阅读空间性文本，理所当然要重点关注于此。解读好文学作品人地观，既是理解文学作品、理解文学的需要，也可为地理、文化实践及地理政治参与奠定基础。

对文学作品作文学地理解读的领域还不止以上六个方面，实际上文学研究原有的触角，在文学地理学的解读中几乎都可能伸展而及，譬如文体、媒介层面的研究都可放在文学地理学之下来思考。迈克·克朗《文化地理学》就有几个章节做了这方面的尝试，具有一定的示范性。而扩展开来，文学地理学可以研究的领域显然还包括文学史发展演变的视角，文学群体与流派等宏观问题。邹建军曾提出文学地理学的八大研究问题，这些问题可以概括为三类：一是地理对文学影响类的问题有五个：自然地理、山水环境对作家的影响；自然地理环境与文学流派的关系；地理环境变迁与文学史演变的关系；地理大发现对文学作品内容的影响；人类对宇宙空间的新观察对作家观念的影响。二是文学作品对地理的表现，有两个问题：文学作品对某一地理空间的建构；文学作品中的自然山水描写及其意义。三是东西方作家对地理空间的不同表达[①]。以上问题有些就是这里所没有具体细谈而实际上可列入文学地理研究的范围内的。由此可见，文学地理学的文学面相是相当丰富而清晰的。

三 文学地理学的文化面相

上一节说明，以文学家、文学作品为基本研究对象的文学地理学，必然是以文学为本位。然而，文化地理学者并不一定认同这一立场，这是因

---

① 邹建军：《文学地理学研究的主要领域》，《世界文学评论》2009 年第 1 期。

为地理学是综合性很强的学科，它历来与物理学、几何学、生物学等诸多自然科学紧密联系，还与哲学、历史学、伦理学等社会科学有关系，而其与文学、艺术等人文学科的携手，也在人文地理学崛起之后成为事实。现在的文化地理学，几乎无所不包。在文化地理学看来，文学也是文化的一支，文化地理学统领文学地理学完全符合逻辑。看来，在建设文学地理学这一学科时，强调何者为本位都有理由，二者难以相下。在这种情况下，搁置争议，扩大共识，才是最合适的一种选择。换言之，与其争论文学与地理学何者为本位，不如在"文学地理学是文学与地理学之间的交叉学科"这一共识下，互相对话，互相合作，实现共赢。

为此，有必要根据地理学作为综合性学科的特点，根据文化地理学的多面属性，看看文学地理学的文化面相。

周尚意认为，地理学有认知目标和实践目标，以这两大目标作思考的基础，她提出了文学地理学的八个研究问题[①]。下面介绍她所列的问题及我的理解。认知目标，她列有三个子项：存在的认知、道德的认知和美学的认知。第一个子项回答"客观的"地方与区域是什么，包括两个问题：从文学作品、文学事件和文学景观中发掘区域信息；影响文学作品、作家、文学景观分布的原因。两个问题都是以文学作品为主要对象，旨在辨识、认知和理解地方和区域信息。第二个子项回答道德的地方和区域应该是什么，问题即是何种文学景观的分布是道德的。这是后现代地理学发现了地理空间的正义性之后才出现的问题。因为文学作品的深处包含有作家的道德理想，从作品所写的空间意象、空间关系中就可辨识以文学家为代表的社会阶层对地方和区域（实际还应包括社会结构）的正义性期待。第三个子项回答原真和美的地方和区域是什么，她列的问

---

① 周尚意：《文学地理学研究主题由来和相关实践案例》，载曾大兴等主编《文学地理学：中国文学地理学会第五届年会论文集》，中山大学出版社2016年版。

题是：植根地方的景观美学。这是因为文学家总是满怀深情地描写其心中的美好空间（景观），当中就包含有作家景观美学、地理美学，间接地就反映了社会对于地方、区域、景观等的美学认知。以上三个子项的认知目标和四个研究问题，与实践目标并不完全分离，认知之后，都可或直接或间接地转向地理空间实践，譬如区域建设、景观设计时，参阅文学作品特别是著名文学作品，理解文学家所表达的空间美学、景观美学，这就属于实践层面的事。

剩下的四个研究问题，都是为实践目的而提出，周尚意列表概括了这几个问题：

问题	1. 福利增加	2. 社会公正	3. 环境绿色	4. 文化多元
分解项	·区位选择 ·区域的划分 ·空间网络组织	·资源空间分配 ·资源与空间权力	·建立人地和谐的区域系统	·地域文化的创新 ·地域文化的传承
文化地理学例子	例如，在一个景区，将文学资源做一个空间结构组合，从而使得其资源价值得以提升（见本文第三部分案例）	例如，合理确定一个文学资源的空间覆盖范围，避免资源竞争带来的不公正	例如利用文学资源营造人地和谐的区域文化	例如，在古代文学事件发生地举办文学活动，实现文化传承和创新的双重目标

表中列明了地理学将文学资料转变为文学资源和地理资讯，最终服务于提升地方价值，促进社会公正、和谐，传承和创新文化等实践活动。这些方面是传统文学研究所不考虑或者说是缺乏的思考，而这些就是地理学的应有任务。因为以上所有问题都以文学作品为基础，最有利的应是文学研究者与地理学研究者各自发挥所长，通力合作，写出专题研究报告，提供给政府部门、事业单位和有关企业作决策、设计之依据。而这便是文学

地理学这一学科的特色。

由此可见，像地理学一样，文学地理学也具有一定的实践性，是与社会、经济密切相关的文化部类。迈克·克朗认为：很多时候是文学作品帮助创造了地方①。道理就在这里。

当然，以上仅仅是根据地理学者周尚意提出的八大研究主题作出的论述，说明了文学地理学的文化面相。这八大研究主题有明显的地理本位思考特色。而在笔者看来，从文学作品的内部结构出发也仍然可以通向文学地理学的文化面相。这里主要从文学作品所提及的地理意象、地理景观为观察入口。

先说地理意象。地理意象是文学作品中与地理相关的构成元素。这个概念是凯文·林奇的《城市意象》（原版问世于1960年）传入中国之后，逐渐在历史地理学界使用和扩展的。但是，地理学者关于地理意象的研究以地理为本位，譬如历史地理学者张伟然是较自觉地使用地理意象作研究的学者，他所撰《中古文学的地理意象》认为："地理意象就是对地理客体的主观感知。"在研究时，他实际把文本中的地理指称都视作地理意象②。而以文学为本位对地理意象的定义应是：文学家对特定地理空间的印象经艺术加工后，凝练为具有地理特征（如以地理事像的形式呈现）的形象。为了凝聚两界学者的共识，我提出分层的地理意象概念，将文学界所公认的地理意象作为高级的（或称为创造层的）地理意象，而基础层的地理意象则概指文学文本中一切对地理客体所作的描述、隐喻、指称，包括"地名意象"③。在我看来，无论是哪个层次的地理意象，其根本意义都是使外在于人的地理事象与人的意识或精神性活动沟通起来，并最终提升地

---

① [英]迈克·克朗：《文化地理学》，杨淑华、宋慧敏译，南京大学出版社2003年版，第55页。
② 张伟然：《中古文学的地理意象》，中华书局2014年版，第13—14页。
③ 杜华平：《地理意象研究刍议》，载曾大兴等主编《文学地理学：中国文学地理学会第五届年会论文集》，中山大学出版社2016年版。

理的审美意义。换言之，从"文学生产"到"空间生产"，地理意象起着重要作用。而地理意象要在社会的"空间生产"中实现其意义，地理意象还得转变为文化意象。举例来说，当洞庭湖、云梦泽、岳阳楼这一组地理意象成为三楚大地的文化意象，成为三楚大地的文化符号与精神载体时，过去无数的文学家、思想家的精神创造，和现实社会的各种地方文化建设，就形成互相对话的关系，文化的传承、光大便具备了基础。如果说从文本到地理意象这一端是文学研究的需要，那么从地理意象到文化意象这一端，就是文学地理学特殊的研究课题。文学地理学的文化面相应该从这个角度理解。

再说文学景观。周尚意等人引述德洛丽丝·海登的观点，认为：城市社区重建时，应注重保护那些在文本、故事中记录的景观，保护与文本相关的地方性记忆。因此指出：文学作品是地方重建的重要参考[1]。曾大兴认为文学景观有两种类型，即虚拟性文学景观和实体性文学景观。前者指文学作品中所写的景观，实即地理意象；后者指现实景观，因文学家和文学作品而被人感知。现实的实体性文学景观，其生成主要可能有四种情况：一是原有的自然景观或人文景观因文学作品的描写而转变成文学景观，譬如滕王阁是由滕王李元婴修建，是一处人文景观，王勃的到来，以一篇《滕王阁序》而使之成为文学景观。第二种情况是因文学作品而建造的新景观，如因白居易《琵琶行》所写的故事发生于九江城内湓浦口，当地人为纪念白居易，根据此诗在其地修建了琵琶亭。琵琶亭即为文学景观。第三种情况是根据文学作品中虚构的景观而修建的人文景观，如湖南武陵根据陶渊明的《桃花源记并诗》而专门修建的桃花源。第四种情况是文学家的故居、他们的足迹所至之地、他们的墓地或者是后人为他们所修

---

[1] 周尚意等：《浅析现代文学在社区景观设计中的作用》，载曾大兴等主编《文学地理学：中国文学地理学会第三届年会论文集》，中山大学出版社 2014 年版。

建的纪念馆等①。文学景观的生成，从本质上讲是文学家的精神生命，或者他们的精神创造成果，以地理的形式固化为物质文化遗产的过程。所以，文学景观的生成，从某种程度上延长了文学家的精神生命，这是文化实现不朽的方式之一。另外，文学景观还是现实社会的文化、经济、旅游的重要资源。研究文学景观，是文学研究走近现实生活的重要途径，是文学研究最接地气的表现形式。曾大兴在讲到丝绸之路文学景观带时指出：

> 文学景观的魅力是巨大的，文学景观的旅游价值也是巨大的。古往今来，丝绸之路上的文学景观为沿线各地创造了多少旅游价值？这恐怕是难以估计的。因此我建议，有关方面在讨论和制定"丝绸之路经济带"的发展规划的时候，能够充分考虑到"丝绸之路文学景观带"的价值。我认为，正是在这个问题上，文学地理学可以发挥独特的作用。这个作用不是单纯的经济学或地理学所能取代的。文学地理学可以帮助人们更好地挖掘、研究和彰显丝绸之路的文学与文化内涵，这对于更好地保护、利用珍贵的文学与文化遗产，对于提高整个"丝绸之路经济带"的开发和建设水平，无疑具有重要意义。
>
> 如果有关部门讨论和制定"丝绸之路经济带"的规划而不邀请文学地理学学者参与，恕我直言，这个规划是会有缺陷的。②

这一意见是从文学景观研究的意义和方面说的，很深刻地阐明了文学地理学对现实社会的文化参与的功能。

文学地理学的以上两个面相，较完整地展示了这一交叉学科的性质和特点。

---

① 曾大兴：《论文学景观》，《陕西理工学院学报》2014年第2期。
② 曾大兴：《关于"丝绸之路文学景观带"》，载曾大兴等主编《文学地理学：中国文学地理学会第四届年会论文集》，中山大学出版社2015年版，第4—5页。

四 文学地理学的理论立足点

迈克·克朗说："文学地理学应该被认为是文学与地理的融合。"[①] 而以上三节为了避免何者为本位的争议，持搁置争议、凝聚和扩大共识的立场，仅论及文学地理学的交叉学科的性质，并没有具体论及"融合"的问题。在我看来，互相对话，凝聚和扩大共识，是最终走向融合的基础。将来的融合，要从相向而行，务实工作开始。相向而行的过程中，寻找二者融合的基础是必需的。这融合的基础就应该是共同的理论立足点。

文学地理学的理论基础不可能来自毫不相干的局外，势必来自两个学科发展的内在逻辑。

传统地理学是关于区域差异的学科。"区域"（region），即人们在地表上划分出的一个空间范围，是地理学的核心概念。近半个世纪兴起的人文主义地理学引入了另一个相近的重要概念："地方"（place）。两个概念的不同处其一在于"地方"可以是一个较明确具体的地点，而"区域"则更强调它具有边界的范围（尺度可大可小，但应有"四至"的边界），这是两者的区别之一。而更重要的区别在于"区域"较客观、较正式，而"地方"则带有一定的主体情感色彩，包含人对某地点或一定范围的空间的主观情感、态度在内。在"这是个好地方"的陈述或者"这是什么鬼地方"的感情宣泄表述中，"地方"都不可以置换为"区域"。在包含一定风土人情意味的时候，需要使用"地方"而不是"区域"一词；在文学作品中写到人物活动、事件的时候，会用"地方"而不是"区域"一词。而在政府发布正式的区域统计数据时，"区域"也不可以置换为带有情感色彩的"地方"。研究报告中写到地域划分、数据比较时，一般使用"区域"而不

[①] ［英］迈克·克朗：《文化地理学》，杨淑华、宋慧敏译，南京大学出版社2003年版，第72页。

是"地方"一词。

这两个概念是文学地理学的基本概念，是学科建构的理论立足点之一，但它们都属于研究的工具，而不是文学地理的本体。具有本体意义的概念是在"区域"与"地方"之上的"空间"（space）。"空间"与"时间"同是人和世间一切（当然包括文学）存在的基本依托，与人的存在相始终。传统地理学中，"空间"一词直接置换为"区域"。在一般场合，为了更具体地指明地理学的使用范围，避免使用"空间"一词显得大而无当，人们还使用"地理空间"一词。"地理空间"即可以定位的地表空间，在我看来，是文学地理学更为核心的概念。文学地理学的理论大厦应该以这个概念为起始来建构。这个认识，我在2013年中国文学地理学会第三届年会的大会发言中已明确提出[①]，最近作了更完整、深入的思考，提出了学科概念体系的框架[②]。

但是，随着对近半个世纪西方"空间转向"背景下的哲学、文化学、地理学的更深入学习，我更加感受到悬置"空间"概念，而只将"地理空间"作为文学地理学的出发点，虽然很具体、很清晰，但仍不免于表面化、外在化，还没有回到文学地理的本体。回到本体，就应该充分吸收西方学术界对空间意义的最新认识成果。20世纪上半叶以前，康德对空间的理解一统天下：空间是人类感知的方式，并非物质世界的属性。20世纪70年代以后，特别是1974年亨利·列斐伏尔的《空间生产》问世以来，人们对空间的关注热情得到了极大激发。这个与人的生存始终相伴的"空间"被赋予了全新的意义。列斐伏尔认为：空间在根本上是依靠并通过人类行动"生产"出来的。它是一个无限开放的、冲突的和矛盾的"过程"。空间本身既是一种"产物"，是由不同范围的社会进程与人类干预形成的，

[①] 杜华平：《论文学地理空间的拓展与深进》，载曾大兴等主编《文学地理学：中国文学地理学会第三届年会论文集》，中山大学出版社2014年版。

[②] 杜华平：《文学地理学研究的突围与概念体系的建构》，《临沂大学学报》2016年第3期。

又是一种"力量",它要反过来影响、指引和限定人类在世界上的行为与方式的各种可能性。从此,以社会空间为基础的各种"空间"命题,如"空间实践""空间生产"和"空间资源""空间权力""空间正义"等都一起成为人们热议的话题。引发"空间转向"思潮的列斐伏尔、福柯等人具有明显的马克思主义色彩和后现代主义倾向,他们的整套空间思想未必适合借用来建构一般的文学地理学理论,但是他们对"空间"的思考方向在后来不断发展,使"空间"成为社会关系(组织结构)、文化的表征,使之成为与人的存在本性有关的"力量"等理念,这对文学地理学的理论建构有重要的意义。与上述理念相比,以"地理空间"为核心的研究思路就不免失之狭隘和保守。唐晓峰等认为:文化地理学从过去对文化开展空间研究或(地理)空间分析(如划分文化区),发展到现在对(地理)空间开展文化研究,这是一次巨大的范式转型,"开辟了一个新的有活力的文化地理学领域"[1]。如果文学地理学在立足于"地理空间"的同时,更充分吸收具有现代意义的"空间"观念,登高望远,文学地理学将得到更深厚的学术动力,文学与地理的融合更不在话下了。

---

[1] 唐晓峰等:《"超级机制"与文化地理学研究》,《地理研究》2008年第2期。

文学地理学的学科地位分析

周文业[*]

一 文学地理学的学科划分

文学地理学是 20 世纪 80 年代中后期逐渐兴起的一个学科，2011 年"首届中国文学地理学暨宋代文学地理研讨会"在南昌举行，建立了"中国文学地理学会"，标志着文学地理学这个新兴学科建设从此进入一个新阶段。2012 年曾大兴先生发表文章《建设与文学史学科双峰并峙的文学地理学科——文学地理学的昨天、今天和明天》[①]，正式提出要建立和文学史并立的文学地理学。文章中对文学地理学的学科地位提出如下看法：

> 文学地理学研究的目标之一，就是建立一门与文学史学科双峰并峙的文学地理学科。没有文学地理这个二级学科的文学学科是一个不

---

[*] 作者为首都师范大学中国传统文化数字化研究中心常务副主任。
[①] 曾大兴：《建设与文学史学科双峰并峙的文学地理学科——文学地理学的昨天、今天和明天》，《江西社会科学》2012 年第 1 期。

完整的学科。世间万事万物，都是在一定的时间和空间产生并发展的，文学也不例外。几乎所有的学科，既有解释其时间关系的分支学科，也有解释其空间关系的分支学科。例如，历史学有通史、断代史、专门史，也有历史地理；语言学有语言史，也有语言（方言）地理；军事学有军事史，也有军事地理；经济学有经济史，也有经济地理；植物学有植物史，也有植物地理……为什么文学有文学史，而不能有一门文学地理呢？文学地理学的研究对象、任务和使命，使它应该是而且必须是一个可以和文学史双峰并峙的独立学科。有了文学地理，文学这个学科才算完整。

……

文学史研究文学与时代的关系，考察文学的纵向发展和演变；文学地理研究文学与地理环境的关系，考察文学的横向分布与演变。一个是时间维度，一个是空间维度，只有文学史和文学地理，才有可能双峰并峙。虽然文学地理在今天还只是一个新兴学科，还未达到成熟之境，还比较矮小，但是在不远的将来，它就可以和文学史双峰并峙、比肩而立了。

对于文学地理学的学科划分，曾先生认为：文学是一级学科，而"文学史和文学地理是两个并列的较高级的二级学科"。

按照曾先生的分析，在文学、历史和地理三个学科之间，有三个交叉学科，即文学和历史交叉产生"文学史"交叉学科，历史和地理交叉产生"历史地理"交叉学科，同理，文学和地理交叉，也应该产生"文学地理"交叉学科，如图1所示。

按照这个思路，任何一个学科都可以产生这样两个交叉学科。该学科和历史学交叉产生该"学科史"，和地理学交叉产生"学科地理学"。这样的思路是否有道理呢？我们可以通过对各个学科的二级学科分析验证这个思路。

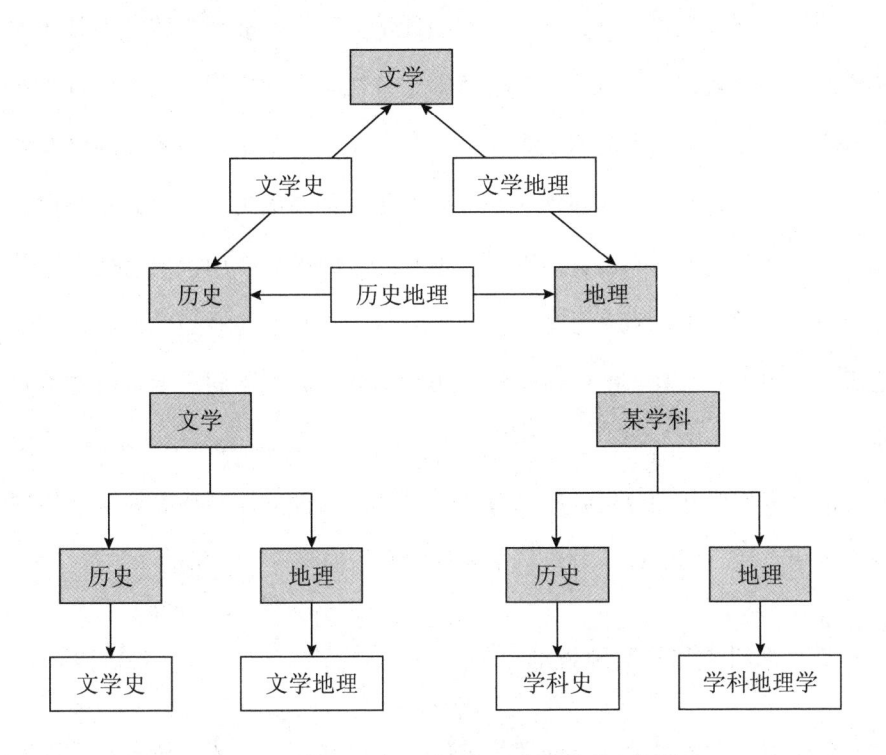

图1　文学、历史、地理交叉产生的交叉学科

在验证这个思路之前，我们必须首先确定采用哪个学科体系进行分析。

目前我国有两个学科体系，一个是中华人民共和国国家质量监督检验检疫总局、中国国家标准化管理委员会2009年5月6日发布，2009年11月1日实施的《中华人民共和国学科分类与代码国家标准GB/T13745－2009》。另一个是教育部2011年公布、2014年修订的《教育部学位授予和人才培养学科目录》。

仔细比较这两个目录，总体上是一致的，但还是有些差异。

第一是学科划分粗细程度差异很大。比较两个目录可以明显看出，国家标准划分更细致，而教育部目录划分则较粗略。一级学科（教育部目录称为"门类"）国家标准分为58个，而教育部只分为12个。

第二是交叉学科的分类不同。如心理学，国家标准把心理学划分在生物学之下；而教育部学科目录把心理学划分在教育学之下。交叉学科本身就是多学科交叉，从不同角度看，自然会产生不同结果。国家标准可能认为，心理学研究的是人的心理活动，而人是一种高级生物，因此把心理学划分在生物学之下。而教育部则更看重心理学的教育作用，因此把心理学划分在教育学之下。对于心理学的学科划分，历来争论激烈，也有人主张心理学应该是一个独立的一级学科。角度不同，看法不同，无须辩论谁对谁错。

因为我们要仔细分析各种二级、三级学科的设立，显然更为详细的国家标准更合适，因此以下分析都是根据国家标准来进行分析的。

二 学科史和学科地理学

对学科史和学科地理学的学科定位分析思路采用上述分析方法，即针对某个学科，再分析其下属的历史分科——学科史，以及其下属的地理分科——学科地理学。

某个学科下有历史和地理二级（或三级）学科情况比较复杂，可分为以下几类。

（一）同时有历史、地理两个二级（或三级）学科

包括五个学科：历史学、军事学、经济学、社会学、人口学（这个学科本身是二级学科，其历史、地理是三级学科）。

1. 一级学科　　790　　经济学

　　二级学科　　790.19　　经济地理

　　二级学科　　790.25　　经济思想史

　　三级学科　　790.2510　　中国经济思想史

2. 一级学科　　830　　军事学

　　二级学科　　830.10　　军事史

　　二级学科　　830.60　　军事地理学

　　三级学科　　830.6010　　中国军事地理

3. 一级学科　　840　　社会学

　　二级学科　　840.11　　社会学史

　　二级学科　　840.34　　社会地理学

4. 二级学科　　840.71　　人口学

　　三级学科　　840.7125　　人口学史

　　三级学科　　840.7135　　人口地理学

（二）有地理二级学科，三级历史学科

语言学是一级学科，其下有语言地理学二级学科，汉语史为二级学科汉语研究下的三级学科。

　　一级学科　　740　　语言学

　　二级学科　　740.20　　语言地理学

　　二级学科　　740.40　　汉语研究

　　三级学科　　740.4055　　汉语史

（三）有地理学科，而没有历史学科

历史学是一级学科，其下有专门史二级学科，专门史下有历史地理学三级学科，但没有史学史学科。生物学也是一级学科，其下有植物学二级学科，植物学下有植物地理学三级学科，但没有生物史和植物史学科。

1. 一级学科　　180　　生物学

　　二级学科　　180.51　　植物学

　　三级学科　　180.5165　　植物地理学

2. 一级学科　770　历史学

　　二级学科　770.70　专门史

　　三级学科　770.7045　历史地理学

（四）只有历史二级学科，没有地理二级学科

文学是一级学科，其下有三个文学史二级学科，目前还没有文学地理学二级学科。

　　一级学科　750　文学

　　二级学科　750.24　中国古代文学史

　　二级学科　750.27　中国近代文学史

　　二级学科　750.31　中国现代文学史（包括当代文学史）

很多学科都只有历史学科，而没有地理学科，因为任何学科都有其发展历史，但未必会和地理有关。

总结：以上在某学科内同时有"学科史"和"地理学"的学科只有五个学科：

（1）语言学（一级学科）；

（2）军事学（一级学科）；

（3）经济学（一级学科）；

（4）社会学（一级学科）；

（5）人口学（二级学科）。

三　中国期刊网"文学地理学"和"中国文学史"文章数量统计分析

以上介绍了几个学科下属"学科史"和"学科地理学"的情况，下面根据中国期刊网上刊载某学科下属的"学科史"和"学科地理学"所发表的文章，进一步分析这两个分学科的地位，并和目前"文学史""文学地

理学"的情况做比较。看看目前文学地理学的真实地位如何，与其他学科相比，文学地理学的差距有多大，其发展前景如何。

首先分析文学。中国期刊网收入了各个学科发表的文章，在主题中分别输入"文学地理学"和"中国文学史"，检索每年发表的文章数量。"文学地理学"在2006年以前基本每年只有一两篇，2007年增加到4篇，因此从2006年开始统计，到2015年，刚好10年。

由于期刊网每天数据都在改变，表1中数据截止时间为2016年9月30日。

表1 中国期刊网"中国文学史"和"文学地理学"发表文章数统计（篇）

年 份	2006	2007	2008	2009	2010	2011	2012	2013	2014	2015	合计
文学地理学	1	4	6	12	11	23	44	21	25	37	184
中国文学史	239	302	315	330	304	354	344	329	329	302	3148
比较(%)	0.4	1.3	1.9	3.6	3.6	6.5	12.8	6.4	7.6	12.2	5.8

从统计表中可以看出，从2006年至2011年，中国文学史文章数量基本在300篇上下。而"文学地理学"和"中国文学史"发表文章数量差距还是很大的，虽然差距从2006年的千分之四开始，逐年在缩小差距，2012年差距最小，"文学地理学"也仅为"中国文学史"的12.8%，即1/10多一点。文章总数只有5.8%。

假设"文学地理学"文章数量按照绝对数量增长，即每年以10篇速度上升，而假设"中国文学史"文章数量基本维持在每年300篇左右，简单计算就可算出，"文学地理学"要在文章数量上追上"中国文学史"，还要26年之久。当然，"文学地理学"在今后若快速发展，如每年文章增加到20篇，则时间也会缩短一半，但也要13年之久。

从期刊网查询，到2016年10月为止，2016年"文学地理学"发表文章有32篇,这样2016年全年文章总数如果按每年10篇的速度上升就是47篇,虽有一定难度,但有可能。

曾大兴估计在10年内文学地理学学科就可建成了①,从文学地理学这10年的发展速度来看,这个目标是有可能实现的。

四 期刊网某学科"学科地理学"文章总数大于"学科史"

以上统计分析了文学中的"文学地理学"和"文学史"的文章数量,而其他几个学科中,"学科史"和"学科地理学"文章数量比较情况如何呢?下面逐一进行分析。

为了和文学比较,其他各个学科文章数量也是只统计2006年至2015年这10年间的变化情况。

因为情况比较复杂,将分为几种情况分别介绍。

(1)"学科地理学"数量大于"学科史";

(2)"学科地理学"数量小于"学科史"。

其中的"数量"是指这10年间的文章总数。

下面先统计中国期刊网中,2006年至2015年各"学科地理学"文章总数大于"学科史"的六种学科。按照文章总数的比例大小,从高到低排序。

表2　　"生物地理"和"生物史"文章数统计(篇)

年　份	2006	2007	2008	2009	2010	2011	2012	2013	2014	2015	合计
生物地理	28	26	18	27	21	42	36	38	56	53	345
生物史	6	5	3	5	2	2	2	2	5	2	34
比较(%)	466.7	520	600	540	1050	2100	1800	1900	1120	2650	1014

---

① 曾大兴:《建设与文学史学科双峰并峙的文学地理学科——文学地理学的昨天、今天和明天》,《江西社会科学》2012年第1期。

表3　　　　"历史地理"和"史学史"文章数统计（篇）

年　份	2006	2007	2008	2009	2010	2011	2012	2013	2014	2015	合计
历史地理	186	211	234	262	291	287	316	365	377	334	2863
史学史	52	76	72	87	60	75	123	102	96	96	839
比较(%)	357.7	277.6	325	301.1	485	382.7	256.9	357.8	392.7	347.9	341.2

表4　　　　"海洋地理"和"海洋史"文章数统计（篇）

年　份	2006	2007	2008	2009	2010	2011	2012	2013	2014	2015	合计
海洋地理	18	7	11	6	8	11	12	15	12	8	108
海洋史	1	2	3	0	2	5	4	1	4	14	36
比较(%)	1800	350	272	—	400	220	333	1500	333	57.1	300

表5　　　　"人口地理"和"人口史"文章数统计（篇）

年　份	2006	2007	2008	2009	2010	2011	2012	2013	2014	2015	合计
人口地理	7	8	18	15	16	16	21	14	16	21	152
人口史	14	13	9	5	14	10	3	10	7	6	91
比较(%)	50	61.5	200	300	114.3	160	700	140	228.6	350	167

表6　　　　"气象地理"和"气象史"文章数统计（篇）

年　份	2006	2007	2008	2009	2010	2011	2012	2013	2014	2015	合计
气象地理	6	4	8	5	9	9	6	7	12	10	76
气象史	0	0	1	4	1	3	4	13	8	5	39
比较(%)	—	—	800	125	900	333	150	53.8	150	200	153.8

表7　"管理地理"和"管理史"文章数统计（篇）

年　份	2006	2007	2008	2009	2010	2011	2012	2013	2014	2015	合计
管理地理	21	39	28	21	20	30	18	23	18	19	237
管理史	30	21	21	27	25	16	14	22	11	9	196
比较（%）	70	185.7	133.3	77.8	80	187.5	113.4	104.6	163.6	211.1	120.9

五　期刊网某学科"学科地理学"文章总数小于"学科史"

以上统计了中国期刊网中，2006年至2015年各"学科地理学"文章总数大于"学科史"的情况。下面再统计各"学科地理学"文章总数小于"学科史"的13种学科。仍按照文章总数的比例大小，从高到低排序。

表8　"统计地理"和"统计史"文章数统计（篇）

年　份	2006	2007	2008	2009	2010	2011	2012	2013	2014	2015	合计
统计地理	2	3	3	0	5	3	3	5	4	6	34
统计史	3	2	5	5	3	2	5	9	0	2	36
比较（%）	66.7	150	60	—	166.7	150	60	55.6	—	300	94.4

表9　"环境地理"和"环境史"文章数统计（篇）

年　份	2006	2007	2008	2009	2010	2011	2012	2013	2014	2015	合计
环境地理	26	26	31	31	39	28	30	44	46	45	346
环境史	29	31	37	35	41	38	47	72	69	66	465
比较（%）	89.7	83.9	83.8	88.6	95.1	73.7	63.8	61.1	66.7	68.2	74.4

表10　　　　"经济地理"和"经济史"文章数统计（篇）

年　　份	2006	2007	2008	2009	2010	2011	2012	2013	2014	2015	合计
经济地理	102	128	137	144	138	155	172	142	180	187	1485
经济史	154	190	221	206	229	245	243	264	237	276	2265
比较(%)	66.2	67.4	62	69.9	60.3	63.3	70.8	53.8	76	67.8	65.6

表11　　　　"农业地理"和"农业史"文章数统计（篇）

年　　份	2006	2007	2008	2009	2010	2011	2012	2013	2014	2015	合计
农业地理	8	11	13	12	14	9	18	9	9	22	125
农业史	18	22	23	15	26	35	42	48	39	42	310
比较(%)	44.4	50	58.5	80	53.95	25.7	42.9	8.8	23.8	52.4	40.3

表12　　　　"军事地理"和"军事史"文章数统计（篇）

年　　份	2006	2007	2008	2009	2010	2011	2012	2013	2014	2015	合计
军事地理	14	18	16	25	31	16	22	23	16	23	204
军事史	49	48	42	69	57	53	61	63	60	70	572
比较(%)	28.7	37.5	38.1	36.2	54.5	30.29	36.1	36.5	28.7	32.9	35.7

表13　　　　"政治地理"和"政治史"文章数统计（篇）

年　　份	2006	2007	2008	2009	2010	2011	2012	2013	2014	2015	合计
政治地理	11	11	15	16	11	29	29	27	37	30	216
政治史	86	123	114	104	125	119	138	146	129	124	1208
比较(%)	12.8	8.9	13.2	15.4	8.8	24.4	21	18.5	28.7	24.2	17.9

表14 "民族地理"和"民族史"文章数统计（篇）

年 份	2006	2007	2008	2009	2010	2011	2012	2013	2014	2015	合计
民族地理	7	12	10	13	15	19	22	12	21	12	143
民族史	60	73	115	85	78	69	87	101	115	106	889
比较(%)	11.7	16.4	8.7	15.3	19.2	27.5	25.3	11.9	18.3	11.3	16.1

表15 "宗教地理"和"宗教史"文章数统计（篇）

年 份	2006	2007	2008	2009	2010	2011	2012	2013	2014	2015	合计
宗教地理	1	2	6	7	5	3	6	4	9	6	49
宗教史	23	30	18	23	26	40	46	38	38	37	319
比较(%)	4.3	6.7	33.3	30.4	19.2	7.5	13	10.5	23.7	16.2	15.4

表16 "语言地理"和"语言史"文章数统计（篇）

年 份	2006	2007	2008	2009	2010	2011	2012	2013	2014	2015	合计
语言地理	2	0	0	4	1	10	2	4	4	5	32
语言史	44	41	36	44	47	58	49	43	48	44	454
比较(%)	45.5	—	—	0.09	0.02	0.17	0.04	0.09	0.08	0.1	7.1

表17 "社会地理"和"社会史"文章数统计（篇）

年 份	2006	2007	2008	2009	2010	2011	2012	2013	2014	2015	合计
社会地理	7	13	8	8	9	11	14	20	15	8	113
社会史	124	143	170	168	211	226	221	219	261	265	2008
比较(%)	5.6	9.1	4.7	4.8	4.3	4.9	6.3	9.1	5.7	3	5.6

表 18   "图书馆地理"和"图书馆史"文章数统计（篇）

年 份	2006	2007	2008	2009	2010	2011	2012	2013	2014	2015	合计
图书馆地理	1	1	0	2	2	1	1	4	3	4	19
图书馆史	23	28	29	37	39	52	40	40	54	63	405
比较(%)	4.4	3.6	—	5.5	5.1	1.9	2.5	10	55.6	6.4	4.7

表 19   "教育地理"和"教育史"文章数统计（篇）

年 份	2006	2007	2008	2009	2010	2011	2012	2013	2014	2015	合计
教育地理	7	12	6	4	11	10	15	14	17	12	108
教育史	303	355	339	375	354	403	468	458	420	468	3943
比较(%)	2.3	3.4	1.8	1.1	3.1	2.5	3.2	3.1	4.1	2.6	2.7

表 20   "体育地理"和"体育史"文章数统计（篇）

年 份	2006	2007	2008	2009	2010	2011	2012	2013	2014	2015	合计
体育地理	1	2	0	0	1	3	5	5	4	5	26
体育史	2	35	95	110	116	88	101	128	196	129	1000
比较(%)	50	5.7	—	—	0.9	3.4	5	3.9	2	3.9	2.6

其他学科每年发表文章数量很少，就不进行统计了。

六 "文学地理学"排序统计分析

以上分别对包括文学在内的 20 种学科中的"学科史"和"学科地理学"在期刊网上发表文章的数量进行了统计。根据这个统计结果，可以再分析"文学地理学"相对于其他学科的位置。

分析包括相对比例、绝对数量、增长率和综合排名统计四种。

(一) 相对比例统计

相对比例是指 2006 年到 2015 年间各个学科中"学科地理学"和"学科史"文章数量的相对比例。

"文学地理学"文章总数相对"文学史"文章总数只有 5.8%。而低于此比例的其他学科只有 4 种：社会学的 5.6%，图书馆学的 4.7%，教育学的 2.7%，体育学的 2.6%。也就是说，"文学地理学"在 20 种学科中排名第 16 位，即倒数第 5 位（见表 21）。

表 21　　各学科"学科地理"和"学科史"比例排序　　单位：篇、%

序号	1	2	3	4	5	6	7	8	9	10
学科	生物	历史	海洋	人口	气象	管理	统计	环境	经济	农业
比例	1014	341.2	300	167.0	153.8	120.9	94.4	74.4	65.6	40.3
序号	11	12	13	14	15	16	17	18	19	20
学科	军事	政治	民族	宗教	语言	文学	社会	图书馆	教育	体育
比例	35.7	17.9	16.1	15.4	7.1	5.8	5.6	4.7	2.7	2.6

(二) 绝对数量统计

绝对数量统计是指 2006 年到 2015 年间 20 个学科中"学科地理学"和"学科史"文章绝对数量的比例。

"文学地理学"文章有 184 篇，排名第 8 位，高于此数量的其他学科有 7 种：历史学 2836 篇，经济学 1485 篇，环境 346 篇，生物学 345 篇，管理学 237 篇，政治学 216 篇，军事学 204 篇（见表 22）。

表22　　　各学科"学科地理"和"学科史"文章数量排序 单位：篇、%

序号	1	2	3	4	5	6	7	8	9	10
学科	历史	经济	环境	生物	管理	政治	军事	文学	人口	民族
比例	2836	1485	346	345	237	216	204	184	152	143
序号	11	12	13	14	15	16	17	18	19	20
学科	农业	社会	海洋	教育	气象	宗教	统计	语言	体育	图书馆
比例	125	113	108	108	76	49	34	32	26	19

（三）增长率统计

增长率统计是对2006年到2015年间20个学科中"学科地理学"文章数量增长率的统计，即2015年和2006年文章数量之比。

"文学地理学"2006年的文章只有1篇，而2015年有37篇，2015年是2006年的37倍，高居20个学科第1名。这说明文学地理学这10年的发展速度是最快的（见表23）。

表23　　　各学科"学科地理"和"学科史"文章增长率排序 单位：篇、%

序号	1	2	3	4	5	6	7	8	9	10
学科	文学	宗教	体育	图书馆	统计	人口	农业	政治	语言	生物
比例	37	6	5	4	3	3	2.8	2.7	2.5	1.9
序号	11	12	13	14	15	16	17	18	19	20
学科	经济	历史	环境	教育	民族	气象	军事	社会	管理	海洋
比例	1.8	1.8	1.7	1.7	1.7	1.7	1.6	1.1	0.9	0.4

(四) 综合排名统计

综合排名统计是对上述三项统计的排名取平均值，再排名，这是个综合排名。"文学地理学"在相对比例中排名第16位，在绝对数量排名第8位，在增长率中排名第1位，三项统计平均为25，20个学科中综合排名为第6名，基本属于上游。

从排名靠前的几个学科看，历史地理排名第一位，这没有争议；生物排名第二位，也符合其学科地位；而人口、经济、环境分别排名第三位、第四位、第五位，这是由于学科地理在该学科中比较重要。因此，文学地理排名第六位也符合目前文学地理的学科地位。

当然这个综合排名还是根据各学科发表文章数量进行的统计，并没有考虑文章的质量，影响力的大小，因此这不一定是划分学科地位的唯一标准。有些学科"学科地理"如语言学（第16位）和社会学（第18位）综合排名虽然很靠后，但其学科地理和学科史都进入了国家学科目录，两学科都是并列的。

表24　　　　　各学科"学科地理"综合排名　　　　单位：篇、%

序号	1	2	3	4	5	6	7	8	9	20
学科	历史	生物	人口	经济	环境	文学	政治	农业	统计	管理
比例	15	15	19	22	24	25	26	28	29	30
序号	11	12	13	14	15	16	17	18	19	20
学科	军事	气象	宗教	民族	体育	语言	图书馆	社会	教育	海洋
比例	35	36	37	38	42	42	42	47	47	53

七 列入学科目录的"学科地理学"和"学科史"排名统计分析

以上介绍了20个学科下属"学科史"和"学科地理学"在期刊网发表文章的情况,20个学科中,真正同时列入国家标准学科目录的实际只有五个学科:

(1)语言学(一级学科);

(2)军事学(一级学科);

(3)经济学(一级学科);

(4)社会学(一级学科);

(5)人口学(二级学科)。

这五个学科中"学科地理学"和"学科史"及"文学地理"和"文学史"所发表的文章统计比较如表25所示。

表25　　进入学科目录的"学科地理"和"学科史"统计比较

单位:篇、%

学　科	人口	经济	军事	语言	社会	文学	排名
学科地理文章总数	152	1485	204	32	113	184	3
学科史文章总数	91	2265	572	454	2008	3148	1
两学科比例(%)	167.0	65.56	35.66	7.05	5.62	5.8	5
增长率排名	6	11	17	9	18	1	1
综合排名	3	4	11	16	18	25	6

从统计结果看,五个进入学科目录的学科差异很大,可分为四类:

第一,人口学排名最靠前,学科地理文章数量大于学科史,学科地理文章数量是学科史的167%,增长率排第6位,综合排名第3位。

第二,经济学排名也比较靠前,文章数量比例为65.6%,和学科史相差不大，增长率第11位较为居中，综合排名第4位。

第三，军事学居中，学科地理文章数量比学科史少，比例为35.7%，增长率排名第17位，靠后，综合排名第11位。

第四，语言学、社会学，学科地理文章数量大大小于学科史数量，比例都很差，语言学为7.1%，社会学为5.6%，增长率排名分别为第9位、第18位，综合排名分别为第16位、第18位，有些靠后。

总之，五个"学科地理学"和"学科史"并列学科的实际排名差距很大，从第3位到倒数第3位。

因此，上述统计结果和学科的实际地位并不绝对一致。

将文学和进入学科目录的五个学科比较可以看出：

（1）学科地理文章总数：文学地理学排名第3位，居中游。

（2）学科史文章总数：文学史排名第1位，说明文学史学科还是很强大的。

（3）两学科比例：文学地理学排名第5位，即倒数第2位，说明文学地理学和其他五个学科相比差距还很大。

（4）增长率排名：文学地理学排名第1位，说明文学地理学发展最快。

（5）综合排名：文学地理学排名最后，说明文学地理学和其他五个学科相比差距还很大。

总体来说，文学地理学这10年来发展很快，但和进入学科目录的其他五个学科相比，差距还是很大的。

八 各学科"学科地理学"和"学科史"差异巨大原因分析

以上分别对包括文学在内的20个学科中的"学科史"和"学科地理学"在期刊网上发表的文章进行了统计。根据这个统计结果，可以看出，在各个学科中,"学科地理学"和"学科史"的文章总数、比例、增长率差异很大。

"学科地理学"综合排名第一位的是历史学,其次是生物学。

"学科地理学"综合排名后三位的是社会学、教育学和海洋学。

为何会有如此大的差异呢?笔者认为主要是由"学科地理学"和"学科史"在该学科中的的地位所决定的。而其地位在各个学科中差异是很大的。

排名第一位的历史学中,国家都是按照地域划分的,每个国家内部地域差异也很大,历史地理在历史发展中作用很大,历史地理学也有很长的发展历史,因此历史地理在历史学中地位较高。

排名第二位的生物学中,生物和地理关系极大,各个不同地域的生物会有极大差异,生物发展也和地域有极大关系,热带有热带生物,寒带有寒带生物,温带有温带生物。由于各个地域生物的巨大差异,导致生物多样性和不同发展路径,这就十分值得研究了。因此,"生物地理学"研究的重要性,并不亚于"生物学史"研究的重要性。因此"生物地理学"的文章大大多于"生物学史"的现象是可以理解的。

相反,排名靠后的社会学、体育学和教育学也是如此。社会、体育和教育也有地域差异,但这些差异必然没有不同时期的社会、体育和教育差异那样大,因此"社会、体育和教育地理学"所占比例自然就比"社会、体育和教育史"所占比例小了。

上述排名和学科地理在学科中地位基本是一致的,这说明上诉统计分析还是有一定道理的。

九 "文学地理学"和"文学史"学科地位分析

"文学地理学"和"文学史"文章数量的比例,在20个学科中只占第16位,但文章绝对数量居第8位,增长率排名第1位,因此最后文学地学综合排名第 6 位，在 20 个学科中属于上游。

但我们还是要看到，和"文学史"相比，"文学地理学"的差距还是很大的。这是由于"文学史"是一门出现时间很长的学科，因此相关研究文章很多。而"文学地理学"是一门新兴学科，因此相关研究文章相对数量较少。所以在文章数量上，"文学地理学"和"文学史"相比，差距自然较大。

"学科地理学"和"学科史"的差异，在笔者看来，主要是看在该学科发展中，地理的影响大，还是学科史的影响更大？

从中国文学发展来看，不可否认的是，各个历史时期的文学是有很大差异的，如众所周知的唐诗、宋词、元曲和明清小说，从中可以看出不同历史时期文学形式会有很大差异。

而反观地理对文学的影响，也肯定是有的，各个地区的文学也有不同的发展道路，这是不可否认的。但客观地说，地理对文学的影响，肯定没有历史对文学的影响大。因此"文学史"的兴起和发展，就比"文学地理学"更早，也成熟得多。

"文学地理学"确实是一门刚刚兴起的交叉学科，发展速度很快，综合排名也很靠前。但它目前的学科地位其实未必如此靠前。从语言学、社会学来看，它们虽然最终综合排名很靠后，但其学科地理学和学科史还是并列的二级学科。因此，文学地理学要发展成为被国家认可并进入学科目录，进一步成为和"文学史""双峰并峙"的二级学科，估计还有较长的路要走。这还要从事文学地理学研究的学者们的共同努力。

以上只是根据期刊网上发表文章数量的统计结果所进行的分析，只是反映了文学地理学的一个侧面，并不能完全反映出文学地理学的真实地位，这些分析也只能是供从事文学地理学的学者们参考。

文学地理学基本理论研究

《诗经·国风》的地域风格论

——论地域的文学与文学的地理之关系

陶礼天[*]

一 引论

《诗经》是我国最早的一部诗歌总集,它产生的地域基本上以黄河流域为范围,不出夏、商、周三代王朝势力所及之处。《史记·货殖列传》云:"昔唐人都河东,殷人都河内,周人都河南。夫三河在天下之中,若鼎足,王者所更居也,建国各数百千岁,土地小狭,民人众,都国诸侯所聚会,故其俗纤俭习事。"[①]夏、商、周三代的疆域据其都邑位置推测,最初大致是周人居西,夏人在中,商人位东。《诗经》就是在北方夏、商、周三代的文化积累中产生的。不过夏、商时代的歌诗已亡。《诗经》主要是西周初年到春秋前期之间的诗歌,前后计五百余年[②]。

---

[*] 作者为首都师范大学文学院教授。
[①] 司马迁:《史记》卷一二九《货殖列传》,中华书局2000年版,第2467页。
[②] 本文引用《诗经》文本和注疏语,均据孔颖达《毛诗正义》,《十三经注疏》整理本,北京大学出版社2000年版。又,《诗经》文本诠释,主要参考书如下:朱熹《诗集传》,合刊本《〈诗集传〉〈楚辞章句〉》,姜书阁序说,夏祖尧标点本,岳麓书社1994年版;高亨《诗经今注》,上海古籍出版社1980年版;余冠英《诗经选》,人民文学出版社1956年版。

周人起于陕西的泾水、渭水流域，以后向东扩进，灭商以后，势力发展到整个黄淮平原，东至海滨，所谓"率土之滨，莫非王土"（《诗经·小雅·北山》）。西周建都镐京（今西安附近），以血缘关系为基础，分封天下，建立七十一国，其中姬姓独居五十又三，如鲁、卫、唐等皆是。后王室衰微，平王在内忧外患之下，被迫迁都于洛邑（今河南洛阳），是为东周时期[①]。土地小狭而民人众，故其俗"纤俭习事"，正是在特定的地理条件下，北方中原的农业文明滋长出的一种独特的小农心态。细微缜密、勤劳俭习、安土重迁、乐天知命的民俗民情，有别于粗犷剽悍、千里游走的牧业文明之民风习性。这种小农心态在《诗经》中得到了充分的表现。

《诗经》十五国风的排列顺序，今本为周南、召南、邶、鄘、卫、王、郑、齐、魏、唐、秦、陈、桧、曹和豳风，与《左传》"襄公二十九年"（前544年）记载，吴公子季札在鲁所观的顺序略有不同。季札所观，为周南、召南、邶、鄘、卫、郑、王和齐风，至齐风以下，为豳、秦、魏、唐、陈、郐（桧）诸风，把豳风与秦风并列[②]。也就是说，季札所观风诗的顺序，与今本的唯一不同是把今本最后的豳风放在齐风与秦风之间。其所谓"自郐以下，无讥焉"，实际就只是对郐（桧）风和曹风没有评论。就季札所观风诗的排列顺序而言，可能是从时代、政治与地域的多重因素来考虑的。因为歌诗乐舞的表演或当是以不同的"土风"乐调按地域风格分类而奏之的。《汉书·艺文志》云："哀

[①] 按：自此后代营建不断，洛阳成为京都，自汉及唐，有西京长安、东京洛阳之说，京畿地区积聚文人"创作队伍"尤盛。唐都长安而北宋都开封，但洛阳均隐然为陪都，这对研究唐宋文学地理学尤成一突出现象，其他类此者如南朝时之荆州，元朝时之临安（杭州），南宋和明清时之南京等。南京称谓"自明永乐十八年（1420）北迁以后始"，参见胡小石《南京在中国文学史上的地位》，《胡小石论文集》，上海古籍出版社1982年版，第138页。

[②] 参见《春秋左传注疏》"襄公二十九年"，《十三经注疏》整理本，北京大学出版社2000年版，第1258—1272页。

乐之心感，而歌咏之声发。诵其言谓之诗，咏其声谓之歌。"①《诗经》的诗均是"乐诗"，而乐的风调与诗的文意在一定程度上当能够有机和谐地统之为一体②。当时歌诗的乐舞，今天已不可知，不过通过诗的文辞意境、节奏韵律，仍然可以分析并大体归纳出其不同类型的"土风"特征③。

《诗经》的地理区域分布考辨，经过历代学者的研究，现在基本上已

---

① 班固：《汉书》卷三十《艺文志·诗赋略》，中华书局2000年版，第1355页。

② 按：这一点也不能"认死理"，诗乐至少在西汉初年基本已亡，如果我们今天完全根据诗歌文本的内容来推断其诗乐风调，恐也难以做到，大体而言而已，应该辩证地看待这个问题。

③ 下文解释《诗经》文本时，有两个大问题在此要先说明：第一，我们赞同《国风》部分诗歌当源于"贱隶"小民的民歌（口头民谣），但多数应该是一般士人和下层乃至上层官吏即当时的文人士大夫（属于当时的统治阶层）创作的或采集民谣再创作而成的。把《国风》视为民歌并不完全妥当，当时从事劳作的普通民众基本上不可能达到如此高的文化水平，这是显而易见的道理。《国风》中诸歌诗即使出于"贱隶"小民，也应该全部经过有文化的士人和有地位的一般官吏乃至大夫润色加工过，已非其"本辞"，不过尽管如此，此类作品仍然能够反映一定民风土谣的特点。这方面研究，本文主要参考两篇代表性论文：一篇为朱东润《国风出于民间论的质疑》，见其《读诗四论》，台湾东升出版有限公司1970年版，第1—64页；另一篇是屈万里的《论国风非民间歌谣的本来面目》，见其《书佣论学集》，台湾开明书店1969年版，第193—214页。笔者有时说国风为"民歌"也是在这个意义上说的。第二，笔者赞同《诗经》（从没有称为"经"的"诗三百"时代开始）是当时统治阶级作为文化的和政教伦理教科书的官方读物（只要参考《论语》孔子有关教学《诗经》的论述即可证明），不是今天所谓的"纯文学"，尽管我们今天可以作为纯文学来解读，甚或不用再考虑其采《诗》、编《诗》者的原本旨趣，这就不能不涉及《诗经》研究与解读的方法问题。对此，我们赞同魏源《诗古微》的观点，但似乎现今的学界仍有意无意地忽略这一点。魏源早就指出："夫《诗》有作《诗》者之心，而又有采《诗》、编《诗》者之心焉（按：这是就广义的'作'的本意讲的）；有说《诗》者之义，而又有赋《诗》、引《诗》者之义焉（按：这是从'说'的本意看的）。"魏源：《诗古微》（20卷本）上编之一《通论传诗异同·齐鲁韩毛异同论中》，《魏源全集》（全20册）本，岳麓书社2004年版，第129页。应该说今天流行的《毛诗正义》中的毛传郑笺及注疏，解说角度注重的是从"采《诗》、编《诗》者之心"出发的，但较为注意"作《诗》者之心"的，这正是经古文学之诠释特点，所谓偏向于"历史的"，仍然是有偏向于《诗经》本文意义的"说《诗》者之义"的；而齐、韩、鲁三家诗说，就较为倾向于"采《诗》、编《诗》者之心"，也更多是"赋《诗》、引《诗》者之义"，这正是经今文学之诠释特点，所谓偏向于"哲学的"。但古代解释《诗经》的总体特征，还是把《诗经》当作人生教科书、政教伦理教科书，所以就与我们今天偏向于从现代之文学概念去解释有很大的差异。根据这样的事实以及《诗经》解说在中国文学批评史上的发展情况，本文的一些分析，既立足从"文学文本"出发，又兼采古说（主要是《毛诗》的解说），参考了今天《诗经》研究专家的分析，非具有特殊要说明之处，不再一一注明。

经清楚。①《周颂》与大、小《雅》，为宗庙乐章和王朝聘会宴飨的乐章，主要出自丰镐之间，属于与"土风"相对的京师文学。《鲁颂》出自鲁国国都的曲阜，《商颂》出自殷商故地的宋国国都商丘，均是属于宗庙祭祀之歌，虽然其产生时代要比周颂晚，但从文学超地域性的时间风格和空间风格来看②，属于同一风格类型。周南与召南的地域范围，在汝水与汉水流域，即今天的河南南部、湖北北部及陕西东南部广大地区；邶即燕，鄘为鲁地，皆有目无诗，其诗已亡，后人以卫诗独多，遂分隶于邶、鄘名下，实即卫风③。季札观乐时，《左传》记云："为之歌邶、鄘、卫"，并而言之，亦是明证。邶、鄘、卫之风诗的地域包括今山西的东南部、河北南部及河南东北部地区，郑风、桧风的地域，均在今河南的中部新郑、密县一带；魏风产生于山西西南部一带；唐风产生于今山西中部太原一带，其地域最北；豳风的地域，在今陕西彬县北部地区。是周室的发祥地；秦风与豳风的地域相关，产生于今甘肃陇西一带，其地域最西；曹风产生于今山东曹州一带；齐风产生于今山东益都一带，其地域最东；陈风产生于今河南东部、安徽北部一带，除周南、召南外，它的地域最南。

---

① 本文关于《国风》地域问题，主要参考孙作云《从读史的方面谈谈"诗经"的时代和地域性》，《历史教学》1957年第3期，收入人民文学出版社编辑部编《诗经研究论文集》，人民文学出版社1959年版。又，该文现收入《孙作云文集》之《〈诗经〉研究》，题为《论〈诗经〉的时代和地域性》，其中收入的与之相关的论文还有《〈诗经〉中的动植物》和《杂考十四篇》可参考，河南大学出版社2003年版。又，还参考诸书如下：高亨《诗经今注》之《前言》，同上；余冠英《诗经选》之《前言》，同上；《毛诗正义》之郑玄《诗谱》及其注疏，《十三经注疏》整理本，北京大学出版社2000年版；方玉润《诗经原始》卷首所附《十五国风舆地图》等，李先耕点校，中华书局1986年版；刘超骅《山河岁月——疆域开拓与文化的地理环境》，《港台及海外学者论中国文化》（上册），上海人民出版社1988年版；谭其骧主编《中国历史地图集》，中国地图出版社1982年版；《中华人民共和国分省地图集》，中国地图出版社1974年版。

② 时间风格和空间风格，参考拙文《试论文学地理学的过去、现在和未来》一文中专门论述，见拙著《中国文论研究丛稿》，学苑出版社2011年版，第115—159页。

③ 该说本王国维《北伯鼎跋》："余为邶即燕，鄘即鲁地也。"又说："……太师采诗之目，尚仍其故名，谓之邶、鄘，然皆有目无诗。季札观鲁乐，为之歌邶、鄘、卫，时犹未分为三。后人以卫诗独多，遂分隶之于邶、鄘。"参见《观堂集林》第三册卷十八，中华书局1959年版，第884—886页。另按：为简省计，下文《国风》中秦风、豳风等十五国风的具体名称一般不加书引号，有时用引号以示特别说明。

根据《左传》"襄公二十九年"季札观乐的大段评论和司马迁《史记·货殖列传》对西周至春秋时期有关文化地域的划分以及《诗经》的写作内容与文辞意境，暂且撇开二《雅》、三《颂》不论，可以把十五《国风》分为五大文学地域，即：（一）二南与陈风区（南区），（二）秦豳区（西区），（三）魏唐区（北区），（四）郑卫区（中原区），（五）齐风区（东区）。下面将按照《风》诗之地理这样五大区域，分别论述《风》诗的地域风格的类型及其艺术特色，从而对早期北方文学的地域特征作一扼要的归纳①。本文关于这五大区域的划分，不一定非常合理，其他学者可以有不同的归纳，这里只是在郑玄《诗谱》的基础上进一步作"简化"处理，以便说明问题。

二 南区："二南"与"陈风"区的风诗

首先讨论"二南"与"陈风"区的风诗，即周南、召南与陈风的地域与风格（南区）②。据陈风《株林》为讽刺陈灵公通淫于夏姬之事，陈风

---

① 刘师培《南北学派不同论·南北文学不同论》认为北方文学以"记事析理"为擅长，而南方文学以"言志抒情之体"为代表。《诗经》时代的北方之文，就是《书》《礼》《易》和《春秋》等经典，《尚书》《春秋》"记动记言，谨严简直"，而《礼》《乐》二经"例严辞约，平易不诬"，后代"记事之文，此其嚆矢"。《大易》一书，"素远钩深，精义曲隐，析理之作，此其权舆"。而《诗经》中含有南方之文："惟《诗》篇三百，则区判北南，《雅》《颂》之诗起于岐丰，而《国风》十五太师所采，亦得之河济之间，故讽咏遗篇，大抵治世之音，从容揄扬（如《周颂》及《大雅》《小雅》前半及《鲁颂》《商颂》是）；衰世之诗，悲哀刚劲（如《小雅》中《出车》《采芑》《六日》以及《秦风》篇皆刚劲之诗也，而《小雅》《大雅》之后半则为悲哀之诗）；记事之什，雅近典谟（如《七月》篇历叙风土人情，而《笃公刘》诸篇皆不愧诗史），北方之文，莫之或先也。"接着刘师培指出惟《周南》《召南》中有南方的诗篇，其地域靠南，并认为"南"即"南方之诗""南方之音"的意思，而与北方之音的"雅"相对而言，这些地域的诗作，直接影响了后来的屈宋创作。引见李妙根编《刘师培论学论政》，复旦大学出版社1990年版，第66—67页。

② 按：如果把二南与陈风分开作为两个地域文学也较为妥当，因其一在西而一在东之故，如前所说，中国文学地理上的东西差别也很显著，但不及南北之突异而已，这里为了论述的方便，并考虑此地域都较为靠近长江，风诗表现上有又其共同性，所以合并为一区来论述。所谓"通人恶繁"，十五国风（合并邶鄘卫三者实为十三）之间也可谓均有差异，那样分析古今多有，不仅失去简要概括之目的，也非本文之旨趣。

大概为前599年以前的诗。二南风诗的产生时代在西周末年到春秋初年之间，最晚不会超过周厘王时即前677年，因为此后，楚国武王、文王，把汉北、汉阳诸姬、姜姓小国几乎全部吞没，所谓"汉阳诸姬，楚实尽之"[1]。学术界曾有人提出二南为楚风之说[2]，孙作云先生对之力证其误[3]。因为周武王死后，楚与周实成敌对性质，正如郑玄《诗谱》所云："时徐及吴、楚，僭号称王，不承天子之风，今弃其诗，夷狄之也。"[4] 二南不是"楚风"，但二南和陈风受到楚风、南方地域文化的浸染也是可以肯定的。

从文学地域的空间风格上看，刘师培对二南的地域风格论析较为恰当。其《南北文学不同论》云："惟周、召之地，在南阳、南郡之东……故二《南》之诗，感物兴怀，引辞表旨，譬物连类，比兴二体，

---

[1] 《左传》"僖公二十八年"，"夏，四月戊辰，晋侯、宋公、齐国归父、崔夭、秦小子慭次于城濮。楚师背酅而舍，晋侯患之……子犯曰：'战也！战而捷，必得诸侯。若其不捷，表里山河，必无害也。'公曰：'若楚惠何？'栾贞子曰：'汉阳诸姬，楚实尽之。思小惠而忘大耻，不如战也。'"见《春秋左传注疏》，《十三经注疏》整理本，北京大学出版社2000年版，第514页。

[2] 按：因为十五国风没有楚风，因此古代持此说者就不少。朱熹就有此类似说法，如其《诗集传》之《周南》篇末总按云："《汉广》，《汝坟》，则以南国之诗附焉"，但并未明白声明此说。参见朱熹《诗集传》（与王逸《楚辞章句》合刊本），岳麓书社1994年版，第9页。而如明代徐师曾《文体明辨序说·楚辞》明确说："按《楚辞》者，《诗》之变也。《诗》无楚风，然江汉之间皆为楚地，自文王化行南国，《汉广》《江有汜》诸诗列于《二南》，乃居十五国风之先。是《诗》虽无楚风，而实为《风》首也。"引见《楚辞评论资料选》（马茂元主编《楚辞研究集成》之一），杨金鼎主编，湖北人民出版社1985年版，第104页。今人持此说者亦多，如马茂元《楚辞选》即多处申明此说，在该书"前言"中他说："《诗经》的十五《国风》，所收集的基本上是北方的民歌。它的地域分布，以渭河流域为起点，黄河流域为中心；而它的边缘也曾触及汉水和长江。《国风》里没有楚风，可以肯定为楚地民歌见于《二南》的仅有《汉广》和《江有汜》。其余象《茉苢》《草虫》《行露》《野有死麇》等篇，也可能是同一地区的产物。就其风格而言，它们都有别于北方的诗歌，而独标逸韵。《二南》的时代是西周初期，当时楚国还处于草莱未辟的状态。从这，我们就可以看出楚诗的一个光辉起点。"人民文学出版社1958年版，第3页。按：周南《汉广》三章，章八句："南有乔木，不可休息。汉有游女，不可求思。汉之广矣，不可泳思。江之永矣，不可方思。翘翘错薪，言刈其楚。之子于归，言秣其马。汉之广矣，不可泳思。江之永矣，不可方思。翘翘错薪，言刈其蒌。之子于归。言秣其驹。汉之广矣，不可泳思。江之永矣，不可方思。"召南《江有汜》三章，章五句："江有汜，之子归，不我以。不我以，其后也悔。江有渚，之子归，不我与。不我与，其后也处。江有沱，之子归，不我过。不我过，其啸也歌。"读者自读之，即会认为徐师曾等所言亦自有其理据也。

[3] 孙作云：《从读史的方面谈谈"诗经"的时代和地域性》，《诗经研究论文集》，人民文学出版社1959年版，第51页。

[4] 孔颖达《毛诗正义》本之郑玄《周南召南诗谱》，《十三经注疏》整理本，北京大学出版社2000年版，第18页。

厥制亦繁;构造虚词,不标实迹,与二《雅》迥殊。至于哀窈窕而思贤才,咏汉广而思游女,屈、宋之作,于此起源。"① 由此,笔者认为二南的总体地域特征,主要表现为描写物色上,意境鲜明,细致贴切,极状物之能事;抒发情怀上,大胆直率,少有拘束,感发天然之真情;语言表现上,构造虚辞,工于形容,善用双声叠韵、连绵之词语;音韵节奏上,繁弦促节,心随声转,多奏缠绵往复之旋律。这就与其西北边地秦豳区风诗质朴刚劲、简洁晓畅的地域风格形成了鲜明的对比。陈风与二南风诗的地域特征较为近似,虽然刻物不及其细致工妙,但抒情的大胆直率与语言上善用虚辞却是一致的,而其表现出的炽烈巫风,又是其独特的地域特色。

二南与陈风的这些独特的地域风格,典型地表现在其男女情歌上。先看《诗经》的第一篇、周南中《关雎》的首章:

关关雎鸠,在河之洲。
窈窕淑女,君子好逑。

感情直率,格调清新,色彩鲜明,已超过一般"取譬联类"的比兴功用,达到了后人说的"兴即象下之意"的境界。第二章忽奏繁弦:

参差荇菜,左右流之。
窈窕淑女,寤寐求之。
求之不得,寤寐思服。
悠哉悠哉,辗转反侧。

以漂流荇菜起兴,运用"顶针"的手法,钳入虚语,极写"求之不

---

① 《刘师培论学论政》,复旦大学出版社 1990 年版,第 67 页。值得注意的是,刘师培强调"屈、宋之作,于此起源"。

得"的相思之情①。正如方玉润所云:"忽转繁弦促音,通篇精神扼要在此,不然,则前后平沓矣。"② 其他如周南之十一篇中的《卷耳》《汉广》等,召南十四篇中的《采蘩》《采苹》《殷其雷》及《摽有梅》等,都有繁弦促节的意韵。

二南和陈风中的一些诗篇,善用"矣""兮"等虚词,特别具有南方的地理风土韵味,因为二南和陈风区正是秦岭—淮河一线所穿过的南北文化交界的"感觉区",故二南和陈风区的风诗受"南风"的熏染自重,善用虚辞,是其表现之一③。关于这一点,不少学者都曾指出过。姚际恒《诗经通论》就认为《卷耳》末章"四'矣'字,有急管繁弦之意"。④二南诗中的《摽有梅》《汉广》等与陈风中的《东门之杨》《泽陂》等均是写男女之真情的,旧说附会之论,多不可信。《摽有梅》以成熟梅

---

① 第三章同第二章,然情绪转为欢快,想象其乐曲当亦由第二章的低抑缠绵转为起伏喜悦也。第三章诗云:"参差荇菜,左右采之。窈窕淑女,琴瑟友之。参差荇菜,左右芼之。窈窕淑女,钟鼓乐之。"又按:《诗》之分"章"的原理是根据乐曲之"节"也,后来乐府又称之为"解"。这首诗的分章有两种,孔颖达《毛诗正义》:"《关雎》五章,章四句。故言三章,一章章四句,二章章八句。"《正义》注云:"五章是郑所分,'故言'以下是毛公本意。"北京大学出版社 2000 年版,第 33 页。笔者这里采纳的是所谓"毛公本意",分为三章。本诗分章,清姚际恒赞同郑氏分为五章的意见,方玉润又同意姚氏的意见。
② 方玉润:《诗经原始》每首诗分有眉批、集解、标韵等,他分《关雎》为五章,引文是其第三章的眉批,其分析第一章云:"此诗佳处,全在首章四句,多少和平中正之音,细咏自见。取冠《三百》,真绝唱也。"又评品第四、五章云:"此'友'字、'乐'字,一层深一层,快足满意而又不涉于侈糜,所谓乐而不淫也。"颇迂腐可笑。《诗经原始》,北京大学出版社 2000 年版,第 72 页。
③ 其他区域风诗如齐风等,也有用虚词"矣""兮"等虚词者,盖《诗经》中常见虚词,亦声辞耳。详下文分析。
④ 姚际恒:《诗经通论》(见其《卷耳》末章句下评语),顾颉刚标点,中华书局 1958 年版,第 19 页。周南《卷耳》四章,章四句,诗云:"采采卷耳,不盈顷筐。嗟我怀人,置彼周行。陟彼崔嵬,我马虺隤。我姑酌彼金罍,维以不永怀。陟彼高冈,我马玄黄。我姑酌彼兕觥,维以不永伤。陟彼砠矣,我马瘏矣,我仆痡矣,云何吁矣。"这是一首描写一个贵族出使在外,于路途中伤别怀人之作。而《毛诗》云:"《卷耳》,后妃之志也,又当辅佐君子,求贤审官,知臣下之勤劳。内有进贤之志,而无险诐私谒之心,朝夕思念,至于忧勤也。"对此,孔颖达《毛诗正义》更是连篇累牍地作了申说,"废话"甚长,不具引。诗中的主人公是一个贵族(所谓臣下),可以肯定,要不他不可能有马有仆,还能用尊贵的酒器饮酒。诗写一贵族王臣"出使"之劳和"怀人"之情较为显然,末一章四句连用四个"矣",确实是这首风诗较为突出的特点,通过"置彼周行"至"陟彼砠矣"以及"马瘏"而"仆痡"的描写("瘏"与"痡"字皆"疲病"之义),目的在于侧写出"怀人"伤别的忧苦心情,使情感宣泄达至高潮。

· 50 ·

子纷纷坠落为喻,即写青春流逝、红颜消减的快速,表现了姑娘"求我庶士"的急切之情①。前两章第二句、第四句以"兮"字押韵,诗句活脱,情感跳跃,这种手法为以后的《楚辞》所继承。《东门之杨》大胆地描写情侣"人约黄昏后"的情景②,"昏以为期,明星煌煌",意境美妙动人。

二南与陈风,描写自然景观、反映民风民情,具有高度的艺术概括能力,刘勰《文心雕龙·物色》所谓"以少总多,情貌无遗"③。周南中的《桃夭》是一首祝贺女子新婚的民歌。朱熹《诗集传》云:"《周礼》:仲春令会男女。然则桃之有华,正婚姻之时也。"④ 说明这首诗反映了当时独特的地域文化风尚。诗以桃花鲜盛写新娘的娇妍,由花繁而将果多的暗示,流露出了我国古代庶民"多子多福"的传统心态。其他状物如绘的如《芣苢》,最为人所称道⑤。方玉润评之云:"读者试平心静气涵泳此诗,恍听田家妇女,三三五五,于平原旷野、风和日丽中群歌互答,余音袅袅,若远若近,忽断忽续,不知情之何以移,而神之何以旷。"⑥ 能使2000多年后的人想象出如许画面,足以说明二南风诗的状物之妙。

---

① 召南《摽有梅》三章,每章四句以"摽有梅"句起首,诗云:"摽有梅,其实七兮。求我庶士,迨其吉兮。摽有梅,其实三兮。求我庶士,迨其今兮。摽有梅,顷筐塈之。求我庶士,迨其谓之。"

② 《东门之杨》共两章,以"东门之杨"起首,诗云:"东门之杨,其叶牂牂。昏以为期,明星煌煌。东门之杨,其叶肺肺。昏以为期,明星晢晢。"

③ 范文澜:《文心雕龙注》,人民文学出版社1958版,第694页。

④ 朱熹:《诗集传》,《诗经原始》中华书局1986年版,第6页。《桃夭》诗有三章,每章四句,以"桃之夭夭"起首,诗云:"桃之夭夭,灼灼其华。之子于归,宜其室家。桃之夭夭,有蕡其实。之子于归,宜其家室。桃之夭夭,其叶蓁蓁。之子于归,宜其家人。"

⑤ 周南《芣苢》全诗三章,每章四句,以"采采芣苢"起首,诗云:"采采芣苢,薄言采之。采采芣苢,薄言有之。采采芣苢,薄言掇之。采采芣苢,薄言捋之。采采芣苢,薄言袺之。采采芣苢,薄言襭之。"

⑥ 方玉润:《诗经原始》,中华书局1986年版,第85页。

陈风中的《宛丘》与《东门之枌》①，最能表现当地男女相聚、歌舞相乐、巫风盛行的地域文化风尚。《汉书·地理志》云：

> 陈国，今淮阳之地。陈本太昊之虚，周武王封舜后妫满于陈，是为胡公，妻以元女大姬。妇人尊贵，好祭祀，用史巫，故其俗巫鬼。《陈诗》曰："坎其击鼓，宛丘之下，亡冬亡夏，值其鹭羽。"又曰："东门之枌，宛丘之栩，子仲之子，婆娑其下。"此其风也。吴札闻《陈》之歌，曰："国亡主，其能久乎！"自胡公后二十三世为楚所灭。陈风属楚，于天文（按：指按二十八星宿划分中国地理区域的天文分野）自若其故。②

陈地巫鬼之习，是否源于大姬的提倡，姑且不论，但其巫风盛行，由此可见不差。《宛丘》一诗写女巫"无冬无夏"，无时不在的优美舞姿，或在"宛丘之上兮"，或在"宛丘之下"，令诗人发出无限的企慕之情。巫风盛行的社会习俗，是陈风情诗繁荣的一个重要原因。在周人理性精神的觉醒中，殷商时期的巫卜文化已倾斜于史官文化。"史重人事，长于征实；巫事鬼神，富于想象。"③而陈国特盛巫风的习俗，与中原文化前进的步伐相比，是一种倒退。难怪季札观之曰："国无主，其能久乎？"杜预注云："淫声放荡，无所畏忌，故曰国无主。"④但统治者如陈灵公淫滥私情，当与该地人民正当的爱情生活分别开来。

总之，二南与陈风的状物如绘、繁弦促节、抒情的大胆及巫风的炽热气氛等艺术特色、风土特征，是与二南与陈风区的地理自然之境、地域之文化习气熏染孕育之功分不开的。

---

① 《东门之枌》全诗三章，章四句："东门之枌，宛丘之栩。子仲之子，婆娑其下。谷旦于差，南方之原。不绩其麻，市也婆娑。谷旦于逝，越以鬷迈。视尔如荍，贻我握椒。"《宛丘》全诗三章，每章四句，诗云："子之汤兮，宛丘之上兮。洵有情兮，而无望兮。坎其击鼓，宛丘之下。无冬无夏，值其鹭羽。坎其击缶，宛丘之道。无冬无夏，值其鹭翿。"
② 班固：《汉书》卷二十八下《地理志下》，中华书局2000年版，第1318—1319页。
③ 范文澜语，见其《中国通史简编》第一编，人民出版社1964年版，第282页。
④ 杜预：《春秋经传集解》第十九，上海古籍出版社1978年版，第29条注语，第1125页。

三　西区：秦豳区的风诗

秦豳区风诗即秦风与豳风的地域与风格（北区）。豳风《破斧》写周公东征之事，可见豳风属西周末年以前的诗。秦风《黄鸟》写秦人哀悼秦穆公殉葬的"三良"，估计《秦风》皆为"秦穆公以前的诗"。就豳风、秦风与关陇地域文化风尚的关系而言，主要表现为乐天知命、安土重迁的小农心态和尚武精神、杀伐之音的特征，前者偏于豳风，后者乃秦风最重要的表现。

秦风与豳风虽还有种种不同，不过其总体地域风格皆表现为或以质朴健朗为长，或以清新简洁为尚的本色倾向，说明了它们具有相近的地域空间风格。《史记·货殖列传》云：

> 关中自汧、雍以东至河、华，膏壤沃野千里，自虞夏之贡以为上田，而公刘适邠，大王、王季在岐，文王作丰，武王治镐，故其民犹有先王之遗风，好稼穑，殖五谷，地重，重为邪。及秦文、孝（德）、缪居雍，隙陇蜀之货物而多贾。献公徙栎邑，栎邑北却戎翟，东通三晋，亦多大贾。

所谓"地重，重为邪"，宋人裴骃《史记集解》云："言关中地重厚，民亦重难不为邪恶。"[①] 豳风七篇，其中《七月》《鸱鸮》两首典型地表现了当地人民"好稼穑，殖五谷"，勤劳农事的生活。《七月》一诗以洗练的语言，把日常耕作的细微琐事与心理活动贯穿在整体的叙事过程之中，令人至今读来仍能想象当时人们一年生活的情事。如妻儿送饭、姑娘采桑的农忙情景；修房割茅、"献羔祭韭"的农闲活动，无不写得栩栩如生。全诗还通过直接记述月份的流转、季节景观的变化，清晰而又自然地表现了

---

① 司马迁：《史记·货殖列传》，中华书局2000年版，第2476页。

一年农事活动的全过程①。还有像《鸱鸮》一诗，以小鸟痛责猫头鹰的好逸恶劳的口气，表现了一个劳动女子的辛劳，甚为质朴感人②。《东山》以一个"农民"征人的口吻，写"自己"在解甲归田途中的一系列的想象活动，充分表现了一种"我心西悲"、眷念故土的小农心态与厌战心理③。该诗描述了"我徂东山，慆慆不归"的期间，门结蛛网、场遭鹿践、桑田荒芜、妻子叹息的情景，结句"其新孔嘉，其旧如何？"也恰当而又生动地表达了怀念亲人、急切盼归的心情。班固《汉书·地理志》说豳诗"言农桑衣食之本甚备"（见下文引），可以说一言中的。

秦风十篇没有写到农事活动，笔者以为这在一定程度上表现了关陇地域文化的变迁性。班固《汉书·地理志》云："故秦地，于禹贡时，跨雍梁二州，《诗·风》兼秦、豳两国……文王作酆，武王治镐，其民有先王遗风，好稼穑，务本业，故豳诗言农桑衣食之本甚备……天水、陇西，山多林木，民以板为室屋。及安定、北地、上郡、西河，皆迫近戎狄，修习战备，高上气力，以射猎为先。故《秦诗》曰'在其板屋'；又曰'王于兴师，修我甲兵，与子偕行'。及《车辚》《四载》（按：即是《驷驖》）、《小戎》之篇，皆言车马田狩之事。"④ 盖秦风创生的时代，为秦人"北却戎翟（狄）之时"，经济上交通东邻，"亦多大贾，战争必耽误农事，故求商业的发展"。当然不写农事，不能说当地就没有农业生产活动。前781

---

① 《七月》其前三章诗（均以"七月流火"句起首）云："七月流火，九月授衣。一之日觱发，二之日栗烈。无衣无褐，何以卒岁？三之日于耜，四之日举趾。同我妇子，馌彼南亩。田畯至喜。七月流火，九月授衣。春日载阳，有鸣仓庚。女执懿筐，遵彼微行，爰求柔桑。春日迟迟，采蘩祁祁。女心伤悲，殆及公子同归。七月流火，八月萑苇。蚕月条桑，取彼斧斨。以伐远扬，猗彼女桑。七月鸣鵙，八月载绩。载玄载黄，我朱孔阳，为公子裳。"
② 《鸱鸮》有四章，每章五句，诗云："鸱鸮鸱鸮，既取我子，无毁我室。恩斯勤斯，鬻子之闵斯。迨天之未阴雨，彻彼桑土，绸缪牖户。今女下民，或敢侮予？予手拮据，予所捋荼。予所蓄租，予口卒瘏，曰予未有室家。予羽谯谯，予尾翛翛，予室翘翘。风雨所漂摇，予维音哓哓！"
③ 《东山》首章云："我徂东山，慆慆不归。我来自东，零雨其濛。我东曰归，我心西悲。制彼裳衣，勿士行枚。蜎蜎者蠋，烝在桑野。敦彼独宿，亦在车下。"
④ 班固：《汉书》卷二十八下《地理志下》，中华书局2000年版，第1311—1312页。

年，周幽王即位后，因废立"太子"事，申侯、缯侯联络畎戎进攻王都，幽王被杀于骊山之下。平王继立，迫于严狁、畎戎的严重威胁，不得已迁都于洛邑。关中之地赐给承袭"西垂大夫"世职的秦襄公。秦人为站稳脚跟，扩大疆土，必须连续与敌作战，故秦人尚武能战，诗多杀伐之音。另外，还由于战争兼并的过程中，经济上得戎翟之畜，"畜牧为天下饶"（《史记·货殖列传》），文化上也受到畜牧业文明的浸染之故。

秦风刚劲健畅、充满杀伐之音的特征，早已为历代《诗经》学者所注意。朱熹《诗集传》释《无衣》一诗论云："秦之俗，大抵尚气概，先勇力，忘生轻死。故其见于诗如此。然本其初而论之，岐丰之地，文王用之以兴二南之化，如彼其忠且厚也。秦人用之，未几而一变其俗，至于如此，则已悍然而招八州而朝同列之气矣。何哉？雍州土厚水深，其民厚重质直，无郑骄惰浮靡之习。以善导之，则易以兴起而笃于仁义；以勇驱之，则其刚毅果敢之资，亦足以强兵力农，而成富强之业，非山东诸国所及也。"[1] 其言虽充满理学家的迂腐之气，而也不乏真知灼见。特别是他指出了秦风的地域特色的形成，与其地域的土厚水深之地理环境、厚重质直的文化习俗及其迁变之间的相关性，揭示了文学地理学上的一条普遍原理。刘师培说秦风乃"刚劲之诗也"[2]，主要是指《小戎》《无衣》诸篇，尤以后者为代表。《无衣》末章写道："岂曰无衣？与子同裳。王于兴师，修我甲兵，与子偕行。"[3] 这样的诗句，简洁明白，刚劲有力，颇有战争"口号"的意味。从《秦风》的杀伐之音到北周至唐代边塞诗的豪迈之格，可以看出它们具有一脉相承的文学地域传统。

---

[1] 朱熹：《诗集传》之秦风《无衣》注解，岳麓书社1994年版，第89页。
[2] 《刘师培论学论政》，复旦大学出版社1990年版，第67页。
[3] 《无衣》三章，每章五句，以"岂曰无衣"起首。全诗云："岂曰无衣？与子同袍。王于兴师，修我戈矛，与子同仇。岂曰无衣？与子同泽。王于兴师，修我矛戟，与子偕作。岂曰无衣？与子同裳。王于兴师，修我甲兵，与子偕行。""岂曰无衣"，我要"与子同裳""与子同泽""与子同裳"；"王于兴师，修我戈矛"，我要"与子同仇""与子偕作""与子偕行"云云，这样的诗句，确实是少见的"刚劲之诗"。

秦豳区的情诗，也同样具有独特的地域风格，语言清新朴素，除少数像《蒹葭》篇外，诗境多较质实，不同于郑卫情诗妍放绮婉的风格。如豳风中的《伐柯》，以伐柯作喻，希望能通过媒人娶到"自己"看见的那个美人，其第二章云：

> 伐柯伐柯，其则不远。
> 我觏之子，笾豆有践。

确有季札所谓"乐而不淫"的意味。后代满脑子儒家思想的注解家，正是由这种朴质的风格去比拟"风化"之德的。甚至有人认为："读秦风喜得无淫奔之诗，见得秦欲好。"① 既不能说他一点道理没有，却又不能不令人哑然失笑。秦风中的《蒹葭》首章云：

> 蒹葭苍苍，白露为霜。
> 所谓伊人，在水一方。

诗人以霜洁露白、环水曲道，写出了美人冰清如玉的形象与自己不畏艰难而往求的心志。② 其他如《终南》和《晨风》等③，或慕或叹，均清新而简约，皆婉转而不浮靡。

---

① 薛思庵（敬之）：《野录》（或作《思庵野录》）语，有清咸丰元年渭南武鸿模刻本，今有《丛书集成续编》本（第77册）等。薛敬之，陕西渭南人，明代著名理学家，黄宗羲《明儒学案》卷七《河东学案上》撰有《同知薛思庵先生敬之》学案，并辑有《思庵野录》语，但无所引这一条。上册，第132—136页。

② 秦风名作《蒹葭》诗共三章，每章以"蒹葭"句起首。全诗云："蒹葭苍苍，白露为霜。所谓伊人，在水一方。溯洄从之，道阻且长。溯游从之，宛在水中央。蒹葭萋萋，白露未晞。所谓伊人，在水之湄。溯洄从之，道阻且跻。溯游从之，宛在水中坻。蒹葭采采，白露未已。所谓伊人，在水之涘。溯洄从之，道阻且右。溯游从之，宛在水中沚。"三章反复咏唱，抒发了对"伊人"的无限深情；以虚写实，"伊人"美丽高洁的绰约风姿，给人以无限的想象。咏之令人咀嚼无穷，意境婉靡，语言明净，其情深广而真挚。《诗经》此类绝唱尤多。

③ 《晨风》亦美，全诗三章，章六句："鴥彼晨风，郁彼北林。未见君子，忧心钦钦。如何如何！忘我实多。山有苞栎，隰有六驳。未见君子，忧心靡乐。如何如何！忘我实多。山有苞棣，隰有树檖。未见君子，忧心如醉。如何如何！忘我实多。"每章后四句，几乎属于重复（仅忧心之钦钦、靡乐、如醉，三个形容词不同，反复强调忧心之甚），如怨如诉，质朴感人。

四 北区：魏唐区的风诗

魏唐区的风诗即魏风与唐风的地域与风格（西区）。魏国在公元前661年为晋献公所灭，魏风是其亡国前的作品[①]。唐风即晋风，据其《扬之水》（旧说刺昭公）与《采苓》（旧说刺献公）推知，其产生时代约在东周初的一百年内。朱熹《诗集传》云："唐，国名，本帝尧旧都，在《禹贡》冀州之域。……其地土瘠民贫，勤俭质朴，忧思深远，有尧之遗风焉。"又云："魏，国名，本舜禹故都，在《禹贡》冀州雷首之北，析城之西，南枕河曲，北涉汾水。其地狭隘，而民贫俗俭，盖有圣贤之遗风焉。"[②]土瘠民贫、纤俭习事的地域特征与文化风尚，使魏唐区的风诗具有强烈的现实精神，诗风朴质朗畅；其"地边胡，数被寇"（《史记·货殖列传》）的政治环境，和"人民矜懻忮、好气，任侠为奸，不事农商"（同上）的性格特征，使其风诗在艺术表现上，"极纵横排宕之致"，抒情率直，多沉郁悲慨之气。与秦豳区的风诗相比，异中有同。其讽喻现实的精神，是其最为突出的地域特征，故自古学者称魏唐多"变风"。

《汉书·地理志》评唐风云："其民有先王遗教，君子深思，小人俭陋。故《唐》诗《蟋蟀》《山枢》《葛生》之篇曰：'今我不乐，日月其迈'；'宛其死矣，它人是媮'；'百岁之后，归于其居'。皆思奢俭之中，念死生之虑。"孙作云先生认为唐风多"没落之感"，与其商业发达，领主

[①] 班固：《汉书》卷二十八下《地理志下》述魏风区云："魏国，亦姬姓也，在晋之南河曲，故其诗曰'彼汾一曲'；'寘诸河之侧'。自唐叔十六世至献公，灭魏以封大夫毕万，灭耿以封大夫赵夙，及大夫韩武子食采于韩原，晋于是始大。至于文公，伯诸侯，尊周室，始有河内之士。……文公后十六世为韩、魏、赵所灭，三家皆自立为诸侯，是为三晋。赵与秦同祖，韩、魏皆姬姓也。自毕万后十世称侯，至孙称王，徙都大梁，故魏一号为梁，七世为秦所灭。"中华书局2000年版，第1316页。

[②] 朱熹：《诗集传》之《唐风》《魏风》解题，岳麓书社1994年版，第77、72页。

没落有关①。唐风中的《羔裘》《鸨羽》，魏风中的《伐檀》《硕鼠》等，都是讽喻现实的典型作品。《伐檀》"刺贪也，在位贪鄙，无功而食禄。"该诗较长，共三章，章九句，首章云：

> 坎坎伐檀兮，
> 置之河之干兮，河水清且涟猗。
> 不稼不穑，胡取禾三百廛兮？
> 不狩不猎，胡瞻尔庭有县貆兮？
> 彼君子兮，不素餐兮！

通过对比的手法，反诘的口气，斥责不劳而获、贪鄙无耻的行为，感情一泻千里，悲郁愤慨之气充满全诗，句尾缀以"兮"字，更增添了诗的快速跳跃的节奏。《硕鼠》一诗②，也愤怒地控诉了统治者的贪淫，"逝将去女，适彼乐土"，出自一个安土重迁的"小民"之口，更表现了其绝弃的决心和不平的情感。

魏唐风诗这种强烈讽喻现实的精神，使它无意于自然景观的细致刻画，"自然"之景只是用来作为比喻、作为"标志""引子"，起到的是感发、起兴、托借等作用，而重视内在心灵的情感抒发，形成独特的艺术特色。如唐风中的《山有枢》③，高山上枢松、洼地里的白榆，纯然是引发之

---

① 孙作云：《从读史的方面谈谈"诗经"的时代和地域性》，《诗经研究论文集》，人民文学出版社 1959 年版，第 70 页。

② 唐风《硕鼠》三章，章八句："硕鼠硕鼠，无食我黍！三岁贯女，莫我肯顾。逝将去女，适彼乐土。乐土乐土，爰得我所。硕鼠硕鼠，无食我麦！三岁贯女，莫我肯德。逝将去女，适彼乐国。乐国乐国，爰得我直。硕鼠硕鼠，无食我苗！三岁贯女，莫我肯劳。逝将去女，适彼乐郊。乐郊乐郊，谁之永号。"《毛诗序》谓："《硕鼠》，刺重敛也。国人刺其君重敛蚕食于民，不修其政，贪而畏人，若大鼠也。"参见孔颖达《毛诗正义》，《十三经注疏》整理本，北京大学出版社 2000 年版，第 436 页。

③ 唐风《山有枢》三章，章八句："山有枢，隰有榆。子有衣裳，弗曳弗娄；子有车马，弗驰弗驱。宛其死矣，他人是愉。山有栲，隰有杻。子有廷内，弗洒弗扫；子有钟鼓，弗鼓弗考。宛其死矣，他人是保。山有漆，隰有栗。子有酒食，何不日鼓瑟？且以喜乐，且以永日。宛其死矣，他人入室。"据《毛诗序》，乃刺晋昭公不能修正道以治理国家，终日荒淫享乐。

词,既不同于豳风《七月》中的写景与叙事相穿插,也不同于二南风诗中抒情与绘景相融会的表现方式。吴公子季札观乐,品魏风云:"美哉,沨沨乎!大而婉,险而易行,以德辅此,则明主也。"品唐风云:"思深哉!其有陶唐氏之遗民乎?不然,何忧之远也。非令德之后,谁能若是?"婉而易、忧而深,正是魏唐风诗在特定的时代中,显现的独特的地域风格。魏风《园有桃》就是表现一个士人对国家命运的忧虑,对现实状况的不满的,诗虽仅两章,然每章很长(十二句),末四句均为:"心之忧矣,其谁知之。其谁知之,盖亦勿思。"反复咏叹,忧思深广。姚际恒《诗经通论》评之曰:"诗如行文,极纵横排宕之致。"①

魏唐区的另一类言情、悼人的歌诗,颇为重视景观的刻画,抒情率直,风格朴质。如魏风中的《汾沮洳》《十亩之间》,唐风中的《扬之水》《绸缪》《有杕之杜》《葛生》等是其代表。《十亩之田》是一首采桑情歌:

　　十亩之间兮,桑者闲闲兮,行与子还兮。
　　十亩之外兮,桑者泄泄兮,行与子逝兮。

诗仅六句,语言简约生动,写出情侣相伴来到桑田采桑的情景。场面描写别具一格,由近及远,由小及大,从十亩之间写到十亩之外,颇有后代山水之作"移步换景"的妙用。《绸缪》是一首贺婚歌,但与二南中的《桃夭》不同,《桃夭》着重于赞美,《绸缪》编向于戏闹。"三星在天"的美丽夜晚,一对新人进入洞房,热闹场面,不言而生:

　　子兮子兮,如此邂逅何?

---

① 姚际恒:《诗经通论》(该诗首章"子曰何其"句下的评语),中华书局1958年版,第125页。

今夕何夕？见此良人！①

描写生动逼真，喜悦之情，溢于言表。《葛生》一诗开后代悼亡之作的先河，诗以葛藤攀缘荆树以生长来起兴，既写出了爱人去世后自己无依无靠的凄苦，又表现了对夫妇相依互爱的美好岁月的回忆。"予美亡此，谁与独处"，情感凄恻无比，令人不忍卒读。"冬之夜，夏之日，百岁之后，归于其室。"② 孤独的岁月，何其难挨；死则同穴的意愿，何其坚决。该诗还善于描写"细节"："角枕粲兮，锦衾烂兮。"人去物在，睹物伤怀，思想昔日的枕席之情，倍增今日的孤苦。

可见，魏唐区的风诗，无论是讽喻之作，还是言情之篇，其风格都具有沉郁质实的地域之气；无论是抒写忧愤之思，还是表现情爱之欢，语言都较为自然朴素。慷慨之气，有别于刚劲之格，这就是魏唐区与秦豳区的风诗之地域风格与风土特征的不同。

五 中原区：郑卫区的风诗

接下来讨论郑卫区风诗的地域与风格（中原区）。我国有古谚语云："百里不同风，千里不同俗"。不过王、桧、曹诸风与郑、卫之风，具有共同的地域风格，皆河南"水土之风气"，所谓"十五国风，豫居其半"。

---

① 笔者以为这也可以视为一首男女欢会（不一定为贺婚）的情诗，全诗如下："绸缪束薪，三星在天。今夕何夕，见此良人？子兮子兮，如此良人何？绸缪束刍，三星在隅。今夕何夕，见此邂逅？子兮子兮，如此邂逅何？绸缪束楚，三星在户。今夕何夕，见此粲者？子兮子兮，如此粲者何？"诗共三章，每章以"绸缪"句起首，反复叹咏，"今夕何夕？见此良人！""子兮子兮，如此邂逅何？"良人在侧，解饥解渴；幸福之感，发自心田。

② 唐风《葛生》五章，章四句："葛生蒙楚，蔹蔓于野；予美亡此，谁与独处。葛生蒙棘，蔹蔓于域；予美亡此，谁与独息。角枕粲兮，锦衾烂兮；予美亡此，谁与独旦。夏之日，冬之夜，百岁之后，归于其居。冬之夜，夏之日，百岁之后，归于其室。"痛悼之情哀，夫妻之恩爱，令人读之，直透心肺，可谓绝唱。

《汉书·地理志》云："邶、鄘、卫三国之诗，相与同风。"① 而王风系东迁以后，产生于洛邑地区的土风，其中，情诗与郑卫之音最为类似。曹风仅四首，还不足以形成典型的地域风格，地理位置与郑国相邻。桧国为郑国所灭，春秋时已属郑地，故朱熹等人认为桧风即是郑诗。因此，我们可以把以上诸风统视为郑卫区的风诗。卫风时代较早，除《定之方中》一篇，为卫国被狄所灭（前660年）之后的作品，其他多为春秋以前的诗。郑风作于春秋时代，约为郑文公以前（前628年）的作品。朱熹《诗集传》云：

> 郑卫之乐，皆为淫声。然以《诗》考之，卫诗三十有九，而淫奔之诗才四之一。郑诗二十有一，而淫奔之诗已不翅（通"啻"）七之五。卫犹为男悦女之词，而郑皆为女惑男之语（按：这句话有妄断之嫌）。卫人犹多刺讥惩创之意，而郑人几乎荡然无复羞愧悔悟之萌。是则郑声之淫有甚于卫矣。故夫子论为邦，独以郑声为戒，而不及卫矣。盖举而言，固自有次第也。诗可以观，岂不信哉？②

---

① 班固：《汉书》卷二十八下《地理志下》云："河内本殷之旧都，周既灭殷，分其畿内为三国，《诗·风》邶、鄘、卫国是也。邶（按：即邶），以封纣子武庚；鄘，管叔尹之；卫，蔡叔尹之：以临殷民，谓之三监。故《书序》曰'武王崩，三监畔'，周公诛之，尽以其地封弟康叔，号曰孟侯，以夹辅周室；迁邶、鄘之民于洛邑，故邶、鄘、卫三国之诗，相与同风。《邶诗》曰'在浚之下'；《鄘》曰'在浚之郊'；《邶》又曰'亦流于淇'，'河水洋洋'，《鄘》曰：'送我淇上'，'在彼中河'。《卫》曰：'瞻彼其奥'，'河水洋洋'。故吴公子札聘鲁观周乐，闻《邶》《鄘》《卫》之歌，曰：'美哉渊乎！吾闻康叔之德如是，是其《卫》乎？'至十六世，懿公亡道，为狄所灭。齐桓公帅诸侯伐狄，而更封卫于河南曹楚丘，是为文公。而河内殷墟，更属于晋。康叔之风既歇，而纣之化犹存，故俗刚强，多豪桀侵夺，薄恩礼，好生分。"班固在此详细说明了为何"邶、鄘、卫三国之诗，相与同风。"《汉书·地理志》，中华书局2000年版，第1314页。但这种"相与同风"，如前所说，根据王国维的研究，实际上本是后人把卫风中的风诗分隶所致，也就是说，今本《诗经》中邶风与鄘风，本即卫风的风诗也。
② 朱熹：《诗集传》（郑风篇末总评），岳麓书社1994年版，第65页。斯论真乃理学家言，令人哑语矣！至于那些从《礼记·乐记》"亡国之音"而来的亡国之风的论述，不过是强加的"罪名"而已。笔者以为整部《诗经》唯郑卫情爱诗歌最为动人，数量也最多，其艺术整体水平也最高。换个角度看朱熹这话也颇有理，盖郑诗比卫诗更多女子大胆示爱或因爱而怨之歌。对一切人间（非专指男女）情爱与怨恨表达之激烈之直白，是郑卫风诗最为主要的整体性的地域风格。

也就是说郑卫区多情诗，邶、鄘、卫三风中有四分之一，郑风中有十七篇都与爱情婚姻有关。其他据笔者统计，王风十首中也有五首是写男女之情的诗。因而，郑卫区风诗的地域风格主要表现在情诗之中。其描写特色、抒写情怀，善于即景生情，情溢于境，不仅善于描写人物的外貌，且多工笔细描与传神之笔，如《硕人》诸篇[①]，还善用细致入微的笔触，描写人物活动的心理流程。所谓"几乎荡然无复羞愧悔悟之萌"，无论是"男悦女""女惑男"的挑逗、幽约之欢，还是怀人的相思、弃妇的叹怨之情，都抒之坦然率直。不过要注意的是，欢谑有之、大胆热烈有之，但泼辣、奔放的诗作几乎没有，并不像有些论者所言。郑卫区的风诗，其语言清丽，形容婉转，然并不妖艳；声与情生，"快意适观"，或转折缠绵，或欢愉放逸，既无魏唐风诗的"跌宕之致"，也不似二南、陈风的"繁弦促节"。郑卫区的风诗之产生的时代较晚，反映了诗歌在发展过程中，艺术表现上的日益成熟性。

郑卫区的情诗繁富，与其位于南下北上、东进西往的中心地理位置有极为密切的关系。其南部与楚接壤，东与鲁国、陈、宋为邻，西是东周的王都洛邑之地，北部为商业发达的晋国疆土，因而郑卫地区自然成为北方中原的商业经济的中心。它不仅处于东西南北的核心地带，而且有济水、洛水、黄河、颍水等水路，交通非常便利。在各国文化会通之

[①] 《硕人》四章，章七句："硕人其颀，衣锦褧衣。齐侯之子，卫侯之妻，东宫之妹。邢侯之姨，谭公维私。手如柔荑，肤如凝脂。领如蝤蛴，齿如瓠犀。螓首蛾眉，巧笑倩兮，美目盼兮。硕人敖敖，说于农郊。四牡有骄，朱幩镳镳。翟茀以朝，大夫夙退，无使君劳。河水洋洋，北流活活。施罛濊濊，鱣鲔发发。葭菼揭揭，庶姜孽孽，庶士有朅。"按：毛诗以为是"闵（按：怜而忧也）庄姜也"，鲁诗以为是讥"卫庄公夫人"，方玉润以为属于颂诗，"颂庄姜美而贤也。"全诗很难读出讥刺之意，应为颂美"卫侯之妻"美淑之作，其第二章开历代描写美女之风气，"巧笑倩兮，美目盼兮"二句，更为后代勾勒美人者所模拟。阅读《楚辞》等作，即可发现屈原描写美人多"夺胎换骨"于此，仅此即可见《诗经》对屈原创作的影响。

下，文化心态较为开放，传统束缚大为减少，男女交往较为自由①。独特的地理位置又使这一地域中的诸国尤其是郑、卫两国立业较为艰辛。郑、卫两国，"以弱小介强大之间"，最易被吞并，政治上不得不依附、交好于大国，以求自安，而秦、晋、齐、楚诸大国，也想结交于郑、卫，以便获得经济上的发展。对此，魏源的《诗古微》引证《史记·货殖列传》有关论述，作过一段精当的分析：

> 三河为天下之都会，卫都河内，郑都河南，故齐、晋图伯争曹、卫，晋、楚图伯争宋、郑，战国从（纵）横争韩、魏。……据天下之中，河山之会，商旅之所走集也。商旅集则货财盛，货财盛则声色辏。《史记·货殖传》：中山地薄人众，犹有沙丘纣淫地余民，民俗儇急，仰机利而食。丈夫相聚游戏，悲歌忼慨，休则作巧奸冶，多异物。女子则鼓鸣瑟，跕屣，游媚贵富，入后宫，遍诸侯。此谓河北之

---

① 班固：《汉书》卷二十八下《地理志下》述郑地云："郑国，今河南之新郑，本高辛氏火正祝融之虚也。及成皋、荥阳，颍川之崇高、阳城，皆郑分也。本周宣王弟友为周司徒，食采于宗周畿内，是为郑。……土陿而险，山居谷汲，男女亟聚会，故其俗淫。《郑诗》曰：'出其东门，有女如云。'又曰：'溱与洧方灌灌兮，士与女方秉蕳兮。''恂盱且乐，惟士与女，伊其相谑。'此其风也。吴札闻《郑》之歌，曰：'美哉！其细已甚，民弗堪也。是其先亡乎？'自武公后二十三世，为韩所灭。"并根据天文分野划分地域，兼述相邻之"韩地""陈国""颍川、南阳"，"卫地"则别述之。其述韩地云："韩分晋得南阳郡及颍川之父城、定陵、襄城、颍阳、颍阴、长社、阳翟、郏，东接汝南，西接弘农得新安、宜阳，皆韩分也。及《诗·风》陈、郑之国，与韩同星分焉。"又述颍川、南阳之地云："颍川、南阳，本夏禹之国。夏人上忠，其敝鄙朴。……秦既灭韩，徙天下不轨之民于南阳，故其俗夸奢，上气力，好商贾渔猎，藏匿难制御也。宛。西通武关，东受江、淮，一都之会也。……颍川，韩都。士有申子、韩非，刻害余烈，高仕宦，好文法，民以贪遴争讼生分为失。……南阳好商贾，召父富以本业；颍川好争讼分异，黄、韩化以笃厚。'君子之德风了，小人之德草也'，信矣！"又述"卫地"云"今之东郡及魏郡黎阳、河内之野王、朝歌，皆卫分也。卫本国既为狄所灭，文公徙封楚丘，三十余年，子成公徙于帝丘。……今之濮阳是也。本颛顼之虚，故谓之帝丘。夏后之世，昆吾氏居之。成公后十余世，为韩、魏所侵，尽亡其旁邑，独有濮阳。……卫地有桑间濮上之阻，男女亦亟聚会，声色生焉，故俗称郑、卫之音。周末有子路、夏育，民人慕之，故其俗刚武，上气力。……其失颇奢靡，嫁取送死过度，而野王好气任侠，有濮上风。"中华书局2000年版，第1317、1318、1319、1326页。按：班固《汉书·地理志》述地域文化多本于司马迁《货殖列传》，而又有所补充，特别多联系《国风》进行分析论证，故可互相参阅。班固主要目的是以诗证史，对郑玄《诗谱》有重要影响，或者说，郑玄《诗谱》多有采自班固《汉书·地理志》者，但郑玄的目的是以史诠诗。

· 63 ·

卫也。又曰:"赵女郑姬,设形容,揳鸣瑟,揄长袂,蹑利屣,目挑心招,出不远千里者,奔富厚也。赵邯郸故卫地,此谓河北之卫与郑国同俗也。"①

魏源在此从社会历史背景、地理交通位置、商业经济发展以及民俗民情等方面,论述了郑卫区之所以形成"声色薮泽"的原因。"商人重利轻别离",商业经济的发达,文化观念的更新,"游媚富贵"的习气,也是郑卫区多弃妇、怨妇之作的原因。邶风中的《日月》《雄雉》《谷风》,卫风中的《氓》,王风中的《中谷有蓷》以及郑风中的《褰裳》等②,就是这些弃妇怨妇之作的代表。还有写女子被人戏弄后之怨恨的,如邶风中的《终风》③,写妻子遭丈夫猜忌的,如郑风中的《扬之水》,写男女相约私奔的,如王风中的《大车》等④,都是其他国风中少有的。

郑卫区的不少风诗,还反映了当地男女相会的地域民俗风尚,最著名的如郑风最后一首《溱洧》即是。王先谦的《诗三家义集疏》引《韩诗》语云:"郑国之俗,三月上巳之辰,于两水上,招魂续魄,拂除不祥。"⑤《溱洧》一诗就是写三月上巳之日,"溱与洧方涣涣兮"时,一对男女相约游观的情景。其一路戏谑之情,跃然纸上,二人对话各具口吻,犹如一出

---

① 魏源:《诗古微》(20卷本,中编之三《桧郑答问》),《魏源全集》,岳麓书社2004年版,第411页。
② 郑风《褰裳》共两章,章五句。诗云:"子惠思我,褰裳涉溱。子不我思,岂无他人?狂童之狂也且!子惠思我,褰裳涉洧。子不我思,岂无他士?狂童之狂也且!"所谓"子不我思,岂无他人?"表现了女子被离弃后,决绝"狂童"的悲怨和坚强,诗有两章,实际只有两个字不同(一章作"涉溱""他人";二章作"涉洧""他士"),表现了一种一再痛斥的激愤之情。
③ 邶风《终风》四章,章四句,云:"终风且暴,顾我则笑,谑浪笑敖,中心是悼。终风且霾,惠然肯来,莫往莫来,悠悠我思。终风且曀,不日有曀,寤言不寐,愿言则嚏。曀曀其阴,虺虺其雷,寤言不寐,愿言则怀。"
④ 王风《大车》三章,章四句,诗云:"大车槛槛,毳衣如菼。岂不尔思?畏子不敢。大车啍啍,毳衣如璊,岂不尔思?畏子不奔。谷则异室,死则同穴。谓予不信,有如皎日。"诗中写道,我们一起去私奔,"畏子不敢""畏子不奔",又向情人发誓说:但愿与君"死则同穴",我对你的爱情之心,"有如皎日",难道你不明白,难道你还"谓予不信"吗?真可谓大胆狂热、真率无比。
⑤ 王先谦:《诗三家义集疏》,中华书局1987年版,第371页。

小戏。①《汉书·地理志》云郑地"土陿而险，山居谷汲，男女亟聚会，故其俗淫"。而卫地"有桑间濮上之阻，男女亦亟聚会，声色生焉，故俗称郑、卫之音"。②卫风中被斥为淫诗之一的《桑中》，实质是一首优美的爱情诗：

云谁之思？美孟姜矣。
期我乎桑中，要我乎上宫，送我乎淇之上矣。

写一个男子歌唱他与姑娘约会的甜蜜之情，随着"约我""要我"及"送我"的过程，两人的爱情不断加深③。该诗想象丰富，感情热烈，按照朱熹的说法，这是"男悦女"之作。

郑卫区的风诗，确有不少明显是出自女性诗人之手，所谓"女惑男"之语。郑卫区的风诗所表现出的委婉细腻的地域风格特征，也是与其多出自女性诗人之手有关，或虽是男性作者所作，但以女性之眼观物、女性之心道情。如郑风中的《将仲子》是一个少女对情人的嘱托，求他与自己幽

---

① 郑风最后一篇《溱洧》，诗两章，以"溱与洧"起句，诗云："溱与洧，方涣涣兮。士与女，方秉蕑兮。女曰：'观乎？'士曰：'既且，且往观乎？'洧之外，洵订且乐。维士与女，伊其相谑，赠之以芍药。溱与洧，浏其清矣。士与女，殷其盈矣。女曰：'观乎？'士曰：'既且，且往观乎？'洧之外，洵订且乐。维士与女，伊其将谑，赠之以芍药。"诗中女对男说："观乎？"（我们一起去河边游观吧？）男应女说："既且，且往观乎？"（我刚已经去过，不过还是跟你一起再去看看好吗？）二人对话各具口吻，场景犹如演剧。是女子先发出的邀请，这也是朱熹称之为"女惑男"的一首情诗也。

② 站在儒家礼教立场的古代说《诗》者，总是喜欢把《诗经》中的郑风、卫风的诗歌，直接与所谓"淫声"的"郑卫之音"即"亡国之音"划上等号，岂能欣赏郑卫风诗真正的情爱之真美。郑风《子衿》，旧说（毛诗）以为是"刺学校废也。乱世则学校不修焉。"后代引用"青青子衿，悠悠我心"，一般也是求才纳贤，用的就是《毛诗序》的说法。这只能是采《诗》者、编《诗》者以及说《诗》、赋《诗》者（所谓断章取义）之意，恐非原本作《诗》者主旨也。笔者以为《子衿》盖亦是一首男女相约于城阙的情诗，诗三章，章四句，云："青青子衿，悠悠我心。纵我不往，子宁不嗣音？青青子佩，悠悠我思。纵我不往，子宁不来？挑兮达兮，在城阙兮。一日不见，如三月兮。"

③ 还是将全诗录此，以便观览：《桑中》三章，章七句，云："爱采唐矣？沫之乡矣。云谁之思？美孟姜矣。期我乎桑中，要我乎上宫，送我乎淇之上矣。爱采麦矣？沫之北矣。云谁之思？美孟弋矣。期我乎桑中，要我乎上宫，送我乎淇之上矣。爱采葑矣？沫之东矣。云谁之思？美孟庸矣。期我乎桑中，要我乎上宫，送我乎淇之上矣。"这明明不是什么"淫声"、淫诗，实在是一首优美的爱情诗。

会，要悄悄地、小心地，"无逾我墙，无折我树桑"，不要胡来，以免家人说闲话。如诉如怨，情深意切，音韵甘美，虽反复咏叹"岂敢爱之？"实质是深爱不已，所谓"仲可怀也"。①《风雨》一诗中的女子，在一个"风雨凄凄"、孤独难熬的夜晚，得以与久盼的"君子"欢会，可谓以"哀景"写欢情，以倍增其乐。② 王风中的《君子于役》一诗里的征人之妻，黄昏怀人，心理刻画体贴细微。③ "鸡栖于埘。日之夕矣，羊牛下来"的黄昏情景，令她想到丈夫归期难定、自己夜宿无依之苦，孤独幽怨、关切相思之情，意溢于境。

郑卫区的另一类风诗，或写"黍离"之悲，或刺国君无道，或诉苛税之重，或感怀故国，情感悲郁凄恻，章节委曲婉转；点染物境，落墨浓淡

---

① 郑风《将仲子》三章，每章以"将仲子兮"句起首诗云："将仲子兮，无逾我里，无折我树杞。岂敢爱之？畏我父母。仲可怀也，父母之言亦可畏也。将仲子兮，无逾我墙，无折我树桑。岂敢爱之？畏我诸兄。仲可怀也，诸兄之言亦可畏也。将仲子兮，无逾我园，无折我树檀。岂敢爱之？畏人之多言。仲可怀也，人之多言亦可畏也。"

② 郑风《风雨》三章，每章以"风雨"句起首，诗云："风雨凄凄，鸡鸣喈喈，既见君子。云胡不夷？风雨潇潇，鸡鸣胶胶。既见君子，云胡不瘳？风雨如晦，鸡鸣不已。既见君子，云胡不喜？"

③ 王风《君子于役》两章，章八句，每章以"君子于役"句起，又每章以"君子于役"为末两句之第一句结，反复咏唱，渴念之情，溢于言外。诗云："君子于役，不知其期。曷至哉？鸡栖于埘。日之夕矣，羊牛下来。君子于役，如之何勿思！君子于役，不日不月。曷其有佸？鸡栖于桀。日之夕矣，羊牛下括。君子于役，苟无饥渴？"从此黄昏怀人，成为后代文学反复出现的意境，因为此实人生自然本有的实际心理，遂成绝唱也。该诗中的女子对丈夫的相思浓清，亦如后代民歌《桂枝儿》中的《心口相问》，所谓"说黄昏，怕黄昏，又是黄昏时候"也。"君子于役，苟无饥渴？"这"饥渴"二字，实在是双关语，既表达了对丈夫"于役"在外的实实在在的"饥渴"挂怀，也暗喻着丈夫——实际也是在诉说自己对情爱的相思，这恐怕是中国古诗中最早以"饥渴"来比喻男女相思之情的诗。或如屈万里先生所说，国风的诗都已经经过润色加工，非民歌本色矣，又或如朱东润先生所说，守在家中的妻子所思的丈夫，既然用"君子"的称呼，当也是属于统治阶级的下层官吏。这些我们可以暂不去考虑，但就这首诗来说，不仅语言雅驯，而且情意含蓄，跟后代民歌《心口相问》那样的直白率真还是不同的。参见屈万里《论国风非民间歌谣的本来面目》，《书佣论学集》，台湾开明书店 1969 年版，第 193—214 页；朱东润《国风出于民间论的质疑》，《读诗四论》，台湾东升出版有限公司 1970 年版，第 1—64 页。又，冯梦龙编：《桂枝儿》卷三《心口相问》全歌为："前日瘦，今日瘦，看看越瘦。朝也睡，暮也睡，懒去梳头。说黄昏，怕黄昏，又是黄昏时候。待想又不该想，待丢时又怎好丢。把口问向心来也，又把心儿问问口。"其中"懒去梳头"的心情，在《诗经》卫风《伯兮》中就有传诵后世的典型抒写："自伯之东，首如飞蓬。岂无膏沐？谁适为容！"这种思妇于黄昏怀人而恐惧夜宿之孤独寂寞、晨起自怜而懒去梳妆的心理行为，在中国古代诗词中成为经典情境，作品不胜枚举。

有致。不像魏唐区风诗讽喻社会现实那么激烈慷慨；也不像魏唐区风诗感叹时世人生那么悲愤苍凉，而是回环复沓，寓愁情苦绪于委曲转折之中。如王风中的《黍离》、郑风中的《羔裘》、桧风中的《匪风》①、曹风中的《蜉蝣》②、鄘风中的《载驰》③ 等，都是上述内容的代表作品。当然讽喻激烈、章节短小快捷者也有，如邶风中的《北风》、鄘风中的《相鼠》、卫风中的《芄兰》等诗，只是不占多数而已。

六　东区：齐风区的风诗

最后讨论齐风区的风诗。齐风区属于当时"北方文学"的东区。《诗经》中的齐风共十一篇，作于东周后七十年至九十年间。《史记·货殖列传》云："齐带山海，膏壤千里，宜桑麻，人民多文彩布帛鱼盐。临菑亦海岱之间一都会也。其俗宽缓阔达，而足智，好议论；地重，难动摇，怯于众斗，勇于持刺，故多劫人者，大国之风也。其中具五民。"④ 齐国富甲东海，士农工商贾五民皆有，文化风气较为开放，为道家、法家的兴盛之地。吴公子季札在鲁观齐乐云："美哉，泱泱乎，大风也哉。表东海者，其太公乎？国未可限量也。"季札有可能是从齐国

---

① 桧风《匪风》三章，章四句："匪风发兮，匪车偈兮。顾瞻周道，中心怛兮。匪风飘兮，匪车嘌兮。顾瞻周道，中心吊兮。谁能烹鱼，溉之釜鬵？谁将西归，怀之好音。"《毛诗序》以为是思念周朝的治道之作。《毛诗正义》，《十三经注疏》整理本，北京大学出版社2000年版，第202页。

② 曹风《蜉蝣》诗三章，章四句：云："蜉蝣之羽，衣裳楚楚。心之忧矣，于我归处。蜉蝣之翼，采采衣服。心之忧矣，于我归息。蜉蝣掘阅，麻衣如雪。心之忧矣，于我归说。"据《毛诗序》，刺昭公好奢侈而任用小人，国人感到无所依凭，忧国之将亡而作。《毛诗正义》，《十三经注疏》整理本，北京大学出版社2000年版，第550页。

③ 鄘风《载驰》是许穆公夫人所作的一篇爱国主义诗篇，诗云："载驰载驱，归唁卫侯。驱马悠悠，言至于漕。大夫跋涉，我心则忧。既不我嘉，不能旋反。视尔不臧，我思不远。既不我嘉，不能旋济。视尔不臧，我思不閟。陟彼阿丘，言采其蝱。女子善怀，亦各有行。许人尤之，众稚且狂。我行其野，芃芃其麦。控于大邦，谁因谁极？大夫君子，无我有尤。百尔所思，不如我所之。"据《毛诗序》，卫懿公为狄人所灭，其妹许穆公夫人驰驱吊唁，哀悼宗国颠覆而作是诗。《毛诗正义》，《十三经注疏》整理本，北京大学出版社2000年版，第248页。

④ 司马迁：《史记》卷一二九《货殖列传》，中华书局2000年版，第2469页。

霸主的实际政治地位上着眼品评的,《左传》服虔注云:"泱泱,舒缓深远,有太和之意。"① 表明齐风具有舒缓风格,所谓太和主要就是自然平和之意。班固《汉书·地理志》所谓"舒缓之体"。笔者认为这种舒缓文体,还有夸诞之气。但必须指明的是,服虔所谓"深远",有"太和之意"与班固所论并不完全相合。我们诵读流传至今的《诗经》齐风十一篇,较难体会季札说的"国未可限量"和服虔说的"太和之意"(对此还可以作进一步的考论)。因为读诗与观乐,其感受如前所述不可能全然相同,一偏重于声而一偏重于辞(义)之故,我们即使吟诵时,不顾其诗"义"而专听其吟诵之"声",那也不过是吟诵的一种语调,每个人的吟诵与体会也自会不同。不过,齐风究竟其乐调如何"泱泱",尽管我们无法知道,而且班固、服虔大概也是不了解的,既然如此,他们说的"舒缓深远"和"舒缓之体",除了根据季札观乐的评论等文献史料记载外,主要还是根据齐风诗歌的文本做出的判断,有无客观性和科学性呢?笔者认为又还是有的,要辩证地看待这个问题。盖风诗是入乐的,是歌词,是当时与音乐演奏和舞蹈表演一起来歌唱的,如果说齐风的音乐乐调是泱泱舒缓的,多少也可以在歌词文本中有所反映;如果服虔说的"太和之意"就是指他前面说的"舒缓深远",我们今天读这流传下来的齐风十一首歌诗,还可以有所体会,尽管我们体会到的这种吟诵的语调与其当年所配的乐调,相差甚远,难以道里计。下文将结合具体作品,稍作分析。要之,文体"舒缓",是齐风的地域特色。

在今天所见到的十一篇风诗中,其中《南山》《敝笱》《载驱》三诗,

---

① 《春秋左传注疏》,《十三经注疏》整理本,北京大学出版社2000年版,第1262页。

是讽刺"文姜通于齐侯"的①,既表现了齐国上层统治者的豪奢与放荡,也侧面表现了当地士人"足智,好议论"的风气。"宽缓阔达"之气,在《鸡鸣》②《东方之日》等诗中,也约略可以感受得到。

这种"宽缓阔达"的"齐气",笔者以为主要表现为文辞上,善于夸饰,句尾多缀虚词;节奏上,较为疏宕(乃至松散),不太注重物色的细致描写等艺术特征。例如《还》《猗嗟》两篇,几乎每句加一个"兮"

---

① 据《管子·大匡篇》云:"鲁桓公夫人文姜,齐女也,文姜通于齐侯,将如齐,与夫人皆行。申俞谏曰:'不可。女有家,男有室,无相渎也,谓之有礼。'公不听,遂以文姜会齐侯于泺。文姜通于齐侯,桓公闻,责文姜,文姜告齐侯。齐侯怒,飨公,使公子彭生乘鲁候胁之,公薨于车。"戴望:《管子校正》,《诸子集成》本,上海书店出版社1988年影印本,第102—103页。《毛诗序》云:"《南山》,刺襄公也。鸟兽之行,淫乎其妹,大夫遇是恶,作诗而去之。"又云:"《敝笱》,刺文姜也。齐人恶鲁桓公微弱,不能防闲文姜,使至淫乱,为二国患焉。"又云:"《载驱》,齐人刺襄公也。无礼义故,盛其车服,疾驱于通道大都,与文姜淫播其恶于万民焉。"孔颖达《正义》云:"作《南山》诗者,刺襄公也。以襄公为鸟兽之行,鸟兽淫不避亲,襄公行如之,乃淫于己之亲妹(按:是否是亲妹,其实没有史证),人行之恶,莫甚于此。齐国大夫逢遇君有如是之恶,故作诗以刺君。其人耻事无道之主,既作此诗,遂弃而去之。此妹既嫁于鲁,襄公犹尚淫之。亦犹鲁桓不禁,使之至齐,故作者既刺襄公,又非鲁桓。经上二章刺襄公淫乎其妹,下二章责鲁桓纵恣文姜。序以主刺襄公,故不言鲁桓。大夫遇是恶,作诗而去之,言作诗之意,以见君恶之甚,于经无所当也。"引见《毛诗正义》《十三经注疏》整理本,同上,第398、409、411页。按:文姜乃齐襄公之妹,嫁于鲁桓公,生子为鲁庄公。据说,文姜未嫁前及与其兄私通,既嫁后仍通之,鲁庄公或即是其私通所生。班固《汉书·地理志》还由齐襄公与文姜私通之事,论述到这种荒淫之风对当地风俗的影响:"初,太公治齐,修道术,尊贤智,赏有功,故至今其士多好经术,矜功名,舒缓阔达而足智。其失,夸奢朋党,言与行缪,虚诈不情,急之则离散,缓之则放纵。始桓公兄襄公淫乱,姑姊妹不嫁,于是令国中民家长女不得嫁,名曰巫儿,为家主祠,嫁者不利其家,民至今以为俗。痛乎,道(同'导')民之道,可不慎哉!"班固《汉书》卷二十八下《地理志下》,中华书局2000年版,第1324页。按:班固所说的"舒缓阔达",即本于司马迁的"宽缓阔达",似乎"宽缓"比"舒缓"二字切当。

② 《鸡鸣》三章,每章四句:"鸡既鸣矣,朝既盈矣。匪鸡则鸣,苍蝇之声。东方明矣,朝既昌矣。匪东方则明,月出之光。虫飞薨薨,甘与子同梦。会且归矣,无庶予子憎。"《毛诗序》云:"《鸡鸣》,思贤妃也。哀公荒淫怠慢,故陈贤妃贞女夙夜警戒相成之道焉。"孔颖达《正义》曰:"作《鸡鸣》诗者,思贤妃也。所以思之者,以哀公荒淫女色,怠慢朝政。此由内无贤妃以相警戒故也。君子见其如此,故作此诗,陈古之贤妃贞女,夙夜警戒于去,以相成益之道焉。"见《毛诗正义》,《十三经注疏》整理本,北京大学出版社2000年版,第383页。迂腐说教的解释还有很多,不具引。这首诗的男主人公是齐哀公也好,是齐国的大夫也罢,其女主人公是否就是哀公的某贤妃,我们欣赏这首诗时,暂先不用去管它。我们能够读出的是丈夫(如果不是哀公,也是贵族臣下)贪恋床第之欢,不理会妻子敦促他要早朝办公,非要"甘与子同梦",妻子跟丈夫说鸡鸣该起身去早朝了,丈夫说不是鸡鸣,是苍蝇之声;妻子又说天已经亮了,丈夫说东方未明,那不过是月光啊。对话幽默,讽喻之意也很明显,因为苍蝇之声无论如何跟鸡鸣之声是显然不同的。

· 69 ·

字①，前者写两个猎人的互相赞美，后者赞扬一个"少年"的美貌与射技。② 句句缀一虚词"兮"字，令人吟之、听之感觉到其言辞的夸张和文气的疏放。《汉书·地理志》指出："故《齐诗》曰，'子之营兮，遭我乎峱之间兮。'又曰：'俟我于著乎而。'此亦其舒缓之体也。"③ 班固举证齐风的《还》《著》两首风诗，作为"舒缓之体"的代表，正是从齐人的"舒缓阔达而足智"推论至齐风的"舒缓之体"的。《毛诗序》说："《还》，刺荒也。哀公好田猎，从禽兽而无厌。国人化之，遂成风俗，习于田猎谓之贤，闲于驰逐谓之好焉。"诗共三章，章四句：

> 子之还兮，遭我乎峱之间兮。并驱从两肩兮，揖我谓我儇兮。
>
> 子之茂兮，遭我乎峱之道兮。并驱从两牡兮，揖我谓我好兮。
>
> 子之昌兮，遭我乎峱之阳兮。并驱从两狼兮，揖我谓我臧兮。

其中"峱"字，班固引作"巇"字，这是因为所据版本不同。《毛诗正义》："还，便捷之貌。峱，山名。笺（按郑玄笺）云：子也，我也，皆士大夫也，俱出田猎而相遭也。"并说"峱，乃刀反（按：音'孬'，巇亦同此读音），《说文》云：'峱山，在齐。'崔《集注》本作'巇'。"孔颖达《正义》云："国人以君好田猎，相化成俗。士大夫在田相逢，归说

---

① 《诗经》基本都是歌诗，是用来配乐舞的，所以"宽缓阔达"之气，就齐风而言，主要可能还是指表现在音乐上乐调的舒缓特点。齐风更多也更擅用"兮""乎""矣""而"及两个虚词连用如"乎而"等虚词，实际上是一种"声辞"，起到音乐上和谐曲调、以便咏歌的作用（乐舞开始还伴有人声演唱），节奏就自然相对疏朗或者说舒缓。曹丕《典论·论文》所谓"徐干时有齐气"的齐气，笔者以为落实到作品上讲，主要也还是指徐干的赋作，吟诵起来感受到舒缓而不刚劲逼迫的语气，进而才可以说到其他方面。

② 如《猗嗟》三章云："猗嗟昌兮，颀而长兮。抑若扬兮，美目扬兮。巧趋跄兮，射则臧兮。猗嗟名兮，美目清兮。仪既成兮，终日射侯，不出正兮，展我甥兮。猗嗟娈兮，清扬婉兮。舞则选兮，射则贯兮，四矢反兮，以御乱兮。"《毛诗序》云："《猗嗟》，刺鲁庄公也。齐人伤鲁庄公有威仪技艺，然而不能以礼防闲其母，失子之道，人以为齐侯之子焉。"《毛诗正义》，《十三经注疏》整理本，北京大学出版社2000年版，第415页。按：其母就是齐襄公之妹文姜，今天也有不少《诗经》学者，认为此一解释不一定可信，且置不论。

③ 班固：《汉书》卷二十八下《地理志下》，中华书局2000年版，第1323页。又，以上引见《毛诗正义》，《十三经注疏》整理本，北京大学出版社2000年版，第388页。

其事。此陈其辞也。我本在田，语子曰：子之便捷还然兮。当尔之时，遭值我于猺山之间兮，于是子即与我并行驱马逐两肩兽兮，子又揖耦我，谓我甚儇利兮。聚说田事，以为戏乐，而荒废政事，故刺之。"可见其士大夫们舒缓阔达，喜好"戏乐"而不务实事的风气。班固的意思，似乎是还兼顾"子之营兮，遭我乎嶩之间兮"以及"俟我于著乎而"这种诗句所表达出的民俗风气（生活习气）而言的；也就是说，是顾及其表现的内容和如何表现这种内容的形式这两个方面来论说这种"舒缓之体"的。齐风《著》诗云："俟我于著乎而，充耳以素乎而，尚之以琼华乎而。俟我于庭乎而，充耳以青乎而，尚之以琼莹乎而。俟我于堂乎而，充耳以黄乎而，尚之以琼英乎而。"著，"门屏之间曰著"。《毛诗序》认为："《著》，刺时也。时不亲迎也。时不亲迎，故陈亲迎之礼以刺之。"也就是说《著》诗是写一个贵族女子等待新郎迎娶的情景。三章九句，全诗只有"著""庭""堂""素""青""黄"六个字不同，且每句句末缀两个虚词"乎而"，来表现她的期盼之情，回环往复，咏叹有余，疏落有致。总体而言，《还》与《著》之间的差异区别不大，而这两首风诗确实是齐风中较为典型的"舒缓之体"。班固所举的这两首中的三句诗，吟唱起来的节奏，感觉该是："子之——还——兮，遭我乎——嶩之间——兮"，"俟我——于著——乎而"，全诗章句如此，即使我们今天不是歌唱而是吟诵，按照这样的节奏，吟起来、听起来也觉得是"舒缓"的。因为在古汉语中，"之乎者也"等虚词是起到句读作用的。

再看《东方之日》一诗，写男女居室之欢，两章十句，就有八个语尾虚词"兮"字，写女子之美仅用一个"姝"字来形容，没有卫风《硕人》"巧笑倩兮，美目盼兮"那样工于人物描写的诗句。写景起兴也仅用"东方之日兮""东方之月兮"两句。但这首诗仍然写得非常成功，令人想象到男女之间的欢情与谑爱：

东方之日兮，彼姝者子，在我室兮！

在我室兮，履我即兮！

"即"，高亨先生《诗经今注》云，乃坐卧的席子①。诗人反复咏叹，颇有一种乐极难言的情景，令人至今能够意会得到。《著》写一个贵族女子等待新郎迎娶的情景，三章九句，每句缀以虚词"乎而"二字，来表现她的期盼之情，疏落有致，用词典丽，颇见夸饰之工。不过，齐风的这种地域特征，也许可以说在《晏子春秋》等散文作品中表现得更加典型。

七　余论：文学地域与"诗性地理"

"境入东南处处清，不因辞客不传名。屈平岂要江山助，却是江山遇屈平。"② 这是宋代李觏的一首《遣兴》诗，文学地理学首先就是要研究文学与江山自然之境亦即文学与地理之间的相互关系。刘勰《文心雕龙·物

---

① 高亨：《诗经今注》，上海古籍出版社1980年版，第131页。该诗下章云："东方之月兮，彼姝者子，在我闼兮！在我闼兮，履我发兮！"其"发"字，高亨以为即"茇"（音废），亦即苇席。《毛诗》郑笺云："即，就也。在我室者，以礼来，我则就之，与之去也。言今者之子，不以礼来也。"而"在我闼兮，履我发兮"，孔颖达《正义》说"闼"字，是"门内"之义。《毛诗》："发，行也。"郑笺云："以礼来，则我行而与之去。"以上注文及正文，引见《毛诗正义》，《十三经注疏》整理本，北京大学出版社2000年版，第392页。撇开他们那些迂腐的礼教解说，笔者认为这就是一首描写贵族男女欢会的歌诗。

② 李觏《遣兴》（七绝），引见羊春秋等选注《历代论诗绝句选》，湖南人民出版社1981年版，第50页。按：选注者《简评》说："自南朝谢灵运开创山水诗派，描绘东南地带林泉胜景以来，继之而起的有谢朓、阴铿、李白、白居易等人。因之东南的幽境清景得以名传天下……在文学史上，李白、杜甫、苏轼、陆游等人都曾得助于江山。陆游说：'挥毫当得江山助，不到潇湘岂有诗。'说明这一理论也为后人所接收。"所论甚是，不过应该说，所有文学创作者都会得到"江山之助"，此普遍之文学创作原理也。"屈平岂要江山助，却是江山遇屈平"二句，其本意无非故作反向思考（此宋诗重理趣之积习），强调楚国潇湘山水因屈原《离骚》等伟大作品的描写而更加出名，影响后世，遂成为文学创作之渊薮耳，同时也意指天才的屈原、忧愤的屈原非比一般辞客，能把楚国的山水描写得更有个性与灵性。笔者在此的分析，注重的是由此而引发的理论思考和引申分析其能够包蕴的理论内涵而已。盖"江山"之遇到屈原、宋玉，自成屈原、宋玉笔下的"景观"；遇到李白、杜甫，乃成李白、杜甫诗中的"境界"。然同一景观也、同一江山也，乃因其所遇"辞人"不同，而呈露在诗文作品中的表现自有其"同"和"不同"。

色》云:"屈平所以能洞监风骚之情者,抑亦江山之助乎!"① 从地理自然之境对审美主体的熏染角度,指出了文学创作活动受到自然环境的影响,从而便表现出了不同的地域特性;李觏反过来说:"屈平岂要江山助,却是江山遇屈平",乃是从文学之境与自然之境的关系出发,揭示了不同主体审美心理对同一处地理的自然之境会有截然不同的"表现形式",使文学的地域风格、风土色泽更加异彩纷呈、千姿百态。中国文学地理学以南北之别、之合为其核心内容,或说主要研究课题,但中国的北方文学和南方文学,从《诗经》到《楚辞》的时代,就都突出地体现了其各自不同的地域差异,形成了不同的地域风格,本文就《国风》中的诸"国"歌诗的论析也充分地说明了这一点。

在此,还想说明一个本文没有特别展开论述的问题,以便使问题的讨论更加严密一些。这就是我们不能把《国风》歌诗中的"文学地理"机械地与其产生的实际地域联系起来,不能犯如钱锺书先生早就批评指出的"死抠地图"的执拗之病。因为文学作品的地理空间书写,无论是空间的文学"叙事"还是文学"叙事"的空间,都是主体建构性的,而不是纯客观的,即使在以写实倾向为主要特点的大作家笔下亦如此,如西方巴尔扎克的小说与中国大诗人杜甫的诗歌(包括其以长篇叙事为主的诗歌),同时,在中国以抒情文学为主流的诗歌领域,乃至受到抒情美学精神深刻影响的散文、小说和戏曲创作领域,也是如此。简要地说,无论是空间的文

---

① 范文澜:《文心雕龙注》,人民文学出版社1958年版,第695页。按:《物色》篇首云:"春秋代序,阴阳惨舒,物色之动,心亦摇焉。"其结语赞曰:"山沓水匝,树杂云合。目既往还,心亦吐纳。春日迟迟,秋风飒飒,情往似赠,兴来如答。"《辨骚》篇赞曰:"不有屈原,岂见离骚。惊才风逸,壮志烟高。山川无极,情理实劳,金相玉式,艳溢锱毫。"此在在说明"江山"二字侧重讲的就是祖国的自然山水、自然景观,具体到屈原之创作方面而言,主要指的就是楚国疆域的山水景观和具有历史积淀意义的人文景观而已。又,此乃六朝文论家如陆机、钟嵘、萧子显等等所常言而非新论,符合中国文学创作实际,故影响后世深远,唯刘勰结合比兴手法、审美心理和创作思维(神思)等剖析之、论述之,最为全面。刘勰之前,如陆机《文赋》就曾云:"遵四时以叹逝,瞻万物而思纷。悲落叶于劲秋,喜柔条于芳春。心懔懔以怀霜。"引据(南朝梁)萧统《文选》(全六册)卷十七,上海古籍出版社1986年版,第761页。

学"叙事"还是文学"叙事"的空间，都是一种"诗性空间""诗性地理"。诗性地理主要有两种大的类别：一是基于现实地理环境与空间而心灵化的文学地理，《国风》的不同地域和不同地域中的《国风》，都属于这个类别；二是主要出于审美主体艺术想象和虚构的文学地理，但这种想象的地理和"文学场所与空间"也是具有现实的影子的，例如，神魔小说《西游记》等作品中的"文学地理"，就是属于这个类别。李白诗歌《蜀道难》中的"文学地理"属于前者，而其《梦游天姥吟留别》中的"文学地理"就属于后者。尽管这是属于文学理论研究中的常识问题，但对文学地理学研究而言，却是一个重大问题。"诗性地理"概念（中译本的翻译）是维柯提出的，"诗性思维"研究可谓是《新科学》的中心主旨与问题。但本文前面所说的"诗性地理"与维柯所说的概念仍然是有所区别的，难以在此详论[①]。维柯《新科学》与文学地理学研究有关基本问题具有许多关联性，这里只能顺便就"诗性地理"等问题略论一下，因为这也与本文相关。

如果从西方"前人文地理学"和"前文学地理学"的学术史看问题，意大利著名学者维柯（1668—1774年）的名著《新科学》（1725年成书，但1928年才出版意大利文标准版），就是最早涉及"文学地理"问题的专著，虽然他没有提及"文学地理"或"文学地理学"的概念。维柯《新科学》的"诗性地理"及相关一系列研究，早于德国的康德、法国的孟德斯鸠，当然更早于法国的斯达尔夫人和丹纳，而且对这些学者当是有所影响的，尽管这种影响不一定是直接的，这还需要进一步考证。在中国，维柯《新科学》这部名著的中译本，是著名美学家朱光潜先生翻译的，1986年译本才由人民文学出版社出版。而在西方的学术传统中，维柯《新科学》早就产生了世界性的影响。德国大哲学家康德（1724—1804年）在

---

① 关于维柯《新科学》与文学地理学研究有关基本问题的研究，另作专文论述。

《自然地理学》一书中最早使用了"文学地理学"这个术语并且有简要论述，据钟仕伦先生研究介绍①，康德 1755 年讲授《自然地理学》讲座，已经是在德国美学家鲍姆加登（1714—1762 年）著名美学著作《感性论》出版之后。法国孟德斯鸠（1689—1755 年）的《论法的精神》成书于 1748 年，法国文学批评家斯达尔夫人（1766—1817 年）的《论文学》（全名《从文学与社会制度的关系论文学》）成书于 1800 年，其《论德国》成书于 1813 年，法国丹纳（1828—1893 年）《英国文学史》与《艺术哲学》成书于 1864—1869 年，这些都比维柯《新科学》成书要晚。维柯《新科学》第二卷论"诗性智慧"，分别讨论了诗性的玄学、诗性逻辑、诗性伦理、诗性的经济、诗性的政治、诗性的物理、诗性的宇宙、诗性天文和诗性地理；第三卷标题为"发现真正的荷马"，全书讨论的诸多问题，如果从文学地理学的理论建构来分析梳理，涉及许多文学地理学问题，这里暂且不论。至于其"诗性天文""诗性地理"等要与其"诗性智慧"联系分析，才能明晓其理论的全面内涵。维柯论述"诗性地理"时说：

> 我们现在还有一件事情要做，就是清洗诗性历史的另一只眼睛，那就是诗性地理。人类本性有一个特点，人们在描绘未知或辽远的事物时，自己对它们没有真正的了解，或是想对旁人也不了解的事物做出说明，总是利用熟悉的或近在手边的事物的某些类似点，诗性地理无论就各部分还是就整体来说，开始时都只限于希腊范围之内的一些有局限性的观念。后来希腊人离开本土跑到世界其他地方去，地理的观念才逐步扩大，直到它流传到我们的那个形式。②

接着就做了饶有趣味的和理性的分析。我们知道维柯《新科学》对神

---

① 钟仕伦：《论康德的地域美学思想——以〈自然地理学〉为中心》，《四川大学学报》（社会科学版）2013 年第 4 卷第 6 期。
② 维柯：《新科学》，朱光潜译，人民文学出版社 1986 年版，第 364 页。

话学的研究产生了重大影响，我们研究文学地理学，其中还要研究神话与传说这类作品文本的地理书写与空间书写，这类作品的"地理"和"空间"往往是借助"现实的影子"进行诗性创造出来的。探讨这些问题，我们也可以借用维柯的思想和理论，如他说："希腊人的心智惯于进行广阔的外射来开展自己，他们把荷马史诗中那些神所住的山峰的名称、奥林普斯用到星空中的神宫，至今仍在沿用。"① 其实中国古代文论和其他有关著作中对此"诗性智慧""诗性地理"问题也有丰富的论述，但却不能简单与维柯的《新科学》这种专门性的研究相比，各有各的贡献，例如中国先秦的《山海经》这一经典文本，其理论资源就是非常丰富的，还需要做更为深入的研究和开掘。

就目前所知，我们在研究西方文学地理学和中国文学地理学时，还较少全面系统而又突出地专门讨论文学地理学中的"诗性地理"这个重大问题，笔者虽在多篇论文尤其是《试论文学地理学的过去、现在和未来》一文中论述文学地理学的"空间"——所谓"三度空间"问题，但毕竟一篇论文不可能对所有涉及的重要问题都做仔细的论述，所以有必要在此强调一下这个问题。

本文乃是旧作之修订，有一些必要说明，在这里初步表达一下。笔者1997年由北京华文出版社出版的《北"风"与南"骚"》，原书名为《中国文学地理学论略》，后应出版社要求改为此名，是为了与丛书的体例保持一致，初稿完成于1992年。本文是该书的第二章第一节的修订稿。原书因为出版社没有允许笔者校勘清样②，又因丛书体例需要，基本删去注释，排印错讹尤多，可谓比比皆是，故亟待修订再版。现将本节内容修订完成

---

① 维柯：《新科学》，朱光潜译，人民文学出版社1986年版，第365页。
② 关于本书的撰写和出版过程的一些情况，笔者在拙著《艺味说》一书的"后记"中，做过说明。《北"风"与南"骚"》一书出版错讹太多，不符合出版要求，其中的错讹基本都是出版刊印造成的，也有少数论述限于笔者当时学力不够造成的错误。承蒙学界多所抬爱，征引甚多，笔者一定抓紧修订出版，以正视听。

稿，编辑为这篇论文，作为会议研讨会论文，以求教学界同人。原著第二章共有三节，第一节为"《风》诗的地域风格"，第二节为"《楚辞》的景观美学"，第三节为"空间风格与时间风格"。第二节修正稿，曾以单篇论文《刘勰"江山之助"论与文学地理学——〈楚辞〉景观美学研究》，重新刊载于《中国文论》第 1 辑中[①]。《诗经》和《楚辞》是中国文学最早的北方文学和南方文学的源头，在中国古代文学批评史的历史长河中，有关《诗经》和《楚辞》的文学地理批评，非常丰富而深刻，故先将这两节内容修订完成，作为单篇论文拿出来予以发表。在修订拙著时坚持几个原则，首先就是主要修正刊印错误，并对原著中笔者原有的一些错误和表述不周之处进行补正，并都一一加注说明，以存其真；其次对补充论证基本采用增加注释的方法，希望正文与注释相互参证，并对延伸的问题也进行讨论，以便推动文学地理学研究的进展。《诗经》许多注释比较长，这其中包括了诸多新的研究和认识，本文注释也是如此，着力增加了《诗经》有关文本的诠释。

(1992 年 6 月初稿，2017 年 1 月 26 日夜修订于北京)

[①] 戚良德主编：《中国文论》第 1 辑，上海古籍出版社 2014 年版。

文学地理学的内部研究和外部研究问题

邹建军[*]

文学地理学研究的事实在西方是存在的,但是其学科的发展并不充分,理论体系也不完备。我们不能忽视前人的研究,然而,我们也不能在前人的研究基础上停滞不前,中国学者只有在前人的肩膀上,才能站得更高,看得更远;也只有进一步关注和讨论一些为前人所忽略的问题,才有可能得出一套全新的学术见解,在文学地理学的理论与实践上,做出超越前人的一些成果。这里的"前人",不仅仅是指中国学者,也是指西方学者或外国学者,这就要求我们在整个世界范围内看待文学地理学的问题。据我所知,在法国和英国,曾有一批学者在从事文学地理学研究,并且取得了一系列重要的成果,除了我们已经看见的著作以外,我们曾经邀请三位学者翻译现有的著述,第一位是武汉大学刘玉杰博士,第二位是武昌首义学院涂慧琴副教授,第三位是湖北工业大学白阳明博士,已翻译完成的著述已经在《世界文学评论》上发表了两篇[①]。我们中国学者要尽量了解

---

[*] 作者为华中师范大学文学院教授、博士生导师。
[①] 刘玉杰:《遗失的地理》,译自约翰·艾伦(John Allen)《权力的地理遗失》(*Lost Geographies of Power*, Oxford: Blackwell, 2003)的第一章"导论:遗失的地理"("Introduction: Lost Geographies")。涂慧琴:《文学地理学:重构关联》,本文译自安格哈拉德·桑德斯"Literary Geography: Reforging the Connections",《世界文学评论》第7辑,世界图书出版公司2016年版。

前人的成果，只有知道在文学地理学领域中有了哪些认识，才可以知道哪些问题研究过而哪些问题没有研究过。我们只有从中外文学与学术史上经典的文学文本和学术文本出发，全面地阅读与理解，才有可能提出新的见解。尤其是要立足于对文学文本的阅读，不能止于一种基本的了解，了解的目的在于有更大的创造。在认识前人研究成果的基础上，我们必须提出自己的观点，提出新的批评方法与研究成果，才有可能提高整个世界文学地理学的研究水平，从而推动文学地理学的学科建设。

中国文学地理学的学科建设，一般认为始于近代学者梁启超，他在《中国地理大势论》中从地理的角度来研究文学，对中国古代文学的构成与发展得出了独立结论。然而由于各种各样的原因，特别是动乱的时代环境与对学术研究的不重视，使中国学者对文学地理学的研究中断了很长一段时间。改革开放以后，文学地理学研究才有了较大的起色，得到了进一步发展。中国文学地理学会成立后，这种情况有了很大的改变，引起了国内外学界的重视。中国文学地理学会的每一届年会，规模庞大，人员众多，论文质量高，社会影响大。当然，数字不能说明全部的问题，只是表明关注与从事文学地理学研究的学者越来越多。文学地理学要建成一门学科的观点，不是我提出来的，而是曾大兴教授提出来的，首先需要说明这一点。文学地理学批评理论是我提出来的，也有很多人在做。改革开放以来，最早开始研究文学地理学的两位学者，一位是北京大学的金克木教授，另一位是北京大学的袁行霈教授，他们在一些文学史与学术专著中从事文学地理学研究，并专门讲到了文学地理学的问题。最近的30年以来，比较有影响的学者有五位：第一位是中国社会科学院的杨义研究员，在文学地理学研究方面贯通古今，从对中国现当代文学的研究入手，对中国古代文学中的地理问题也很关注，《文学地理学会通》是他的文学地理学代表著作；第二位是广州大学的曾大兴教授，出版了诸多文学地理学著作，主要从事中国古代作家的地理分布研究和气候、物候对文学的影响研究；第三位是浙江工业大学的梅新林教授，其博士学位论文是从文学地理学角度去研究中国古代文学的形态与性质；第四位是江西社会科学院的夏汉宁研究员，他主要从文学地理学角度来研究宋代的江西文学，有大量的统计数据与实地考察记录；第五位是首都师范大学的陶礼天教授，他在很早的时候就著有《北"风"与南"骚"》，专门从事先秦两汉时期文学与地理关系的研究。从事文学地理学研究的是一个很大的学术群体，我们在每一届年会之后都有文学地理学论文集出版，到今年为止已经出了五本，并且每一本都很厚。文学地理学是一门很大的学科，也是一门很大的学问，文学地理学批评只是其中的一个部分，只是从方法论的角度来研究文学地理学，属于文学地理学基本理论问题的研究。最近的10年以来，我所做的主要就是这方面的研究。

在中国学者所做的文学地理学研究中有一个重要问题，那就是研究比较庞杂，几乎所有文学学科与非文学学科的学者，包括古代文学、现代文学、当代文学、民间文学等学科的学者，也包括一些研究水文、气候、地理、空间批评和生态批评的学者，几乎都参与到文学地理学研究中来，撰写了大量的论文。因为从事研究的人员众多，他们所研究的内容和所提出的观点，从总体上来说就显得很庞杂。有的学者所从事的研究并不是我们所认识的文学地理学，可能只是生态批评、空间批评，甚至只是一种国别文学或地域文化研究等。这就出现了一些问题，即到底什么是文学地理学研究？文学地理学要研究一些什么问题？文学地理学研究有没有自己的边界？什么是文学地理学的核心领域？什么是文学地理学的相关领域？什么是文学地理学的内部研究？什么是文学地理学的外部研究？这就是我们今天需要思考的问题。我从1998年开始指导硕士研究生，从2010年开始指导博士研究生，每一个人的学位论文的选题我都清楚。硕士研究生选择从文学地理学的角度来研究外国文学的不少，因此无须细列出来。五位博士生所做的都是关于文学地理学的研究：颜红菲的《薇拉·凯瑟小说中的地理叙事研究》、杜雪琴的《易卜生戏剧地理诗学问题研究》、张琼的《劳伦斯长篇小说"矿乡"空间研究》、陈富瑞的《汤亭亭小说中的家园空间研究》、覃莉的《华兹华斯长诗〈序曲〉的地理书写研究》[1]，显然，他们所从事的都是文学地理学的具体研究，而不是文学地理学的理论研究。这些研究成果，都收录在由武汉大学出版社出版的《文学地理学批评建设丛书》中。以上青年学者所做的研究，都属于文学地理学的内部研究，而不属于文学地理学的外部研究。这就是我所讲的文学地理学的内部研究与内部研究的起点，也是我探讨这个问题的根据所在。中国的文学地理学研究，的确存在内部研究与外部研究的问题，内部研究存在问题，外部研究也存在问题，相比之下，内部研究与外部研究的结合是最大的问题。外部研究是文学地理学研究的基础，内部研究是文学地理学研究的重点，只有两者有机地结合甚至统一，文学地理学研究才能得以丰富，文学地理学学科才能够有所发展。

一　内部研究和外部研究的划分依据

迄今为止，中国学者在文学地理学研究方面取得的一些成果，大部都属于外部研究，这说明了外部研究对于文学地理学的重要性。但是，文学地理学的内部研究也很重要，可以说明更为本质、更为重要的问题。当然，我们不能把文学地理学的内部研究与外部研究对立起来，而是要考虑如何才能把两者结合与统一起来。首先，我们要来讨论文学地理学内部研究和外部研究的划分依据。

---

[1] 颜红菲博士学位论文《薇拉·凯瑟小说中的地理叙事研究》，2015年通过答辩；杜雪琴博士学位论文《易卜生戏剧地理诗学问题研究》，2013年通过答辩，其中的上半部分，2015年由武汉大学出版社出版；张琼博士学位论文《劳伦斯长篇小说"矿乡"空间研究》，2014年通过答辩；陈富瑞博士学位论文《汤亭亭小说中的家园空间研究》，2014年通过答辩；覃莉博士学位论文《华兹华斯长诗〈序曲〉的地理书写研究》，2015年通过答辩，即将由广西师范大学出版社出版。

（一）以作品为中心还是以"非作品"① 为中心

凡是涉及文学作品中的地理因素、地理意象、地理形象、地理空间和地理诗学等问题的研究，都是属于文学地理学的内部研究，除此之外就是文学地理学的外部研究。如果我们的研究和文学作品毫无关系，在论述中根本不关注具体的文学作品，甚至不关注作家本身以及在此基础上产生的文学社团、文学流派、文学运动和文学思潮等文学现象，这样的研究显然属于文学地理学的外部研究，而不是内部研究。如果我们运用社会学、历史学等学科方法来研究文学地理学的一些外在现象，与作家作品相关的而不是作家作品本身的一些问题，则是属于外部研究而不是内部研究。我们的视野中有没有作家与作品，这是一个重要的标准。如果以作家作品为基础来研究文学史与文学理论，则属于内部研究而非外部研究。文学地理学属于文学研究的一个分支学科，因此它存在的基础还是对于文学问题的研究，而所谓文学就是以作家作品为中心的精神现象，而不是与文学作品无关的社会与历史现象。

（二）以审美为目的还是以"非审美"② 为目标

文学当然是以作家作品为中心的，在作家与作品之中，又是以作品为中心的。因为没有作品就没有作家，当然，没有作家也没有作品。所以，区分文学地理学的内部研究与外部研究，首先是要以作品和作家为

---

① 这里所谓的"非作品"，是指这样一种研究现象，即在他们的文学研究中，完全不涉及文学作品，可能涉及作家的生平与经历，作家的思想与情感，却没有提及作品，更不要说去分析与探讨作品。

② 这里所谓的"非审美"，就是指在文学研究中出现的不把文学当文学、不把文学当艺术的现象。文学首先是审美的产物，如果作家没有审美发现，就不可能创作文学作品；如果我们没有对作品的审美阅读，而要去研究所谓的文学流派、文学社团、文学史和文学理论，都是十分荒唐可笑的举动。没有作品就不会有作家的群体与流派，也就没有文学的历史与文学的理论。这是我们所主张的一种基本理论，可以称之为"文本存在论"。

标准。在文学地理学研究的范围内，研究文学作品的审美与地理之间的联系，包括对文学作品审美过程、审美方式、审美阅读等内容与地理之间关系的关注，当然都是属于内部研究。将文学作品作为艺术对象来考察，从而更好地把握文学作品中的地理因素、地理信息和地理品质等问题，这样的研究是以寻找审美规律为目标的。如果不把文学看作一种艺术方式，而是把文学作品当作一种艺术之外的历史与文化材料，当作社会学、历史学、地理学、伦理学、哲学和心理学问题来看待，只是探讨外在的东西对于文学的影响，显然是外部研究而不是内部研究。因为这样的研究是以探讨文学的外在现象为目标，而不是把文学作品的审美作为研究目标。这样的研究要说明的问题不是文学问题、艺术问题、美学问题，而是其他学科的问题，没有任何审美性与艺术性可言。文学首先是作家审美的产物，文学作品之所以不同于哲学与伦理学等其他人文社会科学，就在于它是与美联系在一起的艺术作品，是以情感、想象、思想、语言为内容的美之产物，而不是什么抽象的理论与议论。所以，我们的文学地理学研究是不是以审美性为目标，以探讨文学作品的美学价值与作家的审美思想为目标或者与此相关，就成为内部研究与外部研究的一个区别。

（三）有助于还是无助于文学问题的解决

我们的研究过程与研究结果是不是有助于文学问题的解决，是划分内部研究和外部研究的重要依据之一。这里所讲的文学问题，当然是指从理论上来认识文学和文学现象。从现有的文学研究成果来看，在20世纪西方文学理论影响下的中国当代文学研究，很多成果其实都不是关于文学的，我们比较熟悉的生态批评、空间批评、文化批评、环境批评、新历史主义批评、后殖民主义批评和女性主义批评等，研究的基本上都是文学的外部问题，而不是文学的内部问题，因为它们研究的对象过于宽泛，不少论文与真正的文学其实并没有什么关系。如文化研究曾经大兴一时，现在看来其研究的对象过于宽泛，什么东西都可以扯进来，因为在这个世界上只要是存在的东西，都可以被认为是文化现象，而诸多文化现象与真正的文学其实并没有什么关系。当然，也有像俄国形式主义批评、英美新批评和法国结构主义批评等，研究的是文学本身的问题，即作品内部要素的问题，是属于文学的内部研究，而不是属于文学的外部研究。半个多世纪以来，我们的确忽略了对文学审美的研究、对文学内部问题的研究，以及对文学之艺术性与文学性的研究。文学地理学研究也同样如此，同样存在类似的问题。我们主要是研究作家的地理分布，文学中心由于政治、经济和文化等因素的转移，作家的本籍、客籍、祖居地和流放地等问题，以及这些因素对作家创作的影响等问题。我们当然没有否定这样的研究的价值与意义，并且我们还认为这样的研究具有重要的意义与价值，特别是在文学地理学发展的初期，是必须首先关注的问题。然而这样的研究是属于文学地理学的外部研究，而不是文学地理学的内部研究。虽然也有助于文学问题的解决，有助于艺术问题的理解，但它们不是对文学本体问题的研究，而是研究作家及其迁移问题，自然环境对作家的影响等问题，不是研究作家作品本身与自然环境与人文环境之间的关系问题。

二 内部研究和外部研究在内容上的不同

根据以上三个方面的内容，我们可以把现有的文学地理学研究成果，以内部研究与外部研究做一个基本的划分，从而对作为一门学科的文学地理学与作为一种批评方法的文学地理学，有一个更加全面而科学的认识。内部研究有内部研究的对象与方法，外部研究有外部研究的对象与方法，当然内部研究与外部研究也不是水火不容的，有的时候是可以也需要统一起来的。我们先试着进行一个初步的区分，然后在此基础上进行更加具有理论性的讨论。

(一) 外部研究

根据现在已经发表或出版的文学地理学论著与论文来看，以下八个方面的内容可能属于外部研究。

1. 文学地理学的研究对象和学科定位问题

探讨文学地理学需要研究哪些问题、文学地理学属于哪门学科、文学地理学具有什么样的学科地位等是我们研究的重要内容与问题，对这些问题的探讨，显然属于文学地理学的外部研究。也就是说，凡是与文学地理学学科相关的问题，都是属于文学地理学的外部研究，而不是内部研究。学科建设所涉及的问题很广泛，但一般不研究具体的作家与作品，所以与审美没有什么关系，与文学的艺术形式和美学问题也没有什么很大的联系。理论的构想是需要的，学科的设计也是需要的，中国文学地理学的战略思想问题的研究，只有少数人才可以胜任，当然大家都可以参与讨论，发表自己的意见。然而真正有建树的学者不会太多，因为这需要强大的定力与深厚的功底。

2. 文学地理学理论的传播与接受问题

西方的文学地理学著作被翻译到中国来，中国的文学地理学著作被翻译到外国去，产生了什么影响，拥有什么地位，它们是如何传播的，哪些学者接受了这些理论等问题，也是需要研究的重要问题。特别是网络建立起来以后，各国与各地区之间的交流与对话越来越频繁，文学地理学的相关成果也成为跨界交往的重要内容。对于这些问题的探讨，显然属于文学地理学的外部研究。现有的文学地理学研究成果，与此相关的各种理论表述，我们都需要了解与学习。中国与西方、中国与东方其他国家的文学地理学研究，是我们文学地理学学科建设的基础，我们只有站在前人的肩膀上，才有可能看得更远、把握得更准，我们不可能自说自话，自以为是、自高自大的非学术态度就是这样产生的。文学地理学的外部问题研究，也实在是特别重要。

3. 中外文学家的地理分布及其成因问题

文学家的地理分布，显然是一个重要而有趣的问题。以制作图表的方式，分析某一个区域或地域，历代以来出现过哪些重要的文学家，构成了一种什么样的形态，并探讨其地理分布的多种成因之所在。我曾经做过类似问题的研究，海外华人作家出生地分布状况是我当时研究的一个重点，花了两个月的时间进行了详细的数据统计后，我发现这是一个比较复杂的问题，因为一个地方作家的出现及其多少并不是绝对的，有不少偶然的因素。后来我没有能够完成这样一项研究，不了了之。显然，这是从历史地理的角度对历代作家的地理分布及其特点所进行的探讨，当然属于文学地理学的外部研究。中国文学家的地理分布，曾大兴教授做出了重要的成果，可以说是20世纪八九十年代中国文学地理学研究的标志性成果。其实可以做的时段还有很多，当代中国作家、现代中国作家、近代中国作家、日本历代作家的地理分布、印度历代作家的地理分布问题等，都是重要的问题，涉及比较文学层面，当然这样的问题研究起来，并不容易。其他国家在这些方面虽然也有一些研究，然而根据我的了解，并不充分与丰富，不能与中国的学者相比。

4. 世界各国现存文学景观的研究

文学景观是一种显著的文学存在，某一个地方因为杰出作品的产生而为人所知，随着历史的发展与文化的积累，越来越为人所看重，成为世界有名的文化胜地。对中外现存文学景观所进行的研究，显然不属于文学地理学的内部研究，而是属于外部研究。在我国，黄鹤楼、滕王阁、岳阳楼、鹳雀楼,以及长城、黄山、黄河、长江、汉江等都是著名的文学景观,在历代的文学作品中经常出现。原来我所理解的文学景观,是文学作品里所描写的景观,后来曾大兴教授提出,除文学作品中描写的文学景观外,因被文学作品反复描写而闻名于世的各国家、各地域、各地方的标志性景观,也可以属于文学景观的范围。对于文学作品中存在的文学景观的研究,如《红楼梦》中的"大观园"、《三国演义》中的"赤壁"等,是对于审美性文学作品的研究,属于文学地理学的内部研究;而对于作为现实中存在的"大观园"和古战场"赤壁"的研究,则属于文学地理学的外部研究。所以我们要加以区分,不然就会混为一谈。文学作品中的著名景观十分丰富,现实中存在的文学地理景观也相当丰富,这是一个很有前景的研究领域,足以引起所有的文学地理学研究者的重视。文化地理学里面所讲的文化景观,当然是一种外部研究,而文学景观只是他们所说的文化景观的一个部分,并且与我们所讲的文学作品中的文学景观之间没有什么联系。这里我们就要加以区分,文学作品中存在的景观描写,当然是属于内部问题;而在一个国家之内存在的自然景观与人文景观,因为文学作品的描写而为人所知,这也是文学景观,与文化地理学所讲的文化景观有所重合,当然属于文学地理学的外部研究。对于文学作品内的文学景观与现实中存在的文学景观之间关系的研究,则属于内部研究而不是外部研究,虽然要说明的可能是现实存在的文学景观的价值与开发问题。

5. 文学接受、文学传播和文学批评中的地理要素研究

文学作品中存在地理意象、地理空间、地理观念的问题,作家身上存在地理基因、地理感知、地理想象等问题,社团、流派、文学史现象存在地理环境、地域文化等问题,对于这些问题的研究,是属于文学地理学的内部研究问题。而研究文学接受、文学传播及文学批评中的地理要素等问题,则属于文学地理学的外部研究问题。文学作品产生特别是发表与出版

之后，似乎与作家本身就没有什么关系了，文学作品便成了人类文学遗产的一个部分，它的流传、阅读、翻译与接受，似乎不再受到作家本人的控制，这里面也就有了一个流传路线与接受环境的问题。对于这些问题的研究，不是文学地理学的内部问题，而是属于文学地理学的外部问题。从前我认为文学的传播、接受与批评中不存在地理问题，现在看来是认识上有问题。2015年我到日本九州出席第五届中国文学地理学年会时，有的学者提出中国文学先是从朝鲜半岛再到日本列岛的，从中国大陆、朝鲜半岛、日本列岛，后来又从日本列岛经过朝鲜半岛返回中国大陆，这就有一个经过路线的问题，并且许多东西是由东亚的地理格局所决定的。我小的时候在成都以南的山区长大，一直到17岁上大学离开，这就决定了我的视野与阅读，我不可能从小饱读诗书，因为没有那么多书给我读，我的父亲虽然任过乡长，但也是贫苦出身，地主的图书在解放的时候以及后来的政治运动中被当地人烧掉了。如果我出身于成都的书香门第，并且在大城市里长大，那就完全不一样了。

6. 中外文学史上文学区域的划分问题

"文学区"是一个新的概念，从前有"区域文学"的概念，而没有作为世界文学史或者中国文学史构成要素的"文学区"的概念。从文学区的理论出发，就可以把现有的世界文学划分为不同的区域，外国文学史或世界文学史的叙述就会有与现在的文学史不同的形态，同时就会有不同的文学史叙述框架。毫无疑问，这是一个相当重要的文学地理学的理论问题与实践问题。从前，我们中国学者对于这个问题的研究是相当薄弱的。世界文学区的划分及其实践问题，是文学地理学外部研究的问题，尽管它与内部研究有关。因为这不是文学的内部问题而是文学的外部问题，准确地说，是文学史的叙述方式问题，文学区的理论可以成为文学史叙述的一个基础理论，有没有这样的理论会严重影响中外文学史观念及其文学史编撰。

7. 文学地理学的研究方法和文学地理学批评理论

文学地理学的研究方法与文学地理学批评理论，不是研究文学内部的问题，而是研究文学存在与文学解读相关的问题，自然是文学地理学的外部研究，而不属于文学地理学的内部研究。文学理论不是文学本身，它是通过对作家与作品的研究而得出来的结论，是对文学的本质、文学的产生、文学的构成、文学的发展、文学的阅读、文学的批评的理论性认识，是一种系统的理论表述和抽象结论，不是作家与作品本身，当然同时也可以运用于对于文学的再研究。文学地理学研究方法其实就是文学地理学批评理论的一部分，是探讨文学地理学作为一门学科是不是有自己独立的研究方法，或者是可以借用其他学科的研究方法，因为总是与地理相关，我想实地考察、田野调查、数据统计、科学探测、历史考证、文献收集与整理这些方法，总是会用得上的。当然，这不仅是一个理论层面的问题，更大程度上是一个实践层面的问题，就是说应当用什么样的方法就用什么样的方法。根据你所研究的对象，需要用什么样的方法就用什么样的方法，也许前人已经提出与运用过的方法都不管用，那么你自己也可以开创一些新的研究方法。文学地理学批评理论是一个很大的问题，我们要把文学地理学建成一门具有中国特色的学科，也必须要有自己的批评理论，并且是与西方不一样的批评理论。我们所提出的一些术语与概念，包括我们最近讨论的地理想象与地理基因的问题，都是属于文学地理学的批评理论。虽然特别重要，然而还是属于文学地理学的外部研究。

8. 文学地理学与其他学科之间关系问题的研究

讨论文学地理学与生态批评、空间批评之间的关系问题，讨论文学地理学与文学理论、文学批评、文学史、文学心理学、文学伦理学、文学美学等的关系问题,都属于文学地理学的外部研究,而不属于文学地理学的内部研究。在现有的西方文学批评体系中,与文学地理学关系比较密切的是生态批评、环境批评、空间批评、文化地理学、景观研究、人地关系研究、东方学等,从整体而言,西方的学术发展呈良性状态,所以有的方面发展很充分,如生态批评、空间批评与东方学等,而文学地理学则发展不够,研究不多,影响不大。中国学者可以在此方面大展身手。我们有得天独厚的优势,我国地域辽阔,地形复杂,南北东西之间有很大的差别,最大的沙漠在北非我们的长江、黄河、珠江等水系与其他国家的江河水系有很大的不同,同时我们国家也是一个典型的多民族国家,我们的生存与发展与地理之间的关系特别密切,包括自然灾害、气候条件、水文条件等,都是如此。与此相关的文学就与此产生了十分重要的关联性。这就为文学地理学的研究提供了更多的事实与丰富的现象。学科之间的关系问题,是与学科的发展问题、批评理论的问题相似的,与作家作品本身没有什么关系,所以只是文学地理学的外部研究而不是内部研究。文学地理学作为一门新兴学科,在现代资讯高度发达的时候,只有向其他比较成熟的学科学习,才有可能得到真正的发展。所以,研究文学地理学与现有的发达学科之间的关系,特别是与相关学科之间的关系,是一种必然的选择。

以此来看,过去100年我国学者所做的文学地理学研究,主要属于外部研究。文学地理学年会所收到的论文,也以讨论文学地理学的外部问题为主,当然最近三年的论文已经有所变化。我们现有的研究成果相当丰富与扎实,为我们研究作家、作品、文学理论、文学史、文学社团、文学流派、文学思潮、文学运动提供了大量的实证材料,我们自然不能否认这些研究成果的学术价值。然而我们也要认识到,如果我们不研究或者不注重研究文学本身的问题,缺少对于中外文学史上大量的作家作品的关注与探讨,我们的文学地理学学科与文学地理学理论就会存在根本性的缺陷,学科建设就会存在很大困难。从前有一位学者从历代黄河诗词中研究黄河改道的问题,也无疑是外部研究,因为他所研究的是黄河改道问题,而不是文学问题;如果反过来,研究黄河改道对历代诗词创作的影响,就属于文学地理学的内部研究,而不属于文学地理学的外部研究。通过这个实例我们可以看出,在文学地理学研究实践中,内部研究与外部研究之间也是可以转化的,只是观念不同、方法不同而已。

(二) 内部研究

根据以上我们所提出的划分标准,以下七个方面的研究,则属于文学地理学的内部研究。当然,它们也只是对文学地理学外部研究的一种拓展,而不是作为外部研究的对立面而出现的。

1. 地理环境对作家、作品的影响问题

自然地理环境和人文地理环境对作家及其创作产生的影响,无疑属于内部研究。表现在作家身上的地理基因问题,体现在文学作品中的地理意象、地理空间、地理思维、地理观念等问题都是值得文学地理学关注的重要问题。作家研究与作品研究是文学研究中最重要的内容,而作家身上的地理问题、作品里面的地理问题,则是必须关注与探讨的问题。因为地理往往是决定一个作家基本面的因素,是决定一部作品思想内容与艺术风格的最重要因素。地理环境决定论对文学来说也许并不适合,因为在地理与文学之间还有许多的中间环节,如文化、时代、历史、社会,最直接的就是人,如果没有人就没有文学,而人是由环境所决定的,但文化、历史与社会多半是由人所决定的,所以文学是一面镜子,它是一面曲折的、多棱角的、复杂的镜子。与地理之间的关系也是同样如此。

2. 文学作品中的地理意象、地理空间、地理叙事等问题①

从具体作品中探讨地理意象、地理景观、地理空间等问题，无疑也属于文学地理学的内部研究问题。我们讨论《小艾友夫》，有同学谈到戏剧中"高山"和"大海"意象的象征意义等就是一个很好的题目。文学作品中的地理存在，是研究作家与作品与自然地理环境、人文地理环境关系的最重要证据，会成为文学地理学要关注的中心或核心问题。作品是文学最为中心的现象，没有作品就没有文学，因为没有作品就没有文学的阅读、文学的批评、文学的研究，也就没有文学理论与文学史，也没有与此相关的所有现象。而文学作品里有多种多样的内容，并且每一部文学作品的构成要素也是不一样的，然而地理因素却是其中重要的内容之一。因此，研究文学作品里的地理存在，就成了文学地理学内部研究的主要内容之一。文学作品中存在的地理现象是多种多样的，并且每一部作品中都有不同的存在与表现，所以要具体问题具体分析，不可一概而论。有的可能是地理景观的问题，有的可能是地理意象的问题，有的可能是地理空间的问题，有的可能是人地关系的问题，有的可能是地理影像的问题，有的可能是地理观念与地理思想的问题，这就需要我们进行全面的、客观的、深入的、独到的分析与讨论。这样的研究才可以发现问题、提出问题，并从理论上进行清理与整合。

3. 文学对某一区域人文地理环境建构的影响问题

历代诗人笔下的黄山、庐山、峨眉山、华山、泰山等都是被文学化或艺术化了的地理景观，已经不只是自然景观，而是具有了人文景观的性质。我们今天所看到的这些名山，无疑是被历代诗人所重新建构过的文学

---

① 文学作品中的地理要素，按照从小到大、由低到高、从个体到整体的顺序，可以分为地理意象、地理影像、地理景观、地理空间、地理叙事、地理思维、地理观念和地理诗学。我们首先要把前面的内容分析清楚，才可能进入后面的问题，越来越高、越来越深、越来越重要，可以称之为文学地理学内部研究的"梯级结构"。

之山，而不仅是原始的自然之山。对于这个问题的研究，显然是文学地理学的内部研究，而不文学地理学的外部研究，因此会成为大有可为的一片天地。有的人可能会认为这是人文地理学研究的内容，而不是文学地理学研究的内容，是对文学与外部世界之间关系的研究。其实，作家与自然地理环境之间关系的研究，属于文学地理学的内部研究；而作家参与人文地理建构的问题，也是属于文学的内部研究。前面所讲的对世界上现存地理景观的研究，当然是属于文学地理学的外部研究，这就是因为研究角度不同、研究目标不同而导致的分野。

4. 作家身上的地理基因问题

作家的地理基因与他的地理意识、地理思维等密切相关，对于这些问题的研究十分重要，属于文学地理学的内部研究。屈原之所以成为屈原，这无疑和其出生地秭归及其所活动的江汉平原、洞庭湖平原地区密切相关。如果生活在其他地域，其性格就可能有所变化，不再坚持自己的立场，而灵活地处理一些现实的问题，并影响到他的文学创作。楚文化与江汉平原及洞庭湖平原的地理环境存在密切的关系，江河奔流，云蒸霞蔚，森林茂密，鸟兽繁多，才造就了富于个性与浪漫色彩的楚文化，才造就了有史以来楚人对九头鸟和火凤凰的崇拜，才造就了自古以来的一些杰出的诗人与作家。这些独特地域文化与文学的产生，绝对不是无缘无故的，而是和特定的地理环境有着直接的、紧密的联系。研究作家身上的地理基因问题，当然属于文学地理学的内部研究，而不是属于文学地理学的外部研究。作家身上的地理基因问题是一个很难探讨的、十分复杂的问题，有的时候只可把握而不可分析，并且还很难以科学的方式进行测试，因为它不是科学的构成，而是人文的传承与投射。有的作家可能比较典型，而有的作家可能并不典型。并且在现代科技高度发达的时代，交通与通信工具得到了前所未有的发展，作家与诗人的生活越来越具有变动的可能，现代人中有一部分人也越来越自我封闭，所以地理对其影响也可能越来越小。然而，这样的变化并不能说明地理基因不存在，特别是从其早年（20岁以前）生活中所得到的东西，也许会影响其一生的形态与发展，甚至可以决定其一生的选择与发展。这与一个人的成长期、心理期以及生理期都有重大的关联。诗人与作家也许可以活到60、70、80、90岁，但后来用于创作的时间也相对少了，因为精力已经不够了，创造力也不强大了。有的作家在青年时代就离世了，却留下了许多杰作。所以，地理基因在其身上的存在也是多种多样的。

5. 东西方文学地理学理论研究的问题①

东西方文学地理学的相关理论研究，也是文学地理学的内部研究问题。西方的著名学者但丁、斯达尔夫人、丹纳等，都曾研究过环境、气候与人种对文学创作的影响问题，提出了诸多重要的文学地理学理论，在世界上产生了重要的影响。就东方而言，中国、日本、印度等国家的学者，都曾经提出过一些文学地理学的理论，从《东方文论选》这样的著作中可以看出来。拙著《江山之助》的书名，就是来自刘勰《文心雕龙·物色》，可见文学地理学在中国古代也有重要的论述。探讨东西方现有的文学地理学理论，是文学理论研究与文学地理学研究的重要内容，当然是文学地理学的内部研究问题。有的人也许认为这是文学地理学的外部问题，因为它与审美、与文学关系不是太大，然而无论是东方的文学地理学理论还是西方的文学地理学理论，它们基本上都是研究文学的结果，特别是研究作家作品的结果，所以它们的核心问题还是文学问题，它们所体现的观念与思

---

① 这里有一个对文学理论研究的理解问题。中国学者所从事的文学理论研究，多半只是从教材里所讨论的问题而来，做一些抽象的理论想象而已，既联系不到某一个时代的作家与作品，也少有集中研究某一时代的文学理论家与文学批评家的著作。这样的文学理论研究是没有根基的。真正的文学理论都是从作品中出来的，从对文学作品的分析与探讨中总结出来的。中国古代文论大家的文学思想与批评特色，西方自古而今的文论大家的文学思想与批评特色，都是值得重点关注的问题，并且要联系到他们丰富多彩的文学与艺术作品。

想,还是文学地理学家的观念与思想,对于我们中国的文学地理学研究,往往具有重要的意义与价值。

6. 文学作品中的空间建构与时间叙述问题

在一部文学作品中,时间问题与空间问题相互依存,密切相关,并且成为文学内容与形式构建的最直接因素,因此,我们研究文学作品中的空间、时间问题,无疑也属于文学地理学的内部研究。文学作品之外也存在时间与空间的问题,是什么时候创作的作品、什么时候出版的、历代批评家对作品以及作者有什么样的评价,不同的国家与民族产生了什么样的不同影响等问题,也可以进行研究,然而这些研究属于文学地理学的外部研究,而不是文学地理学的内部研究。文学作品内的时间与空间,与文学作品之外的时间与空间不是一个问题,具有重要的区别,自然的时间与空间,心理的时间与空间,后者比前者要大得多、宽阔得多、丰富得多,前者可以作为自然科学研究的对象,后者则只是文学研究的对象,尤其是文学地理学研究的对象。

7. 文学史、文学理论中的地理因素问题

文学史叙述有没有所谓的地理问题,文学理论中有没有所谓的地理问题,这也许存在争议。然而我认为这样的讨论是很有意思的,因为它们本身是存在的。文学史在对于作家的介绍与讨论中,就会涉及他是哪里人、出生于何处、读书于何处、成长于何处、写作于何处等问题。这就有一个地理环境与其之间的关系问题。在我们的文学理论中,就会存在美国的、英国的、日本的文学理论问题,东方的文学理论与西方的文学理论的问题。我们现有的文学理论教材,都可以找到它们的来源,这个观点是来自韦勒克的,那个观点是来自伊格尔顿的,另一个观点是来自于姚斯的,如此等等。我们中国现代的文学理论没有什么原创性,这是一个共识。所以,研究文学史、文学理论中的地理因素问题,属于文学地理学的内部研究，而不属于文学地理学的外部研究。

以上七个方面对于文学地理学内部研究的概括，也许是不全面、不科学的，然而主要的问题还是提出来了。由此可见，文学地理学的内部研究是相当重要的，也是比较丰富的。不是说只是以作家作品为中心问题的研究才是内部研究，关于文学内部问题及其相关问题的研究，有助于解决文学艺术问题的研究，都是属于文学地理学的内部研究。

三 划分内部研究和外部研究的意义

把文学地理学研究分为内部研究和外部研究，其实涉及一些文学研究的本质性问题，以及文学批评的一些根本性的问题。

首先，文学地理学研究的落脚点和根本目标，是要解释文学作品的创作过程、文学作品的特点和优势、文学作品的构成形态和结构关系；也要解释作家本身的构成，包括其思想、意识、情感和美学追求等问题。自然地理和人文地理对于文学作品来说，的确是起着一种基础性、根本性、关键性的作用，因为每一个人都生活在特定的环境里，地理因素正是通过作家而对作品发生作用。所以文学地理学不止是一种理论上的表述，而且是一种历史的与美学的研究。就每一位作家来讲，就作家的每一部作品来讲，以及在此基础上构成的某一个国家与时段的文学社团、文学流派、文学思潮、文学运动、文学理论、文学史等来讲，地理要素或地方要素都是至为关键的、显著的存在。我们区分内部研究和外部研究，有利于我们认识文学产生、文学构成、文学发展的根本动力问题，因为自然地理与人文地理因素正是文学产生的主要动力之一，也是文学构成的根本要素之一。没有文学的地理要素，就没有文学的空间要素，时间要素也就无从存在与表现，而所谓的作家情感、思想、感觉与想象，所谓的文学形式与风格、技巧与语言等，就不会有存在与发展的种种可能性。

其次，有利于文学地理学形成独立的、独特的研究方法和批评理论。文学地理学研究离不开文本阅读，然而只是文本阅读也是不能解决问题的，文学地理学还要有自己独立的研究方法，如实地考察、田野调查、绘制地图、数据统计、文学文本审美阅读、审美过程研究、文学传播的地域性研究等。就文学传播的地域性研究而言，考察外来文学传播的地域途径与范围，考察本国文学在外国的传播途径与范围，也是很有意思的事情。在中国古代，中西方文学的传播，主要是通过"丝绸之路"而实现的；在中国近代，则是依赖于来自西方的"地理大发现"和西方传教士在中国的传教活动而实现的；在中国现代，则主要是依靠"西学东渐"的国际格局之变动和现代教育的普及而实现的。在文学地理学研究中，内部研究有内部研究的方法，外部研究有外部研究的方法。如果有了这样的认识，文学地理学批评理论就可以完善起来，文学地理学的批评方法就可以发挥越来越大的作用。

　　本文提出文学地理学的内部研究与外部研究问题，不仅提出了文学地理学的研究范围问题，更重要的是提出了文学地理学的研究方法问题。可以得出的结论是：其一，文学地理学要更加注重内部研究，更加注重研究文学本身的问题，要把文学当文学，要把文学当艺术，在此基础上探讨文学中地理要素的意义和价值，探讨地理因素对文学产生的影响，同时，反过来要清楚地认识文学对人文环境建构及人类文明所产生的价值。其二，文学地理学的外部研究也要继续推进。对于作家出生地、成长地、写作地、流放地的实际考察与田野调查，可以为作家作品中的地理因素研究提供可靠的资料与强大的证据。对于某个文学流派与文学社团的地理环境的考察与调查，也可以为文学史与作家群体的研究提供重要的依据。从前，做文学研究的人不太注重实地考察，而只注重现有的历史文献，其局限性是很大的。这样的外部研究不是不重要，而是十分重要，不仅不能减弱，反而应得到加强。其三，最高的境界还是在文学地理学研究实践中，内部研究和外部研究结合起来，统一起来，两者相互补充，共同丰富现有的文学地理学。我们在未来要着重于内部研究，也不能因此而忽略外部研究，数据、地图、历史、社会、环境、理论对文学研究的意义，都是至关重要的。其四，如何将两者有机地结合与统一，却是需要进一步探讨的重要实践问题。具体到一个作家或作品来说，就容易理解并进行具体的操作。我们研究沈从文的作品与湘西的关系，一方面我们要全面地阅读他的所有作品，包括小说、散文、诗词以及学术著作，看一看其中的地理因素是什么样的形态，是如何产生与构成的，在作品中居于什么样的地位，具有什么样的意义，产生了什么样的价值；另一方面，我们也要到他的出生地湖南省凤凰县去进行全面的考察，对那里的山形水势，那里的民情风俗，那里的文化传统，那里的居民生活，扩大一点说，千里沅水流域的自然与人文环境，都需要进行全面的考察，以积累丰富的感性资料与思想认识，这将大大有助于我们对其文学作品中地理因素的探讨。在此基础上，我们就可以对沈从文的文学创作、文学思想、艺术风格、艺术成就进行整体研究，做出符合实际的判断。我们对于英国诗人华兹华斯及其诗歌的研究，也同样可以采取内部研究与外部研究相统一的方法。虽然我们一般人去英国北部湖区考察不易，然而我们还不得不做这样的考察，华兹华斯在那里出生、成长，生活了80多年，并且几乎一生都在从事诗歌创作，与这一片土地存在深厚的联系。如果我们可以在那里住上一年半载，就可以解决许多实际的问题，解答作品中存在的一系列的地理问题。然而，首先还是要读作品，全面地阅读与全面地理解，不然也不可能做出准确的审美判断。

最后，我们要强调一点，那就是我们对文学地理学之"地理"内涵的理解，不可过于机械。按照从前教科书上的"地理"概念来理解文学地理学之"地理"，显然是不合适的，也是不科学的。在我们看来，"地理"是相当丰富、相当显著的一种存在，地理本身也是人类生活与生存环境的一种综合性要素之体现。文学地理学所谓的"地理",就是人在中间所能够看见的"天地之物"①。只有这样我们才能将气候、物候、水文、气象、宇宙等都纳入进来,进行整体性的、全面的、科学的考察与研究。也只有这样,文学地理学这门学科才可能更加博大精深,才可能学以致用,并取得创造性的成果,文学地理学理论才会更加系统化与科学化,否则,我们的理论可能经不起后人推敲,文学地理学的科学性与实践性就会成为一种空想,文学地理学成为一门重要学科的梦想也就很难实现了。

需要说明的是,本文的主要内容是来自我给博士生的一次讲课记录,所以对于一些问题的探讨都是相对初步的,目的是引起大家的重视与进一步讨论。本文对文学地理学内部研究的概括也许是不全面的,对文学地理学外部研究的认识也许是不客观的,对内部研究与外部研究的划分也许是不科学的,这样的划分也许不具有重大的理论意义与实践价值。一个人的视野是有限的,一个人的学识也是有限的,一个人的力量更是有限的,因此期待大家的批评与指正。在此,我要对本文的整理者王金黄博士所付出的劳动,表示衷心的感谢!

---

① 文学地理学所谓的"地理"乃"天地之物"的观点,集中见于杜雪琴论文《"天地之物":文学地理学批评之根》,《文学教育》2012年第8期。我在一些学术论文和学位论文答辩中也多次提到,并且引起过一些学者的讨论。有的学者认为"地理"是一个专用术语,文学地理学者不能重新定义"地理"概念。如果我们按照中小学语文教材中的"地理"概念,"地理"就是指地球表面的地貌、地相与地质,而我们文学地理学所要研究的"地理",则远不止于此。因此,文学地理学者有必要重新定义"地理",以为文学研究者之需要。所以,文学地理学的"地理"不仅包括地相、地质与地貌,也包括地球表面的水文、气象、植被等,还包括气候、物候、天文、宇宙等,即人在天地之间所能见到的所有物体与物象。只有这样,我们的文学地理学才会有重要的意义与重大的价值。

文学地理学宏观研究

从"王者无外"到"置之度外"
——北宋士人的国家意识

方丽萍[*]

"地理感知是一个不断对既有知识进行更新、颠覆、转化的过程。其中既受制于环境本身,更受制于文化取向、知识背景等人文因素。环境产生刺激,文化背景决定接受及转化能力。可以说是一个十分复杂的动态反馈过程。"[①]自古以来,从宋代人对"中国"的感知以及相伴而生的"外国"概念的出现可见北宋知识、文化界的状况。

一 孰为中国?

古时"中国"有广狭二义,狭义的"中国"指国之都城,广义的"中国"是一个与"四夷""四方""四裔"等相对的概念,表示政权、文化的正统以及地理的中心。考古发现,"中国"一词最早出现在1963年陕西宝鸡出土的、大约是西周武王时期的何尊上:"惟武王既克大邑商,则廷告于天曰,余其宅兹中国。"这里的"中国","可能指的是

---

[*] 作者为青海师范大学人文学院教授。
[①] 张伟然:《中古文学的地理意象》,中华书局2014年版,第17页。

常被称为'天之中'的洛阳"①。《诗经》和《尚书》中都有"中国"一词出现。在古人的心目中,"中国"不是一个地理、疆域概念,而是一个文化概念:

> 或曰:孰为中国?曰:五政之所加,七赋之所养,中于天地者为中国。

> 秘曰:五常之政之所加,五谷桑麻之政之所养,以土圭之法测土深、正日影以求天地之中,则为中国矣。②

古代中原地区的人们相信他们处于世界的中心,"覆载之内,日月所临,华夏居土中,生物受气正"。③ 在这片土地上产生的儒家文化也是最优秀的文化,是区别"中国"与其他地区和文化的根据:

> 文子曰:"吴越之俗,无礼而亦治,何也?"孔子曰:"夫吴越之俗,男女无别,同厕而浴,民轻相犯,故其刑重而不胜,由无礼也。中国之教,为外内以别男女,异器服以殊等类,故其民笃而法,其刑轻而胜,由有礼也"。④

不知这里是否出现了缺文或文字的错讹。就目前的文献看,孔子自说自话,没有回应文子的问题。他这段话的中心也十分明确:中国是文明、礼仪之邦,有值得骄傲的文化。

> 夫所谓先王之教者何也?博爱之谓仁,行而宜之之谓义,由是而之焉之谓道,足乎己无待于外之谓德。其文:《诗》、《书》、《易》、

---

① 葛兆光:《宅兹中国——重建有关"中国"的历史叙述》自序,中华书局2011年版,第3页。
② 扬雄:《法言·问道》,"秘"指宋代的吴秘,他与宋咸、司马光重曾注此书。
③ 杜佑:《通典·边防序》,岳麓书社1995年版,第2598页。
④ 王钧林、周海生译注:《孔丛子·刑论第四》,中华书局2009年版,第52页。

《春秋》；其法礼、乐、刑、政；其民：士、农、工、贾；其位：君臣、父子、师友、宾主、昆弟、夫妇；其服：麻、丝；其居：宫室；其食：粟米、蔬果、鱼肉。其为道易明，而其为教易行也。是故以之为己，则顺而祥；以之为人，则爱而公；以之为心，则和而平；以之为天下国家，无所处而不当。①

韩愈认为，我们的文化有很优秀的仁义道德思想，有丰富的文化载体，有合理的制度设计，它还表现在日常的衣食住行上，与野蛮民族有很大的区别。如果认真按照这优秀的文化行事，无论个人还是天下、国家，一切都可臻于至善。而皇甫湜则认为区分中国或夷狄的唯一标志就是文化。

所以为中国者，以礼义也；所谓夷狄者，无礼义也。岂系于地哉？杞用夷礼，杞即夷矣；子居九夷，夷不陋矣。②

非但理论上，现实中古人也以此为标准思考问题。大中初年，大食人李彦升被"大梁连帅范阳公"推荐参加进士考试，一举高中。梁属中国，范阳公是"受命于华君，仰禄于华民"的"中国人"，而李彦生是"外国人"。李彦生的被推荐及高中打击了"中国人"的文化自信，被认为是损害了本国人民的利益，引来极大的不满，"岂华不足称也耶？夷人独可用也耶？"此事反映出国家、国民本位的思想在晚唐的存在。而陈黯的反驳也说明知识界对以文化判定中外的坚持：

苟以地言之，则有华夷也。以教言，亦有华夷乎？夫华夷者，辨

---

① 韩愈：《原道》，刘真伦、岳珍校注《韩愈文集汇校笺注》第一册，中华书局2010年版，第4页。
② 皇甫湜：《东晋元魏正闰论》，董诰等编《全唐文》卷六百八十六，中华书局1983年版，第7031页。以下引《全唐文》均出自此，不再重复。

在乎心,辨心在察其趣向。有生于中州而行戾乎礼义,是形华而心夷也;生于夷域而行合乎礼义,是形夷而心华也。①

以文化而不以地域进行内外的划分,显示了大国的开放胸怀与自信姿态,反映了唐代时士人的主人翁姿态及"人文化成","以夏变夷",最终实现"四海一家"(或四海为家)的理想。

二 四海一家的政治理想

"四海"这一概念缘于古人的世界认知,与"中国"相对:

> 天地四方皆海水相通,地在其中盖无几也。七戎、六蛮、九夷、八狄,形类不同,总而言之,谓之"四海",言皆近于海也。四海之外,皆复有海云。②

南宋洪迈曾有近乎科学的"四海"的认识:

> 海一而已,地之势西北高而东南下,所谓东、北、南三海,其实一也。北至于青、沧,则云北海,南至于交、广,则云南海,东渐吴、越,则曰东海,无由有所谓西海者。《诗》、《书》、《礼》经所载四海,盖引类而言之。汉《西域传》所云蒲昌海疑亦渟居一泽尔。班超遣甘英往条支,临大海,盖即南海之西云。③

地理概念外,"四海"还是一个国家概念。"四海一家"(或"四海为

---

① 陈黯:《华心》,《全唐文》卷七百六十七,第 7986 页。陈黯(805?—876?),字希孺,颍川人,举进士,计偕十八上而不第,隐居同安。
② 徐坚:《初学记》卷六引《博物志》,中华书局 1962 年版,第 114—115 页。
③ 洪迈:《四海一也》,孔凡礼点校《容斋随笔》卷三,中华书局 2005 年版,第 33 页。

家")有两种含义①：第一，终极的政治理想。如"闻圣人以四海为家，英宰与千龄合契"②"唐天子以四海为家，圣人包六合为宇"③等。范仲淹的《王者无外赋》表达的是同样的意思：

> 普天率土，尽关宵旰之忧；九夷八蛮，无非臣妾之者。其仁荡荡，其道平平。视之不见，寻之无边。诚厚载之象地，亦洪覆之配天。令出惟行，宁分乎远者近者德广所及。但见乎无党无偏。若然，则包括八纮，牢笼九野。惟善守于域内，乃化成于天下。万邦同式，孰谓乎限蛮隔夷；四海为家，莫闻其彼众我寡。故得五兵不试，四国是讹。于以见上下交泰，于以见远近咸和。九霄之皇泽下施，无远弗届；万国之黔黎受赐，其乐如何。故知覃及鬼方，守在海外。书同文而车同轨，地为舆而天为盖。如春之德，广育而万物咸亨；若海之容，处下而百川交会。大矣哉！自南自北，覆之育之，见兆民咸赖，信一人不遗。五霸何知，据山河而一战；三王有道，流声教于四夷。今我后寅奉三无，光宅九有。播皇风于无际，守鸿图而可久。夫如是，四海九州，咸献无疆之寿。④

万邦同式、四海为家，没有敌我，不分彼此，人们的价值观、行为方式完全相同，没有冲突、没有内外、没有远近，天下人们俨然如一家人般在一个圣明皇帝的关爱下快乐地生活，人们也期待着他的万寿无疆。实现

---

① 还有一种是指漂泊无定的生活状态，如吕温的"人伦大统，天性是宝。虽曰自然，亦资黼藻。汉皇父子，一失其道，四海为家。不能相保。荒台岿而千古之悲，恸目不断，冤魂不归。疑生于微，祸积于基。苟有明义，谁其间之？嗣维邦本，本动邦危。于戏，后王鉴兹在兹。"（《吕衡州集》卷八《望思台铭并序》）如陈师道的《次韵别张芸叟》"中年为别更堪频，四海为家（老杜诗有无家别）托一身。此别时须问生死，孰知诗力解穷人。"（《后山集》卷八）刘禹锡的"今逢四海为家日，故垒萧萧芦荻秋。"（《西塞山怀古》）可能也属于本类。因使用范围较小，且与本论题无关，故存而不论。

② 王勃：《上刘右相书》，《全唐文》卷一百七十九，第1821页。
③ 陈子昂：《谏灵驾入京书》，《全唐文》卷二百一十二，第2146页。
④ 范仲淹：《王者无外赋》，《范仲淹全集》，四川大学出版社2007年版，第489—490页。

这一政治理想的前提是本国、本土的"善守",是完善的自律与自治,然后就可以向天下"化成"。"四海一家"代表着古人最高的社会政治理想。

由上自然引申出了"四海一家"的第二种意义:用以赞颂历史或当时的君王或皇朝,表扬在他们的治理下天下的状态。如陈子昂说,"且天子以四海为家,舜葬苍梧、禹葬会稽,岂爱夷裔而鄙中国耶?示无外也"[1]。白居易歌颂宪宗及其时代,"今万方一统,四海一家,无邻国可倾,非夷吾用权之秋也。虽欲寓令,令将何所寓耶"?[2] 宋人也如此赞美他们的皇帝,如太平兴国五年(980)张齐贤赞太宗"方今海内一家,朝野无事"。皇帝也以此表达自己心怀天下、公平对待世界人民,无内外分别的思想,如唐玄宗的"自古皆贵中华、贱夷狄,朕独爱之如一"[3]。宋真宗说"朝廷取士,惟才是求,四海一家,岂限遐迩"[4]。这种颂扬一般出现在国力强盛、社会稳定、中国与周边政权交好时。此时中国的世界中心地位稳固,万国来朝,中国对世界具有决定性的影响,各国都倾慕并且努力学习中国的文化、制度。

三 "置之度外"

毋庸讳言,在礼乐文化方面的自信,"不以夷狄先诸夏"[5] 的思想居于主流这一大背景下,会有一些诋毁四裔的言论产生,王朝国力的变化以及与周边民族的关系也会引起士人们观点的变化。当国力强大、万国来朝时,"四海一家""内外一致"就会很流行,"大一统"的调子就会唱起;

---

[1] 欧阳修等:《新唐书·陈子昂传》,中华书局1975年版。以下所引《新唐书》均出自此,不再重复。
[2] 白居易:《试策问制诰·才识兼茂明于体用科策》,顾学颉点校《白居易集》,中华书局1979年版,第987页。
[3] 司马光:《资治通鉴》卷一百九十八"太宗贞观二十一年",中华书局1976年版。
[4] 李焘:《续资治通鉴长编》卷六十,真宗景德二年(1005),中华书局1979年版。
[5] 《新唐书·南蛮传下》。

而一旦与周边国家关系紧张、发生冲突或王朝处于屈辱被动状况时，便会有区别心产生。如宋代，虽然出现了统一国家，但燕云十六州的土地被占，西夏与之对抗，每年给辽纳岁币，"东亚从此开始了不承认中国王朝为中心的国际秩序"[①]。士人以文化的自豪感和优越感来抵消挫败情绪，"传统中国的华夷观念和朝贡体制，在观念史上，由实际的策略转为想象的秩序，从真正制度上的居高临下，变成想象世界的自我安慰；在政治史上，过去那种傲慢的天朝大国态度，变成了实际的对等外交方略；在思想史上，士大夫知识阶层关于天下、中国与四夷的观念主流，也从普天之下莫非王土诗文天下主义转化为自我想象的民族主义。"[②]。这时候，对于"内外"的理解也会随着王朝疆域的变化而有所变化，一些过去不被注意的华夷观念得到认同。看下面几条材料：

> 狄仁杰：天生四夷，皆在先王封略之外。故东距沧海，西阻流沙，北横大漠，南阻五岭，此天所以限遐荒而隔中外也。[③]
> 张说曰："彼兽心者，唯利是向。且方持国，下所附也，不假以礼，不来矣。"[④]

这是唐代大臣的态度。这种观念在唐代很少有支持者，但到宋代则流行起来。它首先大量出现在《新唐书》中：

> 《易》称"王侯设险以固其国"，筑长城、修障塞所以设险也。（《突厥传》）
> 礼让以交君子，非所以接禽兽夷狄也。（《突厥传》）
> 夷狄资悍贪，人外而兽内，惟剽夺是视。（《回纥传》）

---

① 转引自葛兆光《宅兹中国——重建有关中国的历史秩序》，中华书局2011年版，第47页。
② 同上。
③ 狄仁杰：《请罢百姓西戍疏勒等四镇疏》，《全唐文》卷一百六十九，第760页。
④ 《新唐书·北狄传》。

到北宋，分别心频繁出现在大臣们的奏议中：

> 熙宁九年，枢密使文彦博上奏曰：夫外裔之情，趋利生事，从古以来载于书史者详矣。①
>
> 元丰六年夏人欲塞乞还侵疆。户部尚书安焘言："地有非要害者固宜予，然羌情无厌，常使知吾宥过而息兵，不应示以厌兵之意。"②
>
> 神宗时晁补之上书论北事曰……夫四夷之与中国，其土地、风俗、刚柔、险易之不同，犹之城市之与山林，并得其宜，各便其欲，未尝同也。百蛮之地，皆阻山负海，远者去王畿数千里。③

神宗元丰五年（1082），这个问题成了殿试进士的五道策问之一。题目给出了历史上解决内外冲突的四种办法："有命将帅而伐之者，有筑长城而绝之者，有奉金赍币而和亲之者，有卷甲轻举而破降之者。"出题人王安礼总结古人历史上的御戎之策说，"古无上策，周得中策，汉得下策，秦无策焉"，令举子们给出适合当前情境的"外威四夷，内强中国"④的上策。我们今天未找到当时朝堂上的回答。但大臣们在不同的场合都讨论了这个问题，并给出了各自的答案。

有人主张以金钱、物质怀柔，"啖以厚利、縻以重爵，亦安肯迷而不复讫于沦胥哉"⑤，还有人提出要"安内养外""以德怀远""守信为上""置之度外"以及文化隔绝等方案。

"安内以养外"有两个逻辑基础，第一，中国是根本，四裔是枝叶，"治天下犹植木焉，所患根本未固，固则枝干不足忧。朝廷治则边鄙何患

---

① 《历代名臣奏议》卷三百四十四，文渊阁四库全书本。
② 同上。
③ 《历代名臣奏议》卷三百四十四，神宗时晁补之上书论北事，文渊阁四库全书本。
④ 王安礼：《元丰五年殿试进士策问》其四，《王魏公集》卷四，文渊阁四库全书本。
⑤ 脱脱等：《宋史·李至传》，中华书局1985年版。以下所引《宋史》均为此版本，不再重复。

乎不安？"① 第二，"外忧始于内患"。四裔的骚扰是结果，原因还在于国家内部的腐败与混乱。"外忧"不足惧，摧毁国家根本的是内患，"若乃纲纪不立、忠佞不分、赏罚不明、号令不信、浮费靡节、横赐无常、务宴安之逸游，纵宫庭之奢靡，受女谒之干请，容近昵之侥幸，此臣所谓内患也。且四夷内窥中国，必观衅而后动，故外忧之起，必始内患臣。"所以，"先治内患以去外忧，内患既平，外忧自息。譬若木之有本，未有本固而枝叶不盛者也。臣欲望陛下深惟祖宗所谓'内患者尽革而去之'，则陛下威德远畅，外夷高视于汉唐之上。"②

明确提出"安内以养外"的是左拾遗张齐贤，时间是太平兴国五年（980）：

> 臣窃惟方今海内一家，朝野无事，关圣虑者岂不以河东新平，屯兵尚众，幽蓟未下，辇运为劳，以生灵为念乎？臣每料之，此不足虑也。……所谓择卒未如择将，任力不及任人，如是则边鄙宁矣。边鄙宁则辇运减，辇运减则河北人民获休息矣。获休息则田业增而蚕织广，务农积谷以实边用。且敌人之心固亦择利避害，安肯投死地而为寇哉？臣又闻家六合者以天下为心，岂止争尺寸之事，角四裔之势而已？是故圣人先本而后末，安内以养外。人民本也，四裔末也。中夏内也，四裔外也。是知五帝三王未有不先根本者也。尧舜之道无他，广推恩于天下之民尔。推恩者何在乎？安而利之，民既安利，则外裔敛衽而至矣。……使天下耳目皆知陛下之仁，戴陛下之惠，此以德怀远，以惠利民，则幽燕强大之邻，沙漠侵扰之寇，擒之与屈膝在术尔。③

---

① 《宋史·温仲舒传》，权御史中丞王化基回答太宗问边事。
② 韩琦：《上仁宗论外忧始于内患》，《宋名臣奏议》卷一百三十一，文渊阁四库全书本。
③ 张齐贤：《上太宗论幽燕未下当先固根本》，《宋名臣奏议》卷一百二十九，文渊阁四库全书本。

管好自己的事情，以德化远、以德来远，则一切的内外冲突都自然可以得到解决。这种观念今天看来依然很天真。

与之同样天真的是主张"守信为上"。以文彦博为代表：

> 夫外裔之情，趋利生事，从古以来，载于书史者详矣。自真宗朝与通好，所以息民几八十年，未尝犯顺。……两朝遵守已久，且信誓之辞，质于天地神祇，告于宗庙社稷，此而可渝，何以享国？……臣以谓中国御戎，守信为上。必以誓书为证，彼将何词以亢？纵骋诡词，难夺正论。臣又以事理度之，事固有逆顺，理固有曲直。顺而直，天必助之。逆而曲，人不与之。若敌人不计曲直利害，肆其贪狠，敢萌犯顺之心，朝廷固已讲于预备之要，足食足兵，坚完城壁，保全民人，以战则胜，以守则固，止此而已。①

文彦博认为不守信义者必遭天谴，因此主张守信。守信是儒家的道德，文彦博相信它的普世价值。当然，也有一种可能，是除此之外再找不到更有利的论据和更有效的措施。苏辙与文彦博观点一致，"不可失信夏人"，"善为国者，贵义而不尚功，贵信而不求利，非不欲功利也，以为弃义与信，虽一快于目前，而岁月之后，其害将有不可胜言者矣。"② 孤立地看，"守信为上"没有问题，但假如再结合中国人一直以来的将四裔视为不守信，像虎狼一般贪婪，这想法怎么都有些滑稽。

与上面主张相比，"置之度外"说服力似乎要强一些。这一观点的出发点是经济方面的考虑：

> 地广则费倍，此盛王之鉴也。③

---

① 《历代名臣奏议》卷三百四十四，文渊阁四库全书。
② 苏辙：《论西边商量地界札子》，陈宏天等点校《苏辙集》（全四册），中华书局1990年版，第814页。
③ 《新唐书·西域传》。

还有历史的教训：

> 唐之治不能过两汉，而地广于三代，劳民费财，祸所繇生。①

再就是比较中的劣势：

> 中国制边鄙，可以智胜，不可战斗。盖地形武技与中国异也。羌戎上下山阪，出入溪涧，中国之马不如也。蹈险倾侧，且驰且射，中国之技不如也。风雨罢劳，饥渴不困，中国之人不如也。为今之计，莫若谨亭障、远斥候、控扼要害，为制御之全策。②

北宋时主张将四裔"置之度外"的人比较多，理由也五花八门。我们进入具体的历史情境了解一下。

元封元年神宗讨伐西夏，大获全胜，"诸将收其边地，建米脂、义合、浮图、葭芦、吴堡、安疆等寨。"对此，司马光说：

> 臣窃闻此数寨者，皆孤僻单外，难于应援，田非肥良，不可以耕垦；地非险要，不足以守御。中国得之，徒分屯兵马、坐费刍粮，有久戍远输之累，无拓土辟境之实。此众人所共知也……此数寨之地，中国得之虽无所利，敌中失之为害颇多，何则？深入其境，近其腹心，常虑中国一朝讨袭，无以支吾，不敢安居，是以必欲得之，不肯弃舍。③

我们占领的几处地方对国家没有丝毫的好处，反倒要花费大量的时间、精力去维护、管理，而对于西夏来说，则是万不可失的要地，总会惦记着再夺回去。因此，对于这样有百害而无一益的地方，应置之度外。

---

① 《新唐书·南蛮传上》。
② 丁度：《备边要览疏》，李焘《续资治通鉴长编》卷一百二十七，中华书局1979年版。
③ 司马光：《论西夏札子》（元祐元年正月上），《传家集》卷五十，文渊阁四库全书本。

古代中国相当长时期内关于民族、国家和天下的朝贡体制和华夷观念，正是在这一时代，发生了重要的变化，在自我中心的天下主义遭遇挫折的时候，自我中心的民族主义开始兴起。这反映了一个很有趣的现实世界和观念世界的反差，即在民族和国家的地位日益降低的时代，民族和国家的自我意识却在日益升高，这种情况在中国思想史上可以说一直延续至今。①

观念的变化带来了在具体问题的处理上的巨大转向。中外关系问题上，士人不再空言理想，不再怀"一家"的妄想，而是在国家财力有限的情况下，明白中外界限，舍弃部分土地，在北宋直至南宋都很有市场。被建议置之度外的还有其他地方，如河湟，"河湟之地，夷夏杂居，是以先王置之度外"。② 原因在于它们与中国异质，即使暂时拥有，也无法真正融入：

> 圣人统御之策，夷夏不同，虽有荒遐之君向化宾服，终待以外臣之礼，羁縻勿绝而已。或一有背叛，来则备御，去则勿追，盖异俗殊方，置之度外，不足以臣礼责之。③

毕仲游认为中国土地辽阔，主张放弃那些贫穷偏远、徒然增加国家负担的地区，如熙河：

> 天之生民，初无中国外国之别，以其与中原之地甚相远也，然后谓之外国。而自汉已来，争取其不可治之地而治之，是以府库空虚、人民死亡，仅能得之而还为外国之地者多矣。……因杖马捶去之岐山之下，中国之地至其不可有也，则犹不欲强治之，况欲强取外国之地

---

① 葛兆光：《宅兹中国——重建有关中国的历史秩序》，中华书局2011年版，第42页。
② 《宋史·李至传》。
③ 吴育：《上仁宗论元昊不足以臣礼责之》，《宋名臣奏议》卷一百三十一，文渊阁四库全书本。

而治之乎？虽尝为中国之郡县而本外国之地者，则亦无所用之。虽欲用之而多不能有，故武帝不能有轮台，元帝不能有朱崖，光武不能有西域，而本朝亦弃灵武。则今日熙河兰会之计议足以断矣。①

北宋时期，还有以文化隔绝、隔离外国，从而削弱外国的设计。这种想法，唐代已有人提及，这就是于休烈的《请不赐吐蕃书籍疏》②：

> 臣闻戎狄国之寇也，经籍国之典也。戎之生心，不可以无备；典有恒制，不可以假人。《传》曰："裔不谋夏，夷不乱华。"所以革其非心，在于有备无患。昔者东平王入朝，求《史记》、诸子，汉帝不与，盖以《史记》多兵谋，诸子杂诡术。夫以东平，汉之懿戚，尚不欲示征战之书，今西戎国之寇雠，岂可贻经典之事？且臣闻吐蕃之性，慓悍果决，敏情特锐，喜学不回。若达于书，必能知战。深于《诗》，则知武夫有师干之试；深于《礼》，则知月令有废兴之兵；深于《传》，则知用师多诡诈之计；深于文，则知往来有书檄之制。何异借寇兵而资盗粮也？臣闻鲁秉《周礼》，齐不加兵；吴获乘车，楚屡奔命，一以守典存国，一以丧法危邦，可取鉴也。且公主下嫁从人，远适异国，合务夷礼，返求良书，愚臣料之，恐非公主本意也，虑有奔北之类，劝教于中。若陛下虑失蕃情，以备国信，必不得已，请去《春秋》。当周道既衰，诸侯强盛，礼乐自出，战伐交兴，情伪于是乎生，变诈于是乎起，则有以臣召君之事，取威定霸之名。若与此书，国之患也。传曰："于奚请曲县繁缨，仲尼云：'惜也！不如多与之邑。惟名与器，不可假人。'"狄固贪婪，贵货易土，正可锡之锦

---

① 毕仲游：《论弃熙河兰会》，《历代名臣奏议》卷三百四十六，文渊阁四库全书本。
② 于休烈（692—772），河南人。开元初进士，擢制科，累迁比部郎中，出为中部郡太守。肃宗朝擢工部侍郎，徙国子祭酒。代宗立，累进工部尚书，封东海郡公，加金紫光禄大夫。大历七年卒，年八十，赠左仆射，谥曰元。《全唐文》卷365，第3717页。

绮，厚以玉帛，何不率从其求，以资其智？（注，疑"不"为衍文）

之所以不能将我们的书籍带给四夷，就在于书籍会开启他们的智慧，教会他们文明与智慧甚至诡诈。如果他们学会这些再来与我们交往，后果将十分可怕。因此，以文化封锁或隔绝周边民族，让他们依然保持野蛮与蒙昧，对于中国来说，未尝不是一件极好之事。

于休烈此书，在全面自信、开放的唐代没有任何反应，大量的书籍寄寓着人们"以夏变夷"的期待漂洋过海，也确实对四裔的文化有所影响。宋代也曾如此，"淳化四年、大中祥符九年、天禧五年曾赐高丽九经、书、史记、两汉书、三国志、晋书、诸子、历日圣惠方、阴阳地理书等"。但很快，大臣们有了危机感，于休烈的主张却得到了极大的尊奉：

真宗景德二年（1005），"诏民以书籍赴缘边榷场博易者，自非九经书疏悉禁之，违者案罪，其书没官"。（《续资治通鉴长编》卷六十四）

仁宗天圣五年（1027），"契丹通和河北缘边榷场，商人往来多以本朝臣僚文集传鬻境外，其间载朝廷得失，或经制边事，深为未便，故禁止之"。（《续资治通鉴长编》卷一百〇五）此外，康定元年（1040）、至和二年（1055）、元丰八年（1085）、元祐四年（1089）都有类似诏告。大臣们有关上疏也层出不穷：至和二年（1055）欧阳修上疏《论雕印文件札子》，元祐八年（1093）苏轼《论高丽买书利害札子》。而私下里严加防范、直接拒绝的地方官也不少，如"岩叟馆伴辽贺正旦使耶律宽，宽求观《元会仪》，岩叟曰：'此非外国所宜知。'止录《笏记》与之，宽不敢求"。[①] 之所以如此，北宋人的理解和于休烈也基本相似。

现在以苏轼元祐八年札子为例再体会一下北宋士人的心思：

[①] 《宋史·王岩叟传》。

诸子书或反经术、非圣人，或明鬼神、信物怪，太史公书有战国纵横权谲之谋，汉兴之初，谋臣奇策，天官灾异、地形阨塞，皆不宜在诸侯王，不可予。……东平王骨肉至亲，特以备位藩臣，犹不得赐，而况海外之裔夷契丹之心腹者乎？

闻昔年高丽使乞赐《太平御览》，先帝诏令馆伴以东平王故事为词却之，近日复乞诏，又以先帝遗旨不与。今历代史、《册府元龟》及《北史》，窃以谓前次本不当与，若便以为例，即上乖先帝遗旨，下与今来不赐御览圣旨异同，深为不便。

一近据馆伴所申，乞与高丽使抄写曲谱。臣为郑卫之声，流行海外，非所以观德。若朝廷特旨为抄写，尤为不便，其状臣已收住不行。

非但所一种书籍苏轼都找到了绝对不能给潜在的敌人——高丽的理由，而且苏轼对于两国之间的往来通好也是坚决反对，原因是有"五害"而无一利：

臣见高丽人使，每一次入贡，朝廷及淮浙两路赐予、馈送、燕劳之费约十余万贯。而修饰亭馆、骚动行市、调发人船之费不在焉，除官吏得少馈遗外，了无丝毫之利，而有五害。所得贡献，皆是玩好无用之物，而所费皆是帑廪之实，民之膏血。此一害也。所至差借人马什物，搅挠行市，修饰亭馆，民力暗有陪填，此二害也。高丽所得赐予，若不分遗契丹，则契丹安肯听其来贡？显是借寇兵而资盗粮，此三害也。高丽名为慕义来朝，其实为利。度其本心，终必为兆虏用。何也？虏足以制其死命，而我不能故也。今使者所至，图画山川形胜，窥测虚实，岂复有善意哉？此四害也。庆历中，契丹欲渝盟，先以增置塘泊为中国之曲，今乃招来其与国，使频岁入贡，其曲甚于塘泊。幸今契丹恭顺，不敢生事。万一异日有桀黠之人，以此籍口，不知朝廷何以答之？此五害也。①

从苏轼的文章中可以看出，在"四海一家"理想——中国地理、文化、政治中心的想象在契丹、西夏等边鄙蛮荒之人的冲击下破灭后，当大国地位的紧张不再时，尽管北宋士人王朝正统性与文化的优越感并没有消失，但他们已经开始回归现实，对具体问题进行仔细的思考，在自己的官位上尽其所能地、非常务实地、用心地经营着地方的财政、军事、外交等，并且在许多的细节方面全面为北宋王朝未来考虑，尽其所能、按照其所理解的正确的姿态做出了很多填补缺漏的贡献。他们不再凭空想象，而是着眼于现实，对于国家及其天下的地位有了清醒的认识。他们现实、清醒、理性，开始了对古代思想的全面的反思与怀疑。这些，无论如何都是思想界的进步。尽管这些进步是以理想的破灭为代价，但它宣告了古代士人中外认知新的一幕。

---

① 苏轼《论高丽买书利害劄子三首》，《苏轼文集》，孔凡礼校注，中华书局2004年，第995—997页。

春秋物候景观与中国古典诗词

刘 畅[*]

一 问题的提出

美国汉学家华生做过一次很有意思的统计,他把《唐诗三百首》作为中国古诗的代表,按季节物候对其中的各类自然意象进行了统计,结果表明,四季出现的次数分别为:春,76 次;秋,59 次;冬,2 次;夏,1 次。[①] 又经笔者粗略统计,俞平伯所选编《唐宋词选释》共收词251首,四季出现的频率分别为:春,73 次;秋,62 次;夏,8 次;冬,5 次。[②] 比例约与华生对《唐诗三百首》的抽样持平,春、秋仍占有绝对优势。群体如此,个体亦然,谨以李煜和李清照为例。前者有"词至李后主而眼界始大,感慨遂深,遂变伶工之词而为士大夫之词"(王国维《人间词话》);后者亦被誉为"词家一大宗"(纪昀《四库全书总目提要》)之誉,均有一定代表性。查《全唐五代词》共收李煜词45首,四季比例为:春,21

---

[*] 作者为南开大学文学院教授。
[①] 周发祥:《意象统计》,《文学遗产》1982 年第 2 期。
[②] 俞平伯:《唐宋词选释》,人民文学出版社1979 年版。

· 119 ·

次；秋，12 次；夏，无；冬，无；其他 12 次。[1]《漱玉集注》共收李清照词 60 首，其中：春，32 次；秋，12 次；夏，1 次；冬，1 次；其他 13 次。[2] 春秋的压倒性优势依然明显。此外，清康熙时，官修《佩文斋咏物诗选》收辑汉魏至元明各种体裁的诗一万四千余首，其中春秋类作品是夏冬类作品的三倍以上。另外，这种明显的差异在《艺文类聚》《初学记》等类书的岁时部中也很明显。经查，《艺文类聚·岁时部》所收有关四季的各类材料分别为：春，6 页；秋，6.5 页；夏，2 页；冬，3.5 页。即使考虑到非韵文的因素，春秋内容也是夏冬内容的两倍之多。

　　传统诗词中，春秋物候意象优于夏冬的基本事实，从量的方面看是明显的；从质的方面看，众口传诵的名篇佳制也多与春秋季节有关。稍具古典文学知识的人都可毫不费力地开出一长列名单：宋玉的《九辩》，曹丕的《燕歌行》，曹操的《观沧海》，王绩的《野望》，杜审言的《早春游望》，张若虚的《春江花月夜》，贺知章的《咏柳》，王维的《送元二使安西》，孟浩然的《春晓》，李白的《送孟浩然之广陵》，杜甫的《春望》《春夜喜雨》《秋兴》，杜牧的《江南春绝句》，王安石的《泊船瓜洲》……相反，与夏冬季节有关的名作则较为贫乏。这一点，在讲究"要眇宜修"的词中表现得更为明显，词中的景物描写几乎很少有夏冬的位置，从李煜的"林花谢了春红，太匆匆"到辛弃疾的"惜春常怕花开早"，从晏殊的"昨夜西风凋碧树"，到李清照的"莫道不销魂，帘卷西风，人比黄花瘦"，伤春悲秋的声音几乎弥漫了整个诗坛，成为灵心易感的词人们的抒情主旋律。

　　此外，如果沿着"伤春""悲秋"的线索出发，在古典诗词中我们就不难发现这样的事实：一些感情色彩浓烈、表示心理情绪的名词或动词经常与"春""秋"搭配，如"伤春""惜春""感春""春恨""春愁""春

---

[1] 张璋、黄畲：《全唐五代词》，上海古籍出版社 1986 年版。
[2] 李清照：《漱玉集注》，王延悌注，山东人民出版社 1979 年版。

怨""春怀""春意";"惊秋""悲秋""感秋""秋思""秋兴""秋怀""秋意"等;而再注意一下与"夏""冬"搭配的,则多是一些生理感觉(如触觉)的词汇,如"苦热""苦寒""苦雨""避暑"等。这一事实也说明:中国古代诗(词)人们之所以对"春""秋"倾注了大量的热情,显然是因为其中蕴含着拨动或刺激诗人心灵的艺术基因。与夏、冬相比,春、秋的景物具有更为敏感、更容易产生诗意的基质。

然而,这一事实却没有在理论思维方面反映出来。有心人不难发现,在浩如烟海的中国古代文论中,对构成自然景物敏感因素之一的季节因素却很少触及,偶有所涉,也是持一种"四季均等"的态度。如刘勰《文心雕龙·物色》:"春秋代序,阴阳惨舒,物色之动,心亦摇焉……是以献岁发春,悦豫之情畅;滔滔孟夏,郁陶之心凝;天高气清,阴沉之志远;霰雪无垠,矜肃之虑探。"钟嵘的《诗品序》也说:"若乃春风春鸟,秋月秋蝉,夏云暑雨,冬月祁寒,斯四候之感诸诗者也。"刘、钟所言,不仅是对晋宋以来蓬勃兴起的山水诗的一种理论总结,而且在古典艺坛上具有一定的权威性。在他们看来,似乎四季景物被选入诗的机会是均等的。这种认识显然偏离了古典诗词创作中一个极为重要的事实,即春秋与冬夏两组季节被诗(词)人选择描写的机会是相当不均衡的。

传统诗词中春秋物候意象明显优于夏冬究竟具有何种美学意义?春秋季节究竟在哪些方面与人的心灵、情绪相对应从而更富有诗意的感召?是很有意思的美学课题。尤其考虑到古代文艺思想对此几乎未加注意和研究,笔者就更觉得有深入探讨之必要。

二 生命意识与"物化同构"

中国古代诗(词)人之所以偏爱春秋物候,大量采撷入诗词,首先与生命意识有关,春秋物候景物更容易与人的心灵产生一种"物化同构"。

人类的内在生命意识，在与种种不同的外部事物遭遇的时候，会产生种种不同的反应。假如外部事物是一种类生命的"活"的结构，即具有动态平衡的结构，它做出的反应便是迅速的、强烈的和愉快的。这样一种反应本质上是精神上的一种契合和拥抱，是灵魂同自己的对话，是对自我之本质的发现。如果外部事物是一种"死"的结构，一点也不具有生命的活力，它的反应就十分微弱，更谈不上愉快。如果外部事物是一种异己的结构，它看上去就讨厌，甚至听而不闻，视而不见。即使是具有简单结构的对象，它们的生命表现也有强弱之分，因而愉快感也不一样。举例来说，一个圆形与一个椭圆形相比，椭圆形的动感就比规则的圆形强得多，因而看上去就更愉快一些。其余如长方形之于正方形、曲线之于直线、有节奏的声音之于散乱的声音等，都是这个道理，前者体现了生命的运动和有序的平衡，后者则接近于绝对的稳定，因而前者看上去比后者愉快和舒服。[1]基于这样一种审美逻辑，可以说，春秋与夏冬的季节因素在古诗词中极不均匀的比例分布，恰恰在于它们所蕴含的能够激起审美欲望的"生命意识"之不同。简言之，春秋景物更接近"一种类生命的'活'的结构，即具有动态平衡的结构"，所以诗（词）人对它们的反应就是敏感、强烈而迅疾的；反之，夏冬季节作为春秋季节之后的一种持续和极限状态，则更接近"一种'死'的结构"，虽谈不上"一点也不具有生命的活力"，但和春秋相比，却也"稍逊风骚"，所以诗人对其反应迟钝而接近冷漠。

热爱生命、眷恋生活是人类一切诗意的源泉，这其中的奥秘植根于生命有机体向往生存、厌恶死亡的本能。由于个体生命的存在过程是以时间为尺度的，又由于时间具有不可逆转的一维性质，所以时间在人类心目中就有与生命同等的价值和意义。生命只有一次，时间一去不返，也就往往引起人们永恒的伤感与遗憾。从西方智者赫拉克利特的冷静揭示"我们不

---

[1] 滕守尧：《审美心理描述》，四川人民出版社1998年版。

能两次踏进同一条河流",到东方哲人孔子的深情咏叹"逝者如斯夫,不舍昼夜",都可见到这一普天下生命所共有的感叹。而艺术审美活动作为人类试图超越时间与物质现实、摆脱意志与欲望的控制、获取更大的精神自由的一种方式,对此就更为敏感而强烈。春秋季节作为时间流逝的一种鲜明标志,恰与人类的这种普遍的生命意识相通,而春的萌生与秋的衰残在中国古代农业社会中更是有着特殊的意义。

在以农为本的中国古代社会中,春种秋藏、春华秋实是农业生活的基本自然节奏,《尔雅·释天》云:"春为发生,秋为收成。"《礼记》云:"东方者春,春之为言蠢也,产万物者圣也。……西方者秋,秋之为言愁也,愁之以时察,守义者也。"注:"蠢动言生也;愁读为揫,揫,敛也。"这样,春秋季节就处在农作物从萌芽到成熟、从种植到收获整个生长周期的两个端点,由春到秋的时间流程就标志着万物生命的一个自然发展过程。中国古老的史书即以《春秋》命名,与其农业社会的这种自然节奏不无关系。杜预解释为"年有四时,故错举以为所记之名也"(《春秋序》),实际上并未揭示其内在的深层原因。陈梦家曾认为殷商时代只分为两季——春季和秋季,他在《殷墟卜辞综述》中指出:

> 我们以为殷商的置闰常有先后,而当时的历法是不大精确的,这年与那年的天时月分可能很有出入;因此同是记载"八月",在此年可能是"禾季"的末了,在那年可能是"麦季"的开始。此所谓"禾季""麦季"指一年的上半年(春夏季)和下半年(秋冬季)。由于卜辞的卜黍年、秬年等都在12,1,2,3等月,故定此为"禾季"的开始。卜辞卜年分为两段:一段在1,2,3,4等月,所卜为禾类的收成;一段在9,10,11等月,所卜为麦类的收成,故定后者为"麦季"的起始。卜辞的卜年和卜岁都应在收获以前,即每一"禾季"或"麦季"的前半段,即种植的时期。有此种假设,可试将一年分为两岁。

此种假定与卜辞所记收获者相应：5月之获是获禾，12，3月之获与1月之食麦是获麦、食麦。……后世春夏秋冬四季的分法，起于春秋以后。此以前恐怕只有两季，即上述的两岁。卜辞"下岁"可能即指下半年的一季。这两岁在卜辞中称为"春""秋"：

今春正勿黍——今春王黍于南（续1.53.3，5.9.3）

今春王往田，若（甲1134＋1168）

来春不其受年（粹881）

今岁秋不至兹商，二月一秋其至（河687祖庚卜辞）[1]

由于从季节的变换中可见出时间的推移与生命的流变，春秋有着远比夏冬更鲜明的特性，春秋的这种季节特性与人类生命的成长变化之间有着一种微妙的默契与对应，《淮南子》云："春女悲，秋士哀，知物化矣。"就极其简明地揭示了春秋季节之所以富于情绪色彩、之所以能与诗人们心理相通，是通过"物化同构"这样一种审美中介来实现的。从广义上说，"人"亦为世界上千姿百态的"物"之一种，所谓"草木无情，有时飘零。人为动物，惟物之灵。百忧感其心，万事劳其形"（欧阳修《秋声赋》），其生命来源于"物"，最后又复归于"物"，因而与自然万物有着奇妙的同构，同一的律动，所谓"春秋代序，阴阳惨舒，物色之动，心亦摇焉"（刘勰《物色》）。在大量的伤春悲秋作品中，物化—生命变化—人的变化，时间意识—生命意识—抒情冲动，这样的内在抒情逻辑是十分明晰的。李清照的《声声慢》所云"乍暖还寒时候，最难将息"和《世说新语》记王子敬语"若秋冬之际，尤难为怀"，所谓"最难""尤难"绝非仅仅道出古人对温度寒暖变化的敏感，更揭示了季节的骤变所刺激、诱发的心理反应和情绪骚动，在此季节诗人感时思变，情绪颤动，心理十分

---

[1] 陈梦家：《殷墟卜辞综述》第七章"历法天象"，科学出版社1956年版，第225—226页。

敏感，极容易为外物所触发。《长恨歌》写唐明皇思念杨贵妃，是"春风桃李花开日，秋雨梧桐叶落时"；《琵琶行》写琵琶女追忆往事，是"今年欢笑复明年，春风秋月等闲度"；李煜抒发沉痛的故国乡关之思，是"春花秋月何时了，往事知多少"（《虞美人》），写"剪不断，理还乱，是离愁，别是一番滋味在心头"，是在"寂寞梧桐深院锁清秋"（《相见欢》）之时，忆江南。最使诗人难以忘怀的是"日出江花红胜火，春来江水绿如蓝"（白居易《忆江南》）、"春水碧于天，画船听雨眠"（韦庄《菩萨蛮》）——情绪最敏感的时间段都在春秋两季；灵心善感者索性就把春与愁等同，"来何容易去何迟？半在心头半在眉。门掩落花春去后，窗涵残月酒醒时"（石象之《咏愁》）。或把春秋两季作为引发情绪最敏感的两个端点——"荷叶生时春恨生，荷叶枯时秋恨成"（李商隐《暮秋独游曲江》），春恨、秋恨，竟然与物候之寒暖、花木之荣枯有一种默契的同构。

在古典诗词伤春悲秋的传统中，秋之可悲，是很明显的，秋的萧瑟、肃杀、衰残与人厌恶衰老、珍爱生命的心理直接相通并默契对应，但春季万物萌发，充满生机与活力，相应触发起积极情绪，表面看来其中并无使人伤感的理由，而实际上"伤春"与"悲秋"的内在逻辑是一样的，即惋惜美好生命无可挽回地逝去，所谓"宦情羁思共凄凄，春半如秋意转迷。山城过雨百花尽，榕叶满庭莺乱啼"（柳宗元《柳州榕叶落尽偶题》）。在春的苏醒、萌发的背后是生命变化无常的事实：纵然年年花开花落、雁去雁来，但就生命的个体存在而言，今年所见之花，已非去年之花，今春所见之燕，亦非去年之燕，所谓：

　　四顾何茫茫，东风摇百草。所遇无故物，焉得不速老。（《古诗十九首》其十一）

春光明丽，却衰飒如秋，原因在于草经春来，虽是新物，但去年枯草,已成"故物",今年已难以看到,由草的荣枯变换之速极其容易联想到人的盛衰也是同样的短暂,不禁悲感茫茫……所以古诗词中多有"目极千里兮伤春心""芳草年年与恨长""春日偏能惹恨长""望极春愁,黯黯生天际"之句。在此,春的勃勃生机既是一种"故物"逝去的符号,也是一种"新愁"萌发的暗示,试看冯延巳《鹊踏枝》:

谁道闲情抛掷久,每到春来,惆怅还依旧。日日花间常病酒,不辞镜里朱颜瘦。

河畔青芜堤上柳,为问新愁,何事年年有?独立小桥风满袖,平林新月人归后。

何谓"闲情"?何谓"新愁"?词未明言,可视为一种难以名状的生命痛苦张力,随着生命的成熟而发育壮大,其痛苦内核被庄子揭示得淋漓尽致:"(人)一受其成形,不亡以待尽。与物相刃相靡,其行尽如驰而莫之能止,不亦悲乎?终身役役而不见其成功,苶然疲役而不知其所归,可不哀乎?人谓之不死,奚益?其形化,其心与之然,可不谓大哀乎?"(《齐物论》)这种四处弥漫的无端愁绪、寂寞愁怀,原本以为会随着寒暑推移的岁月流逝而被抛弃,谁料年年复生的春意、春色使得这些不确定的四处弥漫的情绪也在复苏、发育,春草年年生,新愁年年有,草长一寸,愁长一寸,所以是"每到春来,惆怅还依旧",花发几枝,恨声几多,所以是"定定住天涯,依依向物华。寒梅最堪恨,常作去年花"(李商隐《忆梅》)。虽然人们通过宗教或道德的感悟能够在意识上超越时间和死亡,在与宇宙天地为一的精神世界获得永恒,但每一真实的个体生命终将不复存在,则是人人无法回避的严酷现实。这种现实在春秋代序、万物回薄的倏忽变化中得到了鲜明的物质印证:不仅去年之"故物"已荡然无存,随物奄化,就是今年之"新物"也在飞速逝去、步履匆匆……诗人们对此十分关切,以极其敏感细微的艺术触角探测到了这种生命的律动:

> 昨夜雨疏风骤，浓睡不消残酒，试问卷帘人，却道海棠依旧。知否，知否，应是绿肥红瘦。（李清照《如梦令》）

在常人眼中，自然似乎没有什么变化，但在感觉敏锐的词人眼中，随着"绿肥红瘦"的悄然变化，象征生命、青春、爱情的美好春光正在无可挽回地逝去，在"知否，知否"的反诘语气中，包含着多少对生命的怜爱与伤逝之情！暮春的这种变化体现在各个方面，都被敏感的诗（词）人们捕捉到：

> 花褪残红青杏小，燕子飞时，绿水人家绕。枝上柳绵吹又少，天涯何处无芳草。（苏轼《蝶恋花》）

花瓣零落，柳絮纷飞，无边的芳草铺展到天际，一个"又"字，蕴含着多少惋惜，多少怅惘！悼惜春残，自然感伤年华的飞逝，平添些许无可名状的哀愁。在这红衰绿茂的暮春季节，最令人难堪的是那些不忍相看的景物，却偏偏让人在触觉上感受到了——"一片花飞减却春，风飘万点正愁人"（杜甫《曲江二首》），"春风不解禁杨花，濛濛乱扑行人面"（晏殊《踏莎行》），触觉属于非距离性感官，更贴近生命本能，于是，在漫天飞舞的柳絮乱扑人面的直接身体接触中，令人更真切地感到了春归去那急促的脚步，诗人们把这种感受表达得摇曳多姿、情辞宛转：

> 更能消几番风雨，匆匆春又归去。惜春长怕花开早，何况落红无数……（辛弃疾《摸鱼儿》）
>
> 吹龙笛，击鼍鼓，皓齿歌，细腰舞。况是青春日将暮，桃花乱落如红雨……（李贺《将进酒》）

作者惜春爱美心切，以至于想到花若不开，也就不会凋残；若能使时间留滞，也就等于延长了生命。但发育、生长、衰老是生命有机体的共同规律,"落红无数""落红如雨"更是眼前无情的现实,从风雨飘摇,匆匆春归中,作者体验到的是生命无常、美景易逝的无可奈何;伤悼春残,及时行乐,皓齿细腰,色彩缤纷,也挡不住青春归去的脚步,掩盖不住生命易逝的病态本质,在此,青春热烈与迟暮凄怆奇异地组合在一起。另外,春季景物的多变还可以使由此而生发的生命意识得到进一步扩展和升华,其倏忽易逝的过渡性质与人生如梦的短暂本质相对照,不能不给人以强烈的心灵震撼:

林花谢了春红,太匆匆!无奈朝来寒雨晚来风。胭脂泪,相留醉,几时重?自是人生长恨水长东!(李煜《相见欢》)

面对满林凋零的春花,作者发出了"太匆匆"的滴血感叹,从风雨花落的表面现象,他直接体验到内在生命那无常与挫伤的痛苦,于是在此,每年都要循环发生的现象就被赋予"只有一次"的不可逆转性质。这种审美感觉的产生,不仅仅是因为见到了自己"似曾相识"之物,更是春秋倏忽变化的"类生命的结构"在瞬息间就能展示出生命的整体真相以及由盛到衰的全过程,通过"物化"同构和物我共鸣的作用,使人在极短的时间内就经历了生命有机体可能毕生才能体验到的感觉。丘迟的《与陈伯之书》流传千古,为打动对方,所截取的正是暮春景物,其云:"暮春三月,江南草长,杂花生树,群莺乱飞。见故国之旗鼓,感平生于畴日,抚弦登陴,岂不怆恨!"能打动人的,正是春季中潜藏的那种强烈的"类生命"意识所引发的故国乡关之思。

春是如此,秋的凋零则更预示着生命的衰残。欧阳修的《秋声赋》云:"盖夫秋之为状也,其色惨淡,烟霏云敛。其容清明,天高日晶。其气栗冽,砭人肌骨。其意萧条,山川寂寥。故其为声也,凄凄切切,呼号愤发。……草拂之而色变,木遭之而叶脱。"秋季是自然生命过程的另一端点,在经历了夏季的持续繁茂之后,"物化"的外在标志又变得明显起来——"渐霜风凄紧，关河冷落，残照当楼。是处红衰翠减，苒苒物华休……"（柳永《八声甘州》）"袅袅兮秋风，洞庭波兮木叶下"（屈原《九歌·湘夫人》），与春相比较，秋季景物给人们的心理震撼更为直接，由"凉"而"悲"的内在精神逻辑更为明显，所谓"旻天兮清凉，玄气兮高朗。北风兮潦洌，草木兮苍唐。岁忽忽兮惟暮，余感时兮凄怆"（屈原《九思·哀岁》）。于是就更容易触动对身世的感慨和对生命的感伤，对自己存在的意义及流逝的岁月进行一番梳理，所谓"桐风惊心壮士苦，衰灯络纬啼寒素。谁看青简一编书，不遣花虫粉空蠹？"（李贺《秋来》）秋来易感，于是在夏季看来很平常的风吹桐叶，也使诗人惊心动魄，思考自己呕心沥血写作的意义何在——它们不会无人赏识而被蠹虫空空蛀成粉末吧？秋凉，不仅使诗人思考自己行为的存在意义，更使其进一步思考其自身的存在意义，如孟郊《秋怀》诗：

> 秋月颜色冰，老客志气单。
> 冷露滴梦破，峭风梳骨寒。
> 席上印病文，肠中转愁盘。
> 疑怀无所凭，虚听多无端。
> 梧桐枯峥嵘，声响如哀弹。

秋寒使所见所感都染上一种冰冷色调，生理感受之寒与心理感受之悲形成一种同构互动，景物的凄凉苦寒与心绪的灰冷无趣，如乳在水，高度融合无间，以至于诗人化视觉意象为触觉感受，更缩短了外物与生命的距离，这一"滴"字，既写出寒夜难眠的情状，又衬托出诗人内心缓慢滋生而又持续散发的抑郁悲苦之情；用一"梳"字，写出了冷峭风寒之直入骨髓，如梳子篦发而过，其寒其痛，读之如同身感亲受。这样由生理及心理，必然产生许多抒情冲动，所以在秋季顺理成章地产生了许多优秀之作，如"独坐悲双鬓，空堂欲二更。雨中山果落，灯下草虫鸣。"（王维

《秋夜独坐》）"静夜四无邻，荒居旧业贫。雨中黄叶树，灯下白头人。"（司空曙《喜外弟卢纶见宿》）都是极好的例证。

世界上每个人都在活着，但并非都能洞察到生活的真谛，一旦发现生命的真相与奥秘，那种审美愉悦是难以言传的。春秋景物的"类生命"结构所传达出来的丰富的生命意识，允许诗（词）人有机会对"生命"本身做一种观照和反思。他创造的每一个真正的艺术形式，都会使作为欣赏者的"自我"感到似曾相识，因为它同时是主体又是客体，是形式又是生命。观赏者对艺术形式的欣赏和观照，实质上是对我们自身灵魂与生命的形式（包括了它的生存、成长与消亡过程的整体）的领会。总之，生命意识以及由春到秋所显示的"物化同构"过程对诗（词）人们心理上的影响与震荡是非同小可的，人们热爱生命、厌恶死亡的本能以及对人生无常的深刻体验都在这一过程中得到了真实的印证。死是生命的最高体验，在实际生活中，任何人都没有真正经历过死亡，正如维特根斯坦所说："死不是生命的事件，人是没有体验过死的。"[①] 但春荣秋凋、春华秋实的"物化"过程却让人们的心灵间接经历了一次"死亡体验"，从春秋景物的迅疾变化中，人们逼真地直观看到时间那不可逆转的一维性，以及一切有机生命的最终结局，从而直觉到普天下生命所共有的哀感。古诗词中一些脍炙人口的名句如"年年岁岁花相似，岁岁年年人不同"（刘希夷《代悲白头翁》），"无可奈何花落去，似曾相识燕归来"（晏殊《浣溪沙》），"流光容易把人抛，红了樱桃，绿了芭蕉"（蒋捷《一剪梅》）等，抒发的都是这种生命体验。

而反观夏冬景物，则明显缺乏这种"物化同构"的鲜明刺激。平心而论，夏冬之季并非没有佳作，如"清江一曲抱村流，长夏江村事事

[①] ［奥］维特根斯坦：《逻辑哲学论》，《西方思想宝库》，吉林人民出版社1988年版，第159页。

幽。自去自来堂上燕，相亲相近水中鸥"（杜甫《江村》），"毕竟西湖六月中，风光不与四时同，接天莲叶无穷碧，映日荷花别样红"（杨万里《晓出净慈寺送林子方》），"别院深深夏席清，石榴开遍透帘明。树阴满地日当午，梦觉流莺时一声"（苏舜钦《夏意》），"山光忽西落，池月渐东上。散发乘夕凉，开轩卧闲敞"（孟浩然《夏日南亭怀辛大》）……但仔细品味，它们的内容大都停留在生理感知的层次上，抒发的都是生理体验的快感、惬意，即使有情绪因素，也较为简单、轻微，心理痕迹很浅，在审美理论上，它类似一种"游戏式的快乐"，远远达不到"以血书者""释迦基督担荷人类罪恶之意"（王国维评李后主语）的高层次审美愉悦。像"千山鸟飞绝，万径人踪灭"（柳宗元《江雪》）这样的佳作实在太少了。所以，诗（词）人对它们的反应之迟钝、怠倦、冷淡，完全合乎审美心理逻辑。

三 起始、突变、流动性质与"第一刺激力"

如上所述，春秋景物与生命意识之间有一种奇妙的"物化同构"，但生命意识毕竟还不是审美意识。因此，首先应注意到从生命意识到审美意识的过渡。在此方面，春秋景物也有较强的优势。美国学者阿恩海姆分析审美活动时曾说：

> 为了对感官的机能作出正确的解释，我们必须记住，它们并不是仅为认识而存在的认识工具，而是为生存延续而进化出来的生物性器官，从一开始起，它们的目标就对准了或集中于周围环境中那些可以使生活变得更加美好和那些妨碍其生存活动顺利进行的方面。……在观看一个物体时，我们总是主动地去探查它。视觉就像一种无形的"手指"，运用这样一种无形的手指，我们在周围空间中运动着，我们走出好远，来到能发现各种事物的地方，我们触动它们，捕捉它们，

扫描它们的表面，寻找它们的边界，探究它们的质地。因此，视觉是一种主动性很强的感觉形式。①

先生存，后审美，在我们看来是"自然而然"的艺术审美活动实质上带有极其强烈的生存竞争的原始遗迹色彩。适者生存。正因为一开始审美感官"并不是仅为认识而存在的认识工具，而是为生存延续而进化出来的生物性器官"，所以它们具有极其强烈的艺术上的"趋利避害"的主动选择性。换言之，对审美活动来说，并不是外部世界的一切都能使他获得审美愉快，只有那些由主体的整个心灵选择出来的与自己类似和相通的事物才能使其感动。当人类用审美的方式去观察自然时，其实是努力在整体的自然中发现"自我"的倒影，是同丰富的生命形式及人类生活自身的"对话"。具体到古典诗词，任何好作品都必然凝结着诗人独特的审美发现，这种发现依赖于主观、客观两方面的条件。就主观方面来说，诗人要有一种能于同中见异的敏锐感受力，见常人之所不能见，所谓"世无诗人即无此种境界"（王国维）；就客观方面而言，所见外物本身要具备新鲜、独特性，给创作主体以强烈的刺激。一般来说，客观外物越是具有初始、流动、变化的性质，就越容易被采纳入诗。

有心人不难发现，古典诗词中，月亮、风雨、黄昏、灯烛、钟声等意象之所以占据主流，正是因为它们具备初始、变化的性质，是对一种持续着的人们习以为常的沉闷状态的打破，而初始、变化则往往较持续的烦闷常态更具有"类生命"的气质，更容易引起人的注意。一些写"静"的名句，恰恰采用了"动"的手法，所谓"蝉噪林愈静，鸟鸣山更幽"（王籍《入若耶溪》），"月出惊山鸟，时鸣春涧中。"（王维《鸟鸣涧》）还有日本人松尾芭蕉那首著名的俳句："荒寂古池塘，青蛙'噗嗵'跳水，空谷传

---

① ［美］鲁道夫·阿恩海姆：《视觉思维》，四川人民出版社1998年版，第25页。

清响。"都是以瞬间的流动写出静态之魂,因为"对理智说来,只有引起它注意或关心的东西,才是对它最重要的东西。人总是使自己摆脱厌倦的。"① 《诗经·卫风·硕人》描写美人是"手如柔荑;肤如凝脂;领如蝤蛴;齿如瓠犀;螓首蛾眉;巧笑倩兮,美目盼兮"。朱光潜先生评价说,前五句最呆板,我们无法将嫩草、干油、蚕蛹、瓜子之类拼凑成一个美人,而后两句只寥寥八字,就活写出其风姿神韵,其奥妙在于"化美为媚",媚,就是一种"流动的美"(beauty in motion)。② 从这一逻辑观照,春秋季节恰恰具备起始、流动、变化的诸种特性,为诗人们提供了必要的"化美为媚"的第一艺术刺激力。

《周易·系辞》云:"寒往则暑来,暑往则寒来,寒暑相推而岁成焉。"这里值得注意的是,《周易》把寒暑而非冷暖作为一年岁月的标志与象征。从一般感受而言,冷暖、寒暑给人的直接生理感受都是温度的升高或降低,但很明显,春暖、秋凉具有起始、变化、推移、过渡等性质,而夏暑、冬寒则具有持续、稳定、极限等性质。所以《周易》用具有稳定性质、达到一定极限的寒暑来代表一年。实际上,一年中"寒暑相推"的岁月变化是通过春暖、秋凉的起始、过渡和中介来完成的,冬夏的寒暑交替实际上起始于春秋的冷暖变化:春暖为夏暑之始,秋凉为冬寒之始。换言之,人们对自然冷暖温度变化最敏感的季节是产生突变的春秋两季,而冬夏的严寒或酷热则具有延续、接替的性质,不过是春暖或秋凉发展到了极限的结果。这种自然差异对于艺术审美活动的重要意义在于,客观景物的流动、变化、起始状态,往往是启发诗人灵感的极好契机。谢康乐诗云:"昏旦变气候,山水含清晖。清晖能娱人,游子憺忘归。"(《石壁精舍还湖中作》)在某种意义上,春秋景物的鲜明变化正如黎明、黄昏的万千气象

---

① [美]鲁道夫·阿恩海姆:《视觉思维》,四川人民出版社1998年版,第25页。
② 朱光潜:《朱光潜美学文集》(第二卷),上海文艺出版社1982年版,第132页。

一样，往往使人产生"第一刺激力"的新鲜感觉，其本身已蕴含着某些创造性的原质，最能刺激创作欲望，令人留恋不已。《尚书大传》云："东方者，动方也，物之动也。何以谓之春？春，出也。物之出，故谓东方春也。"春季，天气下降，地气升腾，草木萌动，"蛰虫始振，鱼上冰，獭祭鱼，鸿雁来"；秋季，草木摇落，万物萧条，"凉风至，白露降，寒蝉鸣，鹰乃祭鸟"（《礼记·月令》）。在长期完全持续着枯衰或茂盛的冬夏季节之后，春秋季节的突破、变化使人兴奋与惊异；欧阳修对秋声的感触是："异哉！初淅沥以萧飒，忽奔腾而砰湃，如波涛夜惊，风雨骤至。其触于物也，铋铋铮铮。又如赴敌之兵，衔枚疾走，不闻号令，但闻人马之行声。"（《秋声赋》）而童子的回答"星月皎洁，明河在天，四无人声，声在树间"，更反衬出诗人的敏感。杜审言《和晋陵陆丞早春游望》诗云："独有宦游人，偏惊物候新。"范仲淹《渔家傲》词云："塞下秋来风景异，衡阳雁去无留意。"所谓"物候新"，所谓"风景异"，都是指春秋季节的突变性特征而言，而"偏惊"则反映出作者在获取这种新鲜感受时的兴奋心理，这无疑是很利于审美创造的。春季转暖，适于室外活动，色彩、声音都丰富起来，如李商隐《二月二日》：

二月二日江上行，东风日暖闻吹笙。
花须柳眼各无赖，紫蝶黄蜂俱有情……

诗人甚至直接写出春是最富于诗情的季节，如杨巨源《城东早春》：

诗家清景在新春，绿柳才黄半未匀。
若待上林花似锦，出门俱是看花人。

柳枝上刚刚露出几颗嫩黄的柳芽，半黄半绿，色彩尚未均匀，是诗人最喜爱的清新景色，如果繁花似锦，游人如云，已经是人人皆知，毫无新鲜感了。韩愈写初春草色是"遥看近却无"，朦朦胧胧中，似有一种极淡极淡的青青之色，走近了，却看不清是什么颜色，而它却"正是一年春好处，绝胜烟柳满皇都"（《早春呈水部张十八员外》），"烟柳满皇都"同"上林花似锦"一样，都达到了事物的顶点，所以不受诗人青睐；而"才黄半未匀""遥看近却无"这种具有初始性质的变化，无疑只能出现在春季。又贺知章《咏柳》云："不知细叶谁裁出？二月春风似剪刀。"作者之所以有如此奇妙的联想，显然来自春柳变化对他的新鲜刺激。原本枯瘦的枝条上忽然缀满了尖尖的细叶，这就启发着作者寻找这一"奇迹"的制造者，于是把春风比作有意修剪枝条的剪刀。正是春天柳叶所特有的尖细而稀疏的形态，使作者联想到了剪刀的实际功用，显然，如果面对浓密茂盛的夏柳，则很难产生这种妙喻，因为剪刀实在"剪"不过来那么多柳叶。又如众口传诵的《春晓》诗首句即云"春眠不觉晓"也是得之于春季时光暗换给人的新鲜刺激。春分之后，白日转长，习惯于冬眠节奏的人在春眠时自然不会觉得黎明的悄然降临，仍在酣睡中，但那爬上窗棂的曙光已在提示人们时光流转、季节暗换，所以作者才会有"不觉晓"的感觉。很显然，这种感觉是无论如何也不会产生在具有持续性质的冬季，因为稳定的状态已经使人习以为常。其中的审美心理逻辑诚如阿恩海姆所分析的：

> 由于有机体的需要是经由眼睛加以调节的，对于变化的东西自然要比对不动之物感兴趣的多。……某些研究厌腻现象和适应现象的心理学家指出，当某种特定的刺激一次又一次出现时，动物，甚至是那些很低级的动物，都会停止它们的反应。视域中的某些永不变化的因素，如阳光照射时那种永不变化的色彩，很容易从意识中消失，正如一直出现的某种噪音或气味再也引不起人们的注意一样。……一种色彩，如果一直盯住它不放，就会脱色或变白。如果让眼睛紧盯住一个图形，不作任何扫视活动，这一式样很快就会消失。对单一不变的东

西的反应，有着从有意识的自卫，到纯粹是因为一种静止不变的情境在大脑中产生的生理反应的疲劳等一系列不同的表现形态。它们都是理智不重视那些不能引起它注意的东西的最基本表现方式。①

此外，春秋景物虽有流动、变化等性质，但又未达到变化的顶点和极限，这是很利于审美创造的。莱辛认为，绘画艺术由于空间的限制，应选择"最富于孕育性的那一顷刻，这一顷刻既包含过去，也暗示未来，使得前前后后都可以从这一顷刻中得到最清楚的理解"（《拉奥孔》），这种分析对于认识其他艺术问题也不无启发和指导意义。春秋作为寒暑之间的过渡性季节，其特征可用王湾的两句诗来描绘，诗云"海日生残夜，江春入旧年"（《次北固山下》），夜色尚未退去，海上红日欲出；旧年将残未残，春意已临人间。这新旧交替、寒暑推移的微妙变化时刻，给诗人们提供了施展才华的绝好机会，诗人们那缠绵的情思、敏锐的感受、细致入微的观察力恰好遇到了"充满包孕性"这一契机，白居易诗云"几处早莺争暖树，谁家新燕啄春泥？乱花渐欲迷人眼，浅草才能没马蹄"（《钱塘湖春行》），韩愈诗云"天街小雨润如酥，草色遥看近却无"（《早春呈水部张十八员外》），杜牧诗云"千里莺啼绿映红，水村山郭酒旗风"（《江南春》），捕捉到的正是春季充满包孕性的特征。正由于处在起始性、过渡性的季节，莺才是"几处"，草才是"浅草"，如果莺飞处处，草深过膝，柳叶满枝头，也就不会产生"遥看近却无"的诗意了。

春暖为夏暑之始，而秋凉则为冬寒之始，从寒冷的气温角度看，秋季也具有起始性质。在经历了漫长的温暖、暑热之后，萧瑟秋意又带来了新鲜的变化，尤其是夏季稳定的绿色开始变得色彩斑斓，富于变化，如刘禹锡《秋词二首》（之一）：

---

① ［美］鲁道夫·阿恩海姆：《视觉思维》，四川人民出版社1998年版，第28页。

> 山明水净夜来霜，数树深红出浅黄。
>
> 试上高楼清入骨，岂如春色嗾人狂。

又如王维《山中》：

> 荆溪白石出，天寒红叶稀。
>
> 山路元无雨，空翠湿人衣。

秋季新凉如水，但又未达到万物凋敝的程度，所以尚有稀疏的红叶和欲滴欲流的空翠山气给人以美感。

春秋季节的起始性、包孕性还易于突出事物的个性及个别特征，而个性特征恰恰是诗人们所孜孜以求的。相传齐己有《早梅》诗云："前村深雪里，昨夜数枝开。"郑谷改"数枝"为"一枝"，遂被称为"一字师"。这说明，到底是数枝还是一枝，这种真实性诗人并不计较，他们所关心的只是如何更好地传达出事物的神韵。郑谷改诗的美学依据就是尽量突出对象的个别特征，把早梅傲雪凌霜的品格及春的讯息集中在"一枝"上。春秋（尤其是春季）景物变化多有与郑谷改诗的美学依据所暗合之处。如张谓《早梅》：

> 一树寒梅白玉条，迥临村路傍溪桥。
>
> 不知近水花先发，疑是经冬雪未销。

早梅，能早到什么程度呢？恍惚迷离中，凌寒怒放的梅花好像是冬天残留的白雪，衔接着两个季节，把早春生命的神韵传达出来。如果不是"一树"，而是"树树"，就会韵味顿失。再略举几个脍炙人口的例子，就会发现景物的个别而非群体特征是多么易于激发起诗人的创作灵感，如"小荷才露尖尖角，早有蜻蜓立上头"，"春色满园关不住，一枝红杏出墙来"，"竹外桃花三两枝，春江水暖鸭先知"……自然，诗人的独特审美发现是重要的，但描写对象本身所独具的审美特质也是不容忽视的。

另外值得一提的是，春秋景物的流动变化增大了诗人与景物相遇的偶然性与"猝然"性。叶梦得《石林诗话》云："'池塘生春草，园柳变鸣禽'，世多不解此语为工，盖欲以奇求之尔。此语之工，正在无所用意，猝然与景相遇，所以成章，不假绳削，故非常情之所能到。诗家妙处，当须以此为根本，而思苦言艰者，往往不悟。"① 这里所强调的诗思的偶发性与直觉性，是传统诗词的思维特征之一，从钟嵘倡"直寻"，严羽主"妙悟"，到王夫之讲"现量"，探索的正是这一特征。别林斯基认为"抒情作品本身是刹那间的灵感的果实"②，春秋景物的瞬息多变、异彩纷呈恰恰是这种"刹那间"灵感浮现的绝好"触媒"，中国古代诗坛上有"一语天然万古新"之誉的"池塘春草"一联，就很能说明这个问题。在此联前作者这样写道：

殉禄反穷海，卧疴对空林。

衾枕昧节候，褰开暂窥临。

倾耳聆波澜，举目眺岖嵚。

初景革绪风，新阳改故阴。

披露出他见到池塘春草之前的心理状态：游宦江滨，情绪低落，加之长期卧病与衾枕为伴，竟感受不到节候的变化。处在这样生理与心理都较消极的状态中，自然会产生一种对活泼、新鲜生命的期待之情。作者无意中眺望窗外，对眼前发生的春池草生、柳枝禽鸣的景物变化感到格外突然、新鲜，于是刹那间主客双方默相融洽，遂留下"池塘生春草，园柳变鸣禽"这一千古名句。可见，景物的变换正是使诗人产生瞬间美感的客观

---

① 何文焕：《历代诗话》（上），中华书局1979年版。
② ［俄］别林斯基：《别林斯基选集》（第三卷），上海译文出版社1980年版，第60页。

刺激物。又如王昌龄的《闺怨》：

> 闺中少妇不知愁，春日凝妆上翠楼。
> 忽见陌头杨柳色，悔教夫婿觅封侯。

全诗情绪的转折点是具有偶然因素的"忽见"二字，感发的契机是陌头那青青的柳色，怀着欣喜赏春心情的少妇猝然与景相遇，于是由物及人，由生命的绿色联想到自己的寂寞青春，不禁黯然神伤。如果是绿草遍野，树荫匝地，视觉由于熟悉、习惯了持续的绿色而缺乏"第一刺激力"，就不是"忽见"，而是"惯见""习见""常见"了。在此，不可忽视的是，相对夏冬那持续、稳定的状态而言，春秋之时的景物具有突变、质变的性质，这就必然增大了"情"与"景"相遇的偶然性和突发性，为创出精品提供了良好的契机。

四 离别、思归：季节性心理与行为

最后需要指出的是，在四季分明的中国大部分地区，春秋两季不仅是农作物及其他植物由萌生到衰残的两个端点，还是人们外出活动（如征戍、远游、赴任等）由去到归的两个端点。古代生产力水平低下，交通不便，人们外出活动受气候寒暖条件限制很大，春季天气转暖，温度宜人，往往是人们外出远行、辞别亲人的季节；秋季，暑往寒来，万物凋零，异客他乡是容易萌生思乡、怀人等情绪的。江淹著名的《别赋》开篇即将离别定在春秋两季："黯然销魂者，唯别而已。……或春苔之始生，乍秋风兮暂起。是以行子断肠，百感凄恻。"离别的行为多发生在春秋两季。这其实也就是春秋两季何以更多地激发意绪诗情的心理原因。中国传统诗词中有大量的离别、怀归、相思、思乡之作，其中大多会和春秋两季相关。再进而分析会发现，一般春季多离别、相思之作，

而秋季多怀人、思归之作，这种现象无疑是古代实际生活中人们外出活动规律在创作中的反映。

　　人是一种高级生物，随季节变化而动乃生物的本能。"东方风来满眼春"（李贺《河南府试十二月乐词·三月》），春季天暖，阳气萌动，室外活动开始增多，所谓"三月三日天气新，长安水边多丽人"（杜甫《丽人行》）。此时，外出远游之心也开始如草芽般悄悄萌发，试看——"客心如萌芽，忽与春风动。又随落花飞，去作西江梦。"（梅尧臣《送门人欧阳秀才游江西》）"枕上片时春梦中，行尽江南数千里"（岑参《春梦》），此时更适于外出远行。而出行则必然要辞别亲友，难免百感凄恻，所谓"悲莫悲兮生离别"（屈原《九歌·少司命》），"别方不定，别理千名，有别必怨，有怨必盈"（江淹《别赋》）。这其中的逻辑虽然简单，但却是春季多有离别佳作的重要原因。淮南小山《招隐士》云："王孙游兮不归，芳草生兮萋萋。"江淹《别赋》云："春草碧色，春水绿波，送君南浦，伤如之何？"就已经定下这种离别的"伤春"基调。在此，离别与春季联姻，其中的联系绝非偶然，是春季天暖易于出行的必然反映。但这种伤春与"无可奈何花落去"式的伤春不同，其主要内容是离情别绪。这固然是因为充满变化、流动性质的春季易于触发生命情思，若再推进一步分析，则更是因为春天是辞家远行的季节，古诗词中与春季有关的送别名篇、名句精彩绝伦，令人眼花缭乱，绝非偶然的巧合，试看李白的《金陵酒肆留别》：

　　　　风吹柳花满店香，吴姬压酒唤客尝。
　　　　金陵子弟来相送，欲行不行各尽觞。
　　　　请君试问东流水，别意与之谁短长！

　　春风骀荡，柳絮飞舞，满店酒香，吴姬款款劝客，一幅多么令人陶醉的美丽画面！其他送别名篇如"故人西辞黄鹤楼，烟花三月下扬州"（李白《黄鹤楼送孟浩然之广陵》），"劝君更尽一杯酒，西出阳关无故人"（王维《送元二使征西》），"细雨湿衣看不见，闲花落地听无声"（刘长卿《送严士元》），"江春不肯留行客，草色青青送马蹄"（刘长卿《送李判官之润州行营》）……颇给人以美不胜收之感，而反观夏冬之季，则明显缺乏这样丰富的季节性行为因素。没有离别行为，当然不会有相关的情绪。春季，杨柳依依，成为季节性标志物，于是送别又多与杨柳相联系，汉唐人有灞桥春季折柳离亭送别的习俗，就很能说明这一点，所谓"长安陌上无穷树，唯有垂杨管别离"（刘禹锡《杨柳枝词》），"含烟惹雾每依依，万绪千条拂落晖"（李商隐《离亭赋得折杨柳》），在它们的陪衬下，离别情思更显得缱绻哀婉，如郑谷的《淮上与友人别》：

扬子江头杨柳春，杨花愁杀渡江人。
数声风笛离亭晚，君向潇湘我向秦。

又如王维《送沈子福之江东》：

杨柳渡头行客稀，罟师荡桨向临圻。
惟有相思似春色，江南江北送君归。

在此，杨柳不仅是季节性符号，还是离别远行的标志物，所以古典离别名篇多与杨柳有不解之缘，此中真义，无须赘析冗述。

"秋期如约不须催，雨脚风声两快哉！"（范成大《秋前风雨顿凉》）秋季天气转凉，骤降的气温不仅使万物凋零衰残，而且易于激发思乡、念旧、怀人等丰富的心理情绪，此时，在持续了夏季的稳定状态之后，刺激人思归的季节性标志物又增多起来，它们可以是秋天的一个节日："独在异乡为异客，每逢佳节倍思亲。"（王维《九月九日忆山东兄弟》），也可以是一阵秋雨："君问归期未有期，巴山夜雨涨秋池。何当共剪西窗烛，却话巴山夜雨时。"（李商隐《夜雨寄北》）也可以是一阵凉风，试看："洛阳城里见秋风，欲作家书意万重。复恐匆匆说不尽，行人临发又开封。"（张籍《秋思》）有时甚至只是一只秋雁："晓发梳临水，寒塘坐见秋。乡心正无限，一雁度南楼。"（赵嘏《寒塘》）或几声秋虫的啼鸣："长相思，在长安。络纬秋啼金井阑，微霜凄凄簟色寒。"（李白《长相思》）明于此，就不难理解为何在秋季周围簇拥着如此众多的名篇佳作了。

于是，季节所激发的丰富心理内涵使得秋季更富于"回归"的色彩。据统计，田园诗人经常描写黄昏晚照，陶渊明现存的 120 多首诗中，描写黄昏景象的就有 35 首，而孟浩然的 220 首诗中，有 101 首之多写到黄昏。田园诗人们之所以喜欢表现黄昏的田园，正在于太阳的回归与田园暮归在情感和结构上的一致性。黄昏的田园成为诗人们摆脱物累、摆脱异化的理想追求。在这种理想追求里存在着日之归—人之归—心之归的潜在逻辑，当人们的生存活动与暮归结构相适应时，即获得自适惬意的心灵愉悦。值得注意的是，思归不仅表现在黄昏，更体现在秋季。黄昏与秋季，有着一种奇妙的内在同构对应，或可表述为：黄昏是一日之秋季，秋季为一岁之黄昏。若以一日计，黄昏为思归之时，所谓"斜阳照墟落，穷巷牛羊归。野老念牧童，倚杖候荆扉"（王维《渭川田家》）；而若以一年计，则凉秋为思归之季，如曹丕的《燕歌行》：

秋风萧瑟天气凉，草木摇落露为霜。
群雁辞归鹄南翔，念君客游多思肠。

有时，索性把秋季与黄昏糅合在一起，试看王绩的《野望》：

树树皆秋色，山山唯落晖。
牧童驱犊返，猎马带禽归。

"秋色""落晖"，浑然一体，一日之归，一年之归，难分彼此。而由生理感受上的"凉"，到心理体验上的"悲"，由目触衰飒之景，而至牵动愁苦之情，极易产生思乡怀友的心理感应，试看王勃的《山中》：

长江悲已滞，万里念将归。

况属高风晚，山山黄叶飞。

秋风凄紧，黄叶纷飞，加重乡愁，触发离思，促人归乡；而归乡无疑意味着又一次别离，如孟郊《古怨别》：

飒飒秋风生，愁人怨离别。含情两相向，欲语气先咽。

心曲千万端，悲来却难说。别后唯所思，天涯共明月。

思念亲人是这样，怀念朋友也是如此，杜甫名篇《天末怀李白》云：

凉风起天末，君子意如何？

鸿雁几时到，江湖秋水多。

一是满山黄叶，二是瑟瑟秋风、茫茫江湖，都是触发诗人思念朋友的重要季节性触媒。又如贾岛名句"闽国扬帆去，蟾蜍亏复圆。秋风生渭水，落叶满长安"，其诗题就是《忆江上吴处士》。不仅思念尚在的朋友，就是发思古之幽情，也多在秋季，试看李白的《夜泊牛渚怀古》：

牛渚西江夜，青天无片云。登舟望秋月，空忆谢将军。

余亦能高咏，斯人不可闻，明朝挂帆席，枫叶落纷纷。

无独有偶，李白还有一首《秋登宣城谢朓北楼》，也是写于秋季，其云："人烟寒橘柚，秋色老梧桐。谁念北楼上，临风怀谢公！"杜甫怀宋玉，亦有"怅望千秋一洒泪，萧条异代不同时"（《咏怀古迹》）之句，触动他的正是萧瑟秋意——"摇落深知宋玉悲"，这些，绝非偶然的巧合。

除生命意识、初始刺激力等纯粹属于审美心理的精神原因之外，在秋季，古人最实际的问题是在外的亲人需要添置衣服，以御严寒，并由此为精神原点抽绎出千丝万缕的情思，向四外弥漫缠绕。如有人就想让秋凉放慢行进的脚步,所谓"丁丁漏水夜何长,漫漫轻云露月光。秋逼暗虫通夕响,征衣未寄莫飞霜"(张仲素《秋夜曲》),与"惜春常怕花开早"同一灵妙。但秋风乍起、气温骤降的事实,自然会引起家人对外出亲人的殷殷挂念之意,浓浓关切之情,如陈玉兰的《寄外征夜》:

> 夫戍边关妾在吴,西风吹妾妾忧夫。
> 一行书信千行泪,寒到君边衣到无?

而此时若亲人不在身边,则难免百感凄恻,"秋月三五夜,砧声满长安。幽人感中怀,静听泪汍澜"。(吕温《闻砧有感》)既然裁制或捶洗衣服已成为家人们的季节性工作,而捣衣的砧声音响本身又是那么富于情感色彩,或者说砧声虽只一物,却兼有季节性标志物及情感性标志物的双重功能,诗人们必然对它十分敏感,如孟郊的《闻砧》:

> 杜鹃声不哀,断猿啼不切。月下谁家砧?一声肠一绝。
> 杵声不为客,客闻发自白。杵声不为衣,欲令游子归。

捣衣的音响、动作本身就具有浓厚的感情色彩,极易成为抒情短制的捕捉对象,而砧声之哀,包含着深刻的人文内容,甚过杜鹃啼血,清猿哀鸣,可见,它对心灵的穿透力之强、之深。由此一途径,又产生出一大批优秀之作,如李白名篇《子夜吴歌》:

> 长安一片月,万户捣衣声。
> 秋风吹不尽,总是玉关情。
> 何日平胡虏,良人罢远征。

种种担忧、惦念、希冀都从这音响中萌生、扩展,既有亲人即将收到寒衣的慰藉,也有边塞路远、征人换防、收不到寒衣的担心,如贺铸的《捣练子》:

砧面莹，杵声齐。
捣就征衣泪墨题。
寄到玉关应万里，
戍人犹在玉关西。

又"欲寄征衣问消息，居延城外又移军"（张仲素《秋闺思》），很明显，这种情绪多萌发于秋季，或可称之为"季节性情绪"。离别、思乡、怀人之作在传统诗词中占有很大比重，由于中国古代农业社会人们"春日始别，秋季当归"的实际活动规律，这类情绪往往集中在春秋两季，因而也就合乎逻辑地产生了大量优秀之作。

古典诗词中，春秋物候的审美意象多于并优于夏冬作为历史事实已经存在，这个问题也早有人提出，但此中究竟有何心理原因及美学意义，其内在的审美逻辑是什么，则很少有人探究。本文不揣浅陋，试从以上三个方面进行探讨，敬希方家指正。

北方文学地理

北魏文学的地域文化元素

高人雄[*]

  北魏虽肇起于代北，入主中原后又迁都洛阳，但它的文学根源却与西北地域渊源深厚。北魏文学发轫之初的主导区域特色，不是代北与中原，从人口迁徙流动的史实考察，我们有理由说，在北魏文学的发展过程中，首先具有西北河陇地域特色的学术文化特质。

  由拓跋鲜卑建立的北方王朝北魏（386—534）结束了史称十六国的大动荡、大混战局面，使北方社会逐渐走向安定，经济文化逐渐得到恢复与发展，北魏文坛在孝文帝时期也形成了一时的繁荣景象。北魏文坛的复苏对以后北齐、北周乃至隋唐文学的发展与兴盛，都具有极其重要的意义。又因北魏文学是在经历"五胡乱华"，即多民族文化激烈碰撞、交流、融合的文化背景下发展演进的，故此，我们说北魏文学具有多重文化元素。从地域文化角度来说，北魏拓跋鲜卑从平城入主中原，其文学势必带有北魏鲜卑民族文化和中原传统文化特征，然而不能忽略北魏文学更具有西北河西与陇右的文化传承因素。河西，因在黄河以西而得名，汉武帝设立河

---

[*] 作者为西北民族大学文学院教授。

西四郡,即敦煌、酒泉、张掖、武威,后又设金城郡(今兰州)称河西五郡;陇右,大致为天水、陇西、陇东等地区。十六国时期是中国历史上大动荡、大混战时期,尤其中原地带更是纷争不绝,连年战火,不仅造成"白骨露于野,千里无鸡鸣"的悲惨景象,学术文化也荡然殆尽。与中原相比,此时的河西走廊却相对稳定,当地学者或开馆延学,倡导儒学,或著书立说,弘扬文史,史称"区区河右,而学者埒于中原"①。这种现象,不但与河西地处边远,避免了八王之乱、永嘉之乱等兵燹之祸有关,更与河西地区的文化传统有关。河西自汉武帝设立河西四郡以来,文化有了长足的发展,产生了许多名儒、学者。十六国时期中原板荡,又有不少学者避乱流寓河西,与本土学者共同倡导儒学,使河西一隅文化斐然,人才济济,"子孙相承,衣冠不坠","号为多士"②之区。至拓跋鲜卑统一北方,建立北魏王朝,河陇学者又将文化的种子播到平城、洛阳……因此,北魏文学的复苏,与河陇学者有密切关系,北魏的文坛风气与河陇地域的文化传统一脉相承。

一 河陇士族及迁徙平城的士人

(一)河陇士族文人

家族与文人之间关系密切。因官学多招收贵胄子弟入学,且大族多有办私学或送子弟入私学的条件,故地方大族多形成某种文化传承。河陇地区自古多文化大族,自秦汉以来,相继出现了天水赵氏、陇西李氏、狄道辛氏、天水隗氏、安定梁氏、安定皇甫氏、武威段氏、敦煌张氏、敦煌索氏、敦煌曹氏、敦煌氾氏、敦煌令狐氏、敦煌盖氏等豪族大姓。

---

① (唐)李延寿:《北史》,中华书局1974年版,第2778页。
② (宋)司马光:《资治通鉴》,中华书局1976年版,第3877页。

他们在秦汉时凭借武功提升了家族地位，东汉以后不断注重文化教育，又逐渐由武力强宗向文化世族转型。到魏晋时期，士族文化已十分显著，影响了整个河陇地区，逐渐辐射到关中地区。具体而言，西晋时期出现了皇甫谧、索靖这样全国著名的学者。到十六国时期，河陇大族学者有出自敦煌索氏的索袭[1]、索纨[2]、索敞[3]，敦煌宋氏的宋纤[4]、宋繇[5]，敦煌张氏的张穆[6]、张湛[7]，金城赵氏的赵柔[8]，金城宗氏的宗敞[9]、宗钦[10]、宗舒[11]，洛阳郭氏的郭荷[12]，天水赵氏的赵逸、赵温[13]，安定胡氏的胡方回、胡叟[14]，武威段氏的段承根[15]，武威阴氏的阴仲达，以及敦煌名儒刘昞[16]和阚骃[17]等。此外，从中原流寓到河西的江琼、常爽、程骏、杜骥、裴诜等及其弟子们，也加入了河陇学者队伍。由此可知，至十六国时期河陇地区文化大族相继，并未衰退。在先后建立的五凉、三秦、仇池[18]政权统治河西及关陇地区期间，面临政局更迭的特殊环境，河陇大族仍然继续发展强大，对社会政治发展、文化传承起着重要作用。

---

[1]（唐）房玄龄等：《晋书》，中华书局1974年版，第1448页。
[2] 同上书，第2494页。
[3]（北齐）魏收：《魏书》，中华书局1974年版，第1162页。
[4]（唐）房玄龄等：《晋书》，中华书局1974年版，第2453页。
[5]（北齐）魏收：《魏书》，中华书局1974年版，第1152页。
[6]（唐）房玄龄等：《晋书》，中华书局1974年版，第3195页。
[7]（北齐）魏收：《魏书》，中华书局1974年版，第1153页。
[8] 同上书，第1154页。
[9]（唐）房玄龄等：《晋书》，中华书局1974年版，第3148页。
[10]（北齐）魏收：《魏书》，中华书局1974年版，第1154页。
[11]（唐）房玄龄等：《晋书》，中华书局1974年版，第2975页。
[12] 同上书，第2454页。
[13]（北齐）魏收：《魏书》，中华书局1974年版，第1145页。
[14] 同上书，第1149页。
[15] 同上书，第1158页。
[16] 同上书，第1160页。
[17] 同上书，第1159页。
[18] 具体指前凉、后凉、西凉、南凉、北凉、前秦、后秦、西秦及杨氏仇池。

（二）河陇割据政权对士族文人的重视

前凉张氏、西凉李氏倡导儒学兴国。前凉张氏深信推行儒学为治理国家之要事，开创者张轨出身儒学与仕宦之家，担任凉州刺史期间便兴办学校，"征九郡胄子五百人，立学校，始治崇文祭酒，位似别驾，春秋行乡射之礼"①，传授儒学，培养人才。西凉创始人李暠世为西洲大姓，"少而好学""通涉经史，尤善文义"②，他经常以"周礼之教"训诫诸子，并设"立泮宫"，"增高门学生五百人"③，从儒生中选拔士人，不断充实统治机构。

不仅汉人建立政权崇尚儒学，少数民族政权也非常重视儒学。前秦苻氏倚重文人。氐族苻氏在立国之初就倚重汉族士人，至苻坚当政更加重用汉族士人。他先起用王猛、薛瓒、权翼等为谋士。灭燕后依据王猛建议，选拔、重用渤海封衡、李洪，安定皇甫真，北平杨陟、杨瑶，清河房旷、房默、崔逞等关东望族文人④。平西凉后，选拔、任用金城赵凝，敦煌索泮、宋皓、张烈等西土著姓⑤。其中权翼、皇甫真、索泮、宋皓、张烈都出自河陇著姓。正如史籍所载，苻坚平燕、凉，"复魏晋士籍，使役有常闻"，使"关陇清晏，百姓丰乐"⑥。

后秦姚兴喜读经书、重视教育。羌族姚兴为太子镇长安时，既常"与中舍人梁喜、洗马范勖等人谈论经书"⑦，即位后更将河陇大儒——天水的姜龛、冯翊的郭高等召集于长安，并招引各地学生到长安求学。

南凉秃发氏、北凉沮渠氏、后凉吕氏皆崇尚文化，重用文士。建立

---

① （唐）房玄龄等：《晋书》，中华书局1974年版，第2221页。
② 同上书，第2257页。
③ 同上书，第2259页。
④ （宋）司马光：《资治通鉴》，中华书局1976年版，第3213—3271页。
⑤ 同上书，第3272—3306页。
⑥ （唐）房玄龄等：《晋书》，中华书局1974年版，第2895页。
⑦ 同上。

南凉的鲜卑秃发氏最早自漠北迁入河西,至秃发乌孤时,其称王已历八代①,据《晋书·秃发乌孤传》记载,后秦凉州官吏宋敞在离任前向前来接管姑臧的秃发傉檀举荐了一批"武威宿望""秦陇冠冕""凉国旧殷",傉檀大悦。北凉政权建立者卢水胡沮渠氏,据《晋书·沮渠蒙逊传》记载,世居卢水为豪酋,沮渠蒙逊"博涉群史……梁熙、吕光皆奇而惮之"②。略阳氐族吕氏,出自汉武都白马氐族之后。史书说吕光"不乐读书,唯好鹰马"③,事实并非如此,如他被派往西域时,"王侯降者三十余国,光入直城(龟兹),大飨将士,赋诗言志。见其宫室壮丽,命参军段业著《龟兹宫赋》以讥之"④;后凉建立后,吕光因地制宜,"下令责躬,及崇宽简之政"⑤,从后凉推行的政策也反映出统治者接受汉文化较深。

不仅割据政府崇尚儒学,推行教育,地方名儒也开设私学。汉末以来,官学日渐沦废,学术中心转向家族,河陇地区逐渐形成了私家传承的风气。前凉时期敦煌学者宋纤,不应州郡辟命,隐居酒泉南山中,从各地奔来求学的弟子多达三千余人⑥。又有酒泉学者郭瑀早年从郭荷学习,精通经学,擅长辩论,"多才多艺,善属文",隐居临松薤谷,"作《春秋墨说》《孝经错纬》,弟子著录千余人"⑦。在西凉和北凉做国子祭酒的刘昞,最初就是从郭瑀学,他隐居酒泉时也曾开设私馆,纳弟子五百人⑧。

---

① (唐)房玄龄等:《晋书》,中华书局1974年版,第3141页。
② 同上书,第3189页。
③ 同上书,第3053页。
④ 同上书,第3055页。
⑤ 同上书,第3058页。
⑥ 同上书,第2453页。
⑦ 同上书,第2454页。
⑧ (北齐)魏收:《魏书》,中华书局1974年版,第1160页。

（三）世家大族入平城对北魏文化的影响

公元439年（北凉哀王永和七年、北魏太武帝拓跋焘太延五年），北凉王沮渠牧犍出降，北魏灭北凉，对凉州著名的学者和文化人才全方位接收。史载太武帝拓跋焘于"冬十月辛酉，车驾东还，徙凉州民三万余家于京师"①。魏太武帝徙凉州豪右三万余户到京城，当时的京城在平城（即今山西大同），豪右中即有北凉王族和官吏，也有河陇著姓大族。河陇文人大多属于这两大群体。如前所述，不仅前凉、西凉等汉族建立的政权，由于统治者崇尚儒学，重视教育，境内多文士学者，而且前秦、后秦、南凉、北凉等少数民族建立的政权，也由于统治者崇尚儒学，礼遇文人，境内学者济济。沮渠蒙逊、沮渠牧犍父子汉化程度极高，史载"蒙逊入酒泉，禁侵掠，士民安堵。以宋繇为吏部郎中，委之选举。凉之旧臣有才望者，咸礼而用之。"②沮渠蒙逊灭西凉，进入酒泉，禁止士兵抢劫，并任命宋繇为吏部郎中，掌管全国官员的任免和升迁调补。西凉旧有臣僚中有才干和声望的，也延聘任官。至于牧犍"尤喜文学"③，在其周围罗致了一大批文人学士，其中有阚骃、张湛、刘昞、索敞、宗钦、程骏、胡叟、赵柔等著名文人。北凉亡后，他们中的大部分都去了平城，在北魏王朝大多受到重用，有的延馆授徒，在北魏文坛起着举足轻重的作用。

总之，河陇文化大族历时悠久，士人文化底蕴深厚，十六国割据政权普遍推崇儒学，倡导文化教育，使河陇士族文化继续发展壮大，入魏以后，自然对北魏文坛产生重大影响。

---

① （北齐）魏收：《魏书》，中华书局1974年版，第90页。
② （宋）司马光：《资治通鉴》，中华书局1976年版，第3737页。
③ 同上书，第3877页。

二 从师承关系看北魏文学的河陇文化元素

入魏以后，一些著名河陇学者在北魏教授学生，直接将河陇学术文化传承于北魏后学。河陇学者走出河西关陇融入北魏的历史大潮，如刘昞、阚骃官居乐平王从事中郎之职，张湛"赐爵南浦男，加宁远将军"①，索敞任为中书博士，程骏、宗钦、段承根、阴仲达、赵柔均为著作郎，常爽为宣威将军。创立西凉政权的陇西李氏，在北魏时期仍然显赫，有著名的历史人物李冲、李韶等②。皇甫氏家族以安定朝那（今宁夏固原东南、甘肃平凉西北一带）为郡望，活跃在历史舞台上，自东汉至魏晋南北朝、隋唐年间，皇甫氏都是一个"累世富贵"的仕宦大族，先后涌现了大批有影响力的人物，是河陇大姓世家的一个代表。

刘昞曾隐居酒泉，潜心治学授徒，追随求学者多达500余人。李暠建立西凉始任为儒林祭酒等职。420年，北凉沮渠蒙逊灭西凉，更加器重刘昞，蒙逊称呼刘昞为"玄处先生"，在西苑专门为其修建富丽堂皇的"陆沉观"，请他在此教授学生，同时授予刘昞秘书郎等要职，负责撰写起居注。沮渠牧犍即位后，更尊刘昞为国师，并配备了索敞和阴兴等为助教。北魏太武帝平定凉州，百姓东迁，朝廷久闻刘昞大名，拜他为乐平王从事中郎。魏世祖下诏让年纪七十岁以上的乡老留在本乡，身边留一子奉养。刘昞当时年老，留身姑臧，一年多后，思乡返归，至凉州西四百里的韭谷窟染疾而终。北魏孝明帝也下诏："昞德冠前世，蔚为儒宗"③。刘昞在经学、文学和史学等方面均取得了成就，由刘昞注释和撰写的著作多达一百余卷。刘昞的主要著述集中在史学方面，如《略记》《凉书》《敦煌实录》等，但都已佚散不存。另外刘昞注释的书籍包括《周易》《韩非子》《人

---

① （北齐）魏收：《魏书》，中华书局1974年版，第1154页。
② 同上书，第886页。
③ 同上书，第1162页。

物志》《黄石公三略》等，《四库提要》称刘昞的注"不涉训诂，惟疏通大意，而文词简古，犹有魏晋之遗"①。刘昞虽未直接入魏教授弟子，然其学术传统及再传弟子遍布北魏朝野。

索敞与程骏深受刘昞影响。索敞早年担任刘昞助教，"专心经籍，尽能传昞之业"②，凉州被平，进入北魏后仍以儒学见称，曾任中书博士，撰写了《丧服要记》《名字论》等著作，而且"笃勤训授，肃而有礼。京师大族贵游之子，皆敬惮威严，多所成益，前后显达，位至尚书牧守者数十人，皆受业于敞。敞遂讲授十余年"③。可以说其秉承刘昞的学术传统直接为北魏培养了一批杰出人才。程骏曾直接师事刘昞，他性格"机敏好学，昼夜无倦"④，撰有《庆国颂》十六章、《得一颂》一篇，有无开馆授学尚待确证，但至少可以说他将师于刘昞的学术传统变成家学传统，据史载其子程公礼、其孙程畿皆"好学，颇有文才"⑤。

常爽"笃志好学，博闻强识，明习纬候，《五经》百家多所研综"⑥，进入北魏以后则直接推动了北魏学术风气的复兴。史载北魏世祖时"戎车屡驾，征伐为事，贵游子弟未遑学术"⑦，常爽"置馆温水之右，教授门徒七百余人，京师学业，翕然复兴"⑧，培养出尚书左仆射元赞、平原太守司马真安、著作郎程灵虬等人，且其"讲肆经典二十余年，时人号为'儒林先生'"⑨，写有《六经略注》等。而其家学亦有传承，如其孙常景"少聪敏，初读《论语》《毛诗》，一受便览"⑩，入北魏后举为协律博士，担任

---

① （唐）李延寿：《北史》，中华书局1974年版，第1569页。
② （北齐）魏收：《魏书》，中华书局1974年版，第1162页。
③ 同上。
④ 同上书，第1345页。
⑤ 同上书，第1350页。
⑥ 同上书，第1848页。
⑦ 同上。
⑧ 同上。
⑨ 同上书，第1849页。
⑩ 同上书，第800页。

光禄大夫、太常博士等职，"所著述数百篇，见行于世，删正晋司空张华《博物志》及撰《儒林》《列女传》各数十篇云"①，往往"朝廷典章，疑而不决，则时访景而行"②。其曾孙常昶亦颇有学识和文采。

宋繇是李暠的异父同母兄弟，"雅好儒学，虽在兵难之间，讲诵不废，每闻儒士在门，常倒屣出迎，停寝政事，引谈经籍。尤明断绝，时事亦无滞也。"③ 他文武全才，既饱读诗书，满腹经纶，又具备军事才能，而且品格高尚，为人谦逊，非常廉洁。曾辅佐李暠，建立西凉，立有大功；之后为沮渠蒙逊所重用，辅佐北凉，亦为功臣；魏平北凉，其随沮渠牧犍至平城，出仕北魏，被魏太武帝拜为河西王右丞相，赐爵清水公，在北魏文坛颇具影响。

至于陇西李氏家族，更是文人辈出，入北魏后多数身位显赫，有不少注重传授学术。李宝作为李氏家族的重要人物，入北魏后被封为"开府仪同三司、敦煌公"④，其子李冲创立北魏"三长之制"⑤，"及议礼仪律令，润饰辞旨，刊定轻重，高祖虽自下笔，无不访决焉。"⑥ "及改置百司，开建五等，以冲参定典式"⑦ 且"北京明堂、圆丘、太庙，及洛都初基，安处郊兆，新起堂寝，皆资于冲"⑧。曾任侍中、咸阳王师、太子少傅等，赐爵"陇西公"。其孙李彦"颇有学业。高祖初，举司州秀才，除中书博士。……时朝仪典章咸未周备，彦留心考定，号为称职"⑨。李虔"太和初，为中书学生。迁秘书中散，转冀州骠骑府长史、太子中舍人"⑩，李辅

---

① （北齐）魏收：《魏书》，中华书局1974年版，第1808页。
② 同上书，第1803页。
③ 同上书，第1152—1153页。
④ 同上书，第885页。
⑤ 同上书，第1179页。
⑥ 同上书，第1181页。
⑦ 同上书，第1180页。
⑧ 同上书，第1187页。
⑨ 同上书，第888页。
⑩ 同上书，第889页。

"解褐中书博士"[1],曾孙李咏"起家太学博士"[2],李义远曾任国子博士[3],李瑜在通直散骑侍郎任上"与给事黄门侍郎王遵业、尚书郎卢观典领仪注"[4],李神俊"汲引后生,为其光价,四方才子,咸宗附之"[5]。

此外,武威段氏家族的段晖曾"师事欧阳汤"[6],仕乞伏炽磐,担任辅国大将军、凉州刺史,入北魏后世祖颇重之;其子段承根好学、机辩,有文思,入北魏后被世祖请为著作郎[7]。武威姑臧阴氏家族的阴仲达"少以文学知名。世祖平凉州,内徙代都。司徒崔浩启仲达与段承根云,二人俱凉土才华,同修国史。除秘书著作郎"[8];金城赵氏的赵柔"少以德行才学知名河右","世祖平凉州,内徙京师。高宗践阼,拜为著作郎"[9];敦煌阚氏的阚骃"博通经传,聪敏过人","注王朗《易传》,学者借以通经。撰《十三州志》,行于世";金城宗氏的宗钦"有儒者之风,博综群言",入北魏后被司徒崔浩"识而礼之",称其为"儒者""有俊才"[10]。

河陇士族文人对北魏的影响是深远的,首先开启了儒风,带来了北魏文教和政治的新局面。尤其河陇的一批学者入北魏京城,把河陇地域的传统文化带到北魏文化政治中心,再加以直接教授弟子,使关陇地域学风直接植入北魏文坛。

---

[1] (北齐)魏收:《魏书》,中华书局1974年版,第893页。
[2] 同上书,第891页。
[3] 同上。
[4] 同上书,第888页。
[5] 同上书,第1158页。
[6] 同上书,第1179页。
[7] 同上书,第1158页。
[8] 同上书,第1163页。
[9] 同上书,第1162页。
[10] 同上书,第1154页。

三　北魏文坛的河陇地域学风

（一）儒家尚用文学观

北魏形成了以儒家思想为核心的文学观，《魏书·文苑传》载："夫文之为用，其来日久。自昔圣达之作、贤哲之书，莫不统理成章，蕴气标致，其流广变，诸非一贯，文质推移，与时俱化。"① 无可置疑，北魏文学以儒学思想为指导，不同于魏晋以来，天下间喜谈老庄，盛行玄学，这与北魏直接传承河陇地域文学风气有关。地处西北边鄙的河陇地域，由于地方割据政权的积极倡导，官学及文化世家仍尊奉儒学，认真传授儒学，精心研究儒学，此时的经学著述也相当丰富。诸如十六国时期河陇学者郭瑀著有《春秋墨说》《孝经错纬》等。祁嘉专研《孝经》，写成《二九神经》一书。宋纤更是倾毕生精力为《论语》作注，阚骃"博通经传"曾经给王朗所著《易传》作注，其著因功力极深，广为学者推崇，后来成了"学者赖以通经"② 研究经书的重要著作，又在北凉王沮渠蒙逊的支持下率三十名文人整理古籍，典校经籍，刊定诸子，达三千余卷。此外著名学者刘昞也给《周易》等经典作注，这些都说明经学在河陇学人中的受重视程度。在这种研习经学的氛围下，文学观念上的崇儒倾向是必然之势了。正如《晋书·文苑传》云："夫文以成化，惟圣之高义；行而不远，前史之格言。是以温洛祯图，绿字符其丕业；苑山灵篆，金简成其帝载。既而书契之道聿兴，钟石之文逾广，移风俗于王化，崇孝敬于人伦。经纬乾坤，弥纶中外，故知文之时义大哉远矣！"③ 正是指出文学要传圣人之意，方能承担社会教化重任。魏徵《隋书·文苑传》也指出"文之为用，其大矣哉！

---

① （北齐）魏收：《魏书》，中华书局1974年版，第1870页。
② 同上书，第1159页。
③ 同上书，第2369页。

上所以敷德教于下，下所以达情志于上。大则经纬天地，作训垂范；次则风谣歌颂，匡主和民"①。儒家思想为核心的文学性质论，导致北朝文学重视传承汉魏文学古风，注重实用价值，故"章奏符檄，则粲然可观；体物缘情，则寂寥于世。"②对文学的实用性的观念，也体现在北朝各种文体作品创作的数量上。北朝文人作品从数量而言散文多于诗歌，从各方面的价值而言更是散文重于诗歌。

（二）史传求实精神

东汉王充论文主"真"与"善"，说作文章是"铨轻重之言，立真伪之平，非苟调文饰辞为奇伟之观也。"（《对作篇》）作文章是为评判是非、鉴别真伪而作，要担当起一定的社会责任，在尚用的前提下，又提出了"真"，即求实，"疾虚妄"的问题。王充以史家秉笔直书，鞭挞邪人恶行，表彰善人美德，以起到劝善惩恶的作用。王充以史论文的精神在十六国时期的河陇地域是实用的。此时江左已有文笔之分，河陇学者还处于文史哲未分之时。所以河陇学者往往一面校注经书，一面又留意史学，包括对古史的纂修。如刘昞编撰《略记》一百三十篇八十四卷。同时，学者也注重对当时当地史志的编写，据文献不完全记载，当时编写的史书仅关于凉州的就有：涨谘撰《凉记》八卷、索绥撰《凉国春秋》五十卷、刘庆撰《凉记》十二卷、刘昞撰《凉书》十卷、索晖撰《凉书》、喻归撰《西河记》二卷；关于后凉历史有段龟龙撰《凉记》十卷；西凉史有刘昞撰《敦煌实录》二十卷；北凉史《凉书》（又称《蒙逊记》）十卷，为河陇文人宗钦入魏以后撰，还有魏高道让撰《凉书》十卷（高道让生平不详）；南凉历史有佚名《拓跋凉史》；等等。这些著作几乎都是本土学者撰修，内

---

① （唐）魏徵、令狐德棻：《隋书》，中华书局1973年版，第1729页。
② （唐）李延寿：《北史》，中华书局1974年版，第2779页。

容真实可信,这些书为后来《十六国春秋》《晋书》的编写提供了丰富的史料。现在这些书已全部散佚,我们只能从一些著录与引用中看到一些片段,如《隋书·经籍志》《旧唐书·经籍志》《新唐书·艺文志》等有著录,《北堂书钞》《初学记》《艺文类聚》《太平御览》等书有较多引用篇幅。

纂写史志即为河陇学者的一大要事,这种史学风气和史官实录精神,入魏以后对北魏文学也产生了重要影响。试看北地三书《水经注》《洛阳伽蓝记》《魏书》,不仅是北朝的杰出作品,也是整个魏晋南北朝时期的杰出作品,它们代表着此期文学的杰出成就。此三书《魏书》是史书,史家传承汉魏以来史家秉笔直书的求实精神,求实性无可争议。关于舆地史志,我们从敦煌学者阚骃《十三州志》中可以看出《水经注》与之有过直接关系,在很多地方采录此书内容。《十三州志》虽已散佚,据《十六国春秋》《宋书·氐胡传》《隋书·经籍志》著录,此书为十卷,体例完备,纂书精审,编成后流行当世,很受沮渠蒙逊重视,后世刘知几、颜师古等颇加推崇,颜师古在为《汉书·地理志》作注时多处加以引用,《括地志》《太平寰宇记》等名著也有诸多采用。无疑,《十三州志》对《水经注》的撰写有参照作用。

再看《洛阳伽蓝记》,作为记录洛阳佛教寺庙之志传类著作,同样一丝不苟沿用着史家的求实精神。如"明悬尼寺"条:"彭城武宣王勰所立也。在建春门外石桥南。"[①]自注曰:"谷水周围绕城,至建春门外,东入阳渠石桥。桥有四石柱,在道南,铭云:'汉阳嘉四年将作大匠马宪造。'逮我孝昌三年,大雨颓桥,南柱始埋没,道北二柱,至今犹存。衒之按,刘澄之《山川古今记》、戴延之《西征记》并云晋太康元年造,此则失之远矣。按澄之等并生在江表,未游中土,假因征役,暂来经过,至于旧

---

① (北齐)杨衒之撰,周祖谟校释:《洛阳伽蓝记校释》,中华书局2013年版,第51页。

事，多非亲览，闻诸道路，便为穿凿，误我后学，日月已甚。"① 杨衒之熟读史书，有良史之才，考证注释精审，并不惜笔墨，翔实阐释，以正前人记载之误。对于史官妄书的恶劣风气，他也予以尖锐批评，同时还总结出某些规律性的东西。如"建阳里"条："时有隐士赵逸，云是晋武时人，晋朝旧事，多所记录。正光初，来至京师……"又云："自永嘉已来，二百余年，建国称王者，十有六君，吾皆游其都邑，目见其事。国灭之后，观其史书，皆非实录，莫不推过于人，引善自向。苻生虽好勇嗜酒，亦仁而不杀，观其治典，未为凶暴。及详其史，天下之恶皆归焉。苻坚自是贤主，贼君取位，妄书生恶，凡诸史官，皆此类也。"② 凡此均可见出他卓越的才识和一丝不苟的求实态度。

北地的三部奇书，都属志传类著作，是河陇地域文人注重撰志写史，著述大部巨作的治学传统。在撰述中，一丝不苟、认真纪实，也是河陇学者一直秉承的传统学风。

（三）汉魏诗风的传承

"汉魏风骨，晋宋莫传"（陈子昂《修竹篇序》），自两晋以还，诗歌风气有了极大改变，诗坛上竞辞采、多玄言，汉魏古朴写实的诗歌风气日渐退却。地处边鄙的河西之地未染玄风，此时诗风仍为直抒胸臆、反映写实的风气，一如建安风骨。试看张骏《薤露行》："在晋之二世，皇道昧不明。主暗无良臣，艰乱起朝廷。七柄失其所，权纲丧典荆。愚猾窥神器，牝鸡又晨鸣。哲妇逞幽虐，宗祀一朝倾。储君缢新昌，帝执金墉城。祸衅萌宫掖，胡马动北坰。三方风尘起，玁狁窃上京。义士扼素腕，感慨怀愤盈。誓心荡众狄，积诚彻昊灵。"③《薤露行》是乐府古题，用以送葬王公

---

① （北齐）杨衒之撰，周祖谟校释：《洛阳伽蓝记校释》，中华书局2013年版，第51—52页。
② 同上书，第60—61页。
③ （清）逯钦立：《先秦汉魏晋南北朝诗》，中华书局1964年版，第876页。

贵人的挽歌。曹操曾以《薤露行》写汉末重大历史变故,张骏《薤露行》写晋室覆亡、义士怀愤的重大历史事件,是建安诗歌精神的直接继承。张骏此诗风格,明朗刚健,悲壮慷慨。将张骏诗与同时期的晋宋诗坛风气相比,玄言诗多淡乎寡味,宫体诗多辞采绮丽,张骏《薤露行》别有一番古朴之气。类似风格我们在北魏诗、赋中可以见到它们的影子。试看袁翻,《魏书》和《北史》都说他是北魏时期的有名诗人,现在仅存《思归赋》一篇:"望他乡之阡陌,非旧国之池林,山有木而蔽月,川无梁而复深。怅浮云之弗限,何此恨之难禁。……心郁郁兮徒伤,思摇摇兮空满。思故人兮不见、神翻覆兮魂断。断魂兮如乱,忧来兮不散。"[1] 诗人被贬到一个陌生的地方,所见,所闻,所思,所想,描写得十分细腻、生动感人。思归思,愁归愁,怨归怨,诗人对国事并没有完全忘怀。他还希望再次回到朝廷,为国家干一番事业。"行复行兮川之畔,望复望兮望夫君。君之门兮九重门,余之别兮千里分。愿一见兮导我意,我不见兮君不闻。……愿生还于洛滨,荷天地之厚德。"[2] 诗人并没有因为政治上的挫折给个人带来的烦恼而脱离仕途,像南朝的诗人那样,寄情山水,咏歌田园。他还期望能再次回到京都去为国效力,这就是南北诗人的最大区别!赋者古诗之流也,我们从中可窥到河陇诗歌风气的传承。

再看北魏常景诗,常景现存《洛桥铭》一篇和诗四首。史书说,太和末宣武初,常景一直做下等官,未能升迁,心中愁郁,咏司马相如、王褒、严君平、杨子云四人以自况,发泄其怀才不遇的牢骚和不满。其《咏司马相如》:"长卿有艳才,直致不群性。郁若春烟举,皎如秋月映。游梁虽好仁,仕汉长称病。清贞非我事,穷达委天命。"[3]《咏扬子云》:"蜀江导清流,扬子挹余休。含光绝后彦,覃思邈前修。世轻久不赏,

---

[1] (唐)房玄龄等:《晋书》,中华书局1974年版,第1540页。
[2] 同上。
[3] 同上书,第1802页。

玄谈物无求。当途谢权宠,置酒独闲游。"① 从以上摘录的两首诗,我们可以清楚地看到,诗人的牢骚之深,怨气之大!诗的语言质朴,崇尚简实。

再看十六国时期酒泉太守马岌铭于石壁的诗:"丹崖百丈,青壁万寻。奇木蓊郁,蔚若邓林。其人如玉,维国之琛。室迩人遐,实劳我心。"② 时任酒泉太守的马岌,一次去拜访名儒宋纤不遇,便于石壁上写下了这首诗。此诗采用烘云托月手法,极写宋纤人格之高洁,同时表现诗人自己思贤若渴的心情,构思巧妙,语言凝练。诗采用四言体,平添一分古朴之气。这种诗风在北魏乃至北周诗坛也有充分体现。略举宇文毓的《赠韦居士诗》:"六爻贞遁世,三辰光少微。颍阳去犹远,沧洲遂不归。风动秋兰佩,香飘莲叶衣。坐石窥仙洞,乘槎下钓矶。岭松千仞直,严泉百丈飞。聊登平乐观,遥想首阳薇。傥能同四隐,来参余万机。"③ 此诗是宇文毓登基后写给著名隐士韦居士的,诗中对于秋兰为佩、莲叶为衣的方外隐士生活充满赞美和羡慕之情。他们坐窥仙洞,身形矫健,俨然似世外仙人;他们志节高尚,可比伯夷、叔齐。本诗目的在于劝说韦居士辅佐朝政,写景烘托手法却有一脉相承的风格。当然建安、太康两代诗歌不仅有豪侠慷慨之气,同时也出现了大量的游仙诗创作,这些诗歌有的求仙得道,服食长生;有的借游仙曲折表达了隐遁避世的向往;有的则是歌咏方外之人高蹈遗世的精神,征召隐士归来。因而十六国、北魏抑或北周的这些诗歌特征,是汉魏诗歌风气的延续。北魏诗风多"建安风骨""正始之音",拙著《北朝民族文学叙论》多有论及,此处不赘。

---

① (唐) 房玄龄等:《晋书》,中华书局 1974 年版,第 1802 页。
② 同上书,第 2453 页。
③ (清) 逯钦立:《先秦汉魏晋南北朝诗》,中华书局 1964 年版,第 2323 页。

四　结语

地处西北的河陇地域文化为北魏文学铺垫了文化基础，在十六国时期，河陇地区先后建立了前凉、后凉、西凉、南凉、北凉、前秦、后秦、西秦及杨氏仇池等割据政权，但文化大族没有衰退，士族文人在各个政权统治河陇期间，对社会政治和文化传承发展起着重要作用。至北魏统一北方，河陇的一批学者迁徙平城，也将河陇学术文化带到了北魏政治文化中心。来到平城的一些著名学者受到北魏政权的重用，除以官职，也更具有了文化影响力。也有一些学者以传授生徒为业，在培育弟子中，将河陇地域学风直接植入北魏文坛。所以，纵观北魏文坛，主张文章致用，文风趋向质朴，在治学方面推崇儒学，重视撰写史志著作，治学态度秉承史家求实精神等，与河陇地域的文化传统一脉相承。在诗歌创作方面多有汉魏风气和正始之音。总之，在探讨北魏文学时，应充分考虑到河西关陇文化元素。

古丝绸之路上的骆驼*

高建新

骆驼是很能适应极端气候的动物之一，是人类的好朋友。骆驼运输是古丝绸之路最主要的运输方式。在通往西域漫长的道路上，要不断穿越茫茫无际的沙漠，极耐干渴、善于行走、有"沙漠之舟""旱地之龙"之称的骆驼，不仅成为最主要的运载工具，也成为古丝绸之路的不朽象征和亮丽迷人的文学景观。

一

在古代文献中，骆驼又称"橐（tuó）驼""橐佗"，亦名"封牛"，为草原五畜（马、牛、绵羊、山羊、骆驼）之一。《史记·匈奴列传》：匈奴"居于北蛮，随畜牧而转移。其畜之所多则马、牛、羊，其奇畜则橐驼、驴、驘（luó，骡）、駃騠（jué tí，骏马）、騊駼（táo tú，野马）、驒（tuó，青黑马）、騱（xí，前脚全白的马）。""橐驼"，《索引》："韦昭曰：'背肉似橐，故云橐也'。"《汉书·西域传》"大月氏"条称：大月氏"出

---

* 此文为国家社科基金项目"北方游牧文化与唐诗关系研究"（批准号：10XZW011）中的一部分，作者为内蒙古大学文学与新闻传播学院教授。

一封橐驼。师古曰：脊上有一封也，言其隆高若封土也，今俗呼为封牛。封音'峰'。"《魏书》又作"犎（fēng）牛"。《汉书·匈奴传》颜师古曰："橐佗，言能负橐囊而驮物也。"岑参的《北庭西郊候封大夫受降回军献上》："胡地苜蓿美，轮台征马肥。大夫讨匈奴，前月西出师。甲兵未得战，降房来如归。橐驼何连连，穹帐亦累累。"王昌龄《箜篌引》："五世属藩汉主留，碧毛毡帐河曲游。橐驼五万部落稠，敕赐飞凤金兜鍪。"轮台，今新疆轮台县；河曲，今内蒙古河套地区。二地均为汉唐北方、西北方游牧之地，盛产骆驼。唐人段成式《酉阳杂俎·毛篇》："驼，性羞。《木兰篇》：'明驼千里脚'，多误作'鸣'字。驼卧腹部贴地，曲足漏明，则行千里。"[1] 黄庭坚的《和答魏道辅寄怀十首》其十："明驼思千里，驽马怯负荷。"所谓明驼，即善走之骆驼。孔尚任《桃花扇》第三十六出："似明驼出塞，琵琶在怀，珍珠偷洒。"朱东润先生将《乐府诗集·梁鼓角横吹曲》所收《木兰诗》"愿驰千里足"[2] 一句改作"愿借明驼千里足"，依据即是《酉阳杂俎·毛篇》的相关记载。[3]

骆驼第一次出现在中国文学作品中，不是在《诗经》中，而是在屈原的《九歌》中："乘龙兮辚辚，高驰兮冲天"（《湘夫人》）、"撰余辔兮高驼翔，杳冥冥兮以东行"（《少司命》），[4] 辚辚（lín lín），行车声；高驼，橐驼；撰，控制；杳冥冥，幽深黑暗。前两句说，龙车隆隆向前，骆驼直奔云天；后两句说，驾着我的骆驼一路前行，在茫茫的夜里奔向东方。其后是《山海经·北山经》："其兽多橐驼"；再后是西汉东方朔的《七谏》其七："鸡鹜满堂坛兮，蛙黾游乎华池。要褭奔亡兮，腾驾橐驼"，贾谊《惜誓》："涉丹水而驼骋兮，右大夏之遗风。"到了西晋，陆士衡引俗语

---

[1] （唐）段成式：《酉阳杂俎》，方南生点校，中华书局1981年版，第160页。
[2] （宋）郭茂倩撰：《乐府诗集》（第二册），中华书局1979年版，第374页。
[3] 朱东润主编：《中国历代文学作品选》（上编·第二册），上海古籍出版社1979年版，第393—394页。
[4] （宋）朱熹：《楚辞集注》，上海古籍出版社1979年版，第39、42页。

曰:"金马门外聚群贤,铜驼陌上集少年",《洛阳记》曰:"汉铸铜驼二枚在宫南四会道,夹路相对",① 铜驼,是洛阳城繁盛的象征。此后铜驼屡被唐人歌咏,情绪多感伤惆怅,有兴亡之慨,"青袍白马有何意,金谷铜驼非故乡"(杜甫《至后》),"凄凄苦雨暗铜驼,袅袅凉风起漕河"(白居易《久雨闲闷对酒偶吟》),"隋朝古陌铜驼柳,石氏荒原金谷花"(刘沧《晚秋洛阳客舍》),"落魄三月罢,寻花去东家。谁作送春曲,洛岸悲铜驼"(李贺《铜驼悲》),"死忆华亭闻唳鹤,老忧王室泣"(李商隐《曲江》)。到了文天祥笔下,铜驼成了亡国的象征,"铜驼恨,那堪说!想男儿慷慨,嚼穿龈血"(《满江红·试问琵琶》)。

北魏、北齐时期,太仆寺(专掌车马之机构)内设有驼牛署和牛羊署(见《魏书·帝纪·孝庄纪》《北齐书·高乾传》等),北周设有"驼牛都尉"(《周书·贺拔胜传》),《北史》中有"官驼"(见《北史·蠕蠕等传》)的记载,能上升到国家管理机构的层面,足见骆驼等牲畜的重要性。到了唐朝,饲养骆驼再次成为官方行为。《旧唐书·职官志》:"其关内、陇右、西使、南使诸牧监马牛驼羊,皆贮藁及茭草";《新唐书·百官志》:"开元初,闲厩马至万余匹,骆驼、巨象皆养焉";《新唐书·兵志》:天宝"十三载,陇右群牧都使奏:马牛驼羊总六十万五千六百,而马三十二万五千七百"。《新唐书·车服志》还有以骆驼拉车的记载:"命妇朝谒,则以驼驾车。"唐王朝本来疆域辽阔,丝绸之路的繁盛更加大了对骆驼的需求量,骆驼在人们生活中的重要作用日渐显露,因此被诗人更多关注,第一次出现咏驼诗:"骆驼,项曲绿蹄,被他负物多"(无名氏《嘲骆驼》)。杜甫是写骆驼最多的唐代诗人:"马头金匼匝,驼背锦模糊"(《送蔡希鲁都尉还陇右因寄高三十五书记》),金匼匝(kē zā),金络头;模糊,"驼

---

① 逯钦立辑校:《先秦汉魏晋南北朝诗》(上),中华书局1983年版,第798页。

背负物而以锦帕蒙之，此之谓模糊"；① 这两句诗说马戴着金络头，驼披着锦绣，由此赞美了蔡希鲁的超人的才略。"紫驼之峰出翠釜，水精之盘行素鳞"（《丽人行》），"劝客驼蹄羹，霜橙压香橘"（《自京赴奉先县咏怀五百字》），说明迟至唐代，驼峰、驼蹄羹已成为以奢靡为常的皇族贵戚的美食，元诗中亦有关于驼羹的记载："驼羹不见遗，无人荐乾鱼"（林泉生《武夷山》），"马酒来官道，驼羹出御厨"（傅若金《送苏伯修侍郎分部扈跸》）。"昨夜东风吹血腥，东来橐驼满旧都"（《哀王孙》），则写安史之乱起，长安血雨腥风，到处是骑着骆驼的叛军。《新唐书·逆臣上》："贼之陷两京，常以橐它载禁府珍宝贮范阳，如丘阜然。""羌女轻烽燧，胡儿掣骆驼"（《寓目》），写诗人寓居秦州（今甘肃天水）期间，看到此地羌女不事烽燧，胡儿能牧放骆驼。清人陈式说："烽燧非妇人之事，羌女视之甚轻；骆驼非儿童之物，胡儿当之则能掣。言生长边塞，习与性成也。"② "幕前生致九青兕，驼驼巃嵸垂玄熊"（《冬狩行》），驼（tuō）驼，即骆驼；巃嵸（léi wéi），山高貌。诗写梓州刺史章彝校兵打猎的场景：军幕前活擒野牛，高大的骆驼身上悬垂者黑熊。通过狩猎，展示了守边将士的威武。杜诗中的骆驼形态多样，蕴含丰富。

到了中唐，骆驼与人们的生活发生了更为紧密的联系。或以骆驼为山名："橐驼山上斧刃堆，望秦岭下锥头石"（元稹《望云骓马歌》）；或把挂钩做成骆驼形："隔子碧油糊，驼钩紫金镀"（元稹《梦游春七十韵》）；或把乐器做成骆驼头形状："骠（古缅甸）之乐器头象驼，音声不合十二和"（元稹《和李校书新题乐府·骠国乐》）；或以骆驼为桥名："骆驼桥上蘋风急，鹦鹉杯中箸下春"（刘禹锡《洛中送韩七中丞之吴兴口号五首》其四），又如皎然《奉同颜使君真卿袁侍御骆驼桥玩月》诗。《新唐书·地

---

① 萧涤非主编：《杜甫全集校注》（二），人民文学出版社2014年版，第624页。
② 萧涤非主编：《杜甫全集校注》（三），人民文学出版社2014年版，第1515页。

理志》中亦有"橐驼湾"等地名。柳宗元的《种树郭橐驼传》，则以"橐驼"形容种树者之驼背。晚唐陆龟蒙《杂讽九首》其九："捷可搏飞狖，健能超橐驼"，赞美人如橐驼一样矫健；杜荀鹤《赠友人罢举赴交趾辟命》："舶载海奴镮硾耳，象驼蛮女彩缠身"，写舞象驼的蛮女的夺人风采；韦庄《绥州作》："带雨晚驼鸣远戍，望乡孤客倚高楼"，描绘暮雨中骆驼对着边关戍楼昂首嘶鸣，情景真切，宛然在目。凡此种种见出骆驼及其特点在日常生活中已广为唐人所知。

二

《史记·匈奴列传》认为"橐驼"是"奇畜"之一。奇就奇在了它超乎寻常的生物特性。在动物分类学中，骆驼属于偶蹄目骆驼科骆驼属，分双峰驼、单峰驼，都由原驼演化而来。原驼起源于北美大陆，约于中新世前后（Miocene Epoch；距今约 2330 万—530 万年）经白令海峡迁入中亚。约在前 4000—前 3000 年，双峰驼开始在中亚驯化。单峰驼的驯化可能是从中阿拉伯或南阿拉伯开始的。迟至唐代，中国诗歌中才出现了"野驼"一词："琵琶长笛曲相和，羌儿胡雏齐唱歌。浑炙犁牛烹野驼，交河美酒金叵罗"（岑参《酒泉太守席上醉后作》），"沙碛连天霜草平，野驼寻水碛中鸣"（张籍《关山月》），岑参诗中的"烹野驼"，不能判定是实写还是属于夸张；张籍对于野驼大漠寻水、仰天长鸣的描绘十分生动形象。我们今天看到的最早的骆驼形象，是在贺兰山岩画、阴山岩画中。贺兰山"骆驼岩画简介"说："骆驼是一种耐旱性很强的沙漠动物，也是贺兰山岩画动物形象的一大类型。在早期它属于北方狩猎民族的狩猎对象之一，后来，伴随着游牧经济的到来，骆驼的自身的一些优点被人类所运用，进而成为人们生活中的密切伙伴。"[①]

[①] 见宁夏"贺兰山岩画博物"相关介绍，笔者于 2013 年 8 月 18 日前往参观。

骆驼性怯懦而机警，嗅觉灵敏，具有远距离寻找水源的机能。《博物志》卷八说："自敦煌西涉流沙往外国，沙石千余里，中无水，时则有沃流处，人莫能知，皆乘骆驼。骆驼知水脉，遇其处辄停不肯行，以足蹋地。人于其蹋处掘之，辄得水。"① 梅尧臣也说骆驼"常时识风候，过碛辨沙泉"（《橐驼》），骆驼平时就能识别气候，在寸草不生的干旱沙漠中能找到水源。老马识途，骆驼亦可引路。玄奘西行，就是凭借骆驼导引度过雪山的："王遣一大臣将百余人送法师度雪山。负刍草粮食资给。行七日至大山顶，其山叠嶂危峰，参差多状，或平或耸，势非一仪，登陟艰辛，难为备叙。自是不得乘马策杖而前，复经七日至一高岭，岭下有村可百余家，养羊畜，羊大如驴。其日宿于此村，至夜半发，仍令村人乘山驼引路。其地多雪涧凌溪，若不凭乡人引导，交恐沦坠。"② 骆驼极耐干旱，血液里含有蓄水能力很强的高浓缩蛋白，能吸收储存大量的水分。骆驼能在几分钟内摄入相当于自身体重（500—700 公斤）1/4 以上的水；③ 骆驼体内水分丢失缓慢，即使脱水量达体重的 25%，仍无不利影响；骆驼在没有水的条件下能生存 3 周，没有食物的条件下生存 4 周；骆驼能饮盐碱水，能以带针刺的灌木为食物；骆驼有驼峰，储存有大量脂肪，必要时可转变成水和能量，以维持生命活动。骆驼全身长有一层厚绒毛（驼绒），耐严寒。骆驼眼睑双重，可单独启闭；鼻孔可斜开成裂缝状，周围丛生短毛，能抵御风沙袭击。骆驼的妊娠期约 13 个月，每胎 1 崽。初生小驼，当天能直立行走，2 年后可独立生活。通常 3 岁驼体格基本成熟，可以驮运货物。成年骆驼肩高 2 米，体长 3 米，寿命一般为 30 年。骆驼平时温驯，发情时雄驼变得异常凶猛。

---

① （晋）张华：《博物志校证》，范宁校证，中华书局 1980 年版，第 96—97 页。
② （唐）慧立、彦悰：《大慈恩寺三藏法师传》卷五，孙毓堂、谢方校点，中华书局 2000 年版，第 115—116 页。
③ 参见《中国大百科全书·农业》（第一册），中国大百科全书出版社 1990 年版，第 607—608 页。

骆驼四肢修长，善走，役用性能良好，是乘、挽、驮的良好役畜。骆驼掌下生着胼胝状的肉垫，行走时脚趾在前方叉开，因此不会在沙面上陷落，一般可日行60—80千米，驮重150—200公斤。《山海经》曰："号山阳之光山，兽多橐驼，善行流沙中，日三百里，负千斤。"①《资治通鉴·唐纪三十二》：天宝十二年（753年），"是时中国盛强，自安远门西尽唐境凡万二千里，间阎相望，桑麻翳野，天下称富庶者无如陇右。翰每遣使入奏，常乘白橐驼，日驰五百里"。舒翰，指唐朝名将哥舒翰。白橐驼能日行五百里，其速度相当惊人。骆驼不仅能驮重，还可以用来驾车，元诗中多有描写："杂沓毡车百辆多，五更冲雪渡滦河。当辕老妪行程惯，倚岸敲冰饮橐驼"（乃贤《塞上曲五首》其二），"驼顶丁当响巨铃，万车轧轧一齐鸣"（刘秉忠《驼车行》），"驿馆到时逢数骑，驼车宿处错群羊"（贡师泰《过柳河》），"土穴居黄鼠，毡车驾白驼"（陈宜甫《庚辰春再随驾北行二首》其一）。单峰驼的步速较双峰驼要快，②《新唐书·吐蕃上》："独峰驼日驰千里。"③

中国现有三个双峰驼品种：新疆双峰驼、阿拉善双峰驼、苏尼特双峰驼。2010年不完全统计，全世界有骆驼1800万峰，其中单峰驼1600万峰，双峰驼200万峰。中国是世界上双峰骆驼的主要产地，约有28万峰，主要分布在内蒙古、新疆、青海、甘肃、宁夏的110万平方千米的干旱荒漠草原上。

三

骆驼运输不仅创造了闻名于世的古丝绸之路，而且为商贸流通、东西方文化交流创造了不朽的业绩。可以这样说，没有骆驼，就没有丝绸之

---

① （宋）李昉：《太平御览》（第八册），孙雍长等校点，河北教育出版社1994年版，第210页。
② 参见《中国大百科全书·生物》（第二册），中国大百科全书出版社1991年版，第931页。
③ （宋）欧阳修等撰：《新唐书》，中华书局1975年版，第6072页。

路；没有骆驼，丝绸之路就不会延伸如此之远；没有骆驼，丝绸之路上的文学景观不会如此动人心神。

骆驼是一种古老的生灵，有人所不及的机敏和聪明。《北史·西域传》："且末西北有流沙数百里，夏日有热风，为行旅之患。风之所至，唯老驼预知之，即嗔而聚立，埋其口鼻于沙中。人每以为候，亦即将毡拥蔽鼻口。其风迅驶，斯须过尽，若不防者，必至危毙。"《周书·异域下》："鄯善，古楼兰国也。东去长安五千里。所治城方一里。地多沙卤，少水草。北即白龙堆路。魏太武时，为沮渠安周所攻，其王西奔且末。西北有流沙数百里，夏日有热风，为行旅之患。风之欲至，唯老驼知之，即鸣而聚立，埋其口鼻于沙中。人每以为候，亦即将毡拥蔽鼻口。其风迅驶，斯须过尽。若不防者，必至危毙。"《新唐书·西域上》：吐谷浑"西北有流沙数百里，夏有热风，伤行人。风将发，老驼引项鸣，埋鼻沙中，人候之，以毡蔽鼻口乃无恙"。[①] 史书中所谓"西北有流沙数百里"，皆指今天新疆的塔克拉玛干沙漠。塔克拉玛干沙漠东西长1000多千米，南北宽400多千米，总面积337600平方千米，是中国境内最大的沙漠，是世界第二大沙漠和最大的流动沙漠，流沙面积世界第一。走上古丝绸之路，只有安全地穿越塔克拉玛干沙漠，翻过葱岭，才能抵达西亚、中亚，直至大秦。"渐近碛西无水草，北风沙起橐驼惊"（严羽《塞下曲六首》其四），骆驼是"奇畜"，亦是仁兽，凭着自己的机敏在热浪滚滚的沙漠中挽救了无数生命。美国学者爱德华·谢弗说："伟大的丝绸之路是唐朝通往中亚的重要商道，它沿着戈壁荒漠的边缘，穿越唐朝西北边疆地区，最后一直抵达撒马尔罕、波斯和叙利亚……这些道路之所以能够通行，完全是靠了巴科特利亚骆驼的特殊长处，这种骆驼不仅可以嗅出地下的泉水，而且还能够

[①]（宋）欧阳修等撰：《新唐书》，中华书局1975年版，第6224页。

预告致命的沙漠。"① 巴克特利亚,古希腊人对今兴都库什山以北的阿富汗斯坦东北部地区的称呼。可以说,是骆驼连通了丝绸之路,是骆驼成就了丝绸之路。

赖有骆驼移动在古老的丝绸之路上,汉唐成就了彪炳千秋的伟业。杜甫《喜闻盗贼蕃寇总退口号五首》其三:"崆峒西极过昆仑,驼马由来拥国门",从崆峒山往西再往西,越过了天堑昆仑山,就是牵引驼马拥入国门的西域胡商所来之处。这两句诗描写的就是丝绸之路开通之后、万国争相来朝的盛况。崆峒,山名。在今甘肃酒泉市,唐属陇右道肃州福禄县。中唐郑綮《开天传信记》:"开元初,上励精理道,铲革讹弊,不六七年,天下大治,河清海晏,物殷俗阜。安西诸国,悉平为郡县。自开远门西行,亘地万余里,入河湟之赋税。左右藏库,财物山积,不可胜较。四方丰稔,百姓殷富,管户一千余万,米一斗三四文,丁壮之人,不识兵器。路不拾遗,行者不囊粮。"② 宋人赵次公说:"崆峒在西郡之西,而昆仑又在崆峒西极之西,今公此句,诗人广大其言,谓其从化之地远也。"③ "拥"字意味深厚,有拥堵、拥挤之意,又指争先恐后、生怕误过、同一时间聚集在一起的景象;"国门",国都的城门,亦指通关入境。"拥国门"极具表现力,写出了各国使节、商人熙熙攘攘,纷纷进入国门的情景。唐王朝国力强大、经济繁荣,对外来西域使节、客商持开放和欢迎态度,极大地刺激了异国商人纷纷来华经商,丝绸之路的商贸活动达到了历史顶峰。中唐诗人张籍《凉州词三首》(其一)描绘的亦是当年丝绸之路的动人景象:

边城暮雨雁飞低,芦笋初生渐欲齐。

---

① [美]爱德华·谢弗:《唐朝的外来文明》,吴玉贵译,社会科学文献出版社1995年版,第24页。
② (五代)王仁裕等撰:《开元天宝遗事十种》,丁如明辑校,上海古籍出版社1985年版,第50页。
③ 萧涤非主编:《杜甫全集校注》(九),人民文学出版社2014年版,第5408页。

无数铃声遥过碛,应驮白练到安西。

张籍这首诗可描可绘,句句皆画,后两句含蕴尤其丰富。"无数铃声遥过碛",将听觉与视觉打通,描绘出一幅广阔悠远的有声音的图画。"遥过碛",从诗人的视角展开,说驼队远远地在一望无际的沙漠上行进。"无数铃声"写出了驼队的众多和驼铃声的密集与清脆悠长。诗说,春日傍晚、雨丝飘洒,遥远的边城上空雁群盘旋低回,湖中水边青葱的芦笋(芦苇的嫩芽,形似竹笋而小)正在旺盛生长;满载着中原丝绸的一支支驼队,绵延无尽,脚步坚实,伴着叮咚的驼铃声,正缓缓行进在浩瀚的沙漠戈壁上,要抵达大唐的西部边陲——安西。张籍诗中的"白练",指的是白色熟绢,也可以指代唐代色彩绚丽、图案新颖、做工精美的丝绸品。

四

汉唐以来由东向西的三条通往西域的道路,[①] 无不是沙漠连着沙漠,形成绵延数千里的瀚海奇观:库布齐沙漠、毛乌素沙漠、乌兰布和沙漠、腾格里沙漠、巴丹吉林沙漠、罗布泊、库姆塔格沙漠,直至今天新疆的塔克拉玛干沙漠。这些沙漠大部分为移动沙漠,风来沙走,漫天黄尘,而且多为不毛之地,干旱异常,经年不见绿色,非有骆驼不能度越。20世纪的考古发掘中,在洛阳、西安、宁夏、山西、新疆出土了大量的骆驼俑、载丝骆驼俑以及部分印有骆驼图案的丝锦,为我们研究骆驼在丝绸之路上的重要作用提供了珍贵实物,其中又以唐代为最有特色,特择其要而分述之。[②]

[①] 高建新:《"丝绸之路"的开拓与"胡文化"的输入》,《阴山学刊》2013年第6期。
[②] 本文关于出土骆驼俑的解读文字,主要来自于所藏博物馆的展品说明及其网站介绍;所列文物,多数为笔者亲往实地参观所见,特此说明。

"陶卧驼",高24.7厘米;1981年山西太原娄睿墓出土,唐前陶塑骆驼就已出现。这件随葬于北齐重臣娄睿墓中的陶卧驼,就是相当精美的一件。它背负着重重的货物,卧伏于地,昂首嘶鸣,似欲站起,身上还用黑红两色涂绘。造型逼真,比例准确,姿态生动,实为一件艺术珍品。

图1 (北齐)"陶卧驼"(山西考古研究所藏)

"盘绦胡王锦",长19.5厘米、宽15厘米。1964年吐鲁番阿斯塔那第18号墓出土。覆面面心。经绵,经二重夹纬平纹组织。黄色地,显红、绿等色花纹。主花为宽带联珠纹圈,内填正、倒相对的两组执鞭牵驼图,"胡王"两字布于人驼之间。牵驼者穿紧袖束腰长衣,驼的双峰间铺以花毯,表现了往来于"丝绸之路"上的胡商驮队情景。织锦质地厚重,色泽配置甚为浓艳,是为西域兄弟民族或外销专门纺织的锦。

图 2　(隋)"盘绦胡王锦"(新疆博物馆藏)

"三彩釉陶载物卧驼",高 29.1 厘米,长 45 厘米,2002 年西安市长安区郭杜乡第 31 号唐墓出土。卧驼尾巴上翘,曲跪卧地,但仍在昂首嘶鸣,双峰间衬着鞍鞯,上面搭有成匹的丝绢和两根洁白的象牙。驼峰两侧悬挂着凤首壶,"很有可能是胡人在商旅途中的饮酒或者饮水用具"。① 此驼造型生动,色彩鲜亮,新鲜如初,是三彩驼中的精品,真实地再现了丝绸之路上对外贸易的景象。

"绿釉载丝骆驼",高 49 厘米,长 49.5 厘米,造型古拙,沉稳有力,头、颈、前腿有浓密的驼毛,驼背两侧有驮货夹板,上有素面驮包,驼峰高耸,双峰间搭有扭成捆的生丝。所驮货物高高地垒积在驼背上,已超过

---

① 胡朝辉:《唐代三彩凤首壶与丝绸之路》,《北京日报》2016 年 4 月 8 日第 16 版。

图 3 （唐）"三彩釉陶载物卧驼"（西安博物院藏）

了骆驼的头顶，显示了骆驼超常的负载能力。

图 4 （唐）"绿釉载丝骆驼"（洛阳博物馆藏）

"三彩骆驼"，高 88 厘米，长 78 厘米，1981 年龙门安菩夫妇墓出土。"三彩骆驼"体形高大，神气十足，呈向前行进状，脚步稳健有力，颈向上弯曲,头昂扬,正在张口嘶鸣;背上垫花毯,双峰间搭有兽面驮囊,囊的前后有丝绢,丝绢两头分别系有小口瓶、凤首壶、干粮和肉块儿,由此可知路途之遥远。这只峰色彩鲜艳、造型优美的驮丝骆驼,生动形象地再现了唐代"丝绸之路"贸易的情形。

图 5　(唐)"三彩骆驼"(洛阳博物馆藏)

"三彩釉陶单峰驼",高 82 厘米,长 70 厘米,1970 年咸阳契苾明墓出土。在唐三彩中,双峰驼比较常见,单峰驼则至为罕见,原因是双峰驼产于亚洲寒冷沙漠地区,主要分布于唐代的北方和西北地区,如今天的内蒙古、宁夏、甘肃、新疆以及蒙古国一带。单峰驼,又称阿拉伯驼,产于非洲和亚洲阿拉伯炎热沙漠地区以及印度北部干旱平原,主要分布于北非、西亚,《大唐西域记·信度国》卷十一:"橐驼卑小,唯有一峰。"[①] 古代信度国的领域,相当于今天的巴基斯坦旁遮普省南,属于西亚。此单峰驼为低温铅釉陶,高岭土胎,立于踏板之上,姿态雄壮,张口露齿,作昂首

[①] (唐)玄奘、辩机:《大唐西域记校注》(下),季羡林等校注,中华书局 2000 年版,第 928 页。

嘶鸣状。驼顶、颈部、前腿跟部做成凹凸不平的驼绒状。此驼制作精美，釉色光亮，保存完好，为国内罕见，由此证明唐代的"丝绸之路"通往西亚、北非及撒哈拉沙漠以北的广大区域是不成问题的。

图6 （唐）"三彩釉陶单峰驼"（咸阳博物馆藏）

郭璞《山海经图·橐驼赞》说："驼惟奇畜，肉鞍是被。迅骛流沙，显功绝地。潜识泉源，微乎其智。"[1] 就骆驼对人类的贡献而言，无论用什么样的语言描述、赞美都不会过分。历代精美的骆驼造型，都证明了人们对骆驼的无言赞美。"唐代骆驼的塑造渗透了对现实生活的歌颂和向往，而不仅仅是简单的形象再现；它们或大步行走，或引颈长啸，表现出勇敢

---

[1] （宋）李昉：《太平御览·兽部十三·橐驼》（第八册），孙雍长等校点，河北教育出版社1994年版，第211页。

坚韧的精神，有的凄惨悲壮，像是对险象环生的恶劣自然进行着抗争。骆驼上的货袋，常常装饰着一个很大的兽头，像虎头；驼囊上的怪兽形象未必是虎，有多种不同的样式。如果对骆驼的出现、演变、形象、组合特征、兴盛和消亡的时间做系统考察，唐人对骆驼的热烈赞美无疑暗示着对漫漫丝路象征的歌颂。"①

值得注意的是，今天我们看到的唐墓出土的三彩骆驼，多数作昂首嘶鸣状，这从一个方面说明了唐人在骆驼身上寄寓了自己的人生理想和渴望走向远方的不安与振奋。从张祜《雁门太守行》中的"驼囊泻酒酒一杯，前头滴血心不回"看，通常用来盛放货物的驼囊，有时候也用来盛酒，古丝路艰辛寂寞，需伴以酒。西安博物院所藏北朝"绿釉胡人饮酒俑"，也证明了这一点。

唐代骆驼的塑造精美绝伦，说明唐代工匠对骆驼这种牲畜的体形、性情已经非常熟悉，并在塑造时投入了真挚浓郁的感情，所以他们手下的作品才会如此生动传神，让人难忘。

五

丝绸之路是漫漫征途，绝无平坦之路可循，跋涉者须以人畜的尸骨为路标前行，一个脚窝紧连着另一个脚窝，一匹骆驼的头紧顶住另一匹骆驼的尾，沉稳而缓慢地向前。自丝绸之路开拓以来，不知有多少骆驼因生病或体力耗尽在途中悲壮地倒下，元人许恕有《病橐驼行》诗，格外牵人情肠、动人哀感：

西域紫驼高碑兀，不见肉峰惟见骨。
左顾右盼如乞怜，欲行不行还勃窣。

---

① 齐东方：《丝绸之路的象征符号——骆驼》，《故宫博物院刊》2004年第6期。

向来负重曾千斤，识风知水灵于人。

长鸣蹴踏塞北雪，矫首振迅江南春。

只今多病兼衰老，疮皮剥落毛色槁。

秋沙苜蓿三尺长，空向墙头龁枯草。

硉兀（lù wū），突出、不平的样子。勃窣（bó sū），匍匐慢行。春往秋来，在通往西域的漫漫征程中，背负千斤、"识风知水"的骆驼耗尽了自己的体力，瘦骨嶙峋，衰老多病，毛色斑驳，即使面对平日里的喜好的苜蓿也不能进食。最终，高大的骆驼倒下了，但尸骨不朽，成为指示人们前进方向的路标。《周书·异域下》："自敦煌向其国（高昌国——笔者注），多沙碛，道里不可准记，唯以人畜骸骨及驼马粪为验，又有魍魉怪异。故商旅来往，多取伊吾（今新疆哈密——笔者注）路云。"①《大唐西域记》卷一"大沙碛"条载："从此（窣堵利瑟那国，即今塔吉克斯坦西北之沙赫里斯坦——笔者注）西北，入大沙碛，绝无水草，途路弥漫，疆境难测，望大山，寻遗骨，以知所指，以记经途。"②《大慈恩寺三藏法师传》卷五载："又从此（泥壤城，今新疆民丰——笔者注）东入流沙，风动沙流，地无水草，多热毒魑魅之患。无径路，行人往返，望人畜遗骸以为幖帜。硗确难涉，委如前序"。③《通典·边防·西戎三》："从武威西北有捷路，度沙碛一千余里，四面茫然，无有蹊径。欲往者，不可准记，唯以人畜骸骨及驼粪为验。路中或闻歌哭之声，行人寻之，多致亡失，盖魑魅魍魉也。故商旅往来，多取伊吾路。"④ 这些成为路标的"骸骨""遗骨""遗骸"中，有一大部分是骆驼的遗骨，坚硬如胡杨，倒卧一千年不

---

① （唐）令狐德棻等撰：《周书》，中华书局1971年版，第915页。
② （唐）玄奘、辩机：《大唐西域记校注》（上），季羡林等校注，中华书局2000年版，第87页。
③ （唐）慧立、彦悰：《大慈恩寺三藏法师传》，孙毓棠、谢方校点，中华书局1983年版，第124页。
④ （唐）杜佑撰：《通典》，王文锦等校点，中华书局1988年版，第5205页。

死，依旧枝枝挺立，直指前路；又如暗夜里的明灯，照亮了风沙弥漫的丝绸之路，给在艰难中行进的人们带来生的希望。

  作为丝绸之路上最具活力的文学景观，无论诗人还是雕塑家，都在骆驼身上注入了浓浓的情感，倾心颂扬骆驼，因为他们一致认为：骆驼，是永不沉没的"沙漠之舟"，是从容遨游于沙海的"旱地之龙"；驼队，是万里沙海中唯一移动的风景；叮当的驼铃，奏响的是雄伟壮阔的文化交流进行曲。

齐鲁文学地理

八景诗歌的文学地理特点与创作动因

——以琅琊八景为例

徐玉如 高 振[*]

一

"八景",是中国比较普遍且有意义的景观,全国各地以"八"为数来概景,不胜枚举。为什么是"八景"而不是七景或者九景、十景,这是个很值得探讨的问题。"八"在我国自古就是一个寓意深刻的数字,其意义并不单单与我们今天所说的"发"谐音,把"八"看作"发",实际上是寄托了一种美好的愿望而已。上古时期结绳记事,数字就出现了,这是随着人类文明的诞生而产生的一种符号,融合了人们对现实现象和客观世界的探索和认识。随着人类文明的发展,数字既有记录数量和表示顺序的作用,同时还被赋予了不同的文化内涵。在不同文化中,数字蕴含了不同民族的民族心理、宗教观念以及文化差异。有的学者认为,从"八"的字形上看,上合下分,表示了分合关系的特点,进而引申为区别、区分构成整体的事物。如道教传说中虚构的"八仙";中国古代对乐器统称"八音";文学上有"唐宋八大家";柳宗元有《永州八记》……"八"字代表最多

---

[*] 徐玉如,山东临沂大学教授;高振,临沂市作家协会主席。

的是全方位和全面,包含了深刻的天地人互为融合的智慧。如"八方"代表所有方位;"八达"表示无所不到;神秘的"八卦"更是囊括了宇宙万物。"八"与日常生活也有密切的关系,"八"字形状给人以美感,如红军的八角帽,中山纪念堂呈八角形等。

外国也很重视"八"。古希腊人早在雅典风塔(公元1世纪)的平面图上就选用了八边形来寓意自然风和天象,其八边形有了宇宙的意义。凯尔特人、印度教徒及其他很多文化中的轮形图像都有八个棱角。基督教的洗礼盆也呈八角形,有再生的含义。莲花有八个花瓣,印度教神像肩头也有八个圆环,这都是吉兆的象征。

我们认为,除了上述观点之外,"八"发音是开口呼,易发音,发音时,嘴张得比较大,发音响亮清晰,给人印象深刻。另外,麻勇恒、张和平在《财富追求的文化表达——汉语境日常生活场域中对数字"8"的偏爱》一文中提出了比较新的观点:

> 对"8"在汉语境中与财富关联的文化逻辑解析还得从《周易八卦》中关于"8"的卦象说起。因为"8"在八卦中代表"坤"卦,其五行属"土"。在"五行"循环相生关系中,"火"生"土";"土"能生"金";"金"生"水";"水"生"木";"木"生"火"。更为重要的是,对一个以农业为生计根本的文化群体而言,"土"几乎能生万物,是财富的根源所在。也正是基于对土地作为财富根源的认知,使得对于中国人而言,土地既是一种自然资源,也是一种生产资源,大地不仅广博深厚,滋养万物,它还是生命最初的源头,它哺育、支撑和执掌着人类和生命。[①]

[①] 麻勇恒、张和平:《财富追求的文化表达——汉语境日常生活场域中对数字"8"的偏爱》,《凯里学院学报》2015年第2期。

这段论述从人们生活、生存的基本需求出发，探求"八"与土的关系，不无道理。古今中外，争来斗去，不都是围绕着土吗？有了土，就有财富，就能生存。没有土，就没有生活的必要条件。难怪人们这么重视"八"了。文学是以不同的形式（称作体裁）表现内心情感和再现一定时期或者一定地域社会生活的艺术，文学离不开特定的地理环境，地理环境离不开土，而"八"又与土的关系这么密切，那么文学与"八"的关系就不难理解了。从这个角度看，"八"的文学地理动因是很明晰的。"八"除了具有计算、计量的功用外，还传达着丰富的文化寓意，从这点来看，人们将各地特色景观的代表归纳为"八景"就不足为奇了。如从北京往南，著名的八景有"燕京八景""太原八景""关中八景""洛阳八景""潇湘八景""羊城八景"等，有老八景，还有新八景，这是特定历史时期的文化积淀，是千山万水的有机浓缩，既是人文景观与自然景观的融合，也是各地特有的名片。

　　"八景"起源于何时，由"八"怎么发展到八景，通常认为与道教有关。道教中"八景"的概念，有两种意义，一是指人的眼、耳、鼻、口、舌等主要器官。据《文昌大洞仙经》载："八景，八门者，身中所具之门户，为神气之所出入。"[①] 二是指八个最佳行道受仙时间里的气色景象，这八个时间分别是立春、春分、立夏、夏至、立秋、秋分、立冬、冬至，而与之对应的八景则分别是元景、始景、玄景、灵景、真景、明景、洞景、清景。由八时之景扩展到空间方位上的八方之景，以景观为主要内涵的八景就逐渐形成了。在《辞海》中对于"八景"是这样定义的："南宋人宋迪作潇湘八景图：平沙雁落、渔村落照、远浦帆归、烟寺晚钟、山市晴岚、潇湘夜雨、洞庭秋月、江天暮雪。一时观者留题，目为潇湘八景，"从此用规整的四个字的形式来归结景观的形式广为流传。

[①] 中国道教协会、苏州道教协会：《道教大辞典》，华夏出版社1994年版，第38页。

明代是"八景"文化普及并走向繁荣的重要时期。万历年间，明王朝为点缀升平，粉饰盛世，诏令各地定出"八景"上报朝廷。"八景"文化从此打上官方印记，这也是全国各地"八景"文化盛行的主要原因。一时间八景如雨后春笋，遍布九州。

　　随着"八景"的繁荣，配合八景产生了八景诗，这是对八景的阐释、赞美和宣扬，八景诗多以成组的方式出现，将景色的特点及表现的内容用诗句描述出来，成为一种广受人民大众喜爱的文学样式。

　　自然环境是创作灵感的催化剂。梁代刘勰在《文心雕龙·物色》中说："山沓水匝，树杂云合。目既往还，心亦吐纳。春日迟迟，秋风飒飒。情往似赠，兴来如答。"[1] 他认为，作者反复地观察景物，内心就有所抒发；而感情的抒发，是对自然的相赠；景物引起作者写作的灵感，像投赠一样，作者以情接物，这兴会的到来，就像得到了自然的酬答。作者与自然互相观照，刘勰将审美主客体的双向互动关系概括得颇为生动而富有诗意。八景诗的创作也是这种规律。滕子京曾说："天下郡国，非有山水取异者不为胜；山水非有楼观登临者不为显；登观非有文字称记者不为知；文字非出于雄才巨卿者不成著。"这就道出了景观与文学相辅相成的密切关系。

　　八景诗起源于何时，学术界也有不同的观点。有人认为苏轼的"虔州八境图诗"为八景之祖，有的认为米芾的"潇湘八景图诗序"是八景诗的起源。无论是哪种说法，八景诗是伴随着八景的产生而产生的，也随着它的繁荣成了一种独有的文学体裁。

二

　　临沂也有八景，因为临沂古为琅琊，故称琅琊八景，明代舒祥为此写了《琅琊八景诗》。舒祥，字维祯，黟县屏山村人，明代著名诗人。曾任

---

[1] （南朝梁）刘勰著，王运熙、周锋译注：《文心雕龙译注》，上海古籍出版社1998年版，第421页。

山东沂州训导,《明史·卷九十七志·第七十三》载：舒祥主纂《沂州志》四卷。在沂州期间,舒祥为沂州大好山水和秀美风光所倾倒,写下了《沂州赋》《琅琊八景诗》等著名诗赋,这就是文学地理的魅力。这些诗歌是刻在沂蒙大地上的历史的定格,呈现出鲜明的具有沂蒙特质的内容及艺术特色。《琅琊八景诗》如下：

苍山叠翠

好山面面削芙蓉,吐月摩云势更雄。
数叠好峰青列戟,几层晴嶂碧连空。
巍峨低视淮阴小,突兀高联泰岳崇。
日暮卷帘看映色,满天佳气雨濛濛。

苍山,今临沭县夏庄东北之山峦,山上林木葱茏,苍翠欲滴,随着山势起伏,层层叠叠,浓淡有致,故有"叠翠"之誉。苍山山上可瞰东海,前有窦王坟,后有秦王柱,中有石室,世传安期生、徐则升仙处。奇石千姿百态,造景形象逼真,特别是在细雨初停、雾雨掩映的气候环境下,山峰层层叠叠,苍苍茫茫,郁郁葱葱,极为雄伟壮观,故称为"苍山叠翠"。

诗歌先写山之美,山的各个侧面都很俏削,好像荷花一样,接着写其高,月亮从山上升起,与浮云相接,与山雾融为一体。第三句、四句紧扣题目写叠翠,山峰颜色青苍如排列的戟,如同屏障的山峰高接天空。作者一从形状上写,二从颜色方面描绘。第五句、六句继续写山之高,先是烘托,从巍峨的山上俯视,淮河显得非常渺小,接着直接写山之高峻与泰山山脉相连。最后写雨中的景象,这正是出现叠翠的极好的气象条件。诗歌描写苍山层峦叠嶂,高插云霄,云笼霞披,葱葱绿绿,笔法细腻。

神峰积雪

细认奇峰似为真，乱山高下叠如银。

冰封石窦流泉断，风搅林丛折竹频。

万木低斜无宿鸟，一歧平满少来人。

东君夜到知消息，开遍梅花几树春。

神峰山也称文峰山，在今兰陵县卞庄镇西北。山麓有季文子墓和祠，由于山峰高峻，冬季和初春，背阴处积雪一片，经久不消。夏季积雪消融，露出一片白石，犹如白雪皑皑，故称"神峰积雪"，这是文峰山独有的奇妙之处。

第一、二句写仔细看神峰，似乎不很真切，错落的山峰披雪如银。写得虚无缥缈，景色朦胧，给读者留下了想象的余地。接着写冰封石洞，山泉断流，林木、竹子都被大风吹弯了腰。有积雪，天气就冷，这是自然的道理，作者不直接写冷，而是用具体的物象来体现，显现了作者的写作技巧。第五、六句写人不来、鸟不飞，一派孤寂的景象。结尾笔锋一转，作者写春神来临，梅花报春，字里行间表现了冬去春来、新旧交替的一种哲理。

平野晓霁

苍苍微曙霭高台，几树桃花昨夜开。

疏柳啼莺三月届，断云迷雁九天来。

千门辟尽晨钟散，百役奔初晓漏催。

此际登临观下境，满城春色拥蓬莱。

平野晓霁的景观旧址在旧沂州州治后面的城墙上，原有平野亭，左临城楼，右接城曲，平野台为全城最高处，登临其上，眺望远方，可以外观祊、沂、涑等河景，内赏城中寺观、楼阁等美色。尤其在黎明，晨钟悠扬，曙光初现，登亭观赏，令人爽心悦目，故称"平野晓霁"。后历经沧桑，平野台早已坍塌，但晓霁中所描绘的迷人景色，随着大临沂、新临沂建设的脚步更加动人。"四季多景色，处处皆迷人"，是眼下的临沂城给我们的感受。

诗歌紧扣"晓"字开篇，晨中初晓，青黑色的雾霭笼罩着平野台，桃花在夜里刚刚绽放。作者将青黑色与红色交织在一起，冷暖相衬，色彩鲜明。接着写柳吐新芽，莺歌燕舞，高空的片云中传来了掉队的大雁的叫声。这第四句写得有声有色，视角从上到下，从远到近，景色宜人。第五、六句写伴随着晨钟的消散，各行各业的人们忙碌起来。这时候登上平野亭，满城春色尽在眼底，仿佛是被春色拥抱的蓬莱仙境。蓬莱素以"人间仙境"之称闻名于世，其"八仙过海"传说和"海市蜃楼"奇观享誉海内外。把当时的沂州城比作"蓬莱"，给人留下了丰富的想象余地。

普照夕阳

碧玉楼头日未沉，几家残照半城阴。
斜分宝刹千层影，光灿瑶龛百丈金。
归雁携云投北浦，啼猿迎月上东林。
柴门欲掩诗僧定，坐向闲庭抱膝吟。

普照夕阳景观在洗砚池北，原王羲之故宅。东晋王氏南迁，其故宅改为佛寺，唐代称为开元寺，北宋为"天宁万寿禅寺"，南宋为"普照禅寺"。寺内地势较高，建筑宏伟，每当夕阳西下，大殿的西山墙上，回光返照，红光熠熠，这实际上是光学的折射原理。透过普照寺西墙天窗的光线，照射在佛像身上，然后通过折射发散至四面八方，整个佛堂都被夕阳的余晖照亮，堪称奇观。

诗歌第一、二句写普照寺之高。太阳即将沉落，半座城池笼罩在一片昏暗之中，只有地势高的几家还有太阳的余晖。第三、四句紧扣题目，夕阳斜照庙宇，红光照耀佛寺，呈现层层叠叠的金光。诗歌的后半部分写出了闲逸的景致，回归的大雁伴随着彩云飞翔，悠游自在。僧人在幽静的庭院里抱膝吟诗，自适得所。经过风雨的沧桑，昔日的风景多年荡然无存。2002年4月，临沂市市委、市政府决定筹资对王羲之故居进行整修扩建，2005年5月26日，普照寺举行了隆重的落成典礼，千年古刹焕发出新的光彩，普照夕阳重新出现在人们面前，是临沂一道亮丽的风景线。

孝河凝冰

镇日东风鼓翠澜，长河吹遍水如乾。
银屏皎洁连川合，碎玉棱层映月寒。
堤畔鹭联飞始见，波心鱼隐钓犹难。
王祥一去千多载，留得冰模与后看。

孝河又称孝感河，位于兰山区白沙埠镇境内。这里是晋代孝子王祥的故里。据《晋书》记载，王祥非常孝顺，父母有疾，衣不解带，汤药必亲尝。继母朱氏有疾，想吃鲜鱼，但天寒冰冻，捕鱼困难，王祥解衣，欲用体温破冰，这时冰忽自解，双鲤跃出，持之而归。这就是广为流传的王祥"卧冰求鲤"的故事。"卧冰求鲤"是人们对王祥孝行的赞美。诗歌的前六句，作者描绘孝河的自然风光：寒冬，孝河凝冰，冰层就像银色的屏风，月光映照着碎玉般的河面，寒气袭人，时见鹭群起飞，严酷的冬季垂钓是困难的。这六句是为王祥捕鱼作了铺垫，最后是点题之笔，"王祥一去千多载，留得冰模与后看"，王祥虽然去世多年，但他高洁纯美的德行成为后人的楷模。前六句和后两句，转折自然，可谓水到渠成。

沂蒙大地，历史悠久，文化灿烂，以文明道德著称于世。二十四孝之中，就有七孝出自沂蒙，尽管在历史长河的进化进程中，形成了民主性精华和封建性糟粕共存的局面，但对后世的积极影响还是有目共睹的。敬老养亲是中华民族的优良传统和美德,有源远流长的深厚社会基础。沂蒙孝文化的动因是什么呢?首先是儒家仁孝思想的影响。沂蒙西有"孔孟之乡"的曲阜,受儒家思想影响很大,孔子贤子七十二中的仲由、原宪、澹台灭明等都是沂蒙人,孔子也曾登蒙山,并到郯国拜见郯子,求教"以鸟名官"之事,这些为儒家孝思想的传播,起到了很好的作用。其次是民风淳朴。一方水土养一方人。北方风土孕育了北方民族现实的思潮,南方水土孕育了南方民族浪漫的精神。沂蒙山区古称"四塞之崮,山货不出,外货不入",比较闭塞,区域性特征非常明显。这种峰峦叠翠、群山怀抱的自然环境,孕育了沂蒙人民的忠厚、善良和朴实。再者,善事父母,也是一种本性,是一种自然的感情,更是一种良心。正像孔子所说:"夫孝,天之经也,地之义也,民之行也。""人之行,莫大于孝。"羔羊跪乳、乌鸦反哺,动物尚且如此,何况人呢?孝顺父母是人的一种良心发现,父母养育子女,子女就应当孝顺父母,这是做人的基本的道德。"卧冰求鲤"的仁孝精神,今天仍有继承的必要。

沂水拖蓝

拖蓝曳练漾微波,百合泉来渐满河。

蒙谷雪消苍泽长,祊田雨后翠涛多。

青含冷雨沿堤树,绿锁寒烟近水莎。

但见渔舟随处落,不妨风浪夜如何。

沂水为山东省第一大河,发源于沂源县鲁山南麓,一路穿山越岭,峰回路转,流经临沂,水已经变清。祊、涑水源在临沂西,夹杂大量的泥土,水是浑浊的。两水在今临沂三河口汇流后,清浊分明,一片黄色水流之中,夹带一条清澈的水流,恰似拖着一条蓝色彩带,缓缓而流,经久不混。故称"拖蓝",其景观在今天三河口之南。

诗歌纯以写景为主,雪后、雨后,沂河波涛汹涌,河水滋润着万物,作者用青、绿写出了生机盎然和宁静之感。最后写打鱼的日夜辛劳，表现了忧民的情怀。

泥沱月色

夜半银蟾印碧流，澄澄波底一轮秋。

分明水府开金镜，仿佛天河浸斗牛。

宿雁不惊矶上客，潜鱼还避渚边鸥。

渔郎隔岸相呼语，尽是芦花暗钓舟。

泥沱湖原在临沂城南 9 千米处，中有园洲，夏秋菱荷并茂，夜月沉舟，洲上微风四来，香气拂人，皓月当空，静影沉璧，宛如仙境，俗称泥沱月色。民国初年，湖底日渐淤浅，变成一片水洼地。1992 年，罗庄镇党委以泥沱湖原址为中心，开发了占地约 100000 平方米的双月湖景区，将"泥沱湖"更名为"双月湖"，成为罗庄区的标志性景点。

诗歌的前四句写泥沱湖里的月光莲影。水月相映，是一大美景，景色如杜牧的"烟笼寒水月笼沙"及苏轼的《赤壁赋》中的景色。特别是夜间，银色的月光映射在碧清的水流中，清澈的水波中现出了一轮秋月，水天一色，波光粼粼，一派宁静祥和的气氛。诗歌的后四句写湖上风光。先写了雁、鸥，这是水边特有的动物，接着写人，芦苇荡里传来了打鱼郎的问候、嬉笑，表现了闲适的景象。作者的手法由显到隐，从上到下，由静到动，与王维《山居秋暝》一诗的意境非常相似。

野馆汤泉

汤山山下涌汤泉，溅喷珠玑颗颗圆。

半亩聚来清澈底，一泓深处碧涵天。

风狂暂失池心月，气热长生水上烟。

春雨正多还溢出，满沟环珮振潺湲。

野馆汤泉景观位于临沂市河东区汤头镇驻地北部，左依汤山，右临汤河，乃天然温泉，是省内外有名的疗养胜地。《临沂县志·湖泉》载："汤泉，城东北汤山西，水从石罅横出，砌石为池，热如沸汤，一名汤泉。"一年四季，前来沐浴者络绎不绝，尤以清明佳节为最盛。但温泉十分简陋，只筑有野馆以避耳目、别男女，因此称为"野馆汤泉"。

  作者先从形入笔，温泉喷珠溅玑，一泓碧波倒映蓝天。珠、玑喻水，天光云影倒映在水中，极写水之晶莹、清澈。后半部分写声，满沟环佩振潺湲，春雨正多，"闻水声，如鸣珮环"，清脆悦耳。诗歌有形有声，引人入胜。

三

  我们分析的上述八景诗歌的内容不外乎两大类，一类是写景咏物诗，如"苍山叠翠""神峰积雪"等；另一类是咏史抒怀诗，如孝河凝冰等，这种独有的文学体裁和作品是在特殊的地理环境和文学地理景观的作用下写成的，带有鲜明的地域特色。"八景"是各种文化景观的精华与萃取，是千山万水的有机浓缩，是一个既有人文景观又有自然景观的丰富的文化载体。它是人类认识历史、了解文化的重要渠道。对于作者来说，八景是创作的媒介和催化剂，这种特有的审美对象激发了创作动机。配合八景创作的八景诗歌，显现了高度的艺术概括，它熔铸了作者的人生理想和审美理想，是对"八景"诗意化的解释。八景诗携带了特定的文学地理信息，是当地的一张文化名片。可以说八景诗与八景是相互依存、相互衬托的双面体。

  星移斗转，桑田沧海，随着历史的变迁和朝代的更替，琅琊八景中的一些景观已经不复存在，有的已经失去了原有的景观文化价值。但是其中一些具有积极意义的人文精神对于今天的生态文明建设仍有促进作用，一些景观的美学价值对于旅游开发仍有不可小觑的意义。大部分景观还有其丰富的社会文化内涵和突出的美学价值，即使被历史淹没，也仍然能带给人们丰富的想象空间。那每块布满青苔的砖瓦，每一件残存的饰件，都在诉说着历史和社会的发展，给人以深思与启迪。培根曾经说过：艺术是人和自然相乘。艺术因为回归自然而富有灵性，自然也因艺术的渲染而更添生机。八景及八景诗歌的意义是不过时的。

　　研究八景诗歌，是对历史的认知，是了解民族文化、地域文化、历史文化的过程，也是弘扬我国传统文化的一个举措，显示了高度的文化自信。正如杜华平在《文学地理学的突围与概念体系的建构》中所说："文学景观的生成，从本质上是文学家的精神生命，或者他们的精神创造成果，以地理的形式固化为物质文化遗产的过程。所以，文学景观的生成，从某种程度延长了文学家的精神生命，这是文化实现不朽的方式之一。因此，研究文学景观也应是文学地理学的题中应有之义。"[①]

---

① 杜华平：《文学地理学的突围与概念体系的建构》，《临沂大学学报》2016 年第 3 期。

关于《水浒传》气候、地理描写问题的再思考*

纪德君

一 引言

研究《水浒传》的学者，早就发现它在描写长江以北的时令气候、地理方位时出现了不少错误。例如，它竟然将林冲雪夜上梁山写成了"仲夏夜泛舟"，将河北蓟州的冬天写成了"江南的暖冬"，并且水浒好汉们还经常走错路、绕远路，如史进离开华阴县，去延安寻找师傅王进，应当北上，可他竟一路向西走到千里外的甘肃渭州；宋江自山东郓城流放江西江州，已南下走了一日，居然说"我们明日此去，正从梁山泊边过"，实际上，梁山泊是在郓城北边。诸如此类的错误，不下数十处。[①]为什么会出现这类错误？有人认为，这是由于作者不了解北方气候、地理状况导致的，作者是南方人，对钱塘江一带的气候物象、地理态势的描写倒是真实、准

---

* 本文系国家社科基金重点项目"中国古代说唱文学文献资料辑释与研究"（16AZW006）的阶段性成果，作者为广州大学新闻与传播学院教授、广府文化研究中心研究员。

① 参见马幼垣《水浒论衡》，高原、董红钧译，生活·读书·新知三联书店 2007 年版，第 167—174 页；马成生《杭州与水浒》，中央文献出版社 2009 年版，第 68—84、102—105 页。

确的,因此他应该是"钱塘施耐庵"。① 也有人认为,所谓《水浒传》作者对北方地理情况不熟悉的说法不能成立,因为作者的描述也有许多是正确的,其出错的地方往往是出于情节建构的需要而有意为之。② 还有人认为,《水浒传》之所以出现地理与气候描写的错误,与《水浒传》成书的特殊性有关。《水浒传》是在民间说书的基础上形成的,它基本上出于评书艺人和书会才人之手,"须知评书艺人和'书会才人'的地理知识和气候物象知识有限,而说书艺人、书会才人对风、花、雪、月、水、火、寺庙、宫殿建筑等,都有一套说词、韵文,随时演说出来,而不问它们是否适合于规定情境;他们又要把不同故事编织在一起,因此《水浒》在这些方面出现错误,在所难免"。③ 不过,持此论者较少做具体的论析,因此又有人指出,"这种'通论'对《水浒传》中许多地理态势描写的方位舛错与气候物象描写的季节颠倒,却并不适用"。④ 由此看来,学术界对如何看待《水浒传》中气候、地理描写错误的问题,尚存在较大的争议。笔者倾向于从民间说书的角度来解析这一问题,毕竟《水浒传》是从书场走向案头的,它在气候、地理描写方面出现的问题应该与说书有关。我们可以根据对说书人口头创作特点的认识,适当借鉴西方的口头程式理论来系统地考察、阐析《水浒传》对时令气候、地理环境的描写及其存在的问题。

二 口头叙事与气候描写的失当

20世纪20—60年代,美国学者米尔曼·帕里和艾伯特·洛德师徒二人共同创立了"帕里—洛德理论",又称"口头程式理论"。该理论指出,

---

① 马成生:《"让〈水浒传〉自己来指认"——关于〈水浒传〉的作者》,《济宁学院学报》2012年第1期。
② 刘华亭:《〈水浒传〉梁山附近的地理描述》,《济宁学院学报》1998年第5期。
③ 陈辽:《〈水浒〉作者施耐庵之谜再解》,《盐城师范学院学报》2012年第6期。
④ 马成生:《不是"虚假",也非"仅仅"——读〈水浒作者施耐庵之谜再解〉》,《盐城师范学院学报》2015年第6期。

口头史诗的创编主要依赖程式化的套语、话题与故事形式来进行的。① 该理论对解读基于口头传统而形成的叙事文本，具有明显的普适性和较强的阐释力，因而被称为口头诗学的"圣经"。当代阐释这一理论的美国学者约翰·迈尔斯·弗里指出，该理论"已经决定性地改变了理解所有这些传统的方式。通过帮助那些沉浸在书写和文本中的学者们，使他们通过对民族和文化的宽阔谱系形成总体性认识，进而领会和欣赏其间诸多非书面样式的结构、原创力和艺术手法，口头理论已经为我们激活了去重新发现那纵深有持久的人类表达之根"。②

《水浒传》是基于民间的口头叙事传统而形成的小说文本，这一点是毋庸置疑的。当我们借鉴"口头程式理论"来观照《水浒传》时，就会发现书中确实存在大量的植根于口头传统的程式化表达方式，它们体现的是"非书面的结构、原创力和艺术手法"，因而是不能简单地以"文人书面创作"的思维来阐释的。就《水浒传》中的时令气候描写而言，这些描写就多半是用程式化的套语进行的。③ 请看它对黄昏的描写：

　　山影将沉，柳阴渐没。断霞映水散红光，日暮转收生碧雾。溪边渔父归村去，野外樵夫负重回。（第三回）

　　山影深沉，槐阴渐没。……落日带烟生碧雾，断霞映水散红光。溪边钓叟移舟去，野外村童跨犊归。（第五回）

再看《水浒传》中散说部分对大雪天气的描写：

　　正是严冬天气，彤云密布，朔风渐起，却早纷纷扬扬卷下一天大

---

① ［美］约翰·迈尔斯·弗里、朝戈金：《口头程式理论：口头传统研究概述》，《民族文学研究》1997年第1期。
② ［美］约翰·迈尔斯·弗里：《口头诗学：帕里—洛德理论》，社会科学文献出版社2000年版，第5页。
③ 本文征引的《水浒传》原文，皆出自明万历间《水浒传》容与堂一百回本，该书由李永祜校点，中华书局1997年版。

雪来。(第十回)

林冲与柴大官人别后,上路行了十数日。时遇暮冬天气,彤云密布,朔风紧起,又早纷纷扬扬下着满天大雪。(第十一回)

连日朔风紧起,四下里彤云密布,又早纷纷扬扬飞下一天瑞雪来。(第二十四回)

是日北风大作,冻云低垂,飞飞扬扬,下一天大雪。(第六十五回)

上述这种程式化的韵文、套语的重复使用,在文人个体书面创作的作品中是很罕见的,但它却是口头叙事文学的惯例。在口头文学创编中,艺人往往不是靠死记硬背来驾驭其所说的故事,尤其是长篇故事,他只需要把握其所说故事的情节梗概,积累一定数量的描绘场景、环境(包括气候状况)等方面的韵文、套语,便可以在书场即兴说唱时根据人物、时空的转换,灵活地套用。既然如此,《水浒传》中出现的时令气候描写,往往就不是为小说中某个具体情节"量身定做"的,而只是借用说唱领域中流行的韵文程式或陈词套语随口敷演的,因此我们不必视之为实景描绘,否则就会造成误读或曲解。

在研究《水浒传》的诗词韵语时,我们还可以不时发现《水浒传》在韵文套语的使用上与早期其他说部多有雷同或重复之处,请看下表。

序号	描写内容	《水浒传》	其他小说
1	大雪	《水浒》第十回,林冲道:"你们快去救应,我去报官了来。"提着枪只顾走。那雪越下的猛,但见:凛凛严凝雾气昏,空中祥瑞降纷纷。须臾四野难分路,顷刻千山不见痕。银世界,玉乾坤,望中隐隐接昆仑。若还下到三更后,仿佛填平玉帝门。	宋元话本《郑节使立功神臂弓》:却早腊月初头,但见北风凛冽,瑞雪纷纷,有一只《鹧鸪天》词为证:凛冽严凝雾气昏,空中瑞雪降纷纷。须臾四野难分别,顷刻山河不见痕。银世界,玉乾坤,望中隐隐接昆仑。若还下到三更后,直要填平玉帝门。

续 表

序号	描写内容	《水浒传》	其他小说
2	大雪	《水浒》第二十四回:连日朔风紧起,四下里彤云密布,又早纷纷扬扬飞下一天瑞雪来。怎见得好雪？正是: 尽道丰年瑞,丰年瑞若何？ 长安有贫者,宜瑞不宜多。	《三遂平妖传》第二回:时逢仲冬,彤云密布,朔风凛冽,纷纷洋洋下一天好大雪。怎见得这雪大？正是: 尽道丰年瑞,丰年瑞若何？ 长安有贫者,宜瑞不宜多!
3	秋末冬初景色	《水浒》第二十二回:柄柄芰荷枯,叶叶梧桐坠。蛩吟腐草中,雁落平沙地。细雨湿枫林,霜重寒天气。不是路行人,怎谙秋滋味。	宋元话本《山亭儿》:柄柄芰荷枯,叶叶梧桐坠。细雨洒霏微,催促寒天气。蛩吟败草根,雁落平沙地。不是路迷人,怎知这滋味。
4	黎明	《水浒》第十四回:北斗初横,东方渐白。天涯曙色才分,海角残星暂落。金鸡三唱,唤佳人傅粉施朱;宝马频嘶,催行客争名竞利。牧童樵子离庄,牝牡牛羊出圈。几缕晓霞横碧汉,一轮红日上扶桑。	宋元话本《西湖三塔记》:北斗斜倾,东方渐白。邻鸡三唱,唤美人傅粉施妆;宝马频嘶,催人争赴利名场。几片晓霞连碧汉,一轮红日上扶桑。 宋元话本《郑节使立功神臂弓》:玉漏声残,金乌影吐。邻鸡三唱,唤佳人傅粉施珠;宝马频嘶,催行客争名夺利。几片晓霞飞海峤,一轮红日上扶桑。
5	夜晚	《水浒》第二十一回:(宋江)看看天色夜深,只见窗上月光。但见: 银河耿耿,玉漏迢迢。穿窗斜月映寒光,透户凉风吹夜气。雁声嘹亮,孤眠才子梦魂惊;蛩韵凄凉,独宿佳人情绪苦。谯楼禁鼓,一更未尽一更催;别院寒砧,千捣将残千捣起。画檐间叮当铁马,敲碎旅客孤怀;银台上闪烁清灯,偏照离人长叹。贪淫妓女心如铁,仗义英雄气似虹。	《三遂平妖传》第十九回:文招讨在帐中忧虑,不觉天色夜深。但见: 银河耿耿,玉漏迢迢。穿营斜月映寒光,透帐凉风吹夜气。雁声嘹亮,孤眠才子梦魂惊;蛩韵凄凉,独宿佳人情绪苦。军中战鼓,一更未尽一更敲;远处寒砧,千捣将残千捣起。画檐间丁当铁马,敲碎士女情怀;旗幡上闪烁青灯,偏照征人长叹。妖邪贼侣心如蝎,忠义英雄气似虹。

续 表

序号	描写内容	《水浒传》	其他小说
6	狂风	《水浒传》第二十三回:无形无影透人怀,四季能吹万物开。 就地撮将黄叶去,入山推出白云来。	宋元话本《洛阳三怪记》:无形无影透人怀,四季能吹万物开。 就地撮将黄叶去,入山推出白云来。 宋元话本《陈巡检梅岭失妻记》:无形无影透人怀,二月桃花被绰开。 就地撮将黄叶去,入山推出白云来。 宋元话本《西山一窟鬼》:无形无影透人怀,二月桃花被绰开。 就树撮将黄叶去,入山推出白云来。

《水浒传》与其他说部之间,之所以会出现诗词韵语等使用的雷同、重复现象,主要是由于它们都源自民间说唱传统,都经过民间说唱的孕育,都是因说书艺人相互影响、彼此取鉴,在讲、说不同故事时,遇到类似的情境,就将程式化的诗词韵语拿来套用导致的。这种套用即使符合其所写情境,也难免笼统含糊,有时则词不达意,甚或阴差阳错。

有鉴于此,我们再来审视《水浒传》中气候描写出现错误的主要例子,就不至于拘文牵义、坐实而论。先看《水浒传》第十一回中对雪天梁山水泊的描绘:

林冲看时,见那八百里梁山水泊,果然是个陷人去处。但见:山排巨浪,水接遥天。乱芦攒万万队刀枪,怪树列千千层剑戟。濠边鹿角,俱将骸骨攒成。寨内碗瓢,尽使骷髅做就。剥下人皮蒙战鼓,截来头发做缰绳。……战船来往,一周回埋伏有芦花;深港停藏,四壁下窝盘多草木。断金亭上愁云起,聚义厅前杀气生。

这一整段韵文,用的就是说书艺术中常见的陈词套语,它描绘的多不是实有之景，譬如"濠边鹿角，俱将骸骨攒成。寨内碗瓢，尽使骷髅做就。剥下人皮蒙战鼓，截来头发做缰绳"，这些岂能是望中所见？因此，我们对它所写的"山排巨浪，水接遥天"，也不必较真。说书人只不过是想渲染梁山水泊的凶险、恐怖气象，所谓"断金亭上愁云起，聚义厅前杀气生"，只是他在搬用描写大江的陈词套语时有点粗枝大叶，导致其描绘不合时令。

再看《水浒传》第四十六回所写的"大闹翠屏山"，当时是冬季，可杨雄眼中的翠屏山却是：

> 远如蓝靛，近若翠屏。涧边老桧摩云，岩上野花映日。漫漫青草，满目尽是荒坟；袅袅白杨，回首多应乱冢。一望并无闲寺院，崔嵬好似北邙山。

这里用的依然是程式化的韵文套语，如果以为这是人物眼中所见的实景，那么除非乘飞机鸟瞰，才能进行这种全方位的扫描。实际情形，恐怕是说书人讲到了"翠屏山"，于是就在"翠屏"二字上即兴发挥，将其烂熟于胸的写山套语，随口搬用到对翠屏山的描绘上，只是他在搬用时忽视了时令。因此，我们似可不必嘲笑说书人不懂气候常识。

杨雄杀了潘巧云，与石秀赶到祝家庄，约莫十二月底，又是天寒地冻时节，但时迁偷鸡，与店小二发生争执，结果从店里竟冲出数名"赤条条的"大汉！随后宋江攻打祝家庄，先锋李逵也是脱得"赤条条的"，抡斧冲杀。有论者就讥笑，难道他们就不怕被冻成冰棍？可实际上，"赤条条"在《水浒传》也是被反复使用的套词。请看下列例子：

> 只见一个胖大和尚，赤条条不着一丝，骑翻大王在床面前打。

（第五回）

> 众人拿着火，一齐将入来。只见供桌上赤条条地睡着一个大汉。

(第十三回)

　　只见一个胖大和尚，脱的赤条条的，背上刺着花绣……见了杨志，就树根头绰了禅杖，跳将起来，大喝道："兀那撮鸟，你是那里来的？"（第十七回）

　　这三个好汉一同花荣并小喽罗，把刘高赤条条的绑了，押回山寨来。（第三十四回）

　　那梢公睁着眼，道："老爷和你耍甚鸟！……你若要'馄饨'时，你三个快脱了衣裳，都赤条条地跳下江里自死！"（第三十七回）

　　李逵忿怒，赤条条地，拿了截折竹篙，上岸来赶打，行贩都乱纷纷地挑了担走。……李逵回转头来看时，便是那人脱得赤条条地，匾扎起一条水裩儿，露出一身雪练也似白肉……（第三十八回）

　　又见十字路口茶坊楼上一个虎形黑大汉，脱得赤条条的，两只手握两把板斧，大吼一声，却似半天起个霹雳……（第四十回）

　　这里李逵当先轮着板斧，赤条条地飞奔砍将入去。（第四十回）

　　那贼秃……被石秀都剥了衣裳，赤条条不着一丝。（第四十五回）

　　只见店里赤条条地走出三五个大汉来，迳奔杨雄、石秀来。（第四十六回）

　　先锋李逵脱得赤条条的，挥两把夹钢板斧，火刺刺地杀向前来。（第四十七回）

由以上各例可知，当说书人描写杀人放火、打斗厮杀等场景，想要渲染一种狂放不羁、粗蛮凶悍的原始野性时，就很喜欢使用"赤条条"这个词；而这个词也确实容易在听众的脑海中唤起一种画面感，让其觉得刺激、谐谑、痛快淋漓。只是说书人在用"赤条条"这个词进行恣意渲染时，他没有太在意天寒地冻时，其所说人物是否适合脱得"赤条条"的。因此，我们也就不必以之为据来证明《水浒传》作者不了解北方冬天的天气。

《水浒传》第五十三回还写到戴宗与李逵入蓟州二仙山去寻找公孙胜，当时也是冬日，可是他们竟然也看到了这样的景致：

  青山削翠，碧岫堆云。两崖分虎踞龙蟠，四面有猿啼鹤唳。朝看云封山顶，暮观日挂林梢。流水潺湲，洞内声声鸣玉珮；飞泉瀑布，洞中隐隐奏瑶琴。若非道侣修行，定有仙翁炼药。

毫无疑问，这里的描写用的也是程式化的套语，所谓"虎踞龙蟠""猿啼鹤唳""朝看""暮观"云云，无外乎是为了渲染二仙山的神奇非凡，它们怎么可能是戴宗、李逵当时在山脚下见闻的实景呢？后来，两人来到罗真人的住处，又见：

  半空苍翠拥芙蓉，天地风光迥不同。十里青松栖野鹤，一溪流水泛春红。疏烟白鸟长空外，玉殿琼楼罨画中。欲识真仙高隐处，便从林下觅形踪。

这些诗词韵语，显然也不是为了特定的故事情节量身定做的，而是随口搬用的陈词套语。因此，对于"流水潺湲""飞泉瀑布""一溪流水泛春红"一类的描绘，我们不必过于较真，更不宜以此嘲笑作者不了解北方冬天的季候特征。

一般说来，上述《水浒传》中这些描写时令气候出现的差错，在文人书面独创的小说中是极少见的。文人书面创作，通常都会考虑环境是否与情节吻合，节令与物象等在细节上是否有出入，这样留心推敲、斟酌，便可以尽量避免情节与气候描写脱节、细节上有舛错等毛病。例如，金圣叹在评改《水浒传》时就将上述描写时令景色的诗词韵语都删除了，并纠正了一些散文叙述时令出错的地方。《水浒传》第二十六回写武松出差归来，"去时新春天气，回来三月初头"。可实际上武松是在去年十二月离开阳谷县的，因此金圣叹将"新春"改成了"残冬"。第三十回写武松被诱入张都监府,当时是七月初,"荏苒光阴,早过了一月之上。炎威渐退,玉露生凉,金风去暑,已及深秋"。从七月初再加一月之上,应当是八月初,不宜说是"深秋",所以金圣叹改为"新秋"。书面评改自然可以尽量减少季候描写的舛误,但是在说书场中,说书人在讲到故事发生的季候时,往往都是利用其事先储备的一些陈词套语来顺口套用,虚应故事,是否季候颠倒,他们是不太在意的;他们在意的主要是故事本身是否精彩,能不能扣人心弦,而听众的兴奋点也主要集中在听故事上。另外,现场说书又是快速推进、一遍即过的,说书人有时候说到后边,就可能忘了前边是怎么交代季候的了,或者说书人在随口渲染氛围时忽视了气候与物种的对应,从而导致前后不一致,物候描述出现反常等,这都是常有的事情。比如,《水浒传》第五十五回说到呼延灼率军讨伐梁山,说书人只是顺口交代"此时虽是冬天,却喜和暖",但在说到"大破连环马"时,他似乎忘记这是冬季了,所以也就没考虑地面是否会上冻、打滑,适不适合大摆连环马的问题了。又如第四十一回,说书人在说到宋江率众攻打无为军时,随口点出:"是时正是七月尽天气,夜凉风静,月白江清,水影山光,上下一碧。"这些套语都是平时描写月夜时用惯了的,可是他没想到既然"月尽",夜晚哪里还会"月白江清"?这些错误多半都是程式化描写带来的问题,如果不了解口头说唱文学的创编特点,一味地把它们当作文人书面独立创作的产物来加以阐释,就难免会得出作者是南方人,对北方的气候状况一点都不了解的结论。

三 "聚合式"成书与地理描写的错位

《水浒传》在描写长江以北的地理方位时也出现了不少错误。这些错误也被有的论者拿来作为《水浒传》作者是一个不了解北方地理状况的南方人的证据。实际上,这些错误的产生多半与《水浒传》"聚合式"的成书过程与情节建构的方式等密切相关。

根据史书记载，历史上的宋江起义行踪不定，时而淮南，时而京东、河北，时而齐魏，时而楚州、海州，并转掠十郡，到过太行山、梁山泊等地。这便导致宋江故事的分地域流传，在京东的注意梁山泊，在京西的注意太行山，在两浙的注意平方腊，并且各地还各有其所喜爱的英雄，只是没有统系，存在不少地区差异。[①] 后来有好事者开始以梁山泊分支的宋江故事为核心来拼合其他分支的宋江故事，而在拼合时又较少或难以顾及地理问题，结果便导致地理上的一些差错。例如《宣和遗事》，一面写杨志卖刀杀人，在发配途中的黄河岸边被孙立所救，同往太行山落草；另一面又写晁盖等八人劫取生辰纲后，"邀约杨志等十二人，共有二十个，结为兄弟，前往太行山梁山泺去落草为寇"。[②] 梁山泊地处山东，太行山位居山西，中间有黄河相隔，该书把两支故事牵合在一起时，不仅没有注意地理上的问题，也没有顾及情理，因为杨志既已在太行山落草，又与晁盖素昧平生，怎么会突然应邀再去梁山落草呢？《水浒传》的叙事者已看出这个破绽，将《宣和遗事》中押送生辰纲的马县尉换成了杨志，再抹掉了太行山之说，改写了杨志的履历，这才把情节大体理顺了。

《水浒传》前七十回依然是以"聚义梁山"为核心来建构故事情节的，因此它在聚合其他分支的好汉故事时，势必要使这些故事与梁山泊的故事发生关联，而这样一来，有时就难免要做地理方位上的腾挪或改变，而不管是否符合实际的地理状况。

例如，第三十六回写宋江自山东郓城刺配江西江州，按地理方位，江州在郓城之南，梁山泊在郓城之北，宋江去江州怎么可能"正从梁山泊边

[①] 参见李玄伯《读水浒记》，《〈水浒〉评论资料》，上海人民出版社1975年版，第437页；石昌渝《中国小说源流论》（修订本），生活·读书·新知三联书店2015年版，第328—330页。

[②] 无名氏：《宣和遗事等两种》，江苏古籍出版社1993年版，第33页。

过"呢？可是，小说这样写分明是为了使此事与梁山泊发生关联，否则宋江刺配江州的事，梁山好汉如何得知？后面的故事又如何开展？至于是否合乎地理常识，这就不在叙事者考虑的范围内了。

又如，第三十九回写江州蔡九知府抓住了吟反诗的宋江，立即派戴宗到东京送信，戴宗也急于到东京找门路救宋江。从江州出发到东京，戴宗直接北上即可，根本无须途经在东京东北面的梁山泊。可叙事者为什么非要让戴宗绕路走梁山呢？究其用意，无非是要让宋江身陷囹圄之事被梁山好汉们得知，以便为江州劫法场预作伏笔。

《水浒传》中有不少类似的地理描写错误，细加分析，其实多半出于故事聚合与情节建构的需要。如第三回写史进离开华阴县史家庄，要到延安去找师傅王进，本该北上，可他却向西走到千余里的甘肃渭州，这不是错得离谱吗？可是小说这样写，乃是为了把本来在民间流传的相对独立的史进故事与鲁智深故事衔接在一起。如果史进不这样走，那他就遇不到鲁智深，如果遇到不到鲁智深，就难以从史进的故事自然地转换到鲁智深的故事上来。

小说第五回写鲁智深离开山西五台山文殊院，要去河南开封大相国寺，本来一直往南走便可到达，可他却莫名其妙地走到山东青州附近的桃花村，然后再去开封，差不多走了近千里的冤枉路。为何会出现这种错误？原来鲁智深、史进等人的故事，都属于太行山分支，现在要把他们的故事牵合到山东梁山泊分支的宋江故事中来，自然就要把他们的行动路线改挪到山东境内来，由此也就不顾因此而产生的地理方位的错误了。从情节安排的角度说，鲁智深不绕路来到青州的桃花村、赤松林、瓦罐寺，就不可能遇到小霸王周通、打虎将李忠和九纹龙史进，也就不会发生大闹桃花村、火烧瓦罐寺的故事了。

小说第十六回写杨志押送生辰纲，事先对梁中书说："今岁途中盗贼又多，甚是不好。此去东京，又无水路，都是旱路，经过的是紫金山、二龙山、桃花山、伞盖山、黄泥冈、白沙坞、野云渡、赤松林,这几处都是强人出没的去处。"据小说中所写可知二龙山、桃花山和赤松林都在青州境内,黄泥冈在济州境内,都属于山东地界。而生辰纲是从河北大名府押解到河南开封府,稍有地理常识的人都知道直接从北向南直下即可,完全没必要绕道山东再去开封。可叙事者却借杨志之口把山东地界的荒山野岭都挪到了大名府去开封的路上。这显然也是因为要把原属太行山分支的杨志故事牵合进山东分支的水浒故事导致的(前文已述)。有意思的是,书中在写黄泥冈景色时竟然又说"须知此是太行山",无意中留下了将两个不同分支的好汉故事扭合在一起的蛛丝马迹。从艺术角度看,杨志的话无非是要强调此去沿途凶险莫测,这也为此后将要发生的智取生辰纲故事设置了悬念。

小说第二十三回写武松离开河北沧州,去山东清河看望哥哥,可他居然越过清河东边,继续南下二百余里,来到阳谷。其实,这也是为了将景阳冈武松打虎故事嵌入《水浒传》所致。这个故事,元杂剧《折担儿武松打虎》等已经搬演,对塑造武松形象至关重要,所以叙事者将它嵌入了《水浒传》,却不管地理方位上是否会出现误差。

小说第三十九回写萧让、金大坚从济州出发,北上到泰安州岳庙写字、刻碑,本来无须拐向西北,路过梁山,再往东北去泰安的。小说这样写,也是为了让萧让、金大坚加入梁山泊阵营,因为他们是山寨发展急需的特殊人才,因此必须让他们走弯路经过梁山。

小说第四十四回写戴宗从梁山去蓟州,只要一路北上即可,可他在路上行了三日,竟然来到了梁山正东面的沂水县界。这当然又弄错了方向。不过,戴宗如果不绕路到沂水,他又如何会遇见杨林以及在饮马川落草的邓飞、孟康和裴宣?看来,戴宗此行也是为了将身在沂水的几位好汉网入梁山泊的队伍,因此让他绕路是必要的。

小说第六十一回写卢俊义要从大名府去泰山岳庙烧香,燕青说:"这一条路去山东泰安州,正打从梁山泊边过。"可实际上泰山在河北大名府正东,梁山泊在大名府东南,泰山在梁山泊东北。按燕青所说,从大名府出发,就要往东南走到梁山泊,然后再转向东北去往泰山,这不是大转弯,绕远路吗?可是如果不让卢俊义绕远路,那么又如何使卢俊义与梁山泊发生关联,并引出卢俊义上梁山的故事呢?

这样看来,以上这些地理描写出错的例子,其实多半都是由于《水浒传》的叙事者以山东梁山泊的水浒故事为核心来聚合其他地区流传的江湖好汉故事,想方设法使它们聚集到梁山泊这个核心导致的。这样做,从叙事建构上看,就使得本来分散在各地的好汉故事,被"逼上梁山"这根主线牵引、聚拢起来,形成了以"梁山"为情节走向的焦点叙事方式,使作品前七十回呈现"千岩万壑赴荆门"的结构态势。明乎此,也就不必再用现实的尺度去衡量《水浒传》中的地理描写,讥嘲《水浒传》作者不懂江北的地理态势了。

至于说《水浒传》为何在写平方腊故事时,涉及的地理方位描写都比较准确呢?如前文所述,平方腊属于江南分支的宋江故事,这个故事发生在梁山好汉大聚义之后,与江北其他分支的宋江故事不发生关联,不存在像第七十回以前北方各分支故事围绕梁山泊聚合而不得不进行"乾坤大挪移"的问题。平方腊是相对独立的叙事单元,南方的说书人如果熟悉杭州一带的地理形势,只需要按部就班地演说平方腊的过程,就不会出什么常识性的错误。当平方腊的故事与北方的梁山聚义故事拼接在一起时,就会出现前七十回地理错误较多而平方腊的地理描写基本无误的反差。但是,我们只能说平方腊故事出自南方说书人之手。至于把南、北水浒故事嫁接在一起的,究竟是不是南方人,则不好轻易断定。

四　结语

　　总而言之，对于《水浒》中气候、地理描写存在的错误，我们似不必作胶柱鼓瑟的理解。《水浒传》脱胎于民间说书，受口头文学创作惯例的支配，说书艺人对气候风物的描写，通常是程式化的，而非特殊的、个性化的；如果认为其所写的都是实有情景，甚至以现实实况去一一比附，指出其哪些描写不合时令，那么就会得出似是而非的结论。至于其地理描写的错误，也多半与《水浒传》"聚合式"的成书方式密切相关，其集撰者（不管是否为南方人）为了将各地流传的宋江故事聚合成一个有机的艺术整体，别具匠心地选择了以山东的水浒故事为核心来牵连、聚合其他分支的好汉故事的做法，为此他不得不施展"乾坤大挪移"的手段，使一些好汉不约而同地绕路来到山东，经过梁山，先后加入梁山泊阵营。而从《水浒传》是"传奇"并非历史纪实的角度来说，其创作原不必拘泥于历史与现实，完全可以根据情节建构或人物塑造等需要来对其中的地理方位做闪展腾挪的安排。这一点，就连诗文创作有时也不能例外。清代王士禛曾说："诗家惟论兴会，道理远近，不必尽合。"[①] 非常典型的例子，莫过于苏东坡写《前赤壁赋》，他难道不知所游的并非三国古战场赤壁吗？可是为了抒发思古之幽情与人生之感慨，他便有意张冠李戴，读者无须以此嘲笑他缺乏地理常识。钱锺书先生也曾说："诗文风景物色，有得之当时目验者，有出于一时兴到者。出于兴到，故属凭空向壁，未宜缘木求鱼；得之目验，或因世变事迁，亦不可守株待兔。"[②] 这对我们如何理解《水浒传》的气候、地理描写错误，无疑也是有启迪性的。其实，不仅中国古代传奇小说存在气候、地理描写错误的问题，国外的戏剧与传奇文学等也不

---

① （清）赵执信：《谈龙录》，人民文学出版社1981年版，第10页。
② 钱锺书：《管锥编》，中华书局1986年版，第90页。

例外。如小说理论家伊恩·P. 瓦特所指出的:"在悲剧、喜剧和传奇文学中,地点几乎像时间一样,传统地呈现出笼统、含混的状态……莎士比亚并不注意时间和地点的界限问题。"①

因此,我们似乎不宜以考证的眼光来审视《水浒传》中出现的气候、地理描写错误,也不宜以此作为实证的材料,来证明《水浒传》的作者是一个不懂江北气候与地理状况的南方人。也许《水浒传》的写作者确为南方人,笔者也无意否定其为南方人,而只是想指出以书中气候、地理描写的错误作为论据,其说服力显然是有限的。

---

① [美]伊恩·P. 瓦特:《小说的兴起》,高原、董红钧译,生活·读书·新知三联书店1992年版,第20—21页。

荆楚文学地理

论汉水流域的水浒戏及其传播意义

王建科*

在对水浒故事的研究中，对小说《水浒传》的研究论文和专著相对较多，而对中国社会，特别是民间产生极大影响的戏曲研究相对较少[①]；而在有关水浒戏的研究中，对元代水浒戏研究相对较为充分，而对明清以后杂剧、传奇和地方戏中的水浒戏研究则较为薄弱。[②]特别值得注意的是，从文学地理学的角度以及地域文化与文学的角度对汉水流域的水浒戏进行研究的论著就更为少见。笔者搜检资料，略加考述，探讨水浒戏在汉水流域的改编与传播。

---

* 作者为《陕西理工大学学报》（《社科版》）主编，陕西理工大学文学院教授。
① 据"中国知网"，从篇名中输入"水浒传"，检搜索到1955年初至2015年5月关于《水浒传》的研究论文2055篇（部），不包括研究著作；按篇名中查"水浒戏"1983年初至2015年5月有水浒戏研究论文68篇（部）。
② 王平：《水浒戏与水浒传的传播》，《东岳论坛》2005年第6期；刘荫柏：《水浒传与水浒戏》，国家图书馆讲座稿；陈建平：《水浒戏与中国侠义文化》，文化艺术出版社2008年版；李献芳：《水浒传在黄河流域的发展》，《齐鲁学刊》1994年第6期；杜建华：《川剧水浒戏古今谈》，《戏曲艺术》1998年第3期；郭冰：《明清时期"水浒"接受研究》，博士学位论文，浙江大学，2005年；谢碧霞：《水浒戏曲二十种研究》，台湾大学出版委员会1981年版。

一　汉水流域与汉水流域的水浒戏剧目

丹纳在他的《艺术哲学》一书中，认为物质文明和精神文明的性质面貌都取决于种族、环境、时代三大因素。① 了解汉水流域的水浒戏，需了解这片创造了灿烂文化的山河大地。汉水，又称汉江，古时曾称沔水、夏水，又名襄河。主要支流有褒河、丹江、唐河、白河、堵河等。汉水发源于陕西省西南部汉中市宁强县的嶓冢山，流经陕西汉中市、安康市，湖北西部、中部的十堰市、襄阳市、宜城市、钟祥市、天门市、荆门、孝感、潜江市、仙桃市、汉川市等地县市，在武汉汉口汇入长江，全长1577千米。②

汉水流域北以秦岭及外方山与黄河流域为界，东北以伏牛山及桐柏山与淮河流域为界；西南以大巴山及荆山与嘉陵江沮漳河为界；东南为江汉平原，与长江干流连接。汉水流域跨越陕西、湖北、河南、四川、重庆5省市，涉及14个地（市）区、3个省直管县、65个县（市、区）。

汉水流域文化源远流长，汇聚楚文化、秦文化、巴蜀文化、华夏文化、中原文化等多元文化形态，形成南北荟萃、东西交融的特点和明显的边缘性。汉水流域文化形态比较复杂，以方言为例，总体属于北方方言系统，但不同地区之间有较大差异：汉中接近四川方言，安康、商洛以秦腔为主，而杂以下江与中州方言；南阳、襄阳、随枣地区接近中州方言。这一流域地方戏曲剧种繁多，有属于皮黄系统的汉剧、汉调二黄、湖北越调、荆河戏，有属于花鼓系统的襄阳花鼓、安康花鼓、商洛花鼓，楚剧、天沔花鼓，梆子系统的汉调桄桄，还有属于高腔的清戏。有大戏，有小

---

① ［法］丹纳：《艺术哲学》，人民文学出版社1963年版。
② 参见刘清河主编《汉水文化史》，陕西出版传媒集团陕西人民出版社2013年版，第1—14页。陕西省地方志编纂委员会编《陕西省志·第二十六卷（二）航运志》，陕西人民出版社1996年版。

戏；另有端公戏（又称傩戏）、汉中曲子戏、洋县碗碗腔、八岔戏等。

汉水流域的水浒戏剧目在汉调桄桄、汉调二黄①、湖北越调、汉剧等剧种中较多，根据笔者所见，梳理如下。

根据《陕西省戏剧志·汉中地区卷》《陕西省戏剧志·安康地区卷》《安康专区戏曲发掘组汉调二黄资料集》《汉调二黄剧目册》《陕西传统剧目汇编·汉调二黄》等资料②，汉调二黄和汉调桄桄传统剧目中的水浒戏有：《翠屏山》，又名《石秀杀嫂》，汉调二黄传统剧目。③《快活林》，收入《陕西传统剧目汇编·陕南道情》，铅印本。④《乌龙院》（上下），西皮二黄兼有，汉调二黄传统剧目，亦列入安康地区1950—1964年上演的汉调二黄传统剧目。《打渔杀家》《狮子楼》《灭方腊》《林冲发配》（上下，西皮二黄兼有）、《坐楼杀惜》《活捉三郎》（上下，西皮二黄兼有），汉调二黄传统剧目，安康地区1950—1964年上演的汉调二黄传统剧目。⑤《时迁盗鸡》（有口述抄录剧本）、《石秀探庄》，汉调二黄传统剧目（安康地区1950—1964年上演的汉调二黄传统剧目）。新中国成立后汉调二黄移植剧目有：《三打祝家庄》《黑旋风李逵》《林冲夜奔》《武大郎之死》《十字

---

① "汉调二黄"在一些书中写为"汉调二簧"，参见中国大百科全书总编辑委员会《戏曲曲艺》编辑委员会编《中国大百科全书·戏曲曲艺》，中国大百科全书出版社1992年4月第1版，第107页；陕西省地方志编纂委员会《陕西省志·文化艺术志》，陕西人民出版社2005年1月第1版，第307—309页。陕西省戏剧志编纂委员会编，鱼讯主编《陕西省戏曲志·安康地区卷》，三秦出版社1994年12月第1版，第45—51页称"汉调二黄"；谈俊琪主编《安康文化概览》称"汉调二黄"，陕西人民出版社1997年版，第115—120页。

② 参见中国大百科全书出版社编辑部、中国大百科全书总编辑委员会《戏曲曲艺》编辑委员会《中国大百科全书·戏曲曲艺》，1998年版；中国戏曲志编辑委员会，《中国戏曲志·陕西卷》编辑委员会《中国戏曲志·陕西卷》，中国ISBN中心1995年版；《陕西省戏剧志·汉中地区卷》，三秦出版社1997年版；《陕西省戏剧志·安康地区卷》，三秦出版社1994年版；鱼讯主编《陕西省戏剧志·商洛地区卷》，三秦出版社1997年版；陕西省地方志编纂委员会《陕西省志·文化艺术志》，陕西人民出版社2005年版。

③ 参见《陕西省戏剧志·汉中地区卷》，三秦出版社1997年版，第83页；《陕西省戏剧志·安康地区卷》，三秦出版社1994年版，第77页。

④ 《陕西传统剧目汇编·陕南道情》，铅印本，1960年前后陕西省文化局委托陕西省剧目工作室整理编印出版，共六集，收入陕南道情剧目30本。

⑤ 《陕西省戏剧志·安康地区卷》，三秦出版社1994年版，第93页。

坡》《扈三娘》《东平府》。①

据笔者依据相关文献统计，商洛地区的水浒戏剧目有十几种，包括传统、古典、移植剧目。有《李逵打更》（二黄，传统剧目）、《三打王英》（二黄，传统剧目）、②《借宋江》（二黄，传统剧目）、《坐楼杀惜》（二黄，传统剧目）、《活捉三郎》（二黄，传统剧目）、《乌龙院》（二黄，传统剧目）；《逼上梁山》（二黄、秦腔、豫剧，传统剧目）、《潘金莲》（秦腔，传统剧目)③、《醉打山门》（二黄、秦腔，传统剧目）、《狮子楼》（二黄、秦腔，传统剧目）、《黑旋风李逵》（二黄、秦腔，传统剧目）。

湖北省有22个地方戏曲剧种，1949年后，搜集、整理、记录下来的剧目有4200多个；现存剧目3700个左右，其中连台本戏34个，本戏334个，单折戏3349个。湖北省戏剧工作室从20世纪50—80年代编印出版《湖北地方戏曲丛刊》，出版本和编印本共七十八集，收入剧目904个，约1560万字。属于汉水流域的水浒戏主要剧种有湖北越调、汉剧、京剧（汉水流域演出的京剧）和南剧，但南剧在湖北汉水流域演出较少，笔者根据《中国大百科全书·戏曲曲艺》《中国戏曲志·湖北卷》《湖北戏曲丛书》《湖北地方戏曲丛刊》等资料，把湖北汉水流域的水浒戏初步统计如下：

《打渔杀家》《带双卖武》，汉剧剧目。《打渔杀家》汉剧剧目，改编本曾由湖北人民出版社出版单行本，又见《湖北戏曲丛书》第十辑；《三打祝家庄》，京剧剧目，1944年任桂林、魏晨旭、李伦编剧；《买双武》载《湖北地方戏曲丛刊》第十六辑；《宋江题诗》，京剧剧目，编剧严朴，该剧收入1955年人民文学出版社出版的《剧本·戏曲专辑》第二辑。

《斩李虎》，汉剧剧目，又名《忠义堂》，此剧为戏曲中少见的写梁山反对招安的戏。梁山好汉一百单八将中并无李虎其人，但此剧中李虎反对

---

① 《陕西省戏剧志·安康地区卷》，三秦出版社1994年版，第96—97页。
② 同上书，第83—84页。
③ 同上书，第86页。

招安的言行十分激烈，比小说《水浒传》中的李逵、林冲反对之声更为明确。武汉汉剧院藏本，载《湖北地方戏曲丛刊》编印本第四十二集。

《活捉三郎》，汉剧剧目，湖北越调、荆河戏也有此剧。该剧剧情并不见于小说《水浒传》，汉剧《活捉三郎》、清戏单边词的记录本藏湖北省戏剧工作室。

《挑帘裁衣》，汉剧剧目。清戏、荆河戏亦有此剧，但现均无传本。

《翠屏山》，又名《醉归杀山》，汉剧、南剧、荆河戏剧目。现存汉剧本仅有《酒楼》《醉归》两出。汉剧演出本载《湖北地方戏曲丛刊》编印本第五集。南剧有录本藏湖北省戏剧工作室。

《武松闹会》（湖北高腔《湖北地方戏曲丛刊》第十二集）、《李逵打熊》（湖北越调《湖北地方戏曲丛刊》第六十六集）；《李逵磨斧》（湖北高腔《湖北地方戏曲丛刊》第五十七集）、《李逵摸鱼》（湖北越调《湖北地方戏曲丛刊》第七十五集）、《李逵闯帐》（湖北越调《湖北地方戏曲丛刊》第四十六集）。《李逵砍旗》（湖北越调《湖北地方戏曲丛刊》第四十六集），故事与元代康进之《李逵负荆》杂剧相类似。[1]

《扈家庄》（湖北高腔《湖北地方戏曲丛刊》第五十七集）；《战八将》（又名《金沙滩》，湖北越调《湖北地方戏曲丛刊》第二集）、《金沙滩》（又名《战八将》，南剧《湖北地方戏曲丛刊》第七集）；《清风山》（荆河戏《湖北地方戏曲丛刊》第三十二集）、《快活林》（汉剧《湖北戏曲丛书》第十七辑）、《时迁盗鸡》（汉剧《湖北戏曲丛书》第九辑）、《逼上梁山》（京剧改编本、汉剧）。

"湖北越调"中的水浒戏有23种：《乌龙院》（出戏），宋江杀惜故事；《坐楼杀惜》，《乌龙院》之别名；《闹江州》（本戏），水浒英雄救宋江小结义故事；《十字坡》（本戏），武松、孙二娘故事；《孙二娘开

---

[1] 参见《中国戏曲志·湖北卷》，文化艺术出版社1993年版，第151页。

店》,《十字坡》之别名;《武松打店》,《十字坡》之别名;《快活林》（出戏），武松打蒋门神故事;《李逵摸鱼》（出戏），水浒故事;《李逵打虎》，水浒故事;《李逵砍旗》（出戏），写李逵砍倒梁山杏黄旗，斥责宋江抢民女故事;《李逵闯帐》（出戏），写李逵闯进梁山大帐，自告奋勇下山抱打不平的故事;《翠屏山》（出戏），石秀杨雄故事;《时迁盗鸡》，水浒故事;《时迁盗甲》，水浒故事;《时迁盗马》（出戏），水浒故事;《祝家庄》（本戏），梁山宋江等三打祝家庄故事;《金沙滩》（本戏），梁山泊擒送卢俊义故事;《战八将》（出戏），卢俊义上梁山故事;《水西门》（本戏），梁山战方腊故事;《火弓弹》（本戏），肖恩及女儿故事;《卖皮弦》（出戏），孙二娘故事;《蒋门神过山》（出戏），梁山好汉与蒋门神相认故事。[①]

二 汉水流域水浒戏与《水浒传》

汉水流域的水浒戏基本包括三个方面的内容，故事渊源亦分为三个方面。一是由《水浒传》故事改编而成的戏曲剧目，传统剧目《武松打虎》《野猪林》《杀惜》等属于此类;二是改编自元明杂剧、明清传奇的剧目，如《活捉三郎》;三是根据《水浒后传》等"水浒续书"、民间传说而改编成的戏曲剧目,《打渔杀家》等属于此类。[②] 笔者根据现有资料，把汉水流域水浒戏作一渊源流变的梳理。[③]

[①] 参见阎俊杰、董治平主编《襄樊市戏曲资料汇编》，根据书中序言推测1987年或1988年印刷，第92—93页。
[②] 杜建华先生将水浒戏内容分为两类，参见《川剧水浒戏古今谈》,《戏曲艺术》1998年第3期。
[③] 为叙述的方便，除本文中为特别点明的水浒戏，一般叙述中的水浒戏指汉水流域传播的水浒戏。

关于小说《水浒传》的成书时间，有元代说①、元末明初说②、明初说③、成化弘治说④、嘉靖说⑤。一般文学史认为《水浒传》成书于元末明初，刘大杰本、社科院本、五教授本（亦称游国恩本）、袁行霈本、郭预衡本、马积高本、北师大本、川大本等均把《水浒传》放在明代文学中去讲述，称此书成书于元末明初。而章培恒、骆玉明先生的《中国文学史》则把《三国演义》和《水浒传》纳入元代文学进行讲述。笔者按元代说和元末明初说，则《水浒传》对后世水浒戏的影响则更为深远。汉水流域水浒戏与《水浒传》的关系叙说如下。

《挑帘裁衣》，汉剧剧目。清戏、荆河戏亦有此剧，但现均无传本。汉剧《挑帘裁衣》现存本为武汉市汉剧团录本，胡春燕校订，剧作分二场。演叙武松赴东京公干，潘金莲在感叹命运，埋怨"配了武大是冤家"，在楼上挑帘时，失手落下帘竿，正巧打在西门庆的头上；西门庆恼怒之时，见潘金莲姿色艳丽，马上怒气变作喜气，说"只要她喜打，爱打，把儿的头，莫当作头，当作一个木鱼，放在她的枕头边……敲上几下，我都是喜欢的"。⑥后来西门庆买通王婆，借裁衣为名，勾引金莲与其私通，汉剧无一般金莲鸩杀武大和武松杀嫂情节。剧作故事见于小说《水浒传》第二十四至第二十五回，明代沈璟的《义侠记》传奇亦有此情节。京剧有《挑帘

---

① 陈中凡、王利器、黄霖等学者持之说，参见许勇强《百年水浒传成书时间研究检讨》，《中华文化论坛》2010年第4期。孙楷第亦持此说，参见《水浒传旧本考——由明新安刊大涤余人序本百回本水浒传推测旧本水浒传》一文；而章培恒、骆玉明先生的《中国文学史》则把《三国演义》和《水浒传》纳入元代文学进行讲述，参见章培恒、骆玉明主编《中国文学史》（下册），复旦大学出版社1996年版。

② 20世纪二三十年代胡适、鲁迅、郑振铎持此说，当代袁世硕、徐仲元亦有论述。

③ 周维衍持此说，参见《〈水浒传〉的成书年代和作者问题——从历史地理方面考证》，载《学术月刊》1984年第7期。

④ 参见李伟实《从水浒戏和水浒叶子看水浒传的成书年代》，《社会科学战线》1988年第1期。

⑤ 戴不凡、张国光、石昌渝先后持此说，参见张国光《再论水浒成书于嘉靖初年》、石昌渝《水浒传成书于嘉靖初年考》等论文。

⑥ 参见《湖北地方戏曲丛刊》第三十七集，湖北地方戏曲丛刊编辑委员会编辑，湖北省戏剧工作室编印，内部资料，1962年印，第128页。

裁衣》剧目，徽剧、湘剧、桂剧、粤剧、河北梆子等均有《金莲戏叔》剧目，评剧、越剧有《武松与潘金莲》。

《武松打店》，汉剧剧目，高海山校订，剧作共七场，人物有武松（小生）、孙二娘（武旦）、张青（杂）、小二（丑）、解差甲（外）、解差乙（丑）。剧作演叙武松发配孟州，途经十字坡，宿在孙二娘店中，孙二娘向武松行刺，遭到武松痛打；最后双方出真情，武松、孙二娘等人一同上了梁山。① 另一剧名《十字坡》《孙二娘开店》。从剧名看，一是从武松着眼，称《武松打店》，与《武松打虎》相关照；二是从故事发生的地点出发，称《十字坡》；三是从孙二娘角度，起名为《孙二娘开店》，故事见《水浒传》第二十七回"母夜叉孟州道卖人肉，武都头十字坡遇张青"，明代沈璟《义侠记》传奇亦演叙武松故事。《十字坡》为京剧名家盖叫天的代表作，川剧、相聚、秦腔、河北梆子、大弦子戏均有此剧目。

《快活林》，汉剧剧目，喻俊卿述录，分七场，人物有武松（七小）、施恩（七小）、施忠（三生）、蒋忠（十杂）、宋氏（八贴）、店小二、酒保等。蒋门神蒋忠依仗张团练势力，夺占施恩在快活林所开酒店。武松发配来此，施恩与其结识，请求为之复仇；武松出于义愤，醉打蒋门神，为施恩收回酒店。② 故事见《水浒传》第二十八回至第二十九回，明代沈璟《义侠记》和清代《忠义璇图》改编时有此关目。

《杀惜姣》，汉剧剧目，彭汉廷述录，胡春艳校订，剧本不分场（出），人物有阎婆（丑）、惜姣（贴）、宋江（外）。剧作演叙晁盖聚义梁山后，感念宋江搭救之恩，派刘唐携黄金与书信，前去郓城县探望宋江；宋江遇到刘唐后，收下书信，即让刘唐回山。宋江归途中遇到阎婆，被拉至乌龙

---

① 收入《湖北地方戏曲丛刊》第三十四集，湖北地方戏曲丛刊编辑委员会编辑，湖北省戏剧工作室编印，内部资料，1962年印，第216—333页。

② 参见《湖北戏曲丛书》第十七辑，湖北省戏剧工作室编，长江文艺出版社1984年版，第92—109页。

院；阎婆想使宋江与阎惜姣和好，就将宋江诓上楼上，强关二人于一室。宋江一夜未睡，次晨早早离去，不慎失落招文袋，被阎惜姣拾得，发现是梁山书信。当宋江转回来寻时，阎惜姣以休书、再嫁张文远、按手印等相逼，宋江一一答应，不料阎惜姣仍要告官，不给他梁山书信，情急之下，宋江杀死阎惜娇，阎婆得知后开始不说，出门后在街上喊"宋江杀人"。湖北越调有《坐楼杀惜》剧目。故事见之于《水浒传》第二十一回"虔婆醉打唐牛儿，宋江怒杀阎婆惜"；明代许自昌《水浒记》传奇第二十三出"感愤"与此剧情节相同。汉水流域的汉调二黄传统剧目中有《乌龙院》《坐楼杀惜》剧目，西皮二黄兼唱；另有川剧、徽剧《宋江杀惜》剧目，湘剧、秦腔《宋江杀楼》剧目，楚剧、晋剧、上党梆子、河北梆子、武安落子均有此剧目。

汉调二黄剧目《林冲发配》，西皮二黄兼唱[1]，故事见于小说《水浒传》第八回"林教头刺配沧州道，鲁智深大闹野猪林"。

《翠屏山》，又名《石秀杀嫂》《醉归杀山》，汉水流域戏曲汉调二黄、湖北越调、汉剧等均有该传统剧目，南剧、荆河戏亦有该剧目。汉调二黄传播于汉水流域的安康、汉中等地。杨雄与石秀结拜为兄弟，杨雄让石秀开设肉铺。杨妻潘巧云勾引石秀不成，后与和尚裴如海私通，石秀发觉后告诉杨雄；潘巧云及婢女诬告石秀调戏自己，杨雄与石秀绝交；石秀为辨明是非，伺和尚夜出潘室，杀裴如海剥衣以示杨雄；杨雄得知真相后，以还愿为名，定计将潘巧云和使女迎儿骗至翠屏山，勘问奸情后，石秀逼杨雄杀死潘巧云与迎儿，后二人一同投奔梁山。故事见《水浒传》第四十四—四十六回，明代沈自晋《翠屏山》传奇专演此事。明代传奇《翠屏山》共二十七出，依据小说《水浒传》杨雄、石秀故事而加以改编。[2] 清末汉剧

---

[1] 《陕西省戏剧志·安康地区卷》，三秦出版社1994年版，第93页。
[2] 郭英德：《明清传奇综录》（上册），河北教育出版社1997年版，第382—383页。

汉河下路子还演出全本《翠屏山》，从"酒楼结拜"开始，到"杀山"结束。现存汉剧本仅有《酒楼》《醉归》两出。① 汉剧演出本载《湖北地方戏曲丛刊》编印本第五集。南剧有录本藏湖北省戏剧工作室。近世京剧、川剧、秦腔、徽剧、湘剧、桂剧、同州梆子、河北梆子均有此剧目，川剧又名《巧云戏叔》。因剧情有血腥场面，加之表现了落后的女性观，中华人民共和国成立后年后曾经禁演。

《时迁盗鸡》，高海山校订，汉剧，共两场，人物有时迁（丑）、杨雄（外）、石秀（小生）、店家。剧作写时迁看到杨雄、石秀杀潘巧云，要求杨雄等带他投奔梁山，途中夜宿祝家庄客店；时迁与店家开了许多玩笑，设计盗杀了店家的报晓鸡，最后打倒店家，扬长而去。该剧主要以对话和人物行动为主，唱词较少，属做功戏。② 湖北省汉剧团新中国成立后对《时迁盗鸡》进行了整理和改编，湖北省汉剧团对演出本的一些情节进行了改动，该剧不分场，演叙时迁、杨雄、石秀投奔梁山，夜宿祝家庄旅店，庄主祝朝奉屯聚大量兵力，并训练一只报警鸡，专门与梁山好汉为敌。时迁为人机灵善言，机智地戏弄了店家，并将报警鸡偷吃。当店家发觉时，时迁打倒店主，与杨雄、石秀奔上梁山。与高海山校订本相比，剧作改动地方有二，一是时迁住的客店是庄主祝朝奉所开，屯聚大量兵力；二是时迁偷吃的鸡是报警鸡，赋予时迁"偷盗"行为的正义性。③ 湖北越调传统剧目有《时迁盗鸡》。该故事大略见于《水浒传》第四十六回，情节有差异。京剧剧目有《时迁偷鸡》，一名《巧连环》，川剧、徽剧、湘剧、豫剧、秦腔、同州梆子均有此剧目。豫剧有《扒鸡》。

---

① 参见中国戏曲志编辑委员会《中国戏曲志·湖北卷》，文化艺术出版社1993年版，第190—191页。
② 收入《湖北地方戏曲丛刊》第十六集，湖北地方戏曲丛刊编辑委员会编，湖北人民出版社1959年版，第142—157页。
③ 参见《湖北戏曲丛书》第九辑，湖北省戏剧工作室编，长江文艺出版社1983年版，第125—142页。

《时迁盗甲》，亦称《盗甲》，高海山校订，汉剧，共十四场，人物有徐宁（外）、时迁（丑）、李逵（杂）、燕青（小生）、李俊（生）、四白龙套、四打手、二更夫等。剧情本事见于《水浒传》第五十五回到第五十七回及传奇《雁翎甲》。剧演呼延灼摆布连环马，梁山不敌，徐宁可破此连环马，梁山好汉时迁盗取徐宁祖传的雁翎金甲，徐宁虽然防范严密，仍然被盗走；当徐宁追赶时，沿途李逵、燕青、李俊等好汉接应，徐宁无可奈何。汉剧剧本虽然标有十四场，但大多为过场戏，第三场到第八场仅仅是更夫打更、四白龙套抬金甲下，时迁上下；其他八场台词很少，亦无唱词，属于做功戏。① 此剧并京剧名为《雁翎甲》。湘剧、河北梆子亦有《盗甲》，滇剧有《盗金甲》。②

湖北越调中有《时迁盗鸡》《时迁盗甲》《时迁盗马》（出戏）等剧目。③《时迁盗马》未见剧本，天津京剧三团国家一级演员胡小毛 2006 年曾演出《时迁盗马》。

《扈家庄》，湖北高腔，朱吉占藏本，剧分十一场，剧作人物较多，有王英（杂）、杨雄（外）、石秀（小生）、李逵（净）、宋江（生）、林冲（二生）、扈三娘（贴）、兵丁、庄丁、女侍等。剧作演叙宋江令矮脚虎王英攻打扈家庄，另派林冲埋伏独龙冈作为接应；王英兵败被擒，扈三娘率女兵、庄丁追赶宋江到独龙冈，林冲用绊马索一齐拿获，打破扈家庄，救出王英，王英要宋江将扈三娘予他做老婆。④ 剧情本事见于《水浒传》第四十八回，情节不尽相同。京剧剧目有《扈家庄》，一名《夺锦标》，武旦

---

① 参见《湖北地方戏曲丛刊》第十六集，湖北地方戏曲丛刊编辑委员会编辑，湖北人民出版社 1959 年版，第 158—162 页。
② 陶君起编著：《京剧剧目初探》，中华书局 2008 年版，第 192 页；上海文化出版社 1957 年初版，中国戏剧出版社 1963 年版，1980 年重印。
③ 参见阎俊杰、董治平主编《襄樊市戏曲资料汇编》，根据书中题词和"编者的话"推测为 1987 年印刷，第 92—93 页。
④ 参见《湖北地方戏曲丛刊》第五十七集，湖北地方戏曲丛刊编辑委员会编辑，湖北省戏剧工作室编印，内部资料，1983 年 6 月印，第 316—320 页。

为主。川剧、湘剧、秦腔均有《打祝庄》。①

《三打祝家庄》，京剧剧目，1944 年任桂林、魏晨旭、李纶编剧，这部作品，取材于《水浒传》第四十六回到第五十回梁山泊三打祝家庄的故事，在情节上删除了小说中时迁偷鸡、李逵洗劫扈家庄、吴用计赚李应上梁山等内容，从策略斗争的角度，着重表现梁山义军依靠群众，调查研究，里应外合，取得胜利的主题。三打祝家庄的故事构成了宏大的生活画面，剧作把旧的分场制和新兴的分幕制结合起来，划分为三幕四十二场，第一幕十场，第二幕六场，第三幕二十六场，"幕"的使用，把"一打""二打""三打"的情节段落，展现得清清楚楚；三打故事，情节复杂，涉及梁山与祝、扈、李三庄四个方面各色人等，很难采用一人一事的结构方法，于是采用了古典戏剧《清忠谱》式的"众人一事"的剧作模式，登场角色有名有姓的多达 34 人，是一部典型的"群戏"。该剧延安平剧研究院 1945 年 2 月在陕北首演，1949 年以后，汉水流域的武汉、襄阳、汉中、安康等地纷纷上演，有的还改编移植为其他剧种。② 湖北越调《闹江州》（本戏）与《三打祝家庄》在结构上有相似之处，表现梁山水浒英雄群像，演叙众英雄救宋江小结义故事。

《李逵摸鱼》（出戏），湖北越调，不分场（出），胡金山述录。人物有李逵（十杂）、张顺（七小）、鱼小（小丑）、宋江（六外）、戴宗（三生）。剧作演叙宋江在浔阳楼饮酒无菜肴，李逵到江边摸鱼佐餐；先向为张顺看守渔船的鱼小买鱼，鱼小不卖，被李逵打走；张顺到后与李逵互相殴打，纠缠不已，宋江、戴宗赶到江边劝止，二人相认住手。③ 剧情本事见于《水浒传》第三十六回及《忠义璇图》。河北梆子有此剧目，京剧剧

---

① 陶君起编著：《京剧剧目初探》，中华书局 2008 年版，第 191 页；上海文化出版社 1957 年初版，中国戏剧出版社 1963 年版，1980 年重印。
② 参见《中国戏曲志·湖北卷》，文化艺术出版社 1993 年版，第 121—122 页。
③ 收入《湖北地方戏曲丛刊》第七十五集，湖北地方戏曲丛刊编辑委员会编辑，湖北省戏剧工作室编印，内部资料，1985 年 5 月印，第 197—204 页。

目为《李逵夺鱼》，湘剧有《李逵闹江》。《李逵打虎》，湖北越调，水浒故事。

《清风山》，荆河戏，刘和喜、曾明才述录，分十六场，人物较多，有林氏（正旦）、王英（大净）、宋江（须生）、燕顺（须生）、郑天寿（二净）、刘高（小丑）、花荣（须生）、华福（杂须生）、黄信（杂须生）、花妻（小旦）、老院、丫鬟、车夫、四衙役、四龙套、四打手、花童、花女等。剧作演叙刘高之妻林氏清明节祭祖，被王英掳上清风山欲做压寨夫人。宋江正好在山寨做客，乃央求王英释放林氏回家，宋江亦离开清风山投往花荣；元宵佳节，花灯大放，宋江出外观灯，被林氏看到，刘高命人拿下拷问；花荣修书求情，刘高不许，反将书信撕掉，花荣大怒，带病将宋江夺回。宋江怕连累花荣，往清风山躲避，谁知刘高派人又将其捉回。刘高派人报告府尹提拿花荣，王英等闻讯，带兵下山，打败黄信，救出花荣、宋江。①剧作内容见于《水浒传》第三十三回"宋江夜看小鳌山，花荣大闹清风寨"、第三十四回"镇三山大闹青州道，霹雳火夜走瓦砾场"。

《战八将》，又名《金沙滩》，湖北越调，胡金山述录，剧作不分场，该剧人物众多，有吴用（一末）、李逵（十杂）、卢俊义（三生）、燕青（七小）、李固（小丑）、卢氏（四旦）、宋江（三生）、张顺（七小）、孙二娘（八贴）、时迁（五丑）、杨志（二净）、花荣（二生）、鲁智深（十杂）、武松（十杂）、张青等。剧作演叙宋江用吴用之计，智赚卢俊义上山，将卢俊义骗至梁山脚下，派遣八将轮流大战，最终卢被俘。此剧只演至卢俊义被缚，无上山见宋江等情节。②南剧《金沙滩》二十六场，胡云霞述录，剧情和叙事重心均有所不同。剧作演叙大名府员外玉麒麟卢俊义

---

① 参见《湖北地方戏曲丛刊》第三十二集，湖北地方戏曲丛刊编辑委员会编印，内部资料，1962年4月印，第131—176页。
② 收入《湖北地方戏曲丛刊》第二集，湖北地方戏曲丛刊编辑委员会编印，内部资料，1958年11月印，第174—193页。

富有万贯家产，又有一身武艺。梁山宋江让吴用携李逵乔装算命先生，到大名府赚卢俊义离家前往山东；当卢行经梁山附近，设伏与卢俊义战，卢不敌，至金沙滩搭船，被阮小七擒至梁山。宋江等人劝其在山聚义，卢坚决不从，仍回大名府家中。① 故事见《水浒传》第六十一回到第六十二回，情节有所不同。汉剧称《玉麒麟》，京剧称《大名府》，湘剧有《金沙滩》，秦腔、豫剧、河北梆子亦有此剧目。

三 汉水流域水浒戏与元明杂剧、明清传奇

小说《水浒传》成书以前和之后，出现了许多搬演水浒故事的杂剧和传奇。现存元代及明初杂剧中的水浒戏剧目约有 39 种，其中流传至今的全本共有 12 种，清杂剧 2 种，明代传奇中的水浒戏 6 种。② 据现有资料，汉水流域水浒戏中有几种改编自元明杂剧和明代传奇。

《李逵砍旗》，湖北越调，胡金山述录，不分场，主要写李逵斥责宋江抢民女故事。人物有宋江（末）、李逵（净）、燕青（小生）、刘德景（丑）、四小兵。剧作演叙汴京观灯时，李逵落后，宋江派燕青寻找李逵；燕青、李逵二人路过刘家庄，刘德景哭诉宋江抢走其女国秀，李逵大怒，回到梁山砍倒杏黄旗，欲杀宋江。宋江与李逵打赌，又传刘德景一一指认。燕青力主找出假李逵、假宋江，李逵免死。③

《李逵闯帐》，湖北越调，胡金山述录，不分场，人物有宋江（生）、李逵（净）、杨志（净）、燕青（小生）、四兵。剧作演叙宋江闻报恶霸欺压百姓，传令山寨报名去打不平，众弟兄、众姐妹忙于赏花吃酒，无人下

---

① 收入《湖北地方戏曲丛刊》第七集，湖北地方戏曲丛刊编辑委员会编印，内部资料，1959 年 10 月印，第 205—234 页。
② 陈建平：《水浒戏与中国侠义文化》，文化艺术出版社 2008 年第 1 版，第 12、30 页。
③ 收入《湖北地方戏曲丛刊》第四十六集，湖北地方戏曲丛刊编辑委员会编辑，湖北省戏剧工作室编印，内部资料，1982 年 7 月印，第 323—331 页。

山；宋江恼怒，欲砍倒杏黄旗，火焚忠义堂，解散梁山；李逵得知，闯进大帐，诉说当初树旗结义宗旨，自告奋勇，领命下山。①

《活捉三郎》，汉剧剧目。湖北越调、荆河戏也有此剧。宋江杀惜后，阎婆惜的鬼魂不忘旧情，便在夜里赶到张三郎处，拟续前缘，张三郎知其已死，让阎婆惜去找宋江；阎婆惜将张三郎活捉而去。因表演有中存在"魂魄"等内容，新中国成立之初曾禁演。汉剧《活捉三郎》、清戏单边词的记录本藏湖北省戏剧工作室。该剧剧情并不见于小说《水浒传》，应源于明代许自昌的《水浒记》传奇第三十一出"冥感"。汉水流域汉调二黄传统剧目中有《活捉三郎》剧目，西皮二黄兼唱。京剧有《借茶活捉》《活捉》剧目，昆剧、徽剧、滇剧、川剧、桂剧、秦腔、同州梆子、河北梆子均有《活捉三郎》。

四　汉水流域的水浒戏与《水浒》续书、独创剧作

在汉水流域传播、上演的戏曲中，亦有一些故事既不见于小说《水浒传》，也不见于元明清杂剧、传奇的水浒戏。这类戏，一方面改编自《水浒》续书，另一方面是剧作家、演员假借水浒人物，自出机杼，基本自创的作品。

《打渔杀家》，汉剧，分为五场，人物有萧恩（六外）、萧桂英（八贴）、丁郎（五丑）、丁员外（二净）、郭先生（五丑）、李俊（三生）、倪荣（十杂）等。梁山英雄阮小二易名萧恩，晚年隐居太湖，与女儿桂英打渔为生，当地土豪丁员外勾结常州太守吕子秋，霸占渔区，催讨渔税，萧恩父女困苦不堪。故人李俊携友倪荣来访，遇到丁府家奴丁郎向萧恩催讨渔税，怒而斥退；丁郎回报，又带大批家奴向萧恩强索，被萧痛打二逃。

---

①　收入《湖北地方戏曲丛刊》第四十六集，湖北地方戏曲丛刊编辑委员会编辑，湖北省戏剧工作室编印，内部资料，1985年5月印，第332—338页。

萧恩恐招祸,赶至州衙首告,反被县官杖责。萧恩忍无可忍,乃携桂英以献庆顶珠为名,黑夜闯入丁府,杀死丁员外全家,然后逃走。一名《庆顶珠》,又名《讨渔税》。根据《水浒后传》中李俊事改编。京剧、蒲剧、山东梆子、湘剧、徽剧、滇剧均有此剧目。

《武松闹会》,湖北高腔,胡最高、雷金魁、方绪田、黄善富述录,分为五场,人物有武松(武生)、武大郎(丑)、游女(鹞旦)、货郎(丑)、店家(外)、祝春牛(丑)、李贵(杂)、朱仝、众人、店婆等人。二月清明,东岳庙会热闹,武松无事,便去看会;地痞李贵在东岳庙前摆设赌场,输打赢要;武松气恼,大闹赌场,与李贵一群厮打,后得到朱仝之助,得一脱身,未遇伤害。[①] 唱词大多为七字句,念板生动活泼。此剧剧情未见于《水浒传》和明清其他戏曲。

《李逵磨斧》,湖北高腔,不分场(出),武汉市楚剧团录本,高腔唱词较多,有独唱、对唱。人物有李逵(净)、林冲(生)。剧作演叙林冲投奔梁山,中途遇到李逵磨斧,彼此并不相识,于是开打,后经询问,乃知一个是豹子头林冲,另一个是黑旋风李逵,于是一同奔向梁山。此剧开头李逵下山巡查,夸赞梁山景致,与元杂剧《李逵负荆》开始有类似之处。但整本剧情不见于《水浒传》和其他剧作。[②]

《李逵打熊》,湖北越调,张富道述录,此剧分为两场,人物角色有李逵(杂)、熊精(丑)、女子(贴)。剧作演李逵上山打柴,遇到熊精化身的女子挡住路口,假意调笑,欲要吃掉李逵,李逵识破后奋力砍杀,熊精抵挡不过,弃剑逃走,李逵拾剑报送宋江。此剧情节不见于《水浒传》和

[①] 参见《湖北地方戏曲丛刊》第十二集,湖北地方戏曲丛刊编辑委员会编辑、印刷,内部资料,1960年4月印,第174—182页。

[②] 收入《湖北地方戏曲丛刊》第五十七集,湖北地方戏曲丛刊编辑委员会编辑,湖北省戏剧工作室编印,内部资料,1983年6月印,第316—320页。

其他明清剧本，熊精幻化倒与《西游记》三打白骨精有相似之处。①

《杀僧除害》，湖北越调，胡金山述录。此剧分为两场，人物有孙二娘（八贴）、和尚（十杂）、茂烘（五丑）三人。孙二娘在龙凤岭开黑店，和尚住店，用银阔绰。店伙计茂烘，乘夜摸杀和尚，被和尚打败，急呼孙二娘合力杀死和尚。此剧情节不见于小说《水浒传》，亦不见于其他水浒戏，应是民间艺人根据孙二娘开黑店之事再次演绎，剧中孙二娘唱道："奴家青春年二八，铁尺拐子常玩耍。江湖与我送一绰号，取名叫做母夜叉，母夜叉。"然后取板凳坐中场道："家住十字坡，开店又打货。瘦的包包子，肥的熬汤喝。奴乃母夜叉孙二娘，保定宋江仁兄驾坐梁山，访的天下英雄豪杰。"②

《斩李虎》，汉剧剧目，又名《忠义堂》，此剧为戏曲中少见的写梁山反对招安的戏。梁山好汉一百单八将中并无李虎其人，但此剧中李虎反对招安的言行十分激烈，比小说《水浒传》中的李逵、林冲反对之声更为明确。武汉汉剧院藏本载《湖北地方戏曲丛刊》编印本第四十二集。

《水西门》（本戏），梁山战方腊故事；《火弓弹》（本戏），肖恩及女儿故事；《卖皮弦》（出戏），孙二娘故事；《蒋门神过山》（出戏），梁山好汉与蒋门神相认故事。

五　水浒戏在汉水流域的传播特点

精神文化受种族、环境、时代三种因素制约。近20年来，许多学者十分关注文学艺术与地理环境之间的关系。曾大兴说："文学与地理环境之间的关系，实际上是一种互动的辩证的关系。一方面是地理环境对文学的作用或影响，另一方面则是文学对特定的人文地理环境的作用或影响。"③

---

①　收入《湖北地方戏曲丛刊》第六十六集，湖北地方戏曲丛刊编辑委员会编辑，湖北省戏剧工作室编印，内部资料，1984年6月印，第162—165页。

②　参见上书，第169—173页。

③　曾大兴：《文学地理学研究》，商务印书馆2012年版，第55页。

不同的地域文化总是对戏曲产生着若隐若现的影响，汉水流域水浒戏是在汉水流域这一特定空间产生和传播的，汉水流域的城镇和乡村成为水浒故事的重要传播场所，戏班和剧作家改编和重写着水浒故事。汉水流域的水浒戏既具有一般水浒戏的传播和改编特点，又具有这一区域文化的传播特点和改编特点。

第一，水浒戏一方面扩大了"水浒"故事的传播和互动，另一方面在重写中融入了地域文化的特色。水浒戏传播了中国传统文化中的尚武复仇、行侠仗义的精神，水浒戏的丰富内容在一定程度上影响了这一区域的社会人心，影响了这一区域的民风民情，而不同时期的汉水流域文化又影响和决定着水浒戏的传播重心和传播主题。地域文化、人文地理空间影响着剧作家、演员、观众对水浒故事和人物的筛选、重写。人地关系构成地域文化的最基本的关系。戏曲的产生和传播，是一种独特的文化现象，亦是文学艺术与地域文化相互转化和积淀的形式和过程。汉水流域文化影响了这一特定区域的戏班对水浒故事和人物的选材和重写，从人物角度看，女性中潘金莲、阎婆惜、王婆、孙二娘等人物容易"出戏"，围绕她们构思故事、安排关目的戏频频上演；水浒好汉中宋江、武松、李逵、林冲、杨雄、石秀、时迁等人物比较"上戏"，他们的故事较多，特别是李逵和时迁的"折子戏"较多；从题材看，与北方秦腔、京剧相比，汉水流域戏曲中表现水浒英雄复仇的剧作较少，而表现男女风情的故事和滑稽故事往往容易被改编后搬上舞台。水浒戏中故事情节也存在地域差异。

第二，汉水流域这一特定的人文地理空间影响着剧作家、演员、观众对水浒戏的剧种选择。从汉水流域水浒戏的地理传播空间看，主要集中于七大传播地：汉中、安康、郧阳、襄阳、南阳、荆门、武汉，汉中水浒戏的主要演唱剧种为汉调桄桄（南路秦腔）、汉调二黄。安康水浒戏的主要演唱剧种为汉调二黄，襄阳和郧阳水浒戏的演唱剧种为湖北越调，南阳水浒戏的演唱剧种主要为豫剧和汉剧①，荆门水浒戏的扮演剧种主要为南戏和汉剧，武汉水浒戏的扮演剧种主要为汉剧。

第三，时代变迁、文化思潮影响着剧作家、演员、观众对水浒故事的筛选、改编。20世纪40年代的延安出现了新编水浒戏《逼上梁山》《三打祝家庄》，五六十年代全国范围内《野猪林》的改编与上演，80年代川剧《潘金莲》的移植与改编，反映了水浒戏与不同时代的文化氛围、人性渴求的对接和呼应。"《逼上梁山》最初是由杨绍萱在1943年九十月间写成的……改编的过程自然受到了政治意识形态的引领与统摄。"② 汉水流域水浒戏的剧目选择也体现了时代的特点：在20世纪五六十年代，在强调阶级斗争的时代，观众在舞台上看到的是水浒英雄的反抗和复仇；在20世纪80年代以后，在呼唤人性解放的时代，演员以身体阐释的是潘金莲的爱情和欲望的合理；在读图、荧屏和互联网时代，阎婆惜、潘金莲成为一种欲望的符号，一种不断塑造的欲望的化身，一种大众的消费品。

第四，水浒戏在京剧、秦腔中大多为大戏、本戏，但在汉水流域改编演出时大多是折子戏，人物较少，场次不多。根据记载、留存剧本和剧目，汉水流域水浒戏大多为"出戏"（折子戏），许多戏不分场，十场以上的戏很少，短剧有利于表演和百姓欣赏。如湖北越调中有水浒戏23种，本戏仅有《闹江州》《十字坡》《祝家庄》《金沙滩》《火弓弹》5种，其余18种为出戏（折子戏）。出戏大多三五个人物，需用的演员较少，便于舞台搬演，灵活自如。

第五，与小说《水浒传》相比较，改编自小说前七十一回的水浒戏较多。也可以说，汉水流域的水浒戏从传播和重写的角度印证了金圣叹的眼光，小说的精彩在梁山英雄排座次之前。明末清初的文学评点大家金圣叹

---

① 参见姚寿仁主编《南阳市戏曲志》，中州古籍出版社1992年版，第24—30页。
② 周涛：《民间文化与"十七年"戏曲改编》，广西师范大学出版社2012年版，第29页。

将120回本《水浒传》腰斩成70回本，删去了英雄排座次、梁山大聚义后的内容，以卢俊义一梦作为结局，称为《第五才子书施耐庵水浒传》。尽管学术界对金圣叹腰斩"水浒"有种种看法，但70回本确实是水浒故事的精华所在。谭帆认为，金圣叹"腰斩《水浒》，并妄撰卢俊义'惊噩梦'一节，以表现其对现实的忧虑；突出乱自上作，指斥奸臣贪虐、祸国殃民的罪恶；又'独恶宋江'，突出其虚伪不实，并以李逵等为'天人'。这三者明显地构成了金氏批改《水浒》的主体特性，并在众多的《水浒》刊本中独树一帜，表现出了独特的思想与艺术个性"[①]。汉水流域水浒戏集中改编自《水浒传》前70回，排座次之前的故事以人物为中心，便于在舞台上塑造人物形象，刻画人物性格，而排座次之后的梁山大规模作战不便于戏剧上演，也不贴近于普通观众的人生体验。

[①] 谭帆：《"四大奇书"：明代小说经典之生成》，载王瑷玲、胡晓真主编《经典转化与明清叙事文学》，台湾联经出版事业股份有限公司2009年版，第49—50页。

对话与突围:苏轼在黄州的空间书写[*]

夏明宇

苏轼贬谪黄州的人生遭际,让他"奋厉有当世志"[①]的理想怀抱一度折戟沉沙,也让他体味到了坠至"井底"[②]的孤独与绝望。但苏轼未能忘怀其功成名遂的初心,他通过与谪居空间的不停对话,积极开展自救并从"井底"浮起。在黄州贬地的艰危困境中,苏轼通过与庙宇道观、东坡雪堂、长江赤壁、黄州乡土等多维空间,开展回环往复的深刻对话,最终实现其身份认同与精神突围。"一部人类文明史,是人与自然的对话史,是人与人的对话史,更是人与神的对话史。"[③]巴赫金认为,"生活就其本质说是对话的。生活意味着参与对话:提问、聆听、应答、赞同等。人是整个地以其全部生活参与到这一对话之中,包括眼睛、嘴巴、双手、心灵、精神、

---

[*] 本文为国家社科基金重大项目"中国诗歌叙事传统研究"(15ZDB067)的阶段性成果,作者为上海大学图书馆助理研究员。

① (宋)苏辙:《亡兄子瞻端明墓志铭》,曾枣庄、马德富校点《栾城集》(后集)卷22,上海古籍出版社 2009 年版,第 1411 页。

② 苏轼初到黄州时,心情极度抑郁,在给朋友的书信中,多次提及"井底"。如,"黄州真在井底。杳不闻乡国信息……此中凡百粗遣,江边弄水挑菜,便过一日。"参见(宋)苏轼《与王元直》,孔凡礼点校《苏轼文集》卷 50,中华书局 1986 年版,第 1587 页。"谪居穷僻,如在井底,杳不知京洛之耗。"(宋)苏轼:《与司马温公》,孔凡礼点校《苏轼文集》卷 53,第 1442 页。

③ 谭桂林:《人与神的对话》(前言),安徽教育出版社 2000 年版。

整个躯体、行为"。① 在苦心孤诣的空间发现、建构与对话过程中，苏轼全身心地匍匐于黄州贬地并完成自我重塑，书写出一部贬谪文人精神突围的标本。

一 寺庙道观：神圣空间中的人神对话

苏轼率真单纯的个性，让他在北宋党争中连连失利，直至遭受被流贬黄州的厄运。莫名的打击让苏轼感受到前所未有的冲击，"使其生命形态顷刻间发生了巨大的逆转，生命价值亦由发展的高峰跌落到了无底的深谷"。② 苏轼由帝京重臣一朝跌落为边鄙幽囚，猝不及防的人世逆转，让他在惊恐之余想着逃离这纷扰的尘世。苏轼在贬谪地寄身的寺庙道观，因其兼备神圣与凡俗的时空属性，让其在贬谪初期获得了暂时的身心安顿。

宋神宗元丰二年（1079年）十二月，苏轼被贬为黄州团练副使，次年二月抵达黄州，寓居定惠院。初到黄州时，苏轼心情非常糟糕，他在《初到黄州》诗中自嘲道："自笑平生为口忙，老来事业转荒唐"③，悒郁之情难以掩饰。正是定惠院的寺庙空间，让初来乍到、惊魂未定的苏轼获得了暂时的安宁。寓居寺院的日子里，苏轼感觉自己犹如一只翩跹不居的孤鸿，"拣尽寒枝不肯栖，寂寞沙洲冷"④。孤鸿意象恰似苏轼彼时的肖像画，隐喻苏轼居黄时期的身世体验，这种"似非吃烟火食人语"⑤ 的出世心态，亦与苏轼寄身庙宇空间的体验相关。

---

① ［苏］巴赫金：《巴赫金全集》第5卷，白春仁、顾亚铃译，河北教育出版社1998年版，第387页。
② 尚永亮：《唐五代逐臣与贬谪文学研究》，武汉大学出版社2007年版，第315页。
③ （宋）苏轼：《初到黄州》，（清）王文诰辑注，孔凡礼点校《苏轼诗集》卷20，中华书局1982年版，第1032页。
④ （宋）苏轼：《卜算子·黄州定慧院寓居作》，邹同庆、王宗堂编校《苏轼词编年校注》，中华书局2007年版，第275页。
⑤ （宋）黄庭坚：《跋东坡乐府》，刘琳、李勇先、王蓉贵校点《黄庭坚全集》（正集）卷25，四川大学出版社2001年版，第660页。

在寄居寺院的光阴里，苏轼通过埋首抄经①，让自己沉浸于佛禅玄理中，来阻断现实的烦恼纠葛。《夷坚志》"东坡书金刚经"条载录云，"东坡先生居黄州时，手抄《金刚经》，笔力最为得意"。②在寓居庙宇期间，苏轼慢慢沉淀浮躁心性，常以空无心态观照前尘往事，频频抒写悲戚心绪，如《定惠院寓居月夜偶出二首》中写道："清诗独吟还自和，白酒已尽谁能借。不辞青春忽忽过，但恐欢意年年谢。""至今归计负云山，未免孤衾眠客舍。少年辛苦真食蓼，老境安闲如啖蔗。"③青春老去，而事功杳杳，想要借酒浇愁，竟然杯酒难得，渴盼归期，却孤眠客舍，苏轼回首崎岖人生路，感慨如今只能在清闲中打发时光。在孤寂寺庙的寄居生活里，让苏轼获赐了发现孤独风景的眼力，在寓居的定惠院外就发现了一株幽独绝艳的海棠，"江城地瘴蕃草木，只有名花苦幽独。嫣然一笑竹篱间，桃李漫山总粗俗"，"朱唇得酒晕生脸，翠袖卷纱红映肉"，"陋邦何处得此花，无乃好事移西蜀"。④嫣然一笑的幽独海棠，不正是苏轼高洁心性与独立不群的人格的写照吗？苏轼曾借竹抒怀云，"得志，遂茂而不骄；不得志，瘁瘠而不辱。群居不倚，独立不惧"。⑤苏轼眼中高洁的竹子与幽独的海棠花，其内在的孤傲习性与诗人的耿直秉性息息相通。苏轼平生佳作无数，但他却自认这首咏海棠的诗作是"吾平生最得意诗也"⑥，可见其对初来黄州寓居定惠院那段孤独难熬岁月的珍视。在寺院幽居静修，让苏轼能

---

① （宋）苏轼：《与章子厚参政书二首》，其一云："初到，一见太守，自余杜门不出。闲居未免看书，惟佛经以遣日，不复近笔砚矣。"孔凡礼点校《苏轼文集》卷49，中华书局1986年版，第1412页。

② （宋）洪迈著，何卓点校：《夷坚志》卷11，中华书局1981年版，第97页。

③ （宋）苏轼：《定惠院寓居月夜偶出二首》，（清）王文诰辑注，孔凡礼点校《苏轼诗集》卷20，中华书局1982年版，第1033、1034页。

④ （宋）苏轼：《寓居定惠院之东，杂花满山，有海棠一株，土人不知贵也》，（清）王文诰辑注，孔凡礼点校《苏轼诗集》卷20，中华书局1982年版，第1036、1037页。

⑤ （宋）苏轼：《墨君堂记》，孔凡礼点校《苏轼文集》卷11，中华书局1986年版，第356页。

⑥ （宋）阮阅编，周本淳校点：《诗话总龟》（前集）卷29，人民文学出版社1987年版，第297页。

够反省观照自我,并通过物我同一的比况隐喻,让其郁闷难平的幽怨之情获得疏泄释放。"对自我内心世界的'返照',对社会、宇宙、人生的冷静谛视,必然导致对'尘世'的超离。"① 写作于元丰五年(1082年)的《寒食雨》诗中,苏轼尚在自我玄思返照,"卧闻海棠花,泥污燕脂雪"②,由海棠花被寒雨摧折凋谢的事象,隐喻其贬居黄州三年来的孤苦处境,这是苏轼寓居庙宇时凄苦心境的再次映射。

"内心的波澜需要止息,躁动的情绪需要舒解,参禅,成为非常有效的途径。"③ 在与神明共处的寺庙空间里,苏轼俗世中的烦恼亦渐次淡去。"元丰六年十月十二日夜,解衣欲睡,月色入户,欣然起行。念无与为乐者,遂至承天寺寻张怀民。怀民亦未寝,相与步于中庭。庭下如积水空明,水中藻荇交横,盖竹柏影也。何夜无月?何处无松柏?但少闲人如吾两人者耳。"④ 月光下的承天寺,让苏轼再次获得心灵救赎,月光贮满小院,犹如积水空明,竹柏影子浮动在地面,好似清水中摇动的水藻。这空明纯净的胸次,高蹈绝尘的优美意境,也只有在远离红尘的寺院中方可获得。居黄期间,对苏轼影响较大的寺院还有安国寺,苏轼大半光景流连于其间。在《安国寺浴》诗中,苏轼写出自己于此参禅省悟的心得,"尘垢能几何,翛然脱羁梏。披衣坐小阁,散发临修竹。心困万缘空,身安一床足"。⑤ 如果说定惠院让苏轼在初到黄州时暂获身体安顿,任其发泄忧愤,返照自我,那么,安国寺则使其静心打坐,灵魂获得安顿,并得以走出心理危城。元丰七年(1084年)四月,朝廷量移苏轼汝州安置,在即将离开黄州之际,应安国寺僧首继连之邀,苏轼写下《黄州安国寺记》,记述自

---

① 张晶:《禅与唐宋诗学》,人民文学出版社2003年版,第133页。
② (宋)苏轼:《寒食雨二首》其一,(清)王文诰辑注,孔凡礼点校《苏轼诗集》卷21,中华书局1982年版,第1112页。
③ 张晶:《禅与唐宋诗学》,人民文学出版社2003年版,第129页。
④ (宋)苏轼:《记承天寺夜游》,孔凡礼点校《苏轼文集》卷71,中华书局1986年版,第2260页。
⑤ (宋)苏轼:《安国寺浴》,孔凡礼点校《苏轼诗集》卷20,中华书局1986年版,第1034页。

己居黄州五年与安国寺的因缘,"城南精舍曰安国寺,有茂林修竹,陂池亭榭。间一二日辄往,焚香默坐,深自省察,则物我相忘,身心皆空,求罪垢所从生而不可得。一念清净,染污自落,表里翛然,无所附丽。私窃乐之。且往而暮还者,五年于此矣"。① 苏轼常年在安国寺浸润佛教精义,在与佛祖心领神会的对话中,让他由一个素怀天下的博学鸿儒,变成了一个得道的"高僧"。苏轼居黄州期间走访吟咏的寺庙道观还有很多,如乾明寺、天庆观、西山寺、禅庄院、静庵、清泉寺、师中庵、五祖寺等。苏轼自幼习染佛教,视佛理为终身知己,不料黄州之厄,为他皈依佛禅提供了意外的契机。

儒、道、佛三教合一,不只是宋代文人淘洗心灵的一泓清泉,更成为他们一种务实的生活方式。禅宗倡导"即心即佛""顿悟见性"的修炼方式,恰好顺应了宋代士人的参禅要求。"禅宗重视的是现世的内心自我解脱,它尤其注意从日常生活的细微小事中得到启示和从大自然的陶冶欣赏中获得超悟,因而它不大有迷狂式的冲动和激情,有的是一种体察细微、幽深玄远的清雅乐趣,一种宁静、纯净的心的喜悦。"② 在游览或寄宿庙宇时,苏轼能将自己从凡俗的日常生活中暂时抽身,通过冥思怀想与神明对话,获得超越现实樊篱的精神力量,这成为苏轼在困境中的保身法则。苏辙在为苏轼撰写的墓志铭中写道:"既而谪居于黄,杜门深居,驰骋翰墨,其文一变,如川之方至,而辙瞠然不能及矣。后读释氏书,深悟实相,参之孔老,博辩无碍,浩然不见其涯也。"③ 清儒钱谦益在梳理苏轼的思想演变轨迹时,认为他"黄州已前得之于庄,黄州已后得之于释"④。苏轼在历

---

① (宋)苏轼:《黄州安国寺记》,孔凡礼点校《苏轼文集》卷12,中华书局1986年版,第392页。

② 葛兆光:《禅宗与中国文化》,上海人民出版社1986年版,第122页。

③ (宋)苏辙:《亡兄子瞻端明墓志铭》,曾枣庄、马德富校点《栾城集》(后集)卷22,上海古籍出版社2009年版,第1421—1422页。

④ (清)钱谦益:《读苏长公文》,钱曾笺注,钱仲联标校《牧斋初学集》卷83,(台北)文海出版社1986年版,第1756页。

次遭受重大人生变故,被流贬天涯之际,往往在寓居庙宇亲历佛禅之后,能够让惊恐的灵魂得到暂时安顿。苏轼后来一度被贬谪到惠州,甫到贬地即便寄居于嘉祐寺,与他初贬黄州时的行迹大抵一致。苏轼凭着庙宇空间的护佑,在佛禅教义超越苦难精神的滋养下,在与神明的心神交会中,一次次从心理上阻断尘世风雨,进而寻获突围困境的护身符。

二 东坡雪堂:孤岛空间里的自我对话

苏轼居黄之初,除了庙宇空间之外,一家老小还曾寄居于废旧的临皋亭。直到元丰五年(1082年)二月,苏轼在友人的帮助下,得到城中一块废弃的野地,并在其间建成"东坡雪堂"数间,才移出了定惠院与临皋亭。东坡雪堂,是苏轼按照自己的想法建造的一个属于自己的家宅,这是与周遭环境相隔断的私人空间,也是苏轼为自己建构的一座心灵孤岛。"家宅是一种强大的融合力量,把人的思想、回忆和梦想融合在一起。"[1]苏轼置身东坡雪堂,俯仰之间犹如梦回故居,重获故土与故我的记忆。"东坡"得名缘于白居易的忠州东坡,《二老堂诗话》载录云:"白乐天为忠州刺史,有《东坡种花》二诗,又有《步东坡》诗,云:'朝上东坡步,夕上东坡步;东坡何所爱,爱此新成树。'本朝苏文忠公不轻许可,独敬爱乐天屡形诗篇,盖其文章皆主辞达。而忠厚好施,刚直尽言,与人有情,与物无著,大略相似。谪居黄州,始号东坡,其原必起于乐天忠州之作也。"[2]苏轼贬谪黄州时的境遇,与白居易彼时的遭遇心有戚戚,苏轼自然地借鉴了白氏在忠州时流连忘返的东坡,来为自己耕作的荒地命名。

苏轼经营东坡并建构东坡雪堂的举动,不仅解决了自身栖居的物理空间,还为自己建构了一座精神的殿堂,徜徉其间,苏轼在满目晶莹的雪景

---

[1] [法]加斯东·巴什拉:《空间的诗学》,张逸婧译,上海译文出版社2009年版,第5页。
[2] (宋)周必大:《二老堂诗话》,中华书局1985年版,第3页。

图画中，能够自由地与自己对话，也能与他崇敬的古圣先贤们自由对话。贬谪生涯中，最令苏轼惺惺相惜的前贤是白居易与陶渊明，东坡雪堂的建构，寄寓了苏轼与精神偶像交流对话的期待。苏轼平生最为钦佩白居易的处世态度，他曾写诗自比为乐天，"出处依稀似乐天，敢将衰朽较前贤"[①]。白居易被贬为江州司马时，并未一味沉溺于哀怨愁闷之中，而是积极开展自救，谋划建构安身立命之所，"老来尤委命，安处即为乡。或拟庐山下，来春结草堂"[②]。庐山草堂空间建构完成之际，白居易还写下了《草堂记》以发抒情怀。"草堂资藉庐山的美好景物与文化意涵，提供白氏中断世俗的时间锁链，藏身于天地之间，寻求暂时性的超越经验。"[③] 东坡雪堂的建构，显然受到白氏"庐山草堂"的启发，苏轼欲借雪堂空间来"寻求暂时性的超越经验"。苏轼在雪堂建成后，曾作《雪堂记》记述个中情怀，"苏子得废圃于东坡之胁，筑而垣之，作堂焉，号其正曰雪堂。堂以大雪中为之，因绘雪于四壁之间，无容隙也。起居偃仰，环顾睥睨，无非雪者。苏子居之，真得其所居者也"[④]。苏轼绘雪于四壁，体现了其在当下处境中有意淡忘季节变迁的时间意识，"对受庇护的存在来说，宇宙被表达和省略为一个词，雪。"[⑤] 在这样雪白晶莹的空间里，苏轼避开了纷扰的人世，于幽独自处中开展自我对话："人之为患以有身，身之为患以有心。是圃之构堂，将以佚子之身也？是堂之绘雪，将以佚子之心也？身待堂而安，则形固不能释。心以雪而警，则神固不能凝。子之知既焚而烬矣，烬又复

[①]（宋）苏轼：《予去杭十六年而复来，留二年而去。平生自觉出处老少，粗似乐天。虽才名相远，而安分寡求，亦庶几焉。三月六日，来别南北山诸道人，而下天竺惠净师以丑石赠行，作三绝句》其二，（清）王文诰辑注，孔凡礼点校《苏轼诗集》卷33，中华书局1982年版，第1762页。

[②]（唐）白居易：《四十五》，谢思炜校注《白居易诗集校注》，中华书局2006年版，第1295页。

[③] 曹淑娟：《白居易的江州体验与庐山草堂的空间建构》，《唐代文学研究》（第十三辑），广西师范大学出版社2010年版，第849页。

[④]（宋）苏轼：《雪堂记》，孔凡礼点校《苏轼文集》卷12，中华书局1986年版，第410页。

[⑤][法]加斯东·巴什拉：《空间的诗学》，张逸婧译，上海译文出版社2009年版，第41页。

然，则是堂之作也，非徒无益，而又重子蔽蒙也。"①苏轼通过与自我的对话，阐释了雪堂空间对于自我安顿的意义。东坡雪堂并非一座普通的住所，而是丧失了精神家园的诗人本人，在贬谪地建构起的一处与世隔离的心理避难所，苏轼在此触摸自我脉搏，约谈古圣先贤，从而逃离俗世的种种烦恼，东坡雪堂从此成为古代文人在厄境中开展自救的空间标本。

身居雪堂，思接千载，苏轼能够从意识深处迈越贬所空间的拘束，他不仅与白居易心灵交会，还将目光投射向更遥远的东晋时期，"种豆南山下"的陶渊明让苏轼倍感亲切。在《江城子》词序中，苏轼将自己与陶渊明的处境进行类比，"陶渊明以正月五日游斜川，临流班坐，顾瞻南阜，爱曾城之独秀，乃作斜川诗，至今使人想见其处。元丰壬戌之春，余躬耕于东坡，筑雪堂居之，南挹四望亭之后丘，西控北山之微泉，慨然而叹，此亦斜川之游也"。② 黄州东坡与陶潜的斜川，具有一脉相承的文化符码，播种着古代贤哲士人的节操品行。苏轼在词中咏叹道："梦中了了醉中醒。只渊明，是前生。走遍人间，依旧却躬耕。昨夜东坡春雨足，乌鹊喜，报新晴。雪堂西畔暗泉鸣。北山倾，小溪横。南望亭丘，孤秀耸曾城。都是斜川当日境，吾老矣，寄余龄。"③ 在东坡躬耕之际，苏轼感觉自己恍惚行走在东晋的时空里，他把自己当成了陶渊明的化身。苏轼在东坡雪堂里与白居易、陶渊明等先贤神交时，不仅找到了自我救赎的膜拜对象，他们还成为苏轼想象中的自我化身，诗人与白、陶的对话实即与自我的对话，并从对话中获赐治愈心病的药方。数年之后，苏轼重被贬谪到惠州、儋州等更偏远之地，为寻获心理慰藉，他展开了一场声势更为浩大的自我对话，他自觉地将陶渊明诗集逐篇进行追和，"公诗本似李杜，晚喜陶渊明，追

---

① （宋）苏轼：《雪堂记》，孔凡礼点校：《苏轼文集》卷12，中华书局1986年版，第411页。
② （宋）苏轼：《江城子》，邹同庆、王宗堂编校《苏轼词编年校注》，中华书局2007年版，第352页。
③ 同上书，第353页。

和之者几遍"。① 苏轼对陶渊明的推崇与对陶诗的追和,造就了他在逆境中自我对话的奇丽高峰。

东坡雪堂的意义,不仅是苏轼进行自我对话与修炼心性的封闭孤岛,它还是苏轼接待宾朋的开放之岛,是其与来访者进行心灵交流的文化空间,同时也是苏轼自我对话的外延空间。好友董毅夫来黄州拜望诗人,在简陋的雪堂旁居住下来,苏轼在《哨遍》词序中记述道:"陶渊明赋《归去来》,有其词而无其声。余治东坡,筑雪堂于上。人俱笑其陋,独鄱阳董毅夫过而悦之,有卜邻之意。"② 从物质层面来看,东坡雪堂不过陋室数间,但从精神层面视之,此空间则充溢着文化思辨的内蕴,那是因为雪堂主人的澡雪精神与凛然不屈的人格魅力,其光芒早已穿越了世俗的雾障。元丰五年(1082年)三月,著名画家米芾来访,也居住于简陋的东坡雪堂,并与苏轼一道观摩释迦佛像,探讨画竹方法。九月,巢谷来黄州,馆于雪堂,还为苏迨、苏过兄弟受业。在苏轼即将离别黄州之际,昔日好友王齐愈、王齐万、参寥、赵吉等人聚集于雪堂,为苏轼送行。东坡雪堂是志趣相合者的精神乐园,雪堂空间已成为苏轼心灵世界的象征。

东坡雪堂是苏轼在俗世建构的净土世界,是其高洁人格的物质载体,苏轼于此获得身心的双重安顿,让迷失的本我重被召回。唐代大诗人杜甫流寓蜀中时,困窘中建成"杜甫草堂",其与苏轼的雪堂何其相似,皆已成为一个时代的文化景观,只不过东坡雪堂更多了些精神层面的超越性意味。东坡雪堂成为苏轼自我疗伤的临时避难所,而深埋在其心底的隐忧却难以根除。写于元丰五年(1082年)三月的《寒食雨二首》,悲咽沉痛,情绪低迷,面对"春去不容惜"的时光蹉跎,苏轼不禁悲从中来,其心境

---

① (宋)苏辙:《亡兄子瞻端明墓志铭》,曾枣庄、马德富校点《栾城集》(后集)卷22,上海古籍出版社2009年版,第1422页。
② (宋)苏轼:《哨遍》,邹同庆、王宗堂编校《苏轼词编年校注》,中华书局2007年版,第388、389页。

被寒雨与江水所充盈。寒雨连绵的时光里,苏轼时时感到漂泊不安愁苦难耐,"春江欲入户,雨势来不已。小屋如渔舟,濛濛水云里"。① 苏轼想象小屋就如一叶飘摇的扁舟,沉浮在濛濛的江面上。"君门深九重,坟墓在万里。也拟哭途穷,死灰吹不起。"② 苏轼的痛苦源自于对帝京与故乡的无法释怀,即便如今繁花坠落成死灰,他还是不甘心,他试图让死灰复燃,可惜寒食苦雨,将他的一点念想也彻底浇灭了。他藏身于雪堂空间,只能获得暂时的解脱,繁华的帝京与遥远的故乡,已成为他沉吟不已的梦幻,悬置为诗人心中一道难以逾越的时光幕墙,阻挠他直面栖身的黄州乡土。

苏轼在建构东坡雪堂时,有意用白雪来修饰墙壁,在晶莹洁白的空间景观中,他借助时间的凝固来对抗时间的流逝,进而寻获遗世独立的自我存在感。卡斯腾·哈利斯(Karsten Harries)认为,建筑不仅仅是定居在空间里,从空无的空间中拉扯、塑造出一个生活的地方。它也是对于"时间的恐怖"的一项深刻抵拒。创造一个美的物体,乃是"连接时间与永恒",并据此将我们由时间的暴虐中救赎出来。空间构造物的目的"不是阐明时间的实体,使我们或许可以更适意地悠游其中,而是……在时间中废除时间,即使只是暂时的"。③ 苏轼刻意消泯现实时间的存在,从而减轻因时间的流逝而带来的恐惧感。"人们有时以为能在时间中认识自己,然而人们认识的只是在安稳的存在所处的空间中的一系列定格,这个存在不愿意流逝,当他出发寻找逝去的时光时,他想要在这段过去中'悬置'时间的飞逝。"④ 东坡雪堂对于苏轼来说,不仅是一处得以寄身的家宅,它还能让时间"悬置"起来,让诗人暂时遗忘岁华的消逝与世事的蹉跎。东坡雪堂是

---

① (宋)苏轼:《寒食雨二首》其二,(清)王文诰辑注,孔凡礼点校《苏轼诗集》卷21,中华书局1982年版,第1113页。
② 同上。
③ [英]大卫·哈维:《时空之间——关于地理学想象的反思》,王志弘译,参见包亚明主编《现代性与空间的生产》,上海教育出版社2003年版,第397页。
④ [法]加斯东·巴什拉:《空间的诗学》,张逸婧译,上海译文出版社2009年版,第7页。

苏轼在谪居地建构的心灵孤岛，是其在黄州突围的心理根据地。苏轼在东坡雪堂凝固的时间中，开展深切的自我对话，使得东坡雪堂蕴含着厚重的人文情怀，进而成为历代文人瓣香膜拜的空间景观。

三 长江赤壁：历史景观边的人天对话

为了让被拘束的灵魂飞离黄州，苏轼需要从黄州的自然与历史景观中寻找契合心灵飞越之物，以便与广袤的宇宙开展跨时空的对话。黄州靠近滚滚长江，而苏轼的故乡眉山也在长江之滨，这让其面对大江时多了一份家园的依恋与遐想。苏轼居住的临皋亭紧邻奔腾不息的浩荡长江，"临皋亭下不数十步，便是大江，其半是峨眉雪水，吾饮食沐浴皆取焉，何必归乡哉！江山风月，本无常主，闲者便是主人"。[1] 苏轼望江水而触乡愁，可他负罪在身，有家难返，便只能以"闲者便是主人"来自我安慰了。"江汉西来，高楼下，蒲萄深碧。犹自带、岷峨雪浪，锦江春色。"[2] 长江分明是从故乡峨眉奔腾而来，尚携带着锦江的春色，可是苏轼已从庙堂坠落江湖，故乡亦如江水东流而迢迢难返。苏轼还曾记述自己醉酒夜归临皋亭的心理体验，"家童鼻息已雷鸣。敲门都不应，倚杖听江声"，他深夜站立在他乡的荒野里，听着江水涛声依旧，"小舟从此逝，江海寄余生"[3]，悬想乘舟远逝江海，永远挣脱黄州的拘束。这是潜藏于他心底的一段苍凉独白，融悲鸣于鼻息，寓悲慨于江声，伤逝与沉浮之况味深重。苏轼此刻涌起的乘桴浮于海的念想，正是缘于他对人世的极度失望。在最无助的日子里，奔涌的长江一次次将他从精神上带离贬所，虽然那只是天光石火般的

---

[1]（宋）苏轼：《与范子丰八首》其八，孔凡礼点校《苏轼文集》卷50，中华书局1986年版，第1453页。

[2]（宋）苏轼：《满江红·寄鄂州朱使君寿昌》，邹同庆、王宗堂编校《苏轼词编年校注》，中华书局2007年版，第335页。

[3]（宋）苏轼：《临江仙·夜归临皋》，邹同庆、王宗堂编校《苏轼词编年校注》，中华书局2007年版，第467页。

刹那驰想，却给绝望中的苏轼带来了弥足珍贵的片刻放松。浩浩长江，诱惑着谪居的苏轼向江水深处驶去。

苏轼一生命运偃蹇，在黄州却意外地与赤壁这一人文地理景观相遇，为绝望的苏轼打开了一扇遥望宇宙的天窗。依偎着黄州的赤壁古迹，其实并非历史上的三国古战场，但它并不妨碍苏轼的凭吊并与之进行跨时空的对话。据考证，苏轼居黄的五年间，登临泛览赤壁不下10次①，可见苏轼对黄州赤壁空间是别有怀抱的。元丰三年（1080年）八月，苏轼与长子苏迈一道夜游赤壁，"时去中秋不十日，秋潦方涨，水面千里，月出房、心间，风露浩然。所居去江无十步，独与儿子迈棹小舟至赤壁，西望武昌，山谷乔木苍然，云涛际天"。②初来赤壁，苏轼体验到了月下赤壁凄清苍茫的自然风光，尚未涉及历史典故，可能诗人也明白此间的赤壁本非三国故地。元丰五年（1082年）五月间，苏轼独自泛游赤壁，其此次有意从历史景观的视域来考量赤壁，"黄州守居之数百步为赤壁，或言即周瑜破曹公处，不知果是否？断崖壁立，江水深碧，二鹘巢其上"。③苏轼明知此处可能不是三国故地，但他还是假设此处即为"周瑜破曹公处"，"赤壁何须问出处，东坡本是借山川"④，苏轼只不过是凭借赤壁山川来抒怀而已，并以此历史意识来观照黄州赤壁。前期从自然与人文两个维度对赤壁的反复考察，为苏轼后期撰写赤壁赋等作品做了铺垫与蓄势。元丰五年（1082年）七月，"壬戌之秋，七月既望，苏子与客泛舟游于赤壁之下"，苏轼面对奇秀绝丽的自然风景，追思渺然仙逝的历史名人，情发于中，慨然抒怀，"况吾与子渔樵于江渚之上，侣鱼虾而友麋鹿。驾一叶之扁舟，举匏樽以

---

① 饶学刚：《东坡赤壁游踪考》，《黄冈师专学报》1984年第1期。
② （宋）苏轼：《〈秦太虚题名〉记并题》，孔凡礼点校《苏轼文集》卷12，中华书局1986年版，第398、399页。
③ （宋）苏轼：《记赤壁》，孔凡礼点校《苏轼文集》卷71，中华书局1986年版，第2255页。
④ （清）朱日浚：《赤壁怀古》，汪燊纂辑，王琳祥点校《黄州赤壁集》，华中师范大学出版社2010年版，第184页。

相属。寄蜉蝣于天地，渺沧海之一粟。哀吾生之须臾，羡长江之无穷。挟飞仙以遨游，抱明月而长终。知不可乎骤得，托遗响于悲风"。① 这样超迈时空的生命体验，为苏轼重塑了一个全新的自我，可以说，是赤壁边的沉思以及与宇宙的交互对话，让苏轼开始重新审视自己，并挣脱了自缚的精神枷锁。

宋代理学家崇尚民胞物与的宇宙关怀，这让宋代的文人士大夫多能超越性地看淡一己之得失。面对滔滔江水，苏轼感到人生如同匆匆蜉蝣，在浩渺的宇宙与悠久的历史景观面前，人世间的纷纷扰扰简直不堪一提。"在这种万物一体的境界中，个体的道德自觉大大提高，他的行为也就获得了更高的价值。而个人的生与死、贫与富、贵与贱，在广大的宇宙流行过程面前变得微不足道。"② 同年八月，苏轼再次莅临赤壁，在前期的情感、心理、历史地理知识储备等基础之上，他终于迈越了孤鸿的凄迷与海棠的孤芳境地，他如同一位手执"铁板"的"关西大汉"③，面对滚滚长江，高唱《念奴娇·赤壁怀古》，这首照耀千古文坛的豪迈词篇，正是苏轼在黄州突围过程中的怀抱宣泄。该词从赤壁现场发端，叙事时空在现实、历史、梦幻等虚实场景之间流转切换，映现出苏轼面对赤壁古迹时激烈碰撞的心路图景。这是苏轼在低迷孤寂、愁肠难浇的现实困境下，重塑自我的一次尝试。面对激荡的江水与光耀史册的赤壁烟火，苏轼的脑海中浮现出周瑜等英雄群像。他徜徉于东坡雪堂时，怀想白居易的放达与陶渊明的幽隐生活，而置身于赤壁故地时，则与周瑜、诸葛亮等叱咤政坛的风流人物紧紧拥抱。他俯仰山水之间，在奔流不息的江水面前，在与历史及

---

① （宋）苏轼：《赤壁赋》，孔凡礼点校《苏轼文集》卷1，中华书局1986年版，第6页。
② 陈来：《宋明理学》，华东师范大学出版社2004年版，第58页。
③ 参见（宋）俞文豹撰，张宗祥辑录《吹剑录全编》，古典文学出版社1958年版，第38页。《吹剑续录》载："东坡在玉堂，有幕士善讴，因问'我词比柳词何如？'对曰：'柳郎中词，只好十七八女孩儿，执红牙板，唱杨柳外晓风残月；学士词，须关西大汉，执铁板，唱大江东去。'公为之绝倒。"

自然的还回对话中，了悟自然、宇宙、人世的诸多道理。乱石穿空的岩壁与惊涛拍岸的江水意象，一坚守一流动，一坚硬一柔软，在相对相倚中走向永恒。宇宙时空茫无涯际，而人生则如江水瞬息即逝，这一发人深省的时空场景，只有在贬谪的幽独时光中，苏轼才能静心体察出来。

黄州五年的贬谪生活，让苏轼由惊悸不安渐趋成熟淡定，他试图从宇宙的浩渺来反观自我的渺小，并以历史时间的绵邈来对照贬居光阴的短促，进而减轻岁月流逝功业蹉跎的焦虑感。"由时间流逝而产生的人生流浪感，是从宇宙观的高度来观照人生的结果。"① 不错，在面对逝水流年与满头华发时，苏轼不甘壮志偃蹇而徒增无奈与感伤。经历了此番跨时空对话的高峰体验之后，赤壁景观在苏轼眼中慢慢失去了初遇时的光华。同年十月，苏轼邀约友人再次夜游赤壁，其笔下的风景顿然失色。"江流有声，断岸千尺；山高月小，水落石出。曾日月之几何，而江山不可复识矣。予乃摄衣而上，履巉岩，披蒙茸，踞虎豹，登虬龙，攀栖鹘之危巢，俯冯夷之幽宫。盖二客不能从焉。划然长啸，草木震动，山鸣谷应，风起水涌。予亦悄然而悲，肃然而恐，凛乎其不可留也。反而登舟，放乎中流，听其所止而休焉。"② 这次夜游，苏轼感到"江山不可复识"，其心境由前几次泛览时的欣喜惊奇转变为凄清惊恐，一方面因为季候由春夏转入深秋，另一方面因为苏轼眼中的赤壁由历史人文景观又回复到普通的自然山水之故，可谓暗合了青原惟信禅师"见山只是山，见水只是水"③的语录真谛。

中国古典文学的空间意象往往附着有特定的时间属性，呈现时间空间化的美学意味。"时间寓于空间之中，就像宙寓于宇中。空间主导着时间，时间被空间化了。同样，空间也感染上时间的某些动态特征。"④ 雪堂空间

---

① 李炳海：《空间迁徙和时间流逝中的漂泊者》，《社会科学辑刊》2001年第1期。
② （宋）苏轼：《后赤壁赋》，孔凡礼点校《苏轼文集》卷1，中华书局1986年版，第8页。
③ （宋）普济著，苏渊雷点校：《五灯会元》卷17，中华书局1984年版，第1135页。
④ 赵奎英：《中国古代时间意识的空间化及其对艺术的影响》，《文史哲》2000年第4期。

是苏轼有意用壁上白雪来凝固当下时间，借以减轻现实时间流逝所带来的功业无成的伤逝感，时间意识呈现出自我审视的内敛性。长江与赤壁等人文地理景观由于其沧桑浩渺的物象征候，引发苏轼从历史时空的宏大视域来俯视其贬谪生涯，时间意识呈现出玄思发问的外向性。苏轼在对寓含时间性的空间景观进行冥思叩问的过程中，"通过空间与时间的回旋、转化与衍生，从而达到对时间的抵抗的方式"①，借助宇宙时空之无涯来对比一己生涯之短暂，在内外时空的回旋转化中，冲决了苏轼在贬谪地的幽独苦闷。

赤壁景观的发现，让苏轼的心态由抑郁消沉转而激情迸射，并在心理突围的艰难进程中，终又渐趋老成平淡，从中隐约可见苏轼"渐老渐熟"的心理轨迹。苏轼在《与二郎侄书》中云，"凡文字，少小时须令气象峥嵘，采色绚烂，渐老渐熟，乃造平淡。其实不是平淡，绚烂之极也"。② 这段议论不只关涉艺术的表现力问题，它更是苏轼历经沧桑后的人生体验。"老境美所反映的是一种人世沧桑的凄凉和强歌无欢的沉郁，它源于当时作家心理情感中普遍存在的'忧患'意识。"③ 苏轼在空间发现、建构、对话与突围的过程中，最难逾越的就是自砌的心理围城，直到他体悟到随和平淡的"老境"之美，开始以黄州土著的身份自居时，方才成功突围，至此恍然发现了另外一个黄州。

四　黄州乡土：身份认同下的人地对话

苏轼居黄五年，心路崎岖，从最初的逃避，到慢慢调整说服自己，再到长江大川与历史古迹中洗濯心灵，他崇尚自由的灵魂在坠落凡尘之

---

① 季进：《地景与想象——沧浪亭的空间诗学》，《文艺争鸣》2009年第7期。
② （宋）赵令畤：《侯鲭录》卷8，中华书局1985年版，第79页。
③ 张毅：《宋代文学思想史》，中华书局1995年版，第120页。

后开始再次起飞。在艰苦的心理冲撞与理性思辨之后，苏轼明白了人生的路必须脚踏实地才能走好，只有乡土大地才能彻底治愈并抚慰他的抑郁心病与累累伤痕。苏轼努力地从寄居的庙宇与自建的雪堂里走出来，从陶渊明的斜川与周瑜的赤壁中走出来，主动去拥抱黄州的广袤大地以及生养于此的土著居民。行走在黄州乡邦的荒蛮大地，苏轼尝试忘却过往，他学着高歌，学着扶犁，学着与渔樵杂处，学着夜眠绿杨桥，他终于能如海棠一般扎根于黄州大地。至此，另一个新的黄州赫然闯进了苏轼的世界。

苏轼居黄期间交游人群层次驳杂，既有州郡太守，也有地方贤达，更有朴实的农民，映射出他在黄州时身份的多重属性，内含有朝廷命官的政治修为、文化学者的高雅情怀与土著农民的躬耕辛劳，苏轼正是按照这多重身份来自觉行事的。黄州太守徐君猷对苏轼眷顾有加，多次与戴罪的谪客把酒叙情，让失意的诗人倍感温暖。苏轼甫到黄州，"君猷一见，相待如骨肉"[1]，君猷还冒着重重危险，屡次上书推荐被贬逐的诗人，这对于身处厄境的苏轼来说，不啻雪中送炭。徐太守的知遇之恩让苏轼感佩不已，他在诗中记述道："雪里餐毡例姓苏，使君载酒为回车""荐士已闻飞鹗表，报恩应不用蛇珠。"[2] 可惜好景不长，这份荫蔽随着君猷的离任而结束。元丰五年（1082年），君猷调任湖南，次年溘然辞世。失去了贵人提携的苏轼，悲辛交集，他在诗歌中悲惋道："一舸南游遂不归，清江赤壁照人悲""山城散尽樽前客，旧恨新愁只自知。"[3] 君猷的关怀，让苏轼在谪居地能近距离地与心仪的政治生活沾了点边，

---

[1] （宋）苏轼：《与徐得之十四首》其一，孔凡礼点校《苏轼文集》卷57，中华书局1986年版，第1721页。

[2] （宋）苏轼：《浣溪沙·十一月二日，雨后微雪，太守徐君猷携酒见过，坐上作〈浣溪沙〉三首。明日酒醒，雪大作，又作二首》其三，邹同庆、王宗堂编校《苏轼词编年校注》，中华书局2007年版，第343页。

[3] （宋）苏轼：《徐君猷挽词》，（清）王文诰辑注，孔凡礼点校《苏轼诗集》卷22，中华书局1982年版，第1181、1182页。

其尘封已久的"当世志"也有了一个与现实交锋的对话空间，让他慢慢从穷僻的黄州"井底"挣扎着浮游上来。

  苏轼最初认识黄州，缘起于他的故交陈慥。陈慥乃当世奇侠，特立独行，为人仗义，常年流寓于光州黄州之间。苏轼贬逐黄州之后，二人之间来往密切，陈慥先后七次来黄州看望苏轼，苏轼曾三次前往岐亭看望陈慥，可谓患难之交。苏轼在《岐亭五首》诗序中深情回忆了二人的交往片段，"元丰三年正月，余始谪黄州。至岐亭北二十五里山上，有白马青盖来迎者，则余故人陈慥季常也，为留五日，赋诗一篇而去。明年正月，复往见之，季常使人劳余于中途。余久不杀，恐季常之为余杀也，则以前韵作诗，为杀戒以遗季常。季常自尔不复杀，而岐亭之人多化之，有不食肉者。其后数往见之，往必作诗，诗必以前韵。凡余在黄四年，三往见季常，而季常七来见余，盖相从百余日也。七年四月，余量移汝州，自江淮徂洛，送者皆止慈湖，而季常独至九江"。[①] 从序言中可见二人的情谊非同一般，就在亲朋同僚们对苏轼避之唯恐不及的艰难时刻，陈慥对苏轼一如既往的追随与关怀，愈显弥足珍贵。正如别诗中所云，"醒时夜向阑，唧唧铜瓶泣。黄州岂云远，但恐朋友缺"。[②] 苏轼一生酷爱交游，珍视朋友情谊，放逐黄州让他倍感孤独，苏轼在写给友人的信中曾反复言及当时的处境，"得罪以来，深自闭塞，扁舟草履，放浪山水间，与樵渔杂处，往往为醉人所推骂，辄自喜渐不为人识。平生亲友无一字见及，有书与之亦不答，自幸庶几免矣。"[③] "轼自得罪以来，不敢复与人事，虽骨肉至亲，未肯有一字往来。"[④] 在"平生亲友无一字见及"的凄苦境况中，陈慥的情谊

---

  ① （宋）苏轼：《岐亭五首并序》，（清）王文诰辑注，孔凡礼点校《苏轼诗集》卷23，中华书局1982年版，第1204页。
  ② 同上书，第1205页。
  ③ （宋）苏轼：《答李端叔书》，孔凡礼点校《苏轼文集》卷49，中华书局1986年版，第1432页。
  ④ （宋）苏轼：《与章子厚参政书二首》其一，孔凡礼点校《苏轼文集》卷49，中华书局1986年版，第1411页。

让苏轼感念不已。苏轼在临别之际回首这段奇缘时写道:"两穷相值遇,相哀莫相湿。不知我与君,交游竟何得。"① 这是对二人交情的最高评价。苏轼还为陈慥撰写了传记,传末评论云,"余闻光、黄间多异人,往往佯狂垢污"。② 苏轼用"异人"来评价陈慥,也是对黄州民间高人的整体评价。在黄州的异人中,苏轼一定也是名列前茅的,苏轼在为陈慥作传时,是否也隐含着惺惺相惜的夫子自道呢?

想要真正融入一方水土,就得匍匐于土地上,与生活其间的人民百姓一道歌哭前行。"吾生如寄耳,初不择所适"③,苏轼在初往黄州贬地的程途中,感叹身世飘萍,无所适从,诗人寻思着"要为'寄寓'的人生寻求可以安身立命的大地"④。在经过长期的思索之后,苏轼意识到只有扎根于脚下的大地,如同那株扎根异乡的绝艳海棠一般,方能"此心安处是吾乡"⑤。元丰三年(1080年)正月,苏轼在赴黄州途中曾与子由短暂相聚,为安慰子由,他写诗自慰云:"便为齐安民,何必归故丘"⑥,其想象自己未来就是"齐安"居民,不料一语成谶,数年之后,苏轼不仅认同自己的身份为"齐安民",更是一个土著的"黄州人",他直到客死他乡也未能再返故乡。

苏轼试着从庙宇、雪堂、赤壁等空间走出来,趟进黄州大地,学会"与樵渔杂处",努力让自己变成一个真正的黄州人。"惟有王城最堪隐,

---

① (宋)苏轼:《岐亭五首并序》,(清)王文诰辑注,孔凡礼点校《苏轼诗集》卷23,中华书局1982年版,第1209页。
② (宋)苏轼:《方山子传》,孔凡礼点校《苏轼文集》卷13,中华书局1986年版,第421页。
③ (宋)苏轼:《过淮》,(清)王文诰辑注,孔凡礼点校《苏轼诗集》卷20,中华书局1982年版,第1023页。
④ 王水照、朱刚:《苏轼评传》,南京大学出版社2004年版,第562页。该著还认为,"寄寓"就是与外物相接,但不陷入物欲,只是以非功利的审美态度游观之,聊寓其意,第553页。
⑤ (宋)苏轼:《定风波》,邹同庆、王宗堂编校《苏轼词编年校注》,中华书局2007年版,第579页。
⑥ (宋)苏轼:《子由自南都来陈三日而别》,(清)王文诰辑注,孔凡礼点校《苏轼诗集》卷20,中华书局1982年版,第1019页。

万人如海一身藏"①，虽然如今远离了王城，但是苏轼明白，只要融入了黄州百姓的生活空间，一样可以藏匿身份，一样可以消解心头的烦恼情结。《避暑录话》载录云："子瞻在黄州及岭表，每旦起，不招客相与语，则必出而访客；所与游者亦不尽择，各随其人高下，谈谐放荡，不复为畛畦。"② 认同了"齐安民"的身份之后，苏轼开始走进黄州土著居民的生活世界，"小沟东接长江，柳堤苇岸连云际。烟村潇洒，人闲一哄，渔樵早市"。③ 恬适的乡村风物正式进入了他的日常生活空间。苏轼行走于黄州大地，目睹百姓的艰辛生活时，每每百感交集。刚到黄州不久，苏轼"近闻黄州小民，贫者生子多不举，初生便于水盆中浸杀之，江南尤甚，闻之不忍"。④ 他看到因贫穷而屡屡发生的杀婴事件，便以戴罪之身给鄂州太守朱寿昌写信，云"闻之酸辛，为食不下"⑤。他大声疾呼遏制此风，并自己带头，从微薄的薪水中"出十千"来救济贫民。苏轼还看到为避税而躲到船里的鱼蛮子，"江淮水为田，舟楫为室居"⑥，他们常年漂泊水上，以打鱼为生，生存境况堪忧。

苏轼对黄州百姓的怜悯之心，对黄州乡土的认同感与亲近感，与他"齐安民"的身份归宿以及躬耕东坡的劳动体验密切相关。苏轼在给友人的信中反复写道"仆居东坡，作陂种稻，有田五十亩，身耕妻蚕，聊以卒岁。"⑦ "近于城中得荒地十数亩，躬耕其中。作草屋数间，谓之东坡雪堂。

---

① （宋）苏轼：《病中闻子由得告不赴商州三首》其一，（清）王文诰辑注，孔凡礼点校《苏轼诗集》卷4，中华书局1982年版，第156页。
② （宋）叶梦得：《避暑录话》卷上，中华书局1985年版，第3页。
③ （宋）苏轼：《水龙吟》，邹同庆、王宗堂编校《苏轼词编年校注》，中华书局2007年版，第422页。
④ （宋）苏轼：《黄鄂之风》，孔凡礼点校《苏轼文集》卷72，中华书局1986年版，第2316页。
⑤ （宋）苏轼：《与朱鄂州书》，孔凡礼点校《苏轼文集》卷49，中华书局1986年版，第1416页。
⑥ （宋）苏轼：《鱼蛮子》，（清）王文诰辑注，孔凡礼点校《苏轼诗集》卷21，中华书局1982年版，第1124页。
⑦ （宋）苏轼：《与章子厚二首》其一，孔凡礼点校《苏轼文集》卷55，中华书局1986年版，第1639页。

种蔬接果，聊以忘老。"① 通过耕种庄稼，诗人熟悉了黄州土地，也在情感上与农民拉近了。《东坡八首》记述了苏轼在东坡耕种时的几幅图景，远较陶渊明种豆南山图更为丰富而真切，他在序言中写道："余至黄州二年，日以困匮，故人马正卿哀余乏食，为于郡中请故营地数十亩，使得躬耕其中。地既久荒为茨棘瓦砾之场，而岁又大旱，垦辟之劳，筋力殆尽。释耒而叹，乃作是诗，自愍其勤，庶几来岁之入以忘其劳焉。"② 劳动不仅让苏轼获得了生存的物资，还让他枯槁的心境日渐丰腴起来。"端来拾瓦砾，岁旱土不膏。崎岖草棘中，欲刮一寸毛。喟焉释耒叹，我廪何时高。"③ 耕作这样的不毛之地，对于久居官衙的苏轼来说，实在不堪重负。"农夫告我言，勿使苗叶昌。君欲富饼饵，要须纵牛羊。再拜谢苦言，得饱不敢忘。"④ 在一筹莫展之际，淳朴的农夫常常给苏轼指点迷津，让他尽早从生产习俗上融入黄州。贫瘠的东坡荒地在苏轼精心耕作之后，变成了一块丰美的沃土，这块一度被废弃的土地终于重获新生。东坡对于苏轼的意义，不只是一块得以谋生的沃土，更是其命运沉浮的象征，苏轼从东坡地块本身的价值变化，发现了自己与东坡命运遭遇的相似性，苏轼躬耕东坡，其实也是他耕种自我的过程。苏轼借用"东坡"为其终身的字号，正是看重东坡蕴含着身世沉浮的隐喻。有了这样一种认识之后，苏轼感到脚下的黄州大地也并非一派荒蛮贫瘠，反而有着质朴与灵秀之美。苏轼从此由东坡启程，渐渐走遍广袤的黄州大地。"黄州东南三十里，为沙湖，亦曰螺师店。余将买田其间，因往相田，得疾。"⑤ 苏轼在远足买田的过程中，一路

---

① （宋）苏轼：《与子安兄七首》其一，孔凡礼点校《苏轼文集》卷60，中华书局1986年版，第1829页。
② （宋）苏轼：《东坡八首并序》，（清）王文诰辑注，孔凡礼点校《苏轼诗集》卷21，中华书局1982年版，第1079页。
③ 同上。
④ 同上书，第1081、1082页。
⑤ （宋）苏轼：《书清泉寺词》，孔凡礼点校《苏轼文集》卷68，中华书局1986年版，第2164页。

饱览黄州的乡土美景与民俗风情，对黄州有了全新的认识。他在《定风波》词序中写道："三月七日，沙湖道中遇雨，雨具先去，同行皆狼狈，余独不觉。"[①]这种任凭雨打风吹，依然秉持"一蓑烟雨任平生"的从容心境，正是苏轼与黄州大地进行亲密对话之后，生活态度的一次转变与升华。

苏轼对于乡土的归属感，其实在他创作于徐州任上的一组农村词中，早已初露端倪。面对"日暖桑麻光似泼，风来蒿艾气如熏"的徐州乡村美景，苏轼曾经暗自钦羡道，"使君原是此中人"[②]，其乡土情怀自此便难以割舍。苏轼在黄州耕种与买田的举动，恰是他早年乡土情结的一次实践与补偿。由逃避贬地到忘情于黄州山水，苏轼实现了精神的突围，此时的黄州大地，在其眼中宛如一幅秀美的图画，"林断山明竹隐墙，乱蝉衰草小池塘。翻空白鸟时时见，照水红蕖细细香"，山畔的景致静谧而明艳，宁静中富有动态，引得诗人感慨万端，"殷勤昨夜三更雨，又得浮生一日凉"[③]，浮生若梦，难得悠闲，这是苏轼走进黄州腹地之后的超然醒悟。醒悟后的苏轼感觉黄州大地是处皆可为家，甚至夜眠黄州溪桥而浑然不觉。《西江月》词叙云："春夜行蕲水中，过酒家，饮酒醉，乘月至一溪桥上，解鞍曲肱少休。及觉已晓，乱山葱茏，不谓人世也，书此词桥柱上。"[④]苏轼至此已臻物我两忘之浑融境界，俨然已是扎根于黄州大地上的一株绝艳的海棠，遇到雨露而枝叶生长，遇到溪水而暗自生辉。"可惜一溪明月，莫教踏破琼瑶"，明月与溪水相映生辉，勾画出一幅静谧幽远的

[①]（宋）苏轼：《定风波》，邹同庆、王宗堂编校《苏轼词编年校注》，中华书局2007年版，第356页。

[②]（宋）苏轼：《浣溪沙·徐门石潭谢雨，道上作五首》其五，邹同庆、王宗堂编校《苏轼词编年校注》，中华书局2007年版，第237页。

[③]（宋）苏轼：《鹧鸪天》，邹同庆、王宗堂编校《苏轼词编年校注》，中华书局2007年版，第474页。

[④] 同上书，第360、361页。

禅意图，成为苏轼"精神人格的外射，心灵境界的映现"①。"受禅风熏陶的诗人，写出的山水诗，都有着渊静的气氛、悠远的神韵、空明的意境。"② 苏轼行走于黄州大地，穿越重重空间物象，随物赋形，随缘自适，熔铸禅意、佛理、神明、历史于自然之物华，与黄州风物天然地融成一体。

在饱览黄州的山川草木，亲历黄州的风雨阴霾，并与广袤大地进行全方位的身体接触与对话之后，苏轼实现了自我的身份转换，"某谪居既久，安土忘怀，一如本是黄州人，元不出仕而已"③。由初来黄州时"齐安民"的身份想象，到走遍黄州大地之后"黄州人"身份的自觉认同，苏轼终于敲碎了自缚的枷锁，重获身心解放与精神超越，完成了在贬谪属地的精神突围。

五 结语

苏轼在黄州的空间书写，记述了其居黄期间的生存艰危与心路历程，描画出其突围困境的心灵轨迹，透露出其居黄期间斑驳陆离的心灵密码，赋予黄州空间特殊的文化意涵。"文学作品不只是简单地对地理景观进行深情的描写，也提供了认识世界的不同方法，揭示了一个包含地理意义、地理经历和地理知识的广泛领域。"④ 苏轼建构的黄州空间，涵容了内在心理空间与外在物质空间两个向度，"这两个空间，内心空间和外在空间，

---

① 胡晓明：《万川之月——中国山水诗的心灵境界》，生活·读书·新知三联书店1992年版，第171页。
② 张晶：《禅与唐宋诗学》，人民文学出版社2003年版，第63页。
③ （宋）苏轼：《与赵晦之四首》之三，孔凡礼点校《苏轼文集》卷57，中华书局1986年版，第1711页。
④ ［英］迈克·克朗：《文化地理学》，杨淑华、宋慧敏译，南京大学出版社2003年版，第72页。

永无止境地互相激励,共同增长"。① 庙宇空间的玄思超脱,雪堂空间的自我诘问,赤壁空间的古今对照,乡土空间的身份认同,让苏轼不断地在神明、自我、古人、宇宙、大地之间开展循环往复的对话。通过多维空间的发现、建构与对话,苏轼终于在认同"黄州人"的身份之后,从贬地成功突围。

---

① [法]加斯东·巴什拉:《空间的诗学》,张逸婧译,上海译文出版社 2009 年版,第 219 页。

吴越文学地理

读元稹浙东诗想到浙东唐诗的发展

蒋 凡[*]

近年来，文学地理成了学术界的热门话题，其中，有关于越文化及浙东唐诗，也是一个重要的课题。前不久，竺岳兵先生经过长时间的实地考察，提出了"浙东唐诗之路"的新题目，曾获许多唐诗专家的响应。所称"浙东"，泛指唐时浙江东道观察使的辖地，据《元和郡县图志·浙东观察使》："越州，会稽，都督府。今为浙东观察使理所。管州七：越州，婺州，衢州，处州，温州，台州，明州。"但依照习惯，具体指今浙江钱塘江以东、以南的广大地区，即浦阳江以东的会稽山、四明山、天台山，南至括苍山的地区。唐时萧山县，属会稽郡，当然是浙东之地。萧山所属的渔浦、西兴（即西陵，又称固陵），是钱塘江的重要渡口，从北方经杭州入浙江的交通枢纽要道。多如过江之鲫的北方诗人，在唐时大多过钱塘江经萧山浦、西陵渡口，经今绍兴镜湖而东南行，沿曹娥江、剡溪，溯流探源，过新昌访天台山。浙东山水，在《世说新语》中经王献之、顾恺之之口，早已为人所熟知。同时，越州会稽作为人文荟萃之地，吸引了人们的眼球，诗人至此，能无诗乎？于是乎浙东唐诗之路，就这样被诗人们的游

---

[*] 作者为复旦大学教授。

踪一步步地勘踏出来了。而萧山的渔浦、西兴等，正是当时浙东唐诗之路的起点或源头，具体可参阅今人编《渔浦诗词》（中华书局2010年版，义桥镇政府编）。浙东唐诗的繁荣与发展，在具有几千年文明的越文化发展历史中，其重要地位不言而喻。其中，中唐时元稹刺越六七年之久，他的浙东诗创作及其在越州一带的文学活动，自然构成了浙东唐诗的一道亮丽的风景线。

元稹（791—831年），字微之。在家族兄弟大排行中行九，所以时人称之为元九。郡望洛阳，实际生于长安。史称他是后魏昭成皇帝的第十五代孙，属鲜卑族拓跋部，是北方少数民族"胡人"的血统。元氏家族发展到唐代，早已衰弱。因此，元稹只能依靠读书科举走上仕途。说到唐诗，人们有"前有李杜，后有元白"之语，这就道出了元稹诗歌创作的高度艺术成就。有这样优秀的诗人加入到浙东唐诗的创作队伍中，能不为越文化增添光彩吗？白居易说："诗到元和体变新。"（《重寄微之诗》）中唐元和诗坛的新变，成了后人很难超越的又一高度，元稹和白居易正是其代表人物。当时写诗并非他人强迫，而是一种文学的自觉行为，白居易在《与元九书》中称元、白二人，"小通则以诗相戒，小穷则以诗相勉，索居则以诗相慰，同处则以诗相娱"。无形之中，诗歌成了元、白生命中最为活跃的活力。带着这样的文学自觉，元稹一路走到了浙东越州（今浙江绍兴），生活了六七年之久，这样一个才华横溢诗中才子，能不在那里进行创作诗歌并为浙东唐诗的发展做出自己的贡献吗？

唐穆宗长庆二年（822年）二月，诏命元稹以工部侍郎守本官同中书门下平章事，即当了宰相。旋因奸佞李逢吉构陷，很快罢相，出为通州刺史，长庆三年（823年）八月，改任浙东观察使，越州刺史。远谪南行，赴任途中，经润州（今江苏镇江）晤李德裕，过杭州会白居易，十月抵达越州接印。文宗大和三年（829年）九月，诏入为尚书左丞。算来元稹居越共有六七年之久。这对于只活到53岁的"元才子"，时间已不算短，因此，观察浙东的刺越时期，是元稹生活、仕途与文学活动的一个重要时期。元稹实出于鲜卑族，身上杂有"胡人"的血液，率真任性，果敢刚毅，勇于事任，恩怨分明，是一个典型的性情中人。元稹身后，挚友白居易为其写了《河南元公（稹）墓志铭》述其观察浙东的政绩曰："先是，明州（即今浙江宁波市）岁进海物，其淡蚶非礼之味，尤速坏；课其程，日驰数百里。公至越，未下车，趋奏罢。自越抵京师，邮夫获得息肩者万计，道路歌舞之。明年，辩沃瘠，察贫富，均劳逸，以定税籍。越人便之，无流庸，无逋赋。又明年，命吏课七郡人，冬筑陂塘，春贮雨水，夏溉旱苗，农人赖之，无凶年，无饿殍。在越八载，政成课高。"很明显，元稹治越，是个贤能长官，敢于改革，对国家朝廷及地方百姓负责。《墓志铭》同时指出："公凡为文，无不臻极，尤工诗。在翰林时，穆宗前后索诗数百篇，命左右讽咏，宫中呼为'元才子'。自六宫、两都、八方至南蛮、东夷国，皆写传之。每一章一句出，无胫而走，疾于珠玉。又观其述作编纂之旨，岂止于文章刀笔哉？实有心在于安人治国，致君尧舜，致身伊皋耳。抑天不与耶？将人不幸耶？"白居易知元最深，清楚地记载了元稹治浙时的主要政绩有三件：

一是甫到越州，立即上奏朝廷，废除明州向朝廷进献海鲜淡蚶之事。昔日唐玄宗时，为杨贵妃而从蜀地飞骑驿递鲜荔枝事，人所熟知。"一骑红尘妃子笑，无人知是荔枝来"，以此讽刺玄宗皇帝，为了一己之嗜，不惜劳民伤财，快马驿递。但若与明州进奉海鲜淡蚶之事相比，可说是后者更为严重。因为一来明州距离京师长安，比蜀地更为遥远，在古代交通不便的条件下，数千里长途驿递，驿夫劳役，更为辛苦；二来是海鲜比荔枝更不容易保鲜而易于变质，帝王妃嫔、公子王孙吃了就会生病，进贡的州府就将大祸临头，因此，为了保证淡蚶等海鲜美食，必须严"课其程，日驰数百里"，驿马狂奔接力以致倒毙道路也在所不惜。为了帝王妃嫔几人口福，不惜浪费国家财力、物力，甚至是不顾劳动数以万计的邮夫及其生命，这是事关民生疾苦的大事。这一弊政，元稹之前的浙东长官，无不知晓，但又有谁敢冒风险及身家性命来跟自己过不去呢？但元稹反之，他是一个有血性的正直之人，人一到越州，立即想民之所想，言人之所欲言，为民请命，唯独没有考虑的是自己罢相不久远谪南方的戴罪之身的前途祸福。取消原有地方进贡海鲜之事，表面上事不大，实际上万一哪个帝王妃嫔一不高兴，则将祸生不测，飞来无妄之灾。奏罢明州进奉海鲜事，正可证明白居易的《墓志铭》称其"实有心在于安国活人"并非虚言，既见其为民请命的决心，同时也表现了他不计较个人利害得失的高尚品格。

二是经过实地调查，明辨百姓田地的肥沃与贫瘠状况，然后按照土地占有实情，重新厘定税籍，"察贫富"而"均劳逸"，抑制豪强地主把赋税转嫁到百姓头上的弊端，从而实际上减轻了人民的负担。

三是除弊之外，更重兴利以改善人民生活。其友白居易曾在《杂兴》诗中，借古讽今，提到越中大旱，"越国政初荒，越天旱不已。风日燥水田，水涸尘飞起"。但是统治者却只顾自己引水入宫，而禁止官渠外流"余波养鱼鸟……香动芙蓉蕊"，"澹滟九折池，萦回十余里"。在奢华无限的生活享受中，却置宫外民间的"千里稻苗死"而不顾。在凶年饥岁而饿殍遍地之时，又有谁来赈灾救济百姓呢？诗中对封建统治者进行了无情的讽刺。老友的讽刺诗，提醒了元稹认真吸取历史教训，注重现实民生，努力兴利以战胜旱灾，经过对浙东七郡的统一综合治理，利用农闲"冬筑陂塘，春贮雨水，夏溉旱苗"，确保"无凶年，无饿殍"，其农田水利的综合治理，终见成效，战胜了旱灾，迎来了丰收之年，从而提高了人民的生活。在以农治国的古代，这是一件善政。也就是说，只有百姓吃饱穿暖，才能保证国泰民安。

当然，元稹观察浙东六七年，其所作为及其善政，应有许多，白居易不过是举其荦荦大者三端而已。政治经济的兴利除弊，环境改善，当然会促进地方文化的建设，有利于文学活动的活跃及诗歌创作的繁荣。在元、白到浙江后，把浙东唐诗的发展提到了一个新的阶段，也是水到渠成的事。元稹的浙东诗创作，可分为前后两个阶段，一是赴越之前，二是刺越之后。

赴越之前的阶段，元稹足迹未到浙东，但他却早有若干诗歌提到了浙东的风光及其人文景观。身未亲历，所诉当是从前贤书本、传说故事及友人交流中获得的知识与印象。

如《生春》二十首（之六）曰："何处生春早，春生江路中。雨移临浦市，晴候过湖风。芦笋锥犹短，凌澌玉渐融。数宗船载足，商妇两眉丛。"按此诗作者题下自注作于丁酉岁，即元和十二年（817年），时元稹任通州司马，其行止未及浙江。诗中之"江"指的是钱塘江，写春到萧山临浦，这是后人所称浙东唐诗之路的起点。唐时渔浦，是钱塘江南岸重要的交通枢纽与重要的物资聚散集中转运地，浙东诸郡运往北方的商品，大多在此转运杭州北去；同时，也是北人经杭州游浙东的渡口，是头一站。诗人所述风光，春初芦笋犹短，但冰已渐融，商船载足货物，商妇美眉乌黑动人。诗人当时并未到过渔浦，所写景色，无不与唐时渔浦的景色暗合，于此可见诗人的丰富想象力，实在令人钦佩。

又如《送王十一郎游剡中》曰："越州都在浙河湾，尘土消沉景象闲。百里油盆镜湖水，千峰钿朵会稽山。军城楼阁随高下，禹庙烟霞自往还。想得玉郎乘画舸，几回明月坠云间。"按：此诗今杨军的《元稹集编年笺注（诗歌卷）》收在"未编年诗"，也就是说，作年未定。但元稹贬为江陵士曹时的元和九年（814年），曾作《送王十一南行》诗，王十一即王行周，据此推测，则当为一时之作，或者更早。因为王行周游剡中诗，元稹称之为"玉郎"，即今之美男、帅哥之意，虽是诙谐之称，但其年轻可知。王行辈与元稹平辈，则写诗时元稹年龄也不会太大，三十几岁的江陵时期大致合适。如在刺越之后，正是四五十岁的晚年，人一老成，大概就

· 267 ·

不会有此调侃之语了。诗题所称剡中，指今浙江绍兴嵊县一带。诗中的第二、第三联，具体写的是越州景色："万里油盆"形容镜湖水的光滟无波，平静如镜；"千峰钿杂"写会稽山的峰峦秀色；"军城楼阁"则写龙山上的越王台，唐时已成刺史州宅；"随高下"，形容其楼阁依山而建，高低如意，蔚为壮观；"禹庙烟霞"自往还者，见禹庙千古悠悠，任人凭吊，见其历史文明令人向往。在这里，元稹送友赴剡中，应具体写嵊县或剡溪景色风光，但诗人可能对剡了解较少，而越州州城则方志传说多有及之，人所稔熟，因此，移步换景，以此代替了剡中的描绘。这是足迹未到的原因，中间二联虽然对仗工整，见其诗歌锻炼之巧，但景色多概括性的泛称，"烟霞"往返，写禹庙可以，移之他寺也无不可。这是诗人足迹未到的原因造成的，即使是大诗人也难免受其局限。

又如《去杭州》曰："上元萧寺基址在，杭州潮水霜雪屯。潮户迎潮击潮鼓，潮平潮退有潮痕。得得为题罗刹石，古来非独伍员冤。"按：诗题下有"送王师范"，是在元稹贬江陵士曹时的元和九年（814年）所作的诗。钱塘观潮，在今浙江的萧山和海宁二地南北观潮。诗人虽然未到浙江，但写钱塘江潮其之想之辞，描绘颇见声势。"潮户迎潮击潮鼓"，之类，当得之于方志与传说，或是游浙北归的友人所述。前贤孟浩然早有"八月观潮罢，三江越海浔"（《初下浙江舟中口号》）之句，想必对元稹有影响，因而他读浙江杭州之诗，首先想到的自然就是钱塘江潮了。潮生潮退，波翻浪涌，源远流长，历史文明的延伸上溯，春秋时吴越争霸，伍员为吴王冤杀而浮尸江中之事，勾起了诗人的无限感慨。

又如《送王协律游杭越十韵》曰："去去莫凄凄，馀杭接会稽。松门天竺寺，花洞若耶溪。浣渚逢新艳，兰亭识旧题。山经秦帝望，垒辨越王栖。江树春常早，城楼月易低。镜呈湖面出，云叠海潮齐。章甫官人戴，莼丝姹女提。长干迎客闹，小市隔烟迷。纸乱红蓝压，瓯凝碧玉泥。荆南无抵物，来日为侬携。"王协律，指王师范，曾在朝中任协律郎。协律郎，掌指挥节乐，调和律吕，监试乐人典课。官职不高，是个文化官吏。看来王师范仕宦并不得意，因此外出游历，既是散心，同时也可能到地方为官，寻找地方大员的支持和推荐。元稹这首诗，据卞孝萱的《年谱》作于任江陵士曹的元和九年，是诗人赴越之前一首优秀的诗篇，所描绘的已不仅是越地的自然景观，更有面向现实生活的风俗画图。江树、城楼、镜湖、海潮、越地自然景观之美，山川映发，令人目不暇接；士人章甫（礼帽）、越女莼丝，江干迎客，小市烟迷，已从纯粹的自然景观转入到社会风俗之美，构成了一幅栩栩如生的社会风情卷；浣渚新艳，兰亭识旧，则进一步转入了历史的文化思考。浣渚者，指浣沙溪，在今浙江诸暨浦阳江河段，史传是春秋时越国美女西施的浣纱处。昔日西施为国奉献，人随云逝，但"新艳"诞生，越女之美天下闻名，但其命运是否已经改变了呢？今浙江绍兴市西南兰渚山，是东晋永和年间王羲之与诸名士雅集觞咏之处，王羲之为雅集作《兰亭序》文章有深沉的人生感叹，书法更是冠绝古今，永为世界艺术瑰宝。"浣渚""兰亭"二句，概括了越文化的发展与历史积淀。诗中的描绘可称是言简意赅而形象生动，令人思之弥深。这些虽然是到越之前的悬想之辞，却不得不令人惊叹其想象力之丰富，思考之深沉与感情之丰富。

元稹入越前的浙东诗创作，大致有以下几个共同的特点：

一是诗人足迹虽然尚未踏入浙江地界，但是却在诗中讴歌了越文化，表明了他对越文化的历史文明早已有所知悉，并且具有一定的向往和热爱之情。

二是对于浙东越地的自然景观及其人文历史的描写、叙述和议论抒情，大多中规中矩，暗合于越地文化之实际，基本与越地风光相吻合。如《生春》写萧山渔浦的"数宗船载足，商妇两眉丛"，基本上写出唐时渔浦作为一个南来北往的交通港口和货物集散转运市场，对于商人商业的重视。在以农立国的封建时代，萧山地方的容商文化，既是浙东特点，同时又值得提倡和向外推广。在这些诗中，诗人丰富的想象与联想，令人叹赏，不愧其"元才子"之誉。不过，才子的天才想象，并非凭空而降，而是有一定的知识来历和历史根据的：或是来自前贤有关越地的文化叙述和著述；或是来自民间故事和历史传说；或是直接来自游浙亲友的交流叙述。在唐时南北交通条件已有改善的前提下，直接推动并促进了南北的文化交流。中原文化与南方文化的江浙文化，互动交流，南来北往，如越地诗人贺知章，吴中诗人顾况，在盛中唐时期，先后到达长安，一方面学习中原文化，另一方面又同时把南方文化精神传到了京师及中原。至于北人南游江浙的文人墨客，则更是不计其数，因此，南北交流的文学活动，如异地诗歌和结集事，日趋活跃，有关越地自然风光及其人文景观，早已传遍江河湖海。这就为元稹入越前的浙东诗创作，提供了良好的环境与有利的条件。

三是元稹入越前创作的浙东诗，所述越地风物景事，虽然也是天分很高的才子诗，但终因并非诗人亲目所见、亲耳所闻、亲身经历，所以诗中诸多意象，大多来自传闻的泛泛描写，虽有概括性强的特点，但似乎鲜明的地方个性尚有不足。如"潮水霜雪屯"，述钱塘江潮，当然可以；但也可以移之他处江潮海潮，也无不可。又如，写镜湖与会稽山作为越州自然景物的代表，有"百里油盆镜湖水，千峰钿朵会稽山"之句，对仗工整，化熟为巧。但这是常人争相称说的景观，万里油盆称之杭州西湖，千峰钿朵移之福建武夷山，也是一样合适。因此，这样的描写可见才子之巧，但却并非突出鲜明地方物色自然个性的神来之笔。诗人再有天才，但若非亲历其境而亲身体味，其诗终有一定的视听盲区和感觉体味的局限。

第二阶段，是元稹入越上任后创作的浙东诗。元稹于穆宗长庆三年（823年）八月在同州刺史任上接到了诰命改任越州刺史、浙东观察使，同年十月到达越州接印上位。这一阶段长达六七年之久，与前一阶段入越前的浙东诗相比较，虽然同为才子诗，均可见其才华横溢的特点，但因其亲临其境，深入生活，所见所闻，自然体会更为深刻细微，而得其三昧。以此，入越后的浙东诗，无论格调、气象及其境界，面貌都有较大的变化和提升，从而给人以新的审美感受。如甫到越州，即有《赠乐天》诗曰："莫言邻境易经过，彼此分符欲奈何。垂老相逢渐难别，白头期限各无多。"当时白居易在杭州刺史任上，直到长庆四年（824年）才北还。杭州与越州隔钱塘江相邻，故诗有"分符""邻境"之言。"垂老""白头"之叹，情真意挚，道出了元、白二人的生死情谊。以此，元、白在浙时，非常珍惜这段"相邻"而居的大好机会，彼此诗酒唱和极多，从而给浙江文化带来了一股歌颂真情的新风。其《重赠》诗又云："休遣玲珑唱我诗，我诗多是别君词。明朝又向江头别，月落潮平是去时。"高玲珑是当时著名的余杭歌妓，白居易刺杭时，派她到越州为元稹唱歌，以抚慰其受伤的心灵。《增修诗话总龟·乐府门》引《搢绅脞说》云："高玲珑……元微之在越州闻之，厚币来邀。乐天即时遣去。到越州，住月余，使尽歌所唱，即赏之，后遣之归，作诗送行，兼寄乐天云云。"元、白二才子在浙江的欢聚伤别，无不有诗酬唱，这就在历史上给浙江增添了一段说不完的文坛佳话。

如《以州夸宅于乐天》诗曰："州城迥绕拂云堆，镜水稽山满眼来。四面常时对屏障，一家终日在楼台。星河似向檐前落，鼓角惊从地底回。我是玉皇香案吏，谪居犹得住蓬莱。"白居易见诗后立即酬唱，有《答微之夸越州州宅》诗寄元，诗曰："贺上人回得报书，大夸州宅似仙居。厌看冯翊风沙久，喜见兰亭烟景初。日出旌旗生气色，月明楼阁在空虚。知君暗数江南郡，除却余杭尽不如。"见乐天答诗后，微之兴致很高，又吟《重夸州宅旦暮景色兼酬前篇末句》，诗曰："仙都难画亦难书，暂合登临不合居。绕郭烟岚新雨后，满山楼阁上灯初。人声晓动千门辟，湖色宵涵万象虚。为问西州罗刹岸，涛头冲突近何如？"按：元稹夸州宅二诗，当作于长庆三年（803年）到越州上任不久的秋冬之际。通过对于州宅的夸赏赞美，表现了对于越州地方的一股发自内心的由衷热爱之情。州宅在原来的越王台改建，即在今绍兴的龙山上，居高临下，蔚为壮观。"四面常对屏障，一家终日在楼台，"今日我们住在大城市中，居屋四周，高楼林立，望去尽是一片水泥森林，人被"囚禁"其中，憋气得很。但唐时元稹所住州宅，正在越州城中，因其高敞，推窗四望，无不如诗如画，山水人物，活动其中而无不鲜活生动。不是居住其间，实在难有如此美好的亲切体味。古今相较，是进步，抑或退步，实难言哉！"星河似向檐前落，鼓角惊从地底回"，檐前星河，伸手可扪，这是从天上俯瞰；地底鼓角，州宅之下是城市街道，人声喧腾，鼓角震天，这是从地上仰视，州宅如在云间而似天上仙都。实处写来，却是虚处落笔，其想象之丰富，令人惊叹，但又无不真实如画，似在眼前。"绕郭烟岚新雨后，满山楼阁上灯初"，更是神来之笔。杨军《元稹集笺注（诗歌卷）》引《唐诗笺注》黄叔燦评云："州宅在城中高处。起言州回绕而镜湖之水会稽之山皆在眼前，'屏障''楼台'，形容尽致。星河在檐，鼓角在地，俱言其高。结语虽喜夸美，亦风流极矣。"这些脍炙人口的佳句，情随事发，意随境迁，无不恰到好处，这就把唐时越州这座美丽的南方都市，描绘得栩栩如生，明显具有地方个性特征，非其他地方城市所可比拟。如果元才子不入越，能写出如此绝妙的好诗吗？

又如，《春分投简阳明洞天作》诗曰：

中分春一半，今日半春徂。老惜光阴甚，慵牵兴绪孤。
偶成投秘简，聊得泛平湖。郡邑移仙界，山川展画图。
旌旗遮屿浦，士女满闉闍，似木吴儿劲，如花越女姝。
牛侬惊力直，蚕妾笑睢盱。怪我携章甫，嘲人托鹧鸪。
闾阎随地胜，风俗与华殊。跣足沿流妇，丫头避役奴。
雕题虽少有，鸡卜尚多巫。乡味尤珍蛤，家神爱事乌。

舟船通海峤，田种绕城隅。枿比千艘合，袈裟万顷铺。
亥茶阒小市，渔父隔深芦。日脚斜穿浪，云根远曳蒲。
凝风花气度，新雨草芽苏。粉坏梅辞萼，红含杏缀珠。
蕲馀秧渐长，烧后荪犹枯。绿缞高悬柳，青钱密辫榆。
驯鸥眠浅濑，惊雉迸平芜。水静王馀见，山空谢豹呼。
燕狂捎蛱蝶，螟挂集蒲卢。浅碧鹤新卵，深黄鹅嫩雏。
村扉以白板，寺壁耀赪糊。禹庙才离郭，陈庄恰半途。
石帆何峭峣，龙瑞本萦纡。穴为探符坼，潭因失箭刳。
堤形弯熨斗，峰势踊香炉。幢盖迎三洞，烟霞贮一壶。
桃枝蟠复直，桑树亚还扶。鳖解称从事，松堪作大夫。
荣光飘殿阁，虚籁合笙竽。庭狎仙翁鹿，池游县令凫。
君心除健羡，扣寂入虚无。冈蹋翻星纪，章飞动帝枢。
东皇提白日，北斗下玄都。骑吏裙皆紫，科车幰尽朱。
地侯鞭社伯，海若跨天吴。雾喷雷公怒，烟扬灶鬼趋。
投壶怜玉女，噗饭笑麻姑。果实经千岁，衣裳重六铢。
琼杯传素液，金匕进雕胡。掌里承来露，桮中钓得鲈。
菌生悲局促，柯烂觉须臾。稊米休言圣，醯鸡益伏愚。
鼓鼙催暝色，簪组缚微躯。遂别真徒侣，还来世路衢。
题诗叹城郭，挥手谢妻孥。幸有桃源近，全家肯去无。

按：据卞孝萱《元稹年谱》，诗作于唐文宗大和三年（829年）的春分时节。诗人时任浙东观察史、越州刺史。要到同年九月，方才调京任尚书左丞。据《会稽志》："阳明洞天在宛委山龙瑞宫……唐观察使元稹以春分日投金简于此。"所载与诗吻合。这是一首长达五百言的长诗，不是简单夸赞州宅了事，而是深入民间，长期考察，生动具体地描绘了唐时越州地方的自然风光与人文景观。特别是对浙东的民俗风情的描写，更是生动

· 273 ·

如画,犹如一幅活动着的古时越州的社会风俗历史画卷,堪与后来宋代的《清明上河图》媲美,在文学地理的创作中,堪称优秀之作。"似木吴儿劲,如花越女姝……跣足沿流妇,丫头避役奴",对如雪越女,赞美有加。"舟船通海峤,田种绕城隅。柹比千艘合,袈裟万顷铺",所称"袈裟",比喻田地相连,分割如块,似和尚袈裟。这对古代越州的地理形势及其经济民生,叙述形象如画。如果诗人不是亲临其境,生活其中,对浙东的地方文化事业具有真挚的热爱之情,并把自己的诗歌创作融入其中,能有这样亲切有味的感悟吗?

当然,元稹在越时的浙东诗创作,同时还会叙说自己的政治进退及其事业志向。如《酬郑从事四年九月宴望海亭次用旧韵》诗曰:"忆年十五学构厦,有意盖覆天下穷。安知四十虚富贵,朱紫束缚心志空……虽无趣尚慕贤圣,幸有心目知西东……劝君莫学虚富贵,不是贤人难变通。"元稹忠心国家朝廷,但为相三月立即罢斥,南北奔波之不暇,如他在《叙奏》中所说:"是以心腹肾肠,靡费于扶卫危亡之不暇,又恶暇经纪陛下之所付哉!"救民水火,拯作朝纲,只是春梦一场。他从小即熟读杜甫诗,杜诗《茅屋为秋风所破歌》,有"安得广厦千万间,大庇天下寒士俱欢颜"之句,此元稹诗"十五学构厦"之所本,见其从小志向远大,意在天下苍生百姓。但时代黑暗,朝廷腐败,奸佞当道,圣贤何用?诗人自己远斥南方,为"朱紫"官服所缚,心志未开,奈何奈何?只能劝友变而通之,而一叹了之。诗人当时身在越州,却又心挂朝廷,志在苍生,在观察浙东任上,元稹仍是兢兢业业,在力所能及的范围内,做出政绩,关心民生,造福地方。其《拜禹庙》诗云:"德崇人不惰,风在俗斯柔……歌诗呈志义,箫鼓渎清猷。史亦明勋最,时方怒校酋。还希四载术,将以拯虞刘。"按:汉赵晔《吴越春秋·越王无余外传》曰:"(禹)案金简玉字,得通水之理,复返归岳,乘四载以行川。始于霍山,徊集五岳。"所谓"四载",指的是水乘舟,路乘车,泥乘辀（按：行走在泥路上的橇板），山乘檋（按：一种登山用具），也就是古代因地制宜的四种交通工具。诗人借大禹乘四载治理洪水的故事来比喻具体有效的治国理民而涉及民生的政治、经济措施，"将以拯庶刘"，也就是拯救万民于水深火热之中。诗中寄托了学习圣贤的远大政治理想。如白居易《（元稹）墓志铭》提到元稹观察浙东时的政绩就有，学习大禹治水，在浙东七州大规模兴修水利，灌溉农田，旱涝保收，造福地方，无凶岁，无饿殍，人民有可能安居乐业。可见诗中"还希四载术，将以拯庶刘"的议论，并非浪言，而是说到做到，为民请命，建设地方。这对浙东地方文化建设与社会发展，产生了深远的影响，有利于地方文学活动。

综上所述，元稹在越观察浙东的六七年间，创作了许多诗歌，具体描绘了浙东的自然风光和人文地理景观，给人以深刻的印象，从而为浙东唐诗的繁荣与发展，注入了新鲜血液，做出了自己的努力与贡献。元稹浙东幕府，所辟皆一时名士，如副使窦巩，掌书记卢简求，彼此酬唱，此应彼和，很是热闹。"所辟幕职，皆一时名士，讽咏诗什，动盈卷帙；副使窦巩，与唱尤多，时人艳称曰'兰亭绝唱'。"（人民文学出版社 2004 年版，杨军等：《元稹诗文选·前言》）特别是与当时在江南一带几州的友人，如杭州刺史白居易，苏州刺史李谅，更是诗筒往返，彼此唱和不辍，后来编有《杭越寄和诗集》。与白居易、崔玄亮（曾任湖州刺史）有《三州唱和诗集》。与浙西观察使李德裕、和州观察使刘禹锡有《吴越唱和诗》等。这类唱和活动及其诗歌创作的结集，对江南地方文化影响很大，形成了良好的文学新风。说古时江浙文风，深受元白影响，应属事实。如元稹刺越时，道出杭州，"杭民竞相关者见。刺史白怪问之，皆曰：'非欲观宰相，盖欲观曩所闻之元白耳'"（见元稹文《永福寺壁法华经记》）。当时浙东的诗歌创作，曾掀起了一股学习仿效元稹诗歌的热潮。又如元稹作于长庆三年（823 年）的《酬乐天余思不尽加为六韵之作》诗中的"元诗驳杂真难辨"句下自注曰："后辈好伪作予诗，皆云是予所撰，传流诸处。自到会稽，已有人写宫词百篇及杂诗两卷，皆云是予所撰，及手勘验，无一篇是真。"作于长庆四年（824年）的《白氏长庆集序》曾说，南方的"巴蜀江楚间洎长安中少年，递相仿效，竞作新词，自谓为元和诗"，他在自注中特别指出："扬越间多作书模勒乐天及予杂诗，卖于市肆之中也。"文中又说："其甚者，有至于盗窃名姓，苟求自售，杂乱间厕，无可奈何。予尝于平水市中（自注：镜湖旁草市名），见村校诸童竞相习诗，召而问之，皆对曰：'先生教我乐天、微之诗。'固亦不知予之为微之也。"于此可见，元稹诗在浙东流传之广，影响之大，甚至有人假冒元稹名头，作诗流传于世。假冒元诗，如今人所说，是盗窃其知识产权，但古人没此法律意识，作伪现象，同时也说明诗人的明星效应，证明了元稹已成为浙江诗人学习、效仿的榜样。

其实，不仅是诗歌创作，元稹更进一步进行了文学理论的总结，具体指导了地方的文学活动的开展。在入越之前，元稹和白居易共同倡导了中唐时期的新乐府运动，提倡讽喻诗，强调言浅意切，唯歌生民痛。理论上元稹有《乐府古题序》《唐故工部员外郎杜君墓志铭》诸篇。同时，元白在元和诗坛，又有"诗到元和体变新"的盛誉，如其《上令狐相公诗启》所说，元白创作的"元和体"，大致是"思深语近，韵律调新，属对无差，而风致宛然。"理论上就写有《叙诗寄乐天书》，提倡直抒胸臆的性情之诗。发展到元稹入越的晚年期间，他从风格的角度，指出了诗文作家"各有所长"，而且说明了不同的文体诗体具有不同的文体要求，各有其艺术特征，这样从诗人与诗体不同方面来考察诗歌的艺术风格，就更为全面而深入，元稹提倡的是文学风格的多样化，反对千人一面的刻板呆滞的文风。人要有个性，诗文创作同样要求鲜明的艺术个性。文学的历史说明，来自实践并且经得起检验的理论是正确的、可行的；反过来，有了正确的理论指导，文学创作将更为活跃和进步，并且坚定了创作的志愿和前进的方向。相信元稹理越时的这些先进理论主张，通过诗友僚属及其文学酬唱活动，必然迅速在浙东地方传播生根，并继续向全国各地扩散。这就必然从创作到理论两方面自觉地加速了浙东唐诗创作的活跃和发展。

读元稹的浙东诗，让人想到了浙东唐诗获得发展的问题。浙东唐诗的繁荣与发展，当然并非只是元才子一人之名。但他作为地方长官，提倡有功，实践有劳，贡献要更大一些。在春秋战国的古代，越文化在《尚书·禹贡》中，属"岛夷卉服"的南蛮文化，中原人士讥之为南蛮鴂舌之人，文化当然要落后一些。经过魏晋南北朝的历史动乱，北方士族大量南迁，带来了较为先进的中原文化，如以琅琊王家、陈郡谢家为代表的中原士族，先后在永嘉之乱后迁居浙东会稽诸地，经过南北文化交流与冲突碰撞，新生后的越文化已大有提高，如诗人们经常提到的兰亭雅集，就是东晋永和九年会稽内史王羲之组织的，其诗歌及王羲之的《兰亭序》，已成书坛的千古绝唱。但在唐以前，相比中原地区，越文化仍相对落后，发展要慢一点。浙东唐诗中占籍越地的诗家名流，毕竟是少数。如唐玄宗时的著名诗人贺知章，浙东越州永兴人。他把越文化带进了京师长安，产生了影响。在杜甫《饮中八仙歌》中，贺知章赫然冠其首。其《咏柳》《回乡偶书》二首，早已脍炙人口。他曾赏识并推荐李白，使李白在京诗名大振。贺《答朝士》诗，也多有和者。贺诗曰："钑镂银盘盛蛤蜊，镜湖莼菜乱如丝。乡曲近来佳此味，遮渠不道是吴儿。"写越地美食，真是令人垂涎欲滴。后来吴人顾况，是中唐著名诗人，吴越临望，以此顾况有《和贺知章诗》，曰："钑镂银盘盛炒虾，镜湖莼菜乱如麻。汉儿女嫁吴儿妇，吴儿尽是汉儿爷。"与贺玩笑戏谑，暗用西施嫁吴王故事，成了吴国儿媳。这虽是风趣玩笑，却也道出了吴越二地割不断的文化联系。后来，贺知章返乡后的镜湖故居，多有诗人唱和，成了浙东唐诗之路的一道亮丽风景。诗仙李白，对贺知章的提携和唱和，始终充满了感激与怀念之情。如其

《重忆一首》曰："贺公雅吴语，在位常清狂。上疏乞骸骨，黄冠归故乡。爽气不可致，斯人今则亡。山阴一茅宇，江海日凄凉。"由此可见，在当时的南北文化交流中，越文化对中原的诗人精英，也曾产生影响。在元稹之前，经过越地诗人如贺知章、严维等的努力，越文化越文学，特别是越地的山水秀美之自然，早已牵惹人心，引人注目，这就为浙东唐诗之路的开辟创造了机会与条件，也为"外来"文化特别是中原京师一带的精英文化，传进相对发展较慢的浙东越地，带来了地方文化的新生与发展。沿着从萧山渔浦、西陵开始浙东唐诗之路，外地来游的诗人墨客多如过江之鲫，并挥毫写诗，创作了许多脍炙人口的诗歌，不知不觉为浙东唐诗的繁荣与发展添砖加瓦，增其光彩。当然，浙东唐诗的作者，其佼佼者，当然以外来游览登临及宦游生活的诗人为多，占籍越地者比例尚少。但浙东唐诗却在越地一带不知不觉地广为传唱。如元稹《重赠》诗题下自注曰："（余杭）乐人高玲珑能歌，歌予数十诗。"经过音乐的传播，影响越地当然更为深入与广泛。因此，在文化建设中，本地文化既要坚持自己的地方特色，同时又必须广开胸怀，热烈欢迎外来文化的参与与融入。试想，如果不是因为浙东唐诗之路大开，张开双手热烈拥抱了外地，特别是中原来游的诗人，能有浙东唐诗的繁荣与发展吗？唐时占籍越地的著名诗人不多，但受南北交游的文化熏陶，诗歌的种子早在越地种下，经过历史基因的积淀与发芽，一到条件成熟，浙东越文化很快加入到江浙大文化圈中，成了人们学习仿效的对象。而到了南宋，作为南宋四大中兴诗人之首的陆游，更是影响千古的不朽诗人。陆游就是越地会稽山阴人。这时的越文化，不仅是引进，更重要的是外传，以在全国诗坛上竖起了大旗而引人注目。浙东宋诗的新发展，正是来自浙东唐诗的良好基础，而在浙东唐诗的发展历史中，元稹首屈一指，功不可没，值得纪念。

2012 年 9 月 29 日于海上半万斋

百年悲笑　一时登览
——以两宋多景楼与江湖伟观吟咏为中心

熊海英[*]

中国历史上名楼众多，迭有兴废。究其兴废之迹，主要关系到地理形势和人文积淀两方面：处于形胜之地，登临者留下传世的逸事名篇，楼便愈增名声光彩，相反就遭冷落。

有一种情形值得注意：在一个时间段内，楼阁所在地点不变，但它在国家舆图坐标系中却发生了位移；登楼者的身份、意识和视角随之变化，登临之诗的内容和风格便也与时递变。例如多景楼和江湖伟观，一兴建于北宋，另一兴建于南宋，宋人赋咏之作甚多。两座楼阁在宋亡后都逐渐颓圮，遭受冷落。笔者欲以此两座名楼和相关诗作为标本，观察环境（包括自然环境和社会人文环境）与文学要素（作家、作品、读者）之间各个层面的互动，探索其内在联系和变迁规律。

---

[*] 作者为湖北大学文学院教授。

一　风景不殊　楼兴楼废——多景楼与江湖伟观的兴废与位移

（一）多景楼的兴废

较早记载多景楼的文字见于南宋前期张邦基所撰《墨庄漫录》"多景楼题诗"条：

> 镇江府甘露寺，在北固山上，江山之胜，烟云显晦，萃于目前。旧有多景楼，尤为登览之最，盖取李赞皇《题临江亭》诗，有"多景悬窗牖"之句，以是命名。楼即临江故基也。裴煜守润日，有诗云："登临每忆卫公诗，多景唯于此处宜。海岸千艘浮若芥，邦人万室布如棋。江山气象回环见，宇宙端倪指点知。禅老莫辞勤候迓，使君官满有归期。"自经兵火，楼今废，近虽稍复营缮，而楼基半已侵削，殊可惜也。①

南宋乾道六年（1170 年）镇江知府陈天麟所撰《多景楼记》则云"由李卫公以后，登北固题咏者皆不及多景楼，当建于本朝无疑"。故知唐代镇江北固山三面环水，上有甘露寺和临江亭，唐李德裕曾在临江亭题诗。入宋不知何人何时在临江亭故址建楼，取李德裕诗句名之为"多景"。元符年间甘露寺与多景楼曾经烧毁，米芾《甘露寺悼古》诗序有相关记述：

> 甘露寺壁有张僧繇四菩萨、吴道子行脚僧。元符末，一旦为火所焚，六朝遗物扫地。李卫公祠手植桧亦焚荡。寺故重重金碧参差，多景楼面山背江为天下甲观，五城十二楼不过也。今所存唯卫公枪塔、

---

① （宋）张邦基：《墨庄漫录》卷四，中华书局 2004 年版，第 121—122 页。

米老庵三间。①

南宋隆兴二年（1164年），甘露寺僧主化昭取新址重建多景楼，张孝祥（隆兴元年为建康留守）《题陆务观多景楼长短句》曾记此事因由：

> 甘露多景楼，天下胜处。废以为优婆塞之居不知几年。桐庐方公尹京口，政成暇日领客来游，慨然太息。寺僧识公意，阅月楼成，陆务观赋水调歌之，张安国书而刻之崖石。②

陆游乾道五年由山阴赴任夔州通判，闰五月二十三日至甘露寺，"登多景楼。楼亦非故址，主僧化昭所筑。下临大江，淮南草木可数。登览之胜，实过于旧"。③ 或许因为化昭所见之楼乃一月速成，不够坚实之故，张邦基看到多景楼时楼基半已侵削，而且观景不便。时任真州教授的周孚有《登多景楼》诗形容此楼："如窥一面网，反堕三凌室。幽怀郁尘雾，老眼暗鬃漆"，诗题说得更明白："楼非旧址，惟东面可眺，三隅暗甚，时方改作。榜称米元章书，盖伪也。语寺僧当易之。"④ 因此，乾道六年镇江府决定选址重筑。为募集资金，周孚作了《重建多景楼疏》："江山故刹，尚存梁蜀之遗，台观危基，未复丰熙之旧。欲继承平之迹，可亡兴作之功。普劝邦人，同兹胜事。"⑤ 周必大途经此地时曾登览，云："旧多景楼乃行者堂，去年太守陈大麟侍郎别卜地起楼，甚雄壮，金焦二山在左右而面对瓜州，似胜旧基也。"⑥ 镇江知府陈大麟主持改筑之楼终于恢复了"多景"之观，使名实相称。多景楼第三次重修在淳祐年间（1241—1252年），仍由

---

① 傅璇琮等：《全宋诗》第18册，北京大学出版社1998年版，第12248页。
② （宋）张孝祥：《于湖集》卷28，上海人民出版社文渊阁四库全书电子版。
③ （宋）陆游：《入蜀记》卷1，《宋代日记丛编》，上海书店出版社2014年版，第745页。
④ 傅璇琮等：《全宋诗》第46册，第28777页。
⑤ （宋）周孚：《蠹斋铅刀编》卷26，上海人民出版社文渊阁四库全书电子版。
⑥ （宋）周必大：《乾道庚寅奏事录》，《宋代日记丛编》，上海书店出版社2014年版，第1006页。

当时的镇江知府主持。修成之日,宾客雅集,"一时席上皆湖海名流。酒余,主人命妓持红笺征诸客词。秋田李演广翁词先成",其《贺新凉》有"老矣青山灯火客,抚佳期,漫洒新亭泪。歌哽咽,事如水"等句,众人赏叹,为之搁笔。①

宋元之际,多景楼经兵火而倒废。俞德邻登临只见"江势乱奔沧海去,天形低约众山回。一卷狼石埋焦土,百尺危楼付劫灰"(《甘露寺火后登多景楼故基有作》)。林景熙有诗咏多景楼故址:"灰飞百尺景愁人,断础残芜但鹿群"(《多景楼故址》),自注云:"在润州城西土山上,甘露寺侧。"

多景楼在元代以后曾重建过,其中还保存着刻有苏轼《采桑子》词的碑石。② 据清代陆鎏《问花楼诗话》所载"北固山多景楼,明时已圮",那么洪昇的《多景楼》诗就不知是咏故基还是新楼了。

(二)江湖伟观的兴废

较之多景楼,江湖伟观的历史要短得多。周密云:"江湖伟观即观台旧址,尽得江湖之胜。"③ 所谓观台,即"台上构屋可以远观者也"(据《左传·僖公五年》杜预注)。江湖伟观之所在北宋时是"观台",熙宁四年(1071年)苏轼任杭州通判时,曾经到此并赋诗。潜说友《咸淳临安志》云:

> 寿星院在葛岭,天福八年建。有寒碧轩、此君轩、观台(即今江湖伟观)、杯泉,东坡皆有诗。按坡公答陈师仲书,云在杭州尝游寿星院,入门便悟曾到。能言其院后堂殿山石处。故诗中尝有前生已到

---

① (宋)周密:《浩然斋雅谈》卷下,辽宁教育出版社2000年版,第39页。
② 查慎行《苏诗补注》卷12引明人张莱[正德九年(1514)进士]撰《京口三山志》:甘露寺有多景楼,中刻东坡熙宁甲寅与孙巨源辈会此,赋采桑子,词碑石今尚存。
③ (宋)周密:《武林旧事》卷5,中国商业出版社1982年版,第103页。

之语。诸诗皆有石刻，寺有坡公祠。①

天福八年是后晋高祖石敬瑭年号，即寿星院建于940年。苏轼《观台》诗云：

> 三界无所住，一台聊自宁。尘劳付白骨，寂照起黄庭。
> 残磬风中裛，孤灯雪后青。须防戏童子，投砾犯清泠。②

主要抒写游览寺庙兴起的清空冷寂之感，尚未言及在观台瞭望可见江湖奇景。

是谁在何时修筑并命名了江湖伟观不得而知。但释居简（1164—1246年）《书壁书记诗卷》中提到"乙酉春仲"，"携璧与数友步两堤，扫天乐赵紫芝梅棘于湖阴，拂竹岩钱德载旧题于江湖伟观"。可知最迟在宝庆元年（1225年），观台旧址上已经建有江湖伟观，钱厚卿曾经留题于此。

江湖伟观真正成为游赏胜地是在淳祐十年（1250年）大规模重修扩建之后。《淳祐临安志》对此记叙甚详：

> 江湖伟观，旧在葛岭寿星寺。面东小轩，左尽保叔塔山，嶷然如断。右见南山，重复奔凑，有所底止。中间城阙迤逦，属于两山。外则大江，内则平湖，一目俱尽，如出几席。烟云渺弥，景色翠蒨，殆不可名貌，游观之伟莫先焉。旧址颇觉逼仄，无以殚受众美。淳祐十年，府尹大资政赵公与筹始撤而新之。广厦危栏，显敞虚旷，来游者皆恍失其旧，顾瞻愕眙，而伟观之名，于是为称。其旁又创两亭，可登山巅，气象尤为高爽。③

---

① （宋）潜说友：《咸淳临安志》卷79，《宋元方志丛刊》，中华书局1990年版，第4077页。
② （宋）苏轼撰，（清）冯应榴辑注：《苏轼诗集合注》，上海古籍出版社2001年版，第1600页。
③ （宋）施谔：《淳祐临安志》卷六，《宋元方志丛刊》，第3272页。

《咸淳临安志》卷 32 所记略同。又吴自牧《梦粱录》云：

> 曰寿星寺，高山有堂，扁江湖伟观。盖此堂外江内湖，一览目前。淳祐赵尹京重创广厦危栏，显敞虚旷，旁又为两亭，巍然立于山峰之顶。游人纵步往观，心目为之豁然。①

赵与𥲅（1185？—1260 年）自淳祐元年至十二年（1241—1252 年）知临安府，他刷新府署屋宇、疏浚西湖、开挖运河、创办慈幼局、施药局、完善防火救火制度，任内进行了诸多市政设施。赵与𥲅不但翻修扩建了江湖伟观，还为之增修了附属建筑——两座山亭和磴道，游览者因此能登临至更高处，饱览江湖之壮观奇美。

江湖伟观元初已湮废，方回有《江湖伟观》诗，题后自注"久无"，云：

> 六桥箫鼓日喧天，谁料年来渐索然。
> 兴废荣枯都不识，一家活计一渔船。②

诗人站在楼阁旧址俯瞰，曾经游人如织处一片冷落萧索。唯渔人不问兴亡，依旧为生计忙碌。元人郑元祐《遂昌杂录》亦云："今则磴道不复存矣。"此后不复见于吟咏。

（三）多景楼和江湖伟观在舆图坐标系中的位移

多景楼的前身临江亭和江湖伟观的前身观台都是寺院的附属建筑。多景楼和江湖伟观作为名楼的历史分别开始于北宋和南宋，皆以山水形胜吸引人们登临，并且越来越受到欣赏和重视，于是各自经历数度重修、扩建

---

① （宋）吴自牧：《梦粱录》卷 12，中国商业出版社 1982 年版，第 95 页。
② （宋）方回：《桐江续集》卷 23，上海人民出版社文渊阁四库全书电子版。

而成为独立景观。虽然也曾迁址，但从经纬度的变化来看，几乎可以忽略不计。而随着宋室南渡和宋亡入元，两座名楼在国家舆图坐标系中的位置及其命运却都发生了明显改变。

多景楼所在的镇江北宋时属于润州，虽然是港口，终究位于舆图东南，离中州较远。北宋有十位诗人在此留下十首登临咏吟之作，他们大半是宦游途中经过或在本地任职的士大夫：如润州知府裴煜、自杭州通判任赴密州的苏轼、致仕归田的曾巩、贬谪途中的曾肇等。熙宁七年（1074年）十月，苏轼与友人孙巨源、王正仲会于多景楼，所作《采桑子》被刻上石碑流传；米芾则在此留下著名的行书诗帖《多景楼》。当后来者摩挲着苏轼诗碑、瞻仰米芾"天下江山第一楼"的题匾时，[①] 在自然美景之外，当又别感到一种人文魅力。

靖康年间宋室南渡，绍兴八年与金媾和，两国以淮河为界，分庭抗礼。长江作为天堑，成为南宋政权最为倚重的防线，镇江则从内陆港口、风雅荟萃之地变成为江防要塞。金亡以后，镇江继续担当防御蒙古的军事前线。虽然处于国境边缘，却因悬系国家命脉而备受关注；多景楼在自然风光、人文魅力之外，又增添了军事和政治意义。南宋登临多景楼、留下吟咏之作的有39位诗人，共计47首诗，词作数量更多。诗人中，一些是领军镇守于此的将帅（知镇江府往往兼领江东安抚使、沿江制置使等职），如方滋、张孝祥、辛弃疾等；一些是帅府僚属，如陆游（隆兴初曾任镇江府通判）、王琮（嘉熙间曾任江东安抚司参议）、张蕴（嘉熙间为沿江制置使司幕属）；还有一些是漂泊江湖、四处干谒的诗人，如刘过、高翥等。入元后，镇江由军事边塞重新成为内地城市，对多景楼的关注和吟咏也就减少了。

杭州风景优美，苏轼两次到此地任职，留下不少名篇逸事。然而在北

[①] 米芾《多景楼》诗中"天下江山第一楼"句自注云："多景楼。禅师有建楼之意，故书。"该楼后取米芾此句为匾额。

宋时，可以俯瞰江湖的观台只是东南小城中的众多登高观景点之一，并未获得特别注目。且西湖虽美，只在城内；钱塘江属地方水系，难比长江。宋室南渡后，江湖伟观所在的临安城升格为一国之都，成为政治经济中心。承平日久，京城繁华、市民富奢。至淳祐间，临安府大兴市政工程，江湖伟观遂从普通景点蜕变为都中名胜，不仅京城市民，其他上京官员人众皆愿到此一游，留下不少登临之诗，江湖伟观因此也全国知名。当元朝一统天下、政治中心北移后，这个几乎没有历史文化积淀的地方小景观也就遭到冷落了。

综上所述，随着国势变化，在舆图坐标系中，多景楼和江湖伟观的位置发生了从中心到边缘或从边缘到中心的移动，楼阁也随之几度兴废。

二　山河有异　人歌人哭——登览之情与登临之作的嬗变

多景楼与江湖伟观在两宋几度兴废，周边自然风景并未改变；然而国运随时消长，终至江山易主，络绎而来的登楼者身份不同，登览之情与登临之诗的风貌也与时嬗变。

（一）多景楼诗的变奏

1. 北宋中期的清壮之思

北宋润州守裴煜（字如晦）登楼俯瞰，见治下镇江街市富庶、港口繁忙；极目远眺，见山川壮丽、气象万千，于是有《多景楼》诗云：

> 登临每忆卫公诗，多景唯于此处宜。
> 海崖千艘浮若芥，邦人万室布如棋。
> 江山气象回环见，宇宙端倪指点知。
> 禅老莫辞勤候迓，使君官满有归期。[①]

[①] 傅璇琮等：《全宋诗》第 8 册，北京大学出版社 1998 年版，第 5025 页。

米芾则有《题多景楼呈太守裴如晦学士》云：

> 六代萧萧木叶稀，楼高北固落残晖。
> 两州城郭青烟起，千里江山白鹭飞。
> 海近云涛惊夜梦，天低月露湿秋衣。
> 使君肯负时平乐，长倒金钟尽兴归。①

此诗与杜牧《九日齐山登高》（江涵秋影雁初飞）同韵，风调亦相似，然杜诗伤时吊古，充满人生孤独的惆怅感慨。米芾则写清旷之景，抒逸乐之情。

米芾还有五古《甘露作呈夷旷》、五律《甘露寺》等多首写多景楼的诗歌。其中元符间所作七古《多景楼》又是行书名帖：

> 华胥兜率梦曾游，天下江山第一楼。冉冉明廷万灵入，迢迢溟海六鳌愁。指分块圠方舆露，顶矗昭回列纬浮。衲子来时多泛钵，汉星归未觉经牛。云移怒翼搏千里，气霁刚风御九秋。康乐平生追壮观，未知席上极沧洲。②

诗歌笔力雄健，"指分""顶矗"两句有杜甫《登岳阳楼》"吴楚东南坼，乾坤日月浮"的气象。结句称登楼可望见千里外宋辽边境的沧州，这自然是天下大定，寰宇澄清的夸耀之词。

熙宁七年（1074年）十月，苏轼在多景楼作《甘露寺弹筝》，诗中极称座中艺妓筝音之妙曰："多景楼上弹神曲，欲断哀弦再三促。江妃出听雾雨愁，白浪翻空动浮玉"，这次四美俱、二难并的雅集成为多景楼经久流传的佳话。元丰五年（1082年）擢拜中书舍人的曾巩《甘露寺多景楼》

---

① 傅璇琮等：《全宋诗》第18册，北京大学出版社1998年版，第12278页。
② 同上书，第12285页。

有句云："云乱水光浮紫翠，天含山气入青红。一川钟呗淮南月，万里帆樯海外风。"其弟曾肇元祐中亦任中书舍人，谪途中有《题多景楼》云："江声逆顺潮来往，山色有无烟淡浓。风月满楼供一醉，乾坤万里豁双瞳。"兄弟作诗不同时而同韵，或羡"冥鸿"，或愿逐"片云"，可见，多景楼的无穷风月引得盛宋时的登览者"诗情无限"。

晁无咎之父晁端友亦与苏轼友善，其《登多景楼》五言长律备受方回称道："无一字一句不工，孰谓宋诗非唐诗乎，五言律八句内一联而工可名世矣，此乃顿有数联，曲尽多景之妙。"[①]如"云破孤峰出，潮平两桨飞"；"木落吴天远，江寒越舶稀。鱼龙邻海窟，鸡犬隔淮圻"；"草色迷千古，波声荡四围"；"浩浩群流会，沉沉百怪依"，的确是"开轩跨寥廓，览物极纤微"。此外，"苏门六君子"中的陈师道也曾登多景楼，"南望丹徒，有大白鸟飞近青林而得句云：白鸟过林分外明"。[②]

多景楼吟咏在北宋中期（熙丰元祐年间）达到一个小高潮。米芾、苏轼、晁端友、曾巩、曾肇、陈师道诸人之作风貌各异，而皆境界阔大、气壮思清。后来者登临之际，就不仅仅是观览江山胜景，更从这些士大夫的书法题咏、雅集逸事中体会到丰厚的人文内蕴，对盛宋的追慕神往之情也油然而生。

2. 南宋前期的慷慨悲歌

北宋诗人登楼俯视山河辽阔，心神为之怡畅，正如韦骧《多景楼》所云："不知今古登临客，消却尘怀几斛愁。"然而南渡后镇江成为边塞，中原已沦落敌手；登楼纵目，风景无殊，却献愁供恨，令人慷慨悲歌。

隆兴二年（1164年）九十月间，时任镇江府通判的陆游同镇江知府方滋登多景楼，作《水调歌头》，有"鼓角临风悲壮，烽火连空明灭"，"使

[①] （元）方回：《瀛奎律髓》卷1，上海古籍出版社2005年版，第23页。
[②] （宋）陈师道：《后山诗话》，何文焕辑《历代诗话》，中华书局2004年版，第315页。

君宏放，谈笑洗尽古今愁"之句。其时金兵踞守淮北，数十万淮民渡江南来。见民心归宋，词人以国事尚有可为，故烽火连空而谈笑风生，有雄杰之气。同年十二月宋金签订《隆兴和议》，恢复之事一时搁置。乾道六年镇江知府陈大麟重修多景楼后作记云："东瞰海门，西望浮玉，江流萦带，海潮腾迅，而惟扬城堞、浮图，陈于几席之外；断山零落，出没于烟云杳霭之间。至天清日明，一目万里，神州赤县，未归舆地，使人慨然有恢复意。"此期登楼之作莫非心系恢复的悲愤之词，如韩元吉次韵陆游的《水调歌头·登多景楼》，淳熙五年（1178年）杨炎正作《水调歌头·登多景楼》，辛弃疾和作《水调歌头·舟次扬州，和杨济翁、周显先韵》，淳熙十五年（1188年）陈亮作《念奴娇·登多景楼》等，毋庸赘举。

开禧元年，韩侂胄筹划北伐，多景楼吟咏的情调和风貌已经有所变化。时在辛弃疾帅幕（1205年知镇江府）的赵汝镃《多景楼》云：

> 北固危登最上层，身浮霄汉手扪星。
> 江连淮海东南胜，山出金焦左右青。
> 天水精神清雁骨，风烟图画入秋屏。
> 萧萧古意凭栏久，目尽斜阳没远汀。①

诗境空阔清旷，然而难掩萧飒低徊之情。

刘宰《奉酬友人登多景楼见怀》云：

> 云横不断古神州，缥缈河山总戍楼。
> 此地几经人北顾，长江不住水东流。
> 兵戈几处能安枕，稻蟹三吴正得秋。
> 人事天时多错忤，一杯聊复润吟喉。②

---

① 傅璇琮等：《全宋诗》第55册，北京大学出版社2008年版，第34246页。
② 同上书，第33381页。

三吴之地鱼米丰收在望,而干戈将起,又胜败难期,诗人忧愤难言,唯有以酒排遣。

刘过的多景楼诗影响最大。据岳珂《桯史》"刘改之诗词"条:

> 庐陵刘改之过以诗鸣江西,厄于韦布,放浪荆楚,客食诸侯间。开禧乙丑过京口,余为馕幕庚吏,因识焉。……暇日相与跻奇吊古,多见于诗。一郡胜处皆有之。不能尽忆。独录改之多景楼一篇曰:

> "金焦两山相对起,不尽中流大江水。一楼坐断天中央,收拾淮南数千里。西风把酒闲来游,木叶渐脱人间秋。关河景物异南北,神京不见双泪流。君不见王勃词华能盖世,当时未遇庸人耳。翩然落拓豫章游,滕王阁中悲帝子。又不见李白才思真天人,时人不省为谪仙。一朝放迹金陵去,凤凰台上望长安。我今四海游将遍,东历苏杭西汉沔。第一江山最上头,天地无人独登览。楼高意远愁绪多,楼乎楼乎奈尔何。安得李白与王勃,名与此楼长突兀。"

> 以初为之大书,词翰俱卓荦可喜。属余为刻楼上,会兵事起,不暇也。①

当初米芾在多景楼的饮席上夸口宋辽边境处的沧州在望,胸中涌起豪情快意,而非敌国压境的深忧。此际刘过却慨叹举目不见神京——它并非远在天际,只因已属金人;诗人自许多才而前途茫茫,心中愁闷感愤难平。虽为游士之词,而意气慷慨不羁,是最后的壮音。

3. 南宋后期的哀感低吟

开禧北伐以失败告终。赵善伦《多景楼》云:

> 壮观东南二百州,景于多处更多愁。

---

① (宋)岳珂:《桯史》卷2,中华书局1981年版,第22页。

> 江流千古英雄泪，山掩诸公富贵羞。
> 北府如今唯有酒，中原在望忍登楼。
> 西风战舰今何在，且办年年使客舟。①

东晋征西大将军桓温驻守京口时有"京口酒可饮，箕可使，兵可用"的豪言。而今有酒可饮，无兵可用，恢复难期，哪堪登楼！

江湖诗人高翥（嘉定十年（1217年）左右曾登览多景楼，秋意黯淡，暮色沉沉中，诗人满怀怫郁地吟道："江南好景从来少，北望空多故国愁。"② 江南景色虽美，怎比得上中原，可是他也明知再不甘心已属徒劳。薛师石的《多景楼》诗则感慨年华老大，意气衰颓，旧事难重提："跨渐连淮是润州，好山全对此江楼。少年志气惭霜鬓，犹忆曾看打阵舟。"与他们为诗友的"永嘉四灵"之首赵师秀有《多景楼晚望》：

> 落日栏干与雁平，往来疑有旧英灵。
> 潮生海口微茫白，麦秀淮南迤逦青。
> 远贾泊舟趋地利，老僧指瓮说州形。
> 残风忽送吹营角，声引边愁不可听。③

中间二联锤炼对仗，用字精审。诗境阔大寥落，然风非劲健之"长风"，却着一"残"字，残风送来的角声何等悲凉微弱。北宋号称四百州，到此时人皆知半壁江山已永远失去。英灵若在冥冥中，见此形势大概也徒呼奈何吧。登楼颙望，再无豪情壮志，徒然牵愁引恨，真是怕望中原壮景，怕见使金之舟，怕闻营角之声。诗歌情调变为悲观失落。

端平元年（1234年）金亡，比金国更强大的蒙古与南宋为邻。在宋蒙

---

① （清）厉鹗：《宋诗纪事》卷85，上海古籍出版社2013年版，第2052页。
② 傅璇琮等：《全宋诗》第55册，北京大学出版社2008年版，第34132页。
③ 同上书，第33854页。

之战第一阶段（1235—1241年），双方各有胜负。此后直到淳祐宝祐间，宋蒙之间未再发生大的战事。

淳祐中，方岳为赵葵（淳祐七年督事江淮京西湖北军马，寻知建康府、江东安抚使）幕府参议官，其《宿多景楼奉简吴总侍》云：

> 客怀孤倚夕阳楼，烟老平芜岸岸秋。
> 往事六朝南北史，晴江一片古今愁。
> 嘅其叹矣山吞吐，何以酬之酒拍浮。
> 此意政须诸老共，容分芦雨寄渔舟。①

在这段难得的平静时期，登楼者终于放下失去中原之痛，接受了南北朝并峙的历史命运。他们珍赏眼前的美景，唯愿江南半壁能得保全。淳祐间出知常州的卫宗武《与卿寓登多景楼口占立成》云：

> 世称斯楼天下奇，雨余振履此游适。埋头旅舍气弗苏，一见端能洗湮郁。连冈三面作襟袖，洪流千里在履舄。俯窥万井若棋布，前阅千帆似梭掷。银涛涌出丹碧居，金焦两山相对立。群阴解驳宿霭收，放出修眉数峰碧。景名多景名不虚，似此江山何处觅。凭栏一笑问波神，欲举归帆在何日。②

宝祐初辞官时他又有《登多景楼口占立成》：

> 新霁登多景，斯游亦快哉。双尖浮殿塔，千堞裹楼台。
> 潋滟琉璃合，微茫图画开。江山仍似旧，投绂慨重来。③

诗人笔下的多景楼恢复了盛宋时裴煜诗中的旧貌，这是宋室南渡百余

---

① 傅璇琮等：《全宋诗》第61册，北京大学出版社2008年版，第38343页。
② 傅璇琮等：《全宋诗》第63册，北京大学出版社2008年版，第39447页。
③ 同上书，第39463页。

年来难得的轻快之作，也反映出局势安定时人们的平和心境。

咸淳初年（1268年）开始，蒙古大举南侵，登楼者的心中再次掀起波澜。吴锡畴《多景楼》云：

> 栏干投北是神州，莫怪诸公怯上楼。
> 千载潮声如有恨，犹能含怒到瓜洲。①

柴望《多景楼》云：

> 早被垂杨系去舟，五更潮落大江头。
> 关河北望几千里，淮海南来第一楼。
> 背日最多风景处，令人偏动黍离愁。
> 烟沙漵洞翻蘋末，欲倚西风问仲谋。②

郑思肖《题多景楼》云：

> 英雄登眺处，一剑独来游。男子抱奇气，中原入远谋。
> 江分淮浙土，天阔楚吴秋。试望斜阳外，谁宽西顾忧。③

两宋三百年来，登楼者不知凡几。盛宋登临纵目而生快意；南渡后北望便慷慨愤激；开禧北伐失败后则怕上层楼，以其徒然牵愁引恨。辛弃疾曾发壮语："生子当如孙仲谋"，大有与敌一较高下的豪气。而当此末世，见社稷将有倾覆之忧，诗人茫然借问：可有仲谋？谁能解忧？

国破后汪元量曾途经此地，《多景楼》诗云：

> 多景楼中昼掩扉，画梁不敢住乌衣。

---

① 傅璇琮等：《全宋诗》，第40412页。
② 同上书，第39908页。
③ 同上书，第43404页。

禅房花木兵烧杀，佛寺干戈僧怕归。

山雨欲来淮树立，潮风初起海云飞。

酒尊未尽登舟急，更过金焦看落晖。①

景色壮丽一如过往，然而登楼之人只觉胆怯心寒，黯然魂销。

元初，王奕有数首多景楼诗，或云"大地山河合九州，秋风吹起故乡愁"（《和赵善伦旧题多景楼》）；或云"死生寿夭苍生命，治乱存亡上帝心"，"眼前参透坎中画，始识恒河只寸浔"（《和罗隐诗再题多景楼》）；《和卢疏斋多景楼韵》则云：

一合乾坤气脉连，蜜甜本不拣中边。

几千万劫本同此，百八十年何间然。

北固英雄前去古，中原文献后来贤。

老怀登此成欣感，日落苍梧生紫烟。②

人皆有故乡，而天下一统，故国何在？楼既废圮，前朝文采风流也随雨打风吹去。王朝更迭，悲恨相续，或许是冥冥天意；放在无限的婆娑世界，历史长河中来看，三百余年也不过是顷刻而已。因此过往诗歌中那些执着的悲哀和激愤毫无意义。兴废之感于此化为浩叹，归于烟云。

（二）江湖伟观吟咏的变奏

江湖伟观的赋咏之作主要在南宋中期以后，尤其是淳祐十年（1250年）楼阁重修扩建之后是一个高潮。多景楼位于交通要津，三面临江，行人南来北往，多有登临；江湖伟观则不同，作为市内风景，登临者大半是京城官员、市民和上京者。目前《全宋诗》中留存约17首咏江湖伟观诗，

---

① 傅璇琮等：《全宋诗》，第44000页。
② 杨镰：《全元诗》第14册，中华书局2013年版，第200页。

其中 15 首曾收在"江湖"诸集中,其余二首之一的作者黄庚,由宋入元,亦脱屣场屋,放浪湖海者。

赵希樐在宝庆间诗声颇著,与李龏唱和并相互推许。其《江湖伟观》云:

> 华屋肖然占上方,一尊同此寄相羊。
> 江潮翻海莫天阔,湖水拍堤春草长。
> 莽莽越山凝紫翠,摇摇苏柳间青黄。
> 归鸿影里阑干晚,回首中州入渺茫。①

邓林《江湖伟观》云:

> 世间无尽是天游,更出湖山最上头。
> 江面春声潮卷雪,湖心寒影月澄秋。
> 海门舟楫云开见,瀛屿亭台水载浮。
> 不比钱塘歌舞处,远怀西北有神州。②

两首诗大约都作于淳祐十年江湖伟观新修后,中两联都极写江湖秀美壮伟之景。诗人登高远望,中原虽不可见而在念中。

刘黻淳祐十年入太学,累官至吏部尚书。宋亡之际,追从二王入广而卒,谥忠肃。其《题江湖伟观》:

> 柳残荷老客凄凉,独对西风立上方。
> 万井人烟环魏阙,千年王气到钱塘。
> 湖澄古塔明寒屿,江远归舟动夕阳。
> 北望中原在何所,半生赢得鬓毛霜。③

---

① 傅璇琮等:《全宋诗》第 53 册,北京大学出版社 2008 年版,第 33322 页。
② 傅璇琮等:《全宋诗》第 67 册,北京大学出版社 2008 年版,第 42039 页。
③ 傅璇琮等:《全宋诗》,第 40718 页。

对胜景而感伤中原杳远、年华老大，可知诗人是颇有抱负的。

不过，更多的江湖伟观登临之作只写眼前所见美景，表现出对于当下的心满意足之感。如钱塘人范晞文的《江湖伟观》云：

> 西湖何处可消愁，快上人间百尺楼。
> 千里山川浮王气，百年形势壮皇州。
> 逋仙宅近梅应古，坡老祠空竹自秋。
> 立遍阑干无限意，六桥歌舞懒回头。①

范希禹题《江湖伟观》云：

> 望断菰蒲烟水乡，凭高不尽意苍茫。
> 神州北去山川远，王气南来天地长。
> 晴见白云归竺国，夜看红日上扶桑。
> 游人自拥笙歌醉，谁为梅花酹一觞。②

在江湖伟观的确望不到故国山川，实际在诗人心中，所谓神州也已印象淡漠。"王气南来"，似是命中注定——其实是人们接受了既成事实。因此这些登楼诗都着重颂美宋室南渡后的承平日久，渲染京畿的贵重安定气象。徐集孙《江湖伟观》云：

> 昔日山中一小亭，重新轮奂转峥嵘。
> 着身梯磴千层上，到眼江湖两派明。
> 鼎药丹成仙已去，杯泉墨冷水犹清。
> 寿星炯炯无今古，长照东南王气生。③

---

① 傅璇琮等：《全宋诗》第 67 册，北京大学出版社 2008 年版，第 43276 页。
② 同上书，第 45292 页。
③ 同上书，第 40327 页。

王志道《赋江湖伟观》亦云：

> 东南王气萃钱塘，襟带江湖国势强。
> 万顷烟波流德泽，四时弦管乐丰穰。
> 帆归别浦鱼盐聚，雨过平堤草木香。
> 欲赋上林才不逮，举头三祝寿无疆。①

赵元清是金华赤松观道士，其《题江湖伟观》云：

> 凤舞龙飞王气蟠，两都赋在一阑干。
> 伍员不死江潮壮，西子如生越水寒。
> 春日百花连上苑，秋风落叶满长安。
> 钱唐占尽东南美，河洛何人着眼看。②

虽然伍子胥和西施的典故与灭国复仇有关，诗人却并未就此联想到北宋亡于金的旧恨，诗歌主意是赞叹此东南都城之壮丽可压倒汉唐都城长安、洛阳。

淳祐十一年（1251年）春，刻《江湖集》的书商陈起作《同友人泛舟过断桥登寿星江湖伟观，归舟听客讴清真词意甚适，分得江字奉寄季大著乡执兼呈真静先生》诗：

> 辛亥仲春将徂兮，有客踵门曰风日流丽，邀余共泛西湖之艃。艃南去而忽西兮，昨之折槛今复饰以成杠。背苏堤兼丝之绿阴兮，望一簇孤山之青幢。层峰迭嶂巉绝露天巧，珠英琪树发越地之灵，一声何处兮钟撞，篙师告余曰：此寿星古刹，上有奇观开宇宙于八窗。舍舟策杖，步步巍峨，谢屐殊劳双。回廊曲转忽轩豁，檐飞栋

---

① 傅璇琮等：《全宋诗》第67册，北京大学出版社2008年版，第38818页。
② 同上书，第45527页。

复,青绿交辉,心开目骇而揖西子之湖,子胥之江。观者杂沓,倏去倏来,余独凭栏,境与心会,便欲驭风跨蜿虹。烟云万态,客拟状而运思。羿今老退,且逊锐逢。庄严世界,合爪赞叹,要使天下名山夸咏者,睹此奇伟而心降。风寒下山吹欲倒,连呼春酒亟开缸。箫鼓画船徒自纷耳目,何如美成清绝按新腔。诗成肯对俗子哦,驰介城南寄老庞。①

此长句与黄庭坚《子瞻诗句妙一世乃云效庭坚体……故次韵道之》同韵,但不同于黄庭坚有意造拗句、押险韵、作硬语,陈起此诗脉络清晰、语言平易,记述了泛舟听曲、登楼观景的一次春游经历,也写出刚刚修葺一新的楼观吸引市民前来游玩的热闹景象。

太平日子终未能长久。咸淳初年狼烟再起,强敌屡屡压境,即使身在国之都城——最安全牢固之所在,登楼者不经意间北望,也感觉到巨大的威胁暗暗袭来,心情便变得紧张灰暗。钱塘人董嗣杲在咸淳末尝知武康县,后入道。他有百首七律咏西湖胜景,其《江湖伟观》云:

>倚空窗户不曾扃,两眼风烟障翠屏。
>西子艳分晴雨倦,伍胥魂激浪涛腥。
>鼓箫咽晚难无酒,花柳争春别有亭。
>恨掩四时歌舞去,古祠寒玉几竿青。②

风烟障目,雨倦涛腥;箫鼓声咽,歌舞消歇。登临所感已是一片末世萧瑟。

宋亡入元,黄庚曾长期客居越中王英孙家,与林景熙、仇远等交往。其《江湖伟观》云:"潮生潮落东西浙,云去云来南北峰","子胥已远岳

---

① 傅璇琮等:《全宋诗》,第36766页。
② 同上书,第42695页。

侯死,斗酒聊浇磊块胸。"① 江山美景一如往昔,然而国已亡灭,豪杰难觅,真如陆游所叹:"不望夷吾出江左,新亭对泣亦无人!"

综上所述,昔当四海为家之日,登临多景楼,奇情逸气、墨香辞美、清歌妙曲与壮丽江山共同构成熙丰元祐的盛世图景。多景楼和登楼之作,积淀承载着盛世文采风流,令后人不胜钦仰追慕。宋室南迁后,镇江成为宋人北使或北伐的必经要道,多景楼诗便成为时势变化的见证:诗里的中原越来越遥远,景物色彩越来越黯淡,激情逐渐消弭,化为悲鸣。最终国亡楼毁,徒然留下治乱兴亡的慨叹。江湖伟观则是从南宋淳祐十年(1250年)被重修、扩建后成为都城民众喜爱的游赏之地,现存的登楼之诗大都作于此期。修楼者欲为承平之世锦上添花,多数登临之作描写了江湖和皇都之壮美,抒发了现世安稳,享受当下的愉悦,一片洋洋之声,而入元后即消歇。

三 南宋后期的江湖诗人与登楼之诗

《毛诗传》有言"登高能赋,可以为大夫",班固在《汉书·艺文志》的《诗赋略》解释道:"言感物造端,材知深美,可与图事,故可以为列大夫也。"意谓赋者对自然万物和社会现象的发生感受敏锐,又展现出深美之才华和智慧,堪与谋划国家大事,应入大夫之列。宋代范仲淹的《岳阳楼记》就是"以天下为己任"的士大夫之作,为两宋后来的登临者和登临之作树立了典范。无论北宋文官还是南宋将帅,无论是挥洒翰墨文采还是抒发恢复壮志,士大夫所作登楼之诗大多纵览今古,胸怀天下,从大局着眼,反映出对社稷兴亡的责任心;不过,就现存的多景楼和江湖伟观的登临题咏来看,南宋中期以后,江湖诗人的作品数量多起来了。

例如,刘过终生布衣,漫游四方,是典型的江湖游士。前举其七古

---

① 傅璇琮等:《全宋诗》第69册,北京大学出版社2008年版,第43579页。

《题润州多景楼》是他干谒辛弃疾帅府时所写。这首诗后半部分既悲慨国事，又抒发生世不偶的愤郁之情，以王勃李白自拟，冀其诗与多景楼交相辉映，存美名于天地。又有《多景楼醉歌》云：

> 君不见七十二子从夫子，儒雅强半鲁国士。二十八宿佐中兴，英雄多是南阳人。丈夫生有四方志，东欲入海西入秦。安能龌龊守一隅，白头章句浙与闽。醉游太白呼峨岷，奇材剑客结楚荆。不随举子纸上学六韬，不学腐儒穿凿注《五经》。天长路远何时到？侧身望兮涕沾巾！[1]

诗人声称不愿做文士而愿从军，实因科名不利而故作亢直语。强烈的主体抒情占据全部篇幅，甚至无暇描述登览所见。在南宋中期以后江湖诗人的登临之作中，刘过第一个将国势衰微与命运蹉跎联系起来，在忧国中寄寓自身前途迷茫、无所归属的愁闷激愤。

吟咏江湖伟观的17首诗中，15首收入《江湖》诸集。这些作者如范晞、董嗣杲、陈起、徐集孙、叶茵等多是钱塘本地人或寓居临安者，是小京官，或是都城富民，或是西湖边的隐居者，与身为游士的刘过有所不同，他们的身份可归为城市诗人。

无论如何，这么多江湖诗人的登临之作出现是南宋中期以后的一种新现象。推测原因，大概与其生活方式、生活形态密切相关。如刘过、高翥等人为了谋取晋升机会和生活所需财物，不得不四处干谒，漂泊江湖。镇江本是南来北往的交通要道，又是军防前线，历任节帅如辛弃疾、赵葵、贾似道等皆掌握重权和重金，又爱好文学，必然是游士干谒的重要对象，登览并赋咏多景楼也是干谒活动的题中应有之义。另外，各方面资源更丰富、生活更安逸的地方，自然首先是达官贵人聚集的繁华都城。以此城中

---

[1] 傅璇琮等：《全宋诗》，第31808页。

游乐，观览江湖伟观并赋诗，大概属于城市诗人的日常生活和日常写作。故而综合来看，江湖诗人登临多景楼和江湖伟观之作的确比较多一些。

前文已述，诗人登览之情随时嬗变；不仅如此，而同为名楼，江湖伟观和多景楼所处地理位置不同，登览之情也有分别，以前文所举淳祐年间的多景楼诗词与江湖伟观诗对照即可显明；再以同一作者的多景楼诗和江湖伟观诗进行对比，更能得到清晰感受。以朱继芳为例，他是绍定五年进士，曾知龙寻县。与张至龙同庚并为诗友，也尝与陈起、周弼唱和。其咏江湖伟观云：

> 吴山表里水为池，百有余年壮帝畿。
> 天目远将双凤落，海门近拱六龙飞。
> 胥涛白雪生秋思，太乙红云驻夕晖。
> 江上沙鸥湖上舫，柳边风里两依依。①

"胥涛"指钱塘江潮，出典为《吴越春秋》卷五《夫差内传·十三年》：传说春秋时伍子胥为吴王所杀，尸投浙江，成为涛神。此典本来关涉国家兴亡，诗人却并无吊古伤时之意。其《淮客》诗则云：

> 长淮万里秋风客，独上高楼望秋色。
> 说与南人未必听，神州只在阑干北。②

诗情劲直激昂，忠义之色使人起敬。

叶茵《江湖伟观》云：

> 此地旧寒碧，留题护竹君。窗虚不碍月，壁老易生云。

---

① 傅璇琮等：《全宋诗》，第39070页。
② 同上书，第39075页。

> 一水东西隔，两山南北分。未堪低着眼，世事正纷纷。①

又有《江湖伟观山亭》二首：

> 结束虚亭近太清，山光水影互逢迎。
> 人心只觉山多险，几个人心水样平。
> 软红尘外耸嵯峨，题品先曾属老坡。
> 立脚愈高天愈阔，静看舟楫驾风波。②

以上三诗皆感慨世事纷扰、人心险恶，故登高而抒脱俗之情。其《多景楼》则感怀国事，诗情执着沉痛：

> 北望中原惨莫烟，楼头风物故依然。
> 后人拍得栏干碎，往日轻教眼界偏。
> 水撼金焦声亦怒，云连楚泗势犹全。
> 壮怀且付生前酒，千古英雄冢道边。③

嘉熙年间（1237—1240年）宋蒙第一次交战时期，张蕴曾为沿江制置使司幕属。《多景楼》大概是此期所作：

> 暇日此登临，凄凉北望心。戍烽孤障杳，塔影一江深。
> 敌帅投鞭想，将军誓楫吟。所嗟人事异，天险古犹今。④

强敌在侧，形势孤危，诗人犹抒壮心：欲凭长江天险，保全半壁江山。淳祐十年（1250年）多景楼重建，宝祐初张蕴为临安府通判，从诗意看，其《江湖伟观》大概是此时期作品：

---

① 傅璇琮等：《全宋诗》，第38199页。
② 同上书，第38239页。
③ 同上书，第38236页。
④ 同上书，第39380页。

堤柳朝朝送酒船，一阑山色越帆烟。

蓬莱云气东溟外，阊阖星辰北斗前。

突兀向来无此屋，登临当日有诸贤。

夕阳过雁慵回首，吟入关河万里天。①

　　诗境阔大辽远。诗人内心似乎有所感触，但笔尖只是若有所思，一缕轻愁而已。

　　对比这些诗作，很明显，登多景楼往往激发南北分裂、中原失坠的沉郁之思，而赋咏京城的江湖伟观，内容就较为世俗化、生活化，诗情偏于愉悦满足。与多景楼不同的是，在江湖伟观望不到神京，望不到中原，也望不到边塞，所以感觉不到敌人的存在。值得注意的是：上文所举作者一般都是归入江湖诗人群体的。

　　换一个角度，从诗歌写作手法和技巧来看，这些江湖诗人的登楼之诗有何异同呢？晚宋"四灵"唐律一度风行，也有些五律诗作学"晚唐体"，刻意炼句炼字，如刘子澄的《寿星寺江湖伟观》"吴山青似越，江水白于湖。天接帆边海，烟生树外晡"，但绝大部分登楼诗是七律和古体，这可能与登高题材的体式偏好有关。不过这些七律句式流利，语意尚浅，前举朱继芳"胥涛白雪生秋思，太乙红云驻夕晖"即其类。写景皆白描，对仗工整而不甚用典。如江湖伟观只用西子和伍子胥，多景楼也只提到祖逖、新亭、岳飞、苏轼而已。唯刘过多景楼七古"气机壮浪，于江湖游士诗中差为别调"。② 方回讥刘过诗"外侉内馁"，③ 认为"南渡后诗牌充塞，如刘改之之长律，阮秀实之大篇，皆徒虚喝耳"。④ 刘过身为布衣而好谈用兵恢复，谓中原可一战而取，自然不免"外强中干"之疑；但其往来各地，

---

① 傅璇琮等：《全宋诗》，第39372页。
② 钱锺书：《容安馆札记》第494则，商务印书馆2003年版，第795页。
③ （元）方回：《瀛奎律髓》卷24，第1102页。
④ （元）方回：《瀛奎律髓》卷1，第23页。

对时局变化、政治风云感受得更早、更多也可能是原因之一；方回所鄙视的"虚喝"正反映出其无力感，恰缘于身在卑位，对军政大事只能做旁观者。而另一些定居城市的诗人如陈起、赵元清等则坦然接受平民身份，其登楼之诗也反映出享受当下的平民意识。

"古来胜迹原无限，不遇才人亦杳然。"多景楼和江湖伟观在两宋之世各经数次兴废，登览之人，登临之诗络绎不绝，遂使两座楼阁从地方景观逐渐全国知名。楼阁的地理位置不变，但在国家舆图坐标系中却发生了位移；登楼所见自然景观不变，但登楼者身份，登览之情和登临之作的内涵及风貌却因应时世而嬗变。特别值得注意的是南宋中期以后，江湖诗人的登楼之作增多。不同于过往士大夫登高则忧念天下，一些江湖游士在忧国中寄寓前路彷徨、漂泊无归的愁闷激愤，另一些城市诗人则表现出享受当下，疏离政治的意识和立场。诗歌文本也趋于流畅浅明，印证了南宋后期诗歌受"晚唐体"影响和通俗化趋向。

岭南文学地理

岭南文学地理*

曾大兴

一 文学地理学意义上的岭南文学

岭南,又称岭外、岭表,有广义和狭义之分。广义的岭南,是指自然地理上的岭南,即南岭山系以南的广大地区,包括现在的福建、台湾、广东、广西、海南、香港、澳门等七个省区。狭义的岭南,是指人文地理上的岭南,其范围比自然地理上的岭南要小一些,包括现在的广东、广西、海南、香港、澳门等五个省区。文学地理上的岭南与人文地理上的岭南,其范围是一致的。

现在有些人讲岭南文化和岭南文学,似乎仅限于广东文化和广东文学,例如《岭南文学史》《岭南历代诗选》《岭南历代文选》《岭南历代词选》等书,都只包括广东的文学,这是不恰当的,这个范围太窄了。中国大百科全书出版社出版的《岭南文化百科全书》包含广东、广西、海南、香港、澳门五省区的文化,这是正确的。

---

* 本文系国家社会科学基金项目"中国文学地理研究"(14BZW093)和广州市教育局第二批协同创新重大项目"岭南传统艺术活态传承协同创新研究"的部分成果,作者为广州大学人文学院教授。

需要说明的是，香港在 1841 年以前，澳门在 1881 年以前，海南在 1988 年以前，都属于广东省的版图，所以 1841 年以前的香港文学，1881 年以前的澳门文学，1988 年以前的海南文学，实际上就是广东文学。

广东文学、香港文学、澳门文学、海南文学和广西文学，都属于区域文学的概念。岭南文学，则是一个地域文学的概念。区域和地域这两个概念是有区别的。地域是自然形成的，区域则是对地域的一种人为的划分；地域的边界是模糊的，区域的边界是清晰的。

地域和区域的内涵与差异，类似于文化地理学中的形式文化区与功能文化区的内涵与差异。所谓形式文化区，是一种或多种相互间有联系的文化特征（如语言、宗教、民族、民俗等）所分布的地域范围。在空间分布上，它具有集中的核心区与模糊的边界。"形式文化区多具有一个文化特征鲜明的核心区域（或中心地区），文化特征相对一致而又逐渐弱化的外围区以及边界较为模糊的过渡带三个特征。"[①] 形式文化区的划分颇多主观性，它主要依据划分者所指定的指标。例如中国的西藏与内蒙古地区，如果根据宗教指标，二者都可以因信奉喇嘛教而划分为同一个形式文化区。但如果要根据语言、民族、风习等因素，则又可以分成两个截然不同的形式文化区。所谓功能文化区，是一种在非自然状态下形成的，受政治、经济或社会功能影响的文化特质所分布的区域。功能文化区不同于形式文化区，例如一个行政区划的一级单位、一座城市，甚至一个国家，都可以算作是一个功能文化区。形式文化区的文化特征具有相对一致性，而功能文化区的文化特征往往是异质的，是按照行政或者某种职能而划分出来的。"功能文化区的边界并无一个交错的过渡带，而是由明确该功能中心的范围所划定的确切界线，这与形式文化区边界较为模

[①] 周尚意、孔翔等主编：《文化地理学》，高等教育出版社 2004 年版，第 228 页。

糊的情形有显著的差异。"①

地域内部的相对一致的文化特征，就是文化的地域性，这种特征在文学作品中的表现，就是文学的地域性，或者文学作品的地域性。而区域内部的文化特征往往是异质的，尤其是那种由于行政或者其他原因而经常变动、很难维持长期稳定的区域，其文化特征的异质性更强。虽然在日常用语中，甚至在许多学者的论著中，区域性这个词经常被使用，但是这个区域性能说明什么呢？它一般只能说明区域内部在政治上、经济上或者社会功能上的某种趋同性，而很难说明在文化上的相对一致性。文化的相对一致性是不同的文化特征长期交流、碰撞、融合、沉淀的结果，不是行政或其他职能的外部作用所能短期奏效的。从这个意义上讲，我们只宜在政治、经济或者社会层面上使用区域性这个概念，而不宜在文化和文学层面上使用这个概念。也就是说，当我们讲到某个地方的文学的相对一致的文化特征和审美特征时，最好使用文学的地域性这个概念，而不要轻易使用文学的区域性这个概念。在许多学者的论著中，"文学的地域性"与"文学的区域性"是可以相互替换的，有的学者则对这种使用状况表示困惑，但是又说不出一个理由。这是由于对"地域"和"区域"这两个概念的内涵不太明晰所致。

文学地理学意义上的岭南文学，是一种地域文学，也就是在岭南本土产生的、具有岭南的自然和人文特点的一种地域文学，这是它的内涵；作为一种地域文学，岭南文学实际上包括两个部分，一是岭南文学家在岭南本地创作的文学，二是外地文学家在岭南创作的文学，这是它的外延。

至于岭南文学家在外地创作的文学作品，如果是以岭南生活为题材的，则属于岭南文学；如果不是以岭南生活为题材的，那就不属于岭南文学。

---

① 周尚意、孔翔等主编：《文化地理学》，高等教育出版社2004年版，第228—229页。

对于岭南文学的判定，一如对其他所有地域文学的判定，不能仅仅依据文学家的籍贯这一个要素，还应同时考虑到作品的产生地以及作品所写的题材等两个要素。文学家的流动性是比较大的，许多文学家一生中可能会参与多种地域文学的创作，例如，像苏轼这样的人，一生都在行走之中，我们不能仅仅依据他的籍贯而把他在全国各地所创作的文学一律划归巴蜀文学，而是要根据他的作品的产生地以及作品所描写的题材来做具体的划分，事实上，他的作品有的属于巴蜀文学，有的则属于秦晋文学或中原文学、齐鲁文学、吴越文学、荆楚文学、岭南文学等。

二 岭南的自然环境和人文环境

岭南的自然环境和人文环境在全国来讲是比较特殊的。就其自然环境来讲，主要有这样几个特点：

一是地理位置依山面海，地势北高南低。先看依山。这个山不是一般的山，而是南岭。南岭是中国南部最大的山脉和重要的自然地理分界线，横亘在湘桂、湘粤、赣粤之间，向东延伸至闽南，东西长约 600 千米，南北宽约 200 千米。南岭由越城岭、都庞岭、萌渚岭、骑田岭、大庾岭等五条主要山脉组成，故又称五岭。南岭高度虽不大，平均高度只有 1000 米左右，但是对阻挡南下的寒潮和东南来的台风起着重要作用。南岭以南终年温暖，少见霜雪；南岭以北冬季比较寒冷，常见飞雪，南岭因而成为南亚热带和中亚热带的分界线。再看面海。岭南面临浩瀚的南海，海岸线绵长曲折，岛屿星罗棋布，沿海又有许多良港，成为中国通往东南亚、大洋洲、中东和非洲等地区的最近出海口。由于依山面海，北高南低，这就非常有利于接受从海洋方面吹来的暖湿气流，使这里的气候更显得温暖湿润。

二是纬度低。岭南地处中国的南部。从南沙群岛南端的曾母暗沙，到广西北部越城岭的北端，岭南的纬度在北纬3°58′—26°24′，处于低纬度地区。由于纬度低，太阳高度较大、辐射强，受热带海洋的影响也最大。

三是高温多雨，气候湿热。先看温度。岭南地区的年平均气温，大部分在18—24℃，北部的高山地区为17℃左右。20℃等温线穿过莆田、韶关、河池，即福建南部、广东广西的大部分均在20℃以上，多数属于南亚热带地区。南海诸岛及台湾、海南两大岛屿为21—25℃，连同雷州半岛的大部，则属于热带地区。1月是全年最冷的月份，岭南北部一般介于6—10℃，福州、韶关、柳州一线以南的大部地区一般在12—14℃，台湾、雷州半岛、海南岛为14—20℃，南海诸岛为22—26℃。7月是岭南最热的月份，一般月平均气温在28℃以上。再看年降水量。我国各地的降水主要是东从太平洋、南从印度洋和南海上来的夏季风带来的。年降水量的总体趋势是：由东南向西北逐步减少。东南沿海地区的年降水量普遍在2000毫米左右，淮河、汉水以南的南方地区年降水量则在1000毫米以上，而西北内陆的吐鲁番、塔里木和柴达木等盆地，年平均降水量都在20毫米以下。岭南是我国降水量最丰富的地区，大部分地区的年降水量为1500—2000毫米，福建的周宁—宁德，广东的海丰—普宁、阳江—恩平、清远—佛冈，海南的琼中，台湾自南而北的中央山地，年降水量都在2000毫米以上。岭南地区降水量的季节分配有较明显的差别，夏半年（4—9月）的降水量占全年的70%—85%，冬半年（10月—次年3月）只占全年降水量的15%—30%（台湾东北部除外）。再看湿度。岭南地区是我国的高湿地区，年平均相对湿度普遍在75%以上。台湾、海南两岛的东部、大陆沿海、福建中部山区、珠江三角洲、粤西地区、桂东南及桂北山区，年平均相对湿度都在80%以上，雷州半岛的海康、徐闻及海南岛的海口、文昌一带竟高达84%—86%。岭南大陆最大相对湿度多发生在春、秋两季，五六月正是降水量最多的月份，故湿度大。最小相对湿度一般出现在秋、冬季节，此时受冬季风控制，秋高气爽，降水少，故湿度小。再看四季特点。岭南地区的四季气候特点是：冬季温暖，夏季漫长，春季气温回升早，秋季降温迟。若以候平均气温低于10℃为冬季，高于22℃为夏季，则广州、南宁一线以南地区已没有明显的冬季，夏季长达半年或接近半年。此线以北，南岭以南冬季长一至两个月，夏季有四个半月。台湾、海南和南海诸岛都没有冬季，只有夏季和春秋季。且看明代苏浚《气候论》对岭南气候的描述：

> 晁错曰："扬粤之地，少阴多阳。"李待制曰："南方地卑而土薄。"土薄，故阳气常泄；地卑，故阴气常盛。阳气泄，故四时常花，三冬不雪，一岁之暑热过中。"阴气盛，故晨昏多露，春夏雨淫，一岁之间，蒸湿过半。"阴阳之气既偏而相搏，故一日之内，气候屡变。谚曰："四时皆似夏，一雨便成秋。"又曰："急脱急着，胜似服药。"气故然耳。[1]

这个描述既符合事实，又生动形象。文章认为岭南的气候特点，大约有三：一是四时常花，三冬不雪，一岁之暑热过中；二是晨昏多露，春夏雨淫，一岁之间，蒸湿过半。三是一日之内，气候屡变。

四是季相不明显。岭南气候的特殊性，直接影响到物候的特殊性。所谓气候，通俗地讲，就是指整个地球或其中某一地区，在一年或一时段的气象状况的多年特点；所谓物候"就是谈一年中月、露、风、云、花、鸟推移变迁的过程"。[2] 物候现象是非常广泛的，在大自然中，那些受环境（主要是气候，另外还有水文和土壤）影响出现的，以一年为周期的自然现象，都属于物候现象。物候现象大体包括三个方面：一是植物（包括农作物）物候，如植物的发芽、展叶、开花、结果、叶变色、落叶，农作物

---

[1] 苏浚《气候论》，载汪森辑《粤西文载》（四）广西人民出版社1990年版，第229—230页。

[2] 竺可桢、宛敏渭：《物候学》，湖南教育出版社1999年版，第14页。

的播种、出苗、开花、吐穗等现象；二是动物物候，如候鸟、昆虫及其他两栖类动物的迁徙、始鸣、终鸣、冬眠等现象；三是气象水文现象，如初霜、终霜、初雪、终雪、结冰、解冻等。岭南物候的重要表现，就是季相不明显。所谓季相，是指植物在不同季节的表相。植物在一年四季的生长过程中，其叶、花、果的形状和色彩随季节而变化。在不同的气候带，植物的季相是不同的。在温带地区，植物的季相是十分明显的，在寒带和热带地区就不明显。季相能给人以时令的启示，使人增强季节感。岭南大部分地区处于热带，季相不明显，这就容易给人一种错觉，以为一年到头都在过夏天。所谓"四时皆是夏，一雨便成秋"，就是季相不明显给人们造成的一种错觉。

岭南的人文环境则有这样几个突出特点：

一是传统文化略逊中原。岭南地处中国的最南部，北边又有南岭山脉的阻隔，使得它在古代，至少是在唐代以前，与中原的物质、文化交流不畅，因此从传统文化的角度来看，也就是从儒家文化或者农耕文化的角度来看，岭南文化与中原文化相比，其发达程度略有逊色。

二是现代文化比较先进。由于滨海，使得岭南与海外的物质、文化交流比较方便，因此比较容易接受海外文化的影响，这种影响不仅体现在商贸和衣食住行等物质文化层面，也体现在宗教、语言、文学、艺术等精神文化层面。因此从现代文化的角度来看，岭南文化又比中原文化要先进一些。

三是具有开放性、务实性、多元性和包容性。岭南文化以岭南土著文化为基因，一方面继承了中原农耕文化的某些优良传统，另一方面又吸收了海外商贸文化的某些先进要素，从而形成了自己开放、务实、多元、包容的基本特点。首先，它是开放的，但是它的开放又不是无限度、无选择、无理性的开放，它的开放必须符合自身的历史传统和现实需要，因此它的开放又是与务实结合在一起的；其次，由于它是开放的，使得它乐于借鉴和吸收古今中外一切有利于自身发展的先进文化，从而构成了岭南文化的多元性；再次，由于它是务实的，又使得它对古今中外的一切文化传统、文化观念和文化样式，包括某些自身存在缺陷的传统、观念和样式，均取理性的态度，既不全盘吸收，也不一味苛求，从而铸成了岭南文化的包容性。

四是守旧性与创新性共存。岭南文化的开放性、务实性、多元性与包容性，体现了它的创新品质，这一点无须多讲。这里需要强调的是，岭南文化也有守旧的一面。历来研究岭南文化的学者往往只看到它创新的一面，看不到它守旧的一面，因此对于许多具体的问题不能给出一个合理的解释。

守旧并不是一个贬义词，它的实质，就是固守某些传统的东西。例如粤语，乃是中国七大方言之一，它不仅保留了大量的古汉语词汇，还保留了古汉语的八声，而现在的以北京音为标准音的普通话只有四声，因此用粤语来朗诵古诗词就特别有韵味。在客家话、潮汕话中，也保留了大量的古汉语。古汉语在岭南三大民系的方言中之所以得到大量保留，乃是由于五岭这一天然屏障的阻隔，使岭南较少受到中原战争的影响。也是由于同样的原因，使得岭南地区还能保留着大量的古村落、古民居、古祠堂、古寺庙等物质文化遗产，以及大量的非物质文化遗产。1982年、1986年和1994年，国务院公布了三批99座"国家级历史文化名城"；2003年和2005年，建设部和国家文物局公布了两批36个"国家历史文化名村"。据笔者统计，在99座国家历史文化名城中，广东拥有6座（广州、潮州、肇庆、佛山、梅州、雷州），在全国各省、市、自治区中排第二位；在36个"国家历史文化名村"中，广东拥有5个，在全国排第一位。2006年，国务院公布了首批"国家级非物质文化遗产名录"，包括民间文学、音乐、舞蹈、传统戏剧、曲艺、杂技与竞技、民间美术、传统手工技艺、传统医药、民俗10大类共527项，其中广东拥有22项，在全国排第六位；广西拥有19项，在全国排第八位。需要说明的是，在首批"国家级非物质文化遗产名录"中排位前八名的分别是：福建第一，浙江第二，江苏、云南、河北并列第三，贵州第四，山西第五，广东第六，山东第七，四川、广西并列第八。就地理位置来看，这11个省份中，周边地区占了8个，中原地区（广义的）只占3个。周边地区的物质文化遗产与非物质文化遗产之所以保存得比较多和比较好，是因为相对于中原地区来讲，周边地区较少受到战争的破坏。笔者认为，这一现象可以称为"传统文化的边缘优势"。

岭南不仅保留了大量的物质文化遗产和非物质文化遗产，也保留了相当多的传统观念。在日常语言、民间信仰、饮食、养生、婚丧嫁娶、生育、理财、人际交往诸方面如此，在文学方面也是如此。许多人讲到岭南的文学，都以黄遵宪的"诗界革命"、梁启超的"小说革命"为例，强调它的创新性，其实在岭南海量的文学作品中，守旧性仍然是其主导面。古代诗词不必论，即便是近代以来的旧体诗词，仍然是传统的价值观，传统的题材，传统的语言，传统的体裁和形式，传统的表现手法和艺术风格占了绝大多数。在诗、词、散文、小说、戏剧五种文体中，只有小说的创新色彩要浓厚一些，但也仅仅限于近代以来的小说。在岭南的各种地方戏中，粤剧的创新色彩稍微多一点，其他剧种的传统色彩依然相当浓厚。

总之，岭南在自然地理上处于中国的最南端，高温多雨，四季常青，季相不明显，是它的基本特点。岭南在文化地理上也处于中国的最南端，它是中国文化的最后一道防线，也是中国文化接受外来文化影响的第一线，肩负着守护中国传统文化与引进海外先进文化的双重使命，因而在文化上具有守旧与创新的双重品质。

三　岭南的文学家与文学家族

岭南的古代文学家，据谭正璧编《中国文学家大辞典》所录，有142

人，其中广东114人，广西23人，海南5人。由于该辞典所录系"姓名见于各家文学史及各史《文苑传》"，或"著作为各史《艺文志》及《四库全书》所收者"①，也就是说，其所收录者并非所有的文学家，而是那些有一定影响的文学家，因此这142位岭南文学家，实际上只是古代岭南文学家中较有影响的一部分人，并非全部。据笔者统计，仅在广东，有文集、诗集、词集问世或保存且有籍贯可考的古代文学家就有2048人。② 由此可见，岭南古代文学家的数量是很可观的。

岭南文学有一个漫长的成长期。唐代张九龄（韶州曲江人）是一位在诗坛有重要地位和影响的诗人，他的出现可谓异军突起，此后便长期沉寂，直到明清时期，才先后出现了"南园五子"和"岭南三大家"等在诗坛有影响力的诗人。岭南文学真正进入佳境是在晚清、民国以后，像黄遵宪、康有为、梁启超、王鹏运、况周颐、吴趼人、苏曼殊、陈绚、黄节、李金发、梁宗岱、张资平、洪灵菲、冯铿、冯宪章、蒲风、黄药眠、阮章竞、阮啸仙、钟敬文、刘思慕、杜埃、丘东平、碧野、曾敏之、秦牧、黄秋耘、草明、黄谷柳、陈残云、李育中、梁羽生、金庸等，都是近现代以来在全国有影响的岭南文学家。

岭南诗坛在全国有重要影响的人物，在唐代有张九龄，在明代有孙蕡，在清代有屈大均，在近代有黄遵宪、黄节，在现代有李金发、梁宗岱、蒲风、阮章竞等。岭南词坛在全国有重要影响的人物，在晚清、民国时期有王鹏运、况周颐、陈洵，在现代有詹安泰。岭南小说界在全国有重要影响的人物，在清代有《蜃楼志》的作者庾岭劳人，在近代有吴趼人（我佛山人）、黄小配、苏曼殊等，在现代有张资平、洪灵菲、欧阳山、黄谷柳等，在当代有梁羽生、金庸、梁凤仪等；岭南散文界在全国有重要影

---

① 谭正璧：《中国文学家大辞典·例言》，上海书店出版社1981年版，第1页。
② 曾大兴：《文学地理学研究》，商务印书馆2012年版，第385—508页。

响的人物，在清代有廖燕（身后名），近代有梁启超，现当代有秦牧等。

岭南较有影响的文学家族，据谭正璧《中国文学家大辞典》所录，共有6个，即南海陈绍儒家族、南海谭莹家族、番禺王邦畿家族、番禺方殿元家族、顺德张锦芳家族、电白邵咏家族，均在广东境内。如上所述，谭编大辞典的收录标准是比较严的，如果放宽一点，肯定不止这个数。据笔者统计，仅在明清时期的广州府境内，就有105个文学家族。①

四 岭南著名文学景观

岭南著名的文学景观不算多，但是多过闽台。闽台和岭南，都属于文化晚熟地区，其文学景观自然不及长江流域的巴蜀、荆楚和吴越地区，但是岭南毕竟是唐宋时期中原得罪官员的主要谪居之地，而这些得罪官员中，就有像宋之问、沈佺期、张说、韩愈、柳宗元、刘禹锡、苏轼、秦观这样的杰出文学家，他们在岭南留下了自己的足迹，也留下了一些佳作，岭南许多有影响力的文学景观都与他们有直接关系。

（一）梅岭（大庾岭）

梅岭在五岭东部，居江西大余和广东南雄之间。相传秦朝末年，越王勾践的后裔梅鋗逃居此地，征招壮士，抗击秦兵，"梅岭"这个名字即由此而来。此后梅鋗的裨将庾胜兄弟，长期镇守此岭，故又称"大庾岭"。

这个景观以梅岭古道和梅花而闻名于世。梅岭古道，是唐代开元以后，内地和岭南之间的一条交通要道，由广东第一位进士、第一位宰相、第一位著名诗人张九龄主持开凿。张九龄的散文名作《开凿大庾岭序》，描述了大庾岭驿道开通之后，"坦坦而方五轨，阗阗而走四通"；南北客商

---

① 曾大兴：《明清至民国时期广州府的文学家族之分布》，《广府文化》第一辑，中山大学出版社2014年版，第158—182页。

"有宿有息",中外货物"如京如坻"的热闹景象。①

梅岭多梅树。每年一月间,粤北的天气多是白天阳光灿烂,夜间低温霜冻,日、夜温差大,适宜梅花的生长。由于梅岭南、北山坡气候差异明显,素有"南枝既落、北枝始开"(《白氏六帖》)的奇特景观。

唐代以后,尤其是唐、宋、明三朝,由内地"谪宦"岭南的士大夫文人很多,他们多是通过梅岭而进入岭南。在梅岭,他们留下了许多优秀的文学作品。据不完全统计,仅仅是写梅岭之梅花的诗歌就多达千余首。另外还有许多主要写迁谪之感的作品,例如,唐人宋之问的《题大庾岭北驿》《度大庾岭》等,就是这一方面的名作。如《度大庾岭》:

> 度岭方辞国,停轺一望家。
> 魂随南翥鸟,泪尽北枝花。
> 山雨初含霁,江云欲变霞。
> 但令归有日,不敢恨长沙。②

作品表达了迁客骚人对家园故土的深切思念,对贬谪之地的陌生感,以及对政治前途的忧虑,感情真实可悯。颈联所写,实为梅岭"一日之内,气候屡变"的自然环境,尤其给人以深刻印象。

"梅岭"这个自然景观的突出特点,就是它的地域感。一个人上了梅岭,地域之感就会油然而生,因为岭南和岭北的气候、植物、语言、风俗不一样,就连岭上的同一棵梅树,也有南枝和北枝的不同。而且由这种地域之感,自然会生出故园之思与迁谪之意。所以历来写梅岭的作品中,一般都包含这样几个元素:梅花,古道,地域感,故园之思,迁谪之意。这是"梅岭"这个文学景观最基本的文化内涵与审美特点。

---

① 张九龄:《开凿大庾岭序》,董诰主编:《全唐文》卷291,上海古籍出版社1990年版,第1304页。
② 宋之问:《度大庾岭》,《全唐诗》,中华书局1960年版,第641页。

（二）越秀山

越秀山在广州旧城北部，又名粤秀山、越王山，在古代与番山、禺山合称为"广州三山"。山上冈峦起伏，花木明秀，古迹甚多，尤其是越王台、朝汉台、歌舞冈等遗址和越王井、五羊石、镇海楼等名胜，皆为历代文人吊古、伤怀之所。

唐人宋之问、崔子向、刘言史、李涉、许浑、李群玉，宋人文天祥、清人王士禛、沈元沧、杨锐等，都留下了佳作。如唐崔子向《题越王台》：

> 越井冈头松柏老，越王台上生秋草。
> 草木多年无子孙，牛羊践踏成官道。①

又如清王士禛《歌舞冈》：

> 歌舞冈前辇路微，昌华故苑想依稀。
> 刘郎去作降王长，斜日红棉作絮飞。②

歌舞冈即越井冈，又名天井冈；刘郎即刘鋹，南汉后主；昌华即昌华苑，南汉著名园林。《题越王台》借越王台的荒废，感叹南越王霸业成空。诗人不说南越王无子孙，而说草木无子孙，构思尤为别致，感慨尤为深沉。《歌舞冈》则借歌舞冈前呼銮道的沦没，以及昌华苑的消失，讽刺南汉国主的荒淫残暴，享国不长。

越秀山文学景观的主要特点，就是它的沧桑感。许多作品都是借南越、南汉这两个割据政权的兴废，来写历史的无情与人世的沧桑。

---

① 崔子向：《题越王台》，《全唐诗》，中华书局1960年版，第3537页。
② 王士禛：《南海集》卷下，清康熙间刻王渔洋遗书本，第3页。

(三) 石门贪泉

石门位于广州西北郊，在小北江与流溪河的汇合处，两岸峰峦雄峙，夹江如门，故名。石门是汉代以来北通中原的主要水道和广州西北面的防守要冲，每当夕阳西下，满天的彩霞与江中水波相映，红光潋滟，景色奇丽，故称"石门返照"，是宋、元时期"羊城八景"之一。

石门最著名的自然景观是"贪泉"。"贪泉"之名起于何时，无从查考。相传从北方南来广州做官的人，饮了石门泉水，便生贪念，故名"贪泉"。"石门贪泉"为天下所知，是因为东晋广州刺史吴隐之的一首《酌贪泉诗》：

古人云此水，一歃怀千金。
试使夷齐饮，终当不易心。①

据《晋书》记载：朝廷欲革岭南之弊，隆安中，以隐之为龙骧将军、广州刺史、假节，领平越中郎将。未至州二十里，地名石门，有水曰贪泉，饮者怀无厌之欲。隐之既至，语其亲人曰："不见可欲，使心不乱。越岭丧清，吾知之矣。"乃至泉所，酌而饮之，因赋诗曰："古人云此水……终当不易心。"②

"贪泉"在五代时已湮没。明万历年间，广东右布政使李凤在此立"贪泉碑"。

历代诗家咏石门贪泉者不少，如唐人张祜的《寄迁客》、白居易的《广府胡尚书频寄诗因答绝句》、李群玉的《石门戍》等，均可称佳作。

石门的自然景观虽然非常奇丽，但是名传千古的还是"石门贪泉"和

---

① 房玄龄编：《晋书·吴隐之传》，中华书局1974年版，第2342页。
② 同上。

吴隐之的《酌贪泉诗》，所以石门文学景观的精神内核，还是清廉自守。

(四) 罗浮山

罗浮山在广东博罗县境内，亦称东樵山。唐李吉甫《元和郡县图志》"岭南道一"载：罗浮山"在（博罗）县西北二十八里。罗山之西有浮山，盖蓬莱之一阜，浮海而至，与罗山并体，故曰罗浮。高三百六十丈，周回三百七十里，峻天之峰，四百三十有二焉"。[1] 罗浮山风景瑰奇而灵秀，不仅是粤中名山，也是中国十大道教名山之一，东晋葛洪曾在此修道炼丹，遗迹至今犹在。

历代文人墨客、方士道人喜往罗浮山游览、隐居、读书和修炼，与"道"结下不解之缘。陆贾、葛洪、谢灵运、阴铿、李白、杜甫、刘禹锡、李贺、吕岩、祖无择、苏轼、朱熹、杨万里、屈大均、赵翼、翁方纲等人，都有写罗浮山的作品。

写罗浮山的文学作品中，最负盛名的还是宋苏轼的《食荔枝二首》之二：

> 罗浮山下四时春，卢橘杨梅次第新。
> 日啖荔枝三百颗，不辞长作岭南人。[2]

由罗浮山的四时佳果，想到岭南四季常青的宜人环境，因而决定长居此地，安老是乡。这种随遇而安的旷达，正是苏轼一生的情怀。《食荔枝二首》之二为罗浮山做了一个永久的广告，就像作者当年写杭州西湖的那首《饮湖上初晴遇雨》一样。

罗浮山文学景观的基本内涵，就是崇真尚道，恬淡修隐。

---

[1] 李吉甫：《元和郡县图志》，中华书局1983年版，第893页。
[2] 苏轼：《食荔枝二首》之二，傅璇琮主编：《全宋诗》，北京大学出版社1993年版，第9530页。

（五）惠州西湖

惠州西湖在广东惠州城西，原名丰湖，由丰湖、鳄湖、平湖、菱湖、南湖五湖组成，是惠州著名的景观，历史上曾与杭州西湖、颍州西湖齐名。宋代诗人杨万里诗云："三处西湖一色秋，钱塘颍水与罗浮。"指的就是这三个西湖。

惠州西湖闻名遐迩，与苏轼有直接关系。北宋绍圣元年（1094年），苏轼以宁远军（治今广西容县）节度副使安置惠州，与妾朝云、次子苏过同来。他曾出款修堤（后名苏堤）蓄水，筑西新桥、东新桥等，仿杭州西湖景物，在堤旁植桃、柳。绍圣三年（1096年），朝云病故，葬于西湖孤山。墓顶筑亭，名六如亭。清道光名士林兆龙为之撰联：

不增、不减、不生、不灭、不垢、不净；

如梦、如幻、如泡、如影、如露、如电。

苏轼谪惠三年，曾为惠州西湖赋诗多首，并且留下"苏堤""西新桥""朝云墓""六如亭"等重要景观。如其《江月五首》之一：

一更山吐月，玉塔卧微澜。

正似西湖上，涌金门外看。

冰轮横海阔，香雾入楼寒。

停鞭且莫去，照我一杯残。[1]

作品体现了诗人一如既往的达观豪迈，尤其是把惠州西湖的月亮写得既壮观，又优美，给人以深刻印象。后人建在西湖边上的"玉塔微澜"这

---

[1] 苏轼：《江月五首》之一，傅璇琮主编：《全宋诗》，北京大学出版社1993年版，第9520页。

一景点，即是得名于此诗第二句。

惠州西湖到了南宋后期，名声就很大了，这与苏轼的揄扬以及他本人的影响是分不开的。宋刘克庄《丰湖》之一：

> 岷峨一老古来少，杭颍二湖天下无。
> 帝恐先生晚牢落，南迁犹得管西湖。①

几百年来，吟咏惠州西湖的诗作以千百计，仅广东人写的就超过百首。明万历年间，叶萼、叶春及、李学一、叶梦熊、杨起元五人，居于惠州，时至西湖饮酒赋诗，后人称"湖上五先生"，并建祠以祀。

惠州西湖的景色是清新恬淡的，一如诗人清雅脱俗、超然旷达的品质。

（六）零丁洋

零丁洋又名伶仃洋，在广东省中山市南零丁山下的南海南面。1277年，南宋丞相文天祥率义军与元军相拒于海丰，兵败被俘。元军强迫他随船去追击在崖山的皇帝赵昺，并逼他作书招降崖山主帅张世杰。文天祥坚决拒绝，在过零丁洋时，写下著名的《过零丁洋》一诗：

> 辛苦遭逢起一经，干戈落落四周星。
> 山河破碎风抛絮，身世飘摇雨打萍。
> 皇恐滩头说皇恐，零丁洋里叹零丁。
> 人生自古谁无死，留取丹心照汗青。②

皇恐滩，赣江十八滩之一，在今江西万安县。宋端宗景炎二年（1277

---

① 刘克庄：《丰湖》，黄雨《历代名人入粤诗选》，广东人民出版社1980年版，第271页。
② 文天祥：《文天祥全集》，北京市中国书店1985年版，第349页。

年），文天祥在此兵败，经此退往福建。

零丁洋文学景观的主要内涵，就是张扬一种宁折不弯的民族气节，体现了岭南文学的雄直之风。

(七) 潮州韩文公祠

潮州韩文公祠在广东省潮州市内的韩山师范学院左侧，始建于北宋咸平二年（999 年），最初建在金山，后来迁到州南七里，南宋淳熙十六年（1189 年）才迁到现址。

唐宪宗元和十四年（819 年），韩愈因"谏迎佛骨"，被贬谪潮州。他在潮州期间祭鳄释婢，兴学劝农，为当地人所怀念。韩祠内有一块碑刻："若无韩夫子，人心尚草莱。"祠内又有联云：

> 辟佛累千言，雪冷蓝关，从此儒风开海峤；
> 到潮才八月，潮平鳄渚，于今香火遍瀛洲。

韩愈在潮州的最大功绩，是兴办久废了的乡校，还把自己的俸银捐出来办学，并起用当地秀才赵德主持这一工作。赵德把韩愈的文章作为教材，既扩大了韩愈的影响，也提高了学生的文学水准。唐宋以后，潮州人才辈出，至明清时，便有"海滨邹鲁"的美誉。潮人感韩愈之德，因名其山曰韩山，名其江曰韩江。赵朴初《访韩文公祠口占》："不虚南谪八千里，赢得江山都姓韩。"历代在潮州兴办教育的谪宦远不止韩愈一个，韩愈在潮州的时间也只有八个月，但是他在潮州的影响却远超所有的谪宦。潮州人对韩愈的回报，则可以说是尽其所有。韩愈的成功之秘诀，就是起用了当地秀才赵德来主持教育工作，这一高明之举的最大效果，就是在韩愈离开之后，教育事业不致中断。韩愈代表作《左迁至蓝关示侄孙湘》：

> 一封朝奏九重天，夕贬潮阳路八千。
>
> 欲为圣明除弊事，肯将衰朽惜残年。
>
> 云横秦岭家何在？雪拥蓝关马不前。
>
> 知汝远来应有意，好收吾骨瘴江边。①

潮州在唐宋时又称潮阳郡。这首诗虽然不是写在潮州，但是与潮州有直接关系，也可以说是赋予了潮州韩文公祠这个文学景观以最基本的文化内涵。

（八）小鸟天堂

小鸟天堂在广东省新会市境内的天马村。相传 396 年前，即明万历四十六年（1618 年），新会天马村的老百姓在村前挖了一条小河，名叫"天马河"，后来又听风水先生之言，在河中间垒起一个"土墩"，又在"土墩"上插了一根榕树枝。此后这根榕树枝竟长成了一棵巨大无比的榕树，它的枝叶覆盖了 1 万多平方米，树上的栖鸟多达万只。当地人称这个"土墩"叫"罗星凸"，后来又叫"雀墩"。

这是一处非常美丽的自然景观，但是，在著名文学家巴金先生到访之前，它是不为外界所知的。1933 年 6 月，巴金先生应朋友之约，来新会逗留了 10 天。他在朋友的陪同下，乘船游览了"小鸟天堂"，叹为观止，写下了 900 字的散文《鸟的天堂》。从此，"小鸟天堂"才由一处不为人知的自然景观，变成一处享誉中外的文学景观。请看其中的三个段落：

> 这一次是在早晨，阳光照在水面上，也照在树梢。一切都显得非常明亮。我们的船也在树下泊了片刻。
>
> 起初四周非常清静，后来忽然起了一声鸟叫。朋友陈把手一拍，

---

① 韩愈：《左迁至蓝关示侄孙湘》，《全唐诗》，中华书局 1960 年版，第 3859 页。

我们便看见一只大鸟飞起来，接着又看见第二只，第三只。我们继续拍掌。很快地这个树林变得很热闹了。到处都是鸟声，到处都是鸟影。大的，小的，花的，黑的，有的站在枝上叫，有的飞起来，有的在扑翅膀。

我注意地看。我的眼睛真是应接不暇，看清楚这只，又看漏了那只，看见了那只，第三只又飞了。一只画眉飞了出来，给我们的拍掌声一惊，又飞进树林，站在一根小枝上兴奋地唱着，它的歌声真好听。①

"小鸟天堂"这个文学景观的基本特征，就是浓郁的岭南水乡风情，以及人与自然和谐相处的境界。人们常用四句话来概括"小鸟天堂"的特点：一棵390多岁的奇树——水榕树；一群天生天养的神鸟——鹭鸟；一篇风行全国的名文——《鸟的天堂》；一幅堪称人与自然和谐相处的天然画卷。

（九）儋州东坡书院

儋州东坡书院，在海南省儋州市城东40多千米的中和镇。北宋绍圣四年（1097），苏轼受到严厉的打击，以琼州别驾安置昌化军（儋州）。这里的自然和人文环境原是相当落后的，但苏轼仍不改其达观情怀。苏辙《亡兄子瞻端明墓志铭》载：["昌化非人所居，食饮不具，药石无有，初僦官屋以庇风雨，有司犹谓不可，则买地筑室，昌化士人畚土运甓以助之，为屋三间。人不堪其忧，公食芋饮水著书以为乐，时从其父老游，亦无间② 耳。"] 元符元年（1098年），儋县守官张中因与苏轼有诗酒往来，遂在当地士人黎子云兄弟家的园子里筑"载酒堂"，成为当地士人与东坡雅集之

---

① 巴金：《巴金全集》第十二卷，人民文学出版社1989年版，第150页。
② 苏辙：《亡光子瞻端明墓志铭》，《栾城集》（下），上海古籍出版社1987年版，第1421页。

所。清代将此堂改为东坡书院。书院附近有桄榔庵遗址，系东坡初抵儋州时，当地人以桄榔为他盖的茅屋。苏轼在这里写诗较多，如《六月二十日夜渡海》：

> 九死南荒吾不恨，兹游奇绝冠平生。①

又《吾谪海南，子由雷州，作此诗示之》：

> 他年谁作舆地志，海南万里真吾乡。②

又《澄迈驿通潮阁》：

> 余生欲老海南村，帝遣巫阳招我魂。③

苏轼在这里写诗种地，兴办教育，传播文化。《琼台纪实史》记载：["宋苏文忠公之谪居儋耳，讲学明道，教化日兴，琼州人文之盛，实自公启之。"]郭沫若《儋耳行》序：["儋县境内尚有东坡话流传，为本地方言之一。验之，果与蜀话相近。"]由此可见，苏轼其人、其文、其言在当地的深远影响。

（十）桂林

桂林这个名字源于《山海经》之"桂林八树"。秦始皇三十三年（前214年）统一岭南，置桂林、南海、象郡，然当时的桂林郡治不在今桂林市。西汉时，这里为始安县；东汉时为始安侯国；三国吴时置始安郡，治今桂林。唐代为桂州始安郡；北宋为静江府；元时为静江路；明、清时为

---

① 苏轼：《六月二十日夜渡海》，傅璇琮主编：《全宋诗》，北京大学出版社1993年版，第9569页。
② 苏轼：《吾谪南海，子由雷州，作此诗示之》，同上书，第9541页。
③ 苏轼：《澄迈驿通潮阁》，同上书，第9586页。

广西桂林府，直到1958年，这里均为省府所在地。

桂林"山青、水秀、洞奇、石美"，是为"桂林四绝"，自古享有"桂林山水甲天下"的美誉。历代文人学士游赏、吟咏桂林者尤多。如杜甫《寄杨五桂州谭》：

> 五岭皆炎热，宜人独桂林。
> 梅花万里外，雪片一冬深。[1]

又韩愈《送桂州严大夫》：

> 江作青罗带，山如碧玉簪。[2]

桂林之所以名满天下，一在山水，一在文学。如果没有文学的作用，桂林的影响不会有今天这么大。

（十一）柳州柳侯祠

柳侯祠在广西柳州市中心的柳侯公园内，原名罗池庙，始建于唐代，因位于罗池边，故名罗池庙。宋徽宗追封柳宗元为文惠侯，故改为今名。

唐宪宗元和十年（815年），柳宗元由永州司马改谪柳州刺史，四年后病故。柳宗元在柳州任职的四年中，兴文教、释奴婢、修城郭、植树木、移风易俗、政声颇著。韩愈《柳子厚墓志铭》载："元和中，尝例召至京师；又偕出为刺史，而子厚得柳州。既至，叹曰：'是岂不足为政邪？'因其土俗，为设教禁，州人顺赖。其俗以男女质钱，约不时赎，子本相侔，则没为奴婢。子厚与设方计，悉令赎归。其尤贫力不能者，令书其佣，足相当，则使归其质。观察使下其法于他州，比一岁，免而归者且千人。衡

---

[1] 杜甫：《寄杨五桂州谭》，《全唐诗》，中华书局1960年版，第2435—2436页。
[2] 韩愈：《送桂州严大夫》，《全唐诗》，中华书局1960年版，第3864页。

湘以南为进士者,皆以子厚为师,其经承子厚口讲指画为文词者,悉有法度可观。"① 当地人感念柳宗元之恩德,在他去世后的第三年,按照他"馆我于罗池"的遗愿,在罗池旁建庙以作纪念。

柳宗元《登柳州城楼》:

城上高楼接大荒,海天愁思正茫茫。
惊风乱飐芙蓉水,密雨斜侵薜荔墙。
岭树重遮千里目,江流曲似九回肠。
共来百粤文身地,犹自音书滞一方。②

柳宗元《种柳戏题》:

柳州柳刺史,种柳柳江边。
谈笑为故事,推移成昔年。
垂阴当覆地,耸干会参天。
好作思人树,惭无惠化传。③

两首诗反映了柳宗元在柳州的真实生活与心态。有政治上的失落感、蛮荒之地的陌生感与人生的孤独感,也有造福于当地的责任感与慈悲心。

岭南的文学景观还有不少,但以上11个是极为著名的。这些文学景观中,既有因文学而驰名的自然或人文景观,如梅岭(大庾岭)、越秀山、石门贪泉、罗浮山、惠州西湖、零丁洋、小鸟天堂和桂林,也有纯粹因文学而建的人文景观,如潮州韩文公祠、儋州东坡书院和柳州柳侯祠。它们

---

① 韩愈:《柳子厚墓志铭》,董诰主编:《全唐文》卷563,上海古籍出版社1990年版,第2523页。
② 柳宗元:《登柳州城楼》,《全唐诗》,中华书局1960年版,第3935页。
③ 同上书,第3937页。

的文化内涵与审美内涵是很丰富的，其价值也是多方面的，可以从各种不同的角度或层面进行解读和阐发。这里限于篇幅，只作简要提示。

五 岭南文学的地域风格

在岭南文学中，成就最大的是诗和词。就诗来讲，在唐代，有开创"清淡"一派的张九龄；在明清，有"南园五子"和"岭南三大家"为代表的"岭南诗派"；在近代，有黄遵宪、梁启超所倡导的"诗界革命"；在现代，则有李金发、梁宗岱、冯乃超为代表的象征派。就词来讲，在近代，有王鹏运、况周颐为领袖、陈洵为中坚的"临桂派"，可谓执词坛之牛耳，其影响超过半个世纪。

明胡应麟《诗薮》云："张子寿（九龄）首创清淡之派，盛唐继起，孟浩然、王维、储光羲、常建、韦应物本曲江之清淡，而益以风神者也。"[1] 近人汪辟疆《近代诗派与地域》云："雄直二字，岭南派诗人当之无愧也。"[2] 这两段话概括了岭南诗词的两种基本风格：一雄直，一清淡。可以说，岭南诗词的这两种基本风格，也就是整个岭南文学的两种地域风格。

先看雄直。岭南地处中国大陆的最南端，又濒临南海，这里既是宋末、明末中国境内的农耕民族反抗北方游牧民族之统治的最后据点，是固守中国传统儒家文化的最后防线，又是晚清以来整个中华民族抗击外国殖民者之侵略、变法图强的最前线。南宋小朝廷和南明小朝廷就是在这里终结的，鸦片战争是在这里打响的，太平天国革命是在这里爆发的，戊戌变法和辛亥革命的领袖人物是从这里走出的。这种特殊的地理位置，使得岭南诗人、词人能够在民族、国家生死存亡的关键时刻，既能高举反侵略的

---

[1] 胡应麟：《诗薮》，上海古籍出版社1958年版，第35页。
[2] 汪辟疆：《近代诗派与地域》，《汪辟疆说近代词》，上海古籍出版社2001年版，第40页。

旗帜，坚持抗元、抗清、抗英、抗日，坚持民族气节，又能高瞻远瞩，力主变革，倡导革命，从而写下了许多慷慨激昂的作品。岭南文学的雄直风格，就是在这种特殊的地理环境中形成的。

宋恭帝德祐二年（1276年），元兵南下，东莞诗人李春叟的姻兄熊飞以布衣起兵勤王，奔赴文天祥军中，春叟因作《送熊飞将军赴文丞相麾下》：

龙泉出匣鬼神惊，猎猎霜风送客程。

白发垂堂千里别，丹心报国一身轻。

划开云路冲牛斗，挽落天河洗甲兵。

马革裹尸真壮士，阳关莫作断肠声。①

甲午战争失败后，腐败无能的清朝政府与日本签订了一个丧权辱国的和约——《马关条约》，再次割地赔款，再次把中华民族带入灾难的深渊。当时年仅21岁的梁启超正在北京参加会试，闻讯义愤填膺，填写了《水调歌头·甲午》一词，以表达满腔忧愤与愿代人民受苦受难的赤诚：

拍碎双玉斗，慷慨一何多。满腔都是血泪，无处著悲歌。三百年来王气，满目山河依旧，人事竟如何？百户尚牛酒，四塞已干戈。

千金剑，万言策，两蹉跎。醉中呵壁自语，醒后一滂沱。不恨年华去也，只恐少年心事，强半为销磨。愿替众生病，稽首礼维摩。②

这就是岭南文学的雄直之风。当中原士人已经接受江山易主或丧权辱国这一事实，或无可奈何悲摧度日，或渐趋麻木苟且偷生，甚至改换门庭腆颜事敌之际，岭南士人仍在奔走呼号，仍在组织或参与反抗，宁折不

---

① 李春叟：《送熊飞将军赴文丞相麾下》，《粤诗蒐逸》卷三，清道光同治间粤雅堂刻本，第9页。

② 梁启超：《饮冰室合集·文集》第5册《词》，中华书局1989年版，第83页。

弯，宁死不屈。传统文化的中心地已经沦陷，传统文化的边缘地却在固守。这种事实与心态形之于诗词，便是这种义愤填膺、悲歌慷慨之作的大量涌现。

再看"清淡"。在承平的日子里，岭南诗词的风格就由"雄直"转为"清淡"。

这种"清淡"的诗词，给人的感觉就是清新、淡雅、明快，但是读多了，就难免有平淡之感。就像我们所熟悉的粤菜，清、鲜、爽、滑、嫩，本地人吃得津津有味，认为是天底下最好的口味，外地人吃起来，刚开始也会觉得清、鲜、爽、滑、嫩，但是吃多了，就会觉得平淡，不够刺激，需要找一点辛辣的味道来调剂一下。

这种"清淡"之风的形成，显然与气候、物候有着密切的关系。岭南气候的显著特征，就是"四时皆似夏，一雨便成秋"。在这里，湿季和干季的区别，大过春、夏、秋、冬四季的区别。这种气候反映在物候上，就是四季常青，季相不明显。由于季相不明显，岭南人很难直观地感受到季节的变化，春天看不到莺飞草长，秋天看不到木叶凋零，冬天看不到大雪纷飞。由于感受不到冬天的严酷，也就缺乏对春天的期待和喜悦；由于感受不到秋天的萧条，对于夏天的葱郁也就熟视无睹。一切都是平淡的。

由于季相不明显，缺乏相应的能够触发作者的伤春和悲秋之感的物候，因而就难以产生真正的伤春和悲秋的作品。我们且看岭南人写春天的作品，如明人赵介《听雨》：

> 池草不成梦，春眠听雨声。
> 吴蚕朝食叶，汉马夕归营。
> 花径红应满，溪桥绿渐平。
> 南园多酒伴，有约候新晴。[1]

---

[1] 赵介：《听雨》，陈永正《岭南历代诗选》，广东人民出版社1985年版，第136页。

又如清黄子高《柳梢青·寒食日石溪庄作》：

九十韶光，回头过半，久雨初晴。百草抽芽，垂杨着絮，几处开耕。撩人蝶蝶莺莺。最叵耐、啼鹃数声。昨日花朝，今朝寒食，明日清明。①

又如清黄培芳《金溪即目》：

有客轻舟云水边，空蒙载入蔚蓝天。
珊瑚逐影春流乱，十里清溪放木棉。②

再看他们写秋天的作品，如近代张维屏《杂忆》：

暮蝉不语抱疏桐，寥阔云天少过鸿。
凉月一棚星数点，豆花风里听秋虫。③

又如清李士祯《舟泊三山》：

一棹三山十余里，三更将入二更初。
零烟漠漠秋兼绿，月色江声闻打鱼。④

以上诸作，完全没有在内地作者的作品中经常见到的伤春和悲秋的影子。事实上，并不是岭南人不懂得伤春和悲秋，而是岭南根本就没有令人伤春和悲秋的物候。岭南人到了内地，也能写出伤春和悲秋之作，如清黄培芳《燕郊秋望》：

三辅扼雄关，苍茫秋色间。

---

① 黄子高：《柳梢青·寒食日石溪庄作》，陈永正《岭南历代词选》，广东人民出版社1987年版，第157页。
② 黄培芳：《岭楼诗钞》卷二，清道光二十一年羊城富文斋刻本，第6页。
③ 张维屏：《杂忆》，陈永正《岭南历代诗选》，广东人民出版社1985年版，第655页。
④ 李士祯：《舟泊三山》，陈永正《岭南历代诗选》，广东人民出版社1985年版，第597页。

>风高碣石馆，日落蓟门间。
>
>塞马平原牧，居人古柳环。
>
>寒衣刀尺急，词客几时还？①

这就是一首很不错的悲秋之作，写于清嘉庆二十四年（1819年），当时黄培芳正在北京的太学读书。第二年，也就是嘉庆二十五年（1820年），黄培芳回到岭南。一踏上岭南的土地，悲秋的情绪就没有了，请看他的《过清远》这首诗：

>气候南来暖渐舒，重裘尽卸薄绵初。
>
>江流碧玉山如黛，爱听乡音唤卖鱼。②

与此相对应，内地作者在内地时，往往多伤春悲秋之作，一到岭南就既不伤春也不再悲秋了，如唐宋之问《登粤王台》：

>地湿烟尝起，山青雨半来。
>
>冬花采卢桔，夏果摘杨梅。
>
>迹类虞翻枉，人非贾谊才。
>
>归心不可度，白发重相催。③

这里只写了"冬花"和"夏果"，没有涉及春花和秋叶，触发他的"归心"的，不是春秋两季的物候，而是冬景和夏景，以及虞翻被冤、贾谊蒙屈这两件"人事"。类似的例子还有很多，不再一一列举。

需要说明的是，在写于岭南的诗词作品中，也不是完全没有伤春悲秋之作，偶尔也会有的。但是这种伤春悲秋之作，并不是由于物候的触发，

---

① 黄培芳：《岭海楼诗钞》卷六，清道光二十一年羊城富文斋刻本，第26页。
② 黄培芳：《过清远》，清道光二十一年羊城富文斋刻本，第30—31页。
③ 宋之问：《登粤王台》，《全唐诗》，中华书局1960年版，第651页。

而是文学写作的习惯使然,所谓"为赋新词强说愁"是也。写于岭南本土的小说、散文,也缺乏真正的伤春、悲秋的内容。

岭南的文学,无论是岭南本地作家创作的文学,还是外地作家在岭南创作的文学,都缺乏真正意义上的伤春和悲秋之作。从某种意义上讲,这是一种遗憾,因为这样的文学缺乏季节感,缺乏生命的律动,缺乏生命意识,因而很难唤起读者的生命意识。很难唤起读者的生命意识的作品,给人的感觉就是平平淡淡,不够深刻,既难以唤起读者对于生命的现状、价值与意义的思考,也难以给予读者那种低回掩抑、不能自已的美感。

诚然,文学作品不一定都得有伤春悲秋的内容。但是通过这种现象,我们发现了一个问题,即承平时代的岭南文学缺乏生命意识。承平时代的岭南文学习惯于描写日常生活,有时候也写一些革命或者改革之类的"重大题材",但是无论是写日常生活还是写"重大题材",都缺乏对于个体生命的深刻体验,缺乏对人性的深度剖析,缺乏历史的严肃拷问与哲学的深沉思考,也就是说,缺乏人生的沧桑感、孤独感与悲剧感。在这个问题上,广西作家与广东作家存在一定的差异。广西近代词人王鹏运、况周颐等人的部分作品,当代小说家鬼子、东西等人的部分作品,是有较强的生命意识的。

总之,岭南承平时代的文学给人的总体印象就"清淡",具体来讲,就是清新,明快,平和,淡雅。笔者指出这一特点,并没有轻视它的意思。因为换一个角度来看,这种"清淡"之美,就是一种和谐之美,就是一种优雅之美。它可以在一定程度上平复人们内心的躁动,淡化人们内心的焦虑,抚慰人们内心的创伤,使人们在精神上归于恬静,归于从容,归于淡泊。使人们对社会现实产生一定的疏离感,对大自然产生一定的亲和感,从而提升现实人生的快乐感和幸福感。

空间建构与地方认同

——清初岭南三大家罗浮山书写研究[*]

蒋艳萍[*]

作为道教"第七洞天"和"百越群山之祖","岭南第一山"——罗浮山不啻为岭南重要的文化地标之一。千百年来,在文学领域,罗浮山始终活跃在文人想象和诗词歌赋里,成为岭南著名的文学景观。在相当长的一段时间内,罗浮山的文学形象出于岭外文人的凭空想象,他们在诗文创作中一步步强化其作为蓬莱仙岛之一股、道教第七洞天的神异色彩,"罗浮仙山"逐渐凝定为罗浮山文学的固有形象,而这一过于神化的景观描写与真实的罗浮山却相差甚远,特别是在宋明之后,岭南本土文人的自我意识崛起,他们或隐于罗浮,或游于罗浮,或求学于罗浮,已经不能满足仅仅将罗浮山描写成遥不可及的仙山仙境,在他们的笔下,罗浮山变得可亲可近、可栖可憩。而其中尤以清初岭南三大家的罗浮山书写为著。屈大均、陈恭尹、梁佩兰以其享誉全国的赫赫声名、带着遍布全国的游历视野,返回自己的家乡对罗浮山进行全方位书写,极大地丰富了罗浮山文学

---

[*] 此文为广东省哲学社会科学"十二五"规划2014年度学科共建项目"广府道教文化与文学研究"(GD14XZW05)的阶段性结果,作者为广州大学副教授。

景观的内蕴,凝就了其岭南文化的特有品格,推动了罗浮山文学景观由虚拟性向实体性的转型。通过对家乡山水的积极书写和地方认同,他们也自觉参与到对家乡文化的有意识建构与对外传播中。

一 方外之想与隐逸之思:罗浮山的固有空间建构

正如迈克·克朗所说:"文学作品不能被视为地理景观的简单描述,许多时候是文学作品帮助塑造了这些景观。"① 在文学史上,关于岭南的文学书写较为晚近,岭南文人的自我书写就更加滞后,"岭南"在中原文化的强势观照下,成为莽荒之地、未开化之地。罗浮山似乎是个例外,它很早即进入中原文化体系,在秦汉时期已有盛名。据屈大均《广东新语》记载:"考罗浮始游者安期生,始称之者陆贾、司马迁,始居者葛洪,始疏者袁宏,始赋者谢灵运。"② 自秦代安期生开山之后,罗浮山就成了四方术士梦寐以求的修仙之地,随着魏晋时期葛洪的长期入住,罗浮山道教更是名扬四方,被誉为道教"第七洞天",历朝历代游山者、访道者络绎不绝,并留下了大量的歌咏罗浮山的诗词文赋。

仔细研读这些罗浮山诗词,我们会发现,在宋代以前关于罗浮山的书写都是来自岭外文人的手笔,即便是出生岭南的唐代大诗人张九龄也没有留下关于罗浮山的具体描写,虽然有谢灵运、李白、杜甫、李贺、刘禹锡等著名文学家对罗浮山进行书写,但本土文人对罗浮山的文学书写却是缺失的。岭外文人通过不断书写将罗浮山建构成一座神仙之山和隐逸之山,充满神奇瑰丽的方外之美和隐逸之思,这一文学形象犹如一个恒久的标签,直到现在还为人们所称道。

---

① [英]迈克·克朗:《文化地理学》,杨淑华等译,南京大学出版社2003年版,第55页。
② 屈大均:《广东新语》,中华书局1985年版,第95页。

(一) 神仙之山

据《广东新语》载:"蓬莱有三别岛,浮山其一也。太古时,浮山自东海浮来,与罗山合,崖嶮皆为一……《汉志》云:博罗有罗山。以浮山自会稽浮来傅之,故名罗浮。"[1] 从上古时期,关于罗浮山来源的神秘传说便使其带有神话色彩,仿佛通过为其"正名"使得罗浮"出身不凡"。由于蓬莱在上古民间传说中便是"三神山"之一,在《山海经》与《列子》中是"海上神山"的形象,因此罗浮山的身份便天然地带有"神山"色彩。再加上魏晋以来道教洞天福地思想的影响,关于罗浮山流传下来的一系列道教神话传说,不断经过后人的口口相传、演绎以及文人墨客的反复书写,逐渐巩固、丰富了其仙山道山形象。许多景点都有神话由来,不断对"神仙洞府"的想象进行巩固和渗透。

早在晋朝时,谢灵运梦茅山而得道教《洞经》,上面记载着罗浮山事,发现茅山与罗浮山相通,"与梦中意合,遂感而作《罗浮山赋》",视罗浮山为九大神仙洞府之一,是"朱明之阳宫,耀真之阴室,洞穴之宝衢,海灵之云术"[2],赋中咏颂极言罗浮山作为仙山之奇谲与神秘,像隐于深夜的朗日,在幽境的映衬下更显光辉。在历代诗作中,罗浮山更是多次被直接描述为"仙山""神山""蓬莱",山上珍禽异兽、奇花异草随处可见,譬如陈琏《望罗浮二首》:"仙山郁嵯峨,千古青未了。""奇香散仙葩,五色翔神鸟";留元崇《罗浮》:"神仙神山罗与浮,二山东来几千秋";李梦吕《凤皇谷》:"罗浮绝顶凌苍穹,五云飞绕蓬莱宫";郑玠《初至罗浮》"分明蓬岛三山色,占得飞云六月寒";蔡元厉《彩云轩》"洞府神仙

---

[1] 屈大均:《广东新语》,中华书局1985年版,第82页。
[2] 谢灵运:《罗浮山赋》,《中国游记散文大系·广东卷 海南卷》,书海出版社2002年版,第6页。

此是家",等等。为了烘托仙境的神秘,罗浮山更是被描写成瑞气萦绕、金碧辉煌,如留筠《冲虚观》:"金阙寥阳护九重,洞云呼吸紫霄通";黄佐《天华宫》"危石驾紫霄,幽谷吐白雨";陈锡《见日庵》"洞口翩翩紫气迎,洞中瑶草贴云青。金鸡唤醒游仙梦,夜半阳乌海底生";梁柱臣《朝斗坛》"碧洞瑶坛凌紫清,真文缥缈斗边明",等等。而在游仙的过程,诗人也常常有烟霞伴身(高骈《罗浮别墅》:"为有烟霞伴此身");有鸾凤做导游(郑康佐《蓬莱阁》:"鸾凤为我导,恍然游蓬莱");有仙鹤做驾乘(宋煜《遗衣坛》:"驾鹤乘孛归紫府,仙凡从此不相干")。① 这些瑰丽奇谲的意象相互交融,罗浮山被塑造成神秘、缥缈、幽深、虚幻的神山仙境,高峰峻岭、幽谷险壑、云雾缭绕、远离尘嚣,毫无疑问,罗浮仙境寄托了人们对神仙自由境界的极度向往,也引发了历代士子对这座仙家乐园反复留情,书写了大量题为游罗浮、登罗浮、题罗浮、咏罗浮、梦罗浮、忆罗浮、怀罗浮、望罗浮的诗作。

即便如杨万里已经到了罗浮山脚下,但在其诗中也看不到具体的实景描写,他在《罗浮山》(又名《舟中望罗浮山》)一诗中说:"罗浮元不是罗浮,自是道家古蓬丘。弱水只知断舟楫,葛仙夜偷来惠州。罗浮山高七万丈,下视日月地上流。黄金为桥接银汉,翠琳作阙横琼楼。不知何人汗脚迹,触忤清虚浼寒碧。天遣山鬼绝凡客,化金为铁琼为石。至今石楼人莫登,铁桥不见空有名。"② 罗浮山在杨万里眼里仍是充满神奇色彩的道教仙山。罗浮山在他们笔下犹如蓬莱、瀛洲,不再仅是地理方位实实在在存在的一座山,而是一个有特殊意味的符号,是神仙洞府的代名词,充满神奇瑰丽的方外之美,至此,"文化利用地理使特定空间被赋予特

---

① 以上引文均来自宋广业撰《罗浮山志会编》,《续修四库全书》,上海古籍出版社2002年版,第725册。
② 杨万里:《罗浮山》,《罗浮山志会编》,《续修四库全书》第725册,第746页。

定意义"①。经过历代累积，文学中的罗浮山被不断神化，早已脱离了其简单的地理属性，已经与特定的仙山文化联系在一起。在这场延续几千年的造山运动中，无论是岭外还是本土文人都倾其所能，共同借助神话传说、反复的渲染、深情的赞美共筑罗浮仙山的地位。

(二) 隐逸之山

仙山往往伴随着人们的隐逸之思。在文人的想象中，罗浮山钟灵毓秀，奇峰峻秀，也是适合避世隐逸的世外桃源。慕名题写罗浮的历代文人，有不少表达了欲隐罗浮的夙愿。例如李白、杜甫，虽没有亲历罗浮，但都对罗浮之隐充满仰慕之情，李白直言"余欲罗浮隐"(《同王昌龄送族弟襄归桂阳二首》)、"心爱名山游，身随名山远。罗浮麻姑台，此去或未返"(《金陵江上遇蓬池隐者》)、"裵回苍梧野，十见罗浮秋"(《留别贾舍人至二首·其一》)；杜甫仕途衰败之际，愿意"南为祝融客，勉强亲杖。结托老人星，罗浮展衰步"(《咏怀二首》)，②堪称终老之志。他们都将罗浮山视为远离世外烦扰、求仙访道的绝好去处。

宋以后随着贬谪岭南的文人增多，融游山玩水与访仙慕道于一体，罗浮山更是成为岭外文人南游的首选之地。这些文人大多由于政治失意，被贬至岭南，慕名游访罗浮山，罗浮山在他们眼里，是奇山异水与隐逸之山的合体，既有一种与自己熟悉的风景不一样的新奇感和陌生感，又有长期受道教文化滋养而焕发的隐逸美和超然美。失意文人游览罗浮山往往带上了双重的目的性，一来遍访名山大川之美景，二来借寻仙访道来抚慰自己受伤的心灵。如翁鸿业诗中云："罗浮福地非前祀，寂寞山花开不二。缠身坎壈胡足辞，所恨生平已识字。海上孤危寄逐臣，至今山月吐江滨……

---

① ［英］迈克·克朗：《文化地理学》，杨淑华等译，南京大学出版社2003年版，第55页。
② 分见于彭定求等编：《全唐诗》，中华书局1960年版，第984，1017，1298页。

峰青鹤瘦留遐思，几日徘徊不可攀。瘴草蛮枝如谱画，校仇块垒正自写。"[1] 岭南的山水自有其朴野之美，但身世的漂浮、逐臣的凄苦使他没太多心情赏玩，借山水抒发的是自己的坎壈情怀。纵使旷达如苏东坡，寓惠三年，沉醉于岭南风情之美，多次攀登、游览罗浮山，大赞"罗浮山下四时春，卢橘杨梅次第新。日啖荔枝三百颗，不辞长作岭南人"的同时，也写下了"孤臣南游堕黄菅，君亦何事来牧蛮……博罗县小僧舍古，我不忍去君忘还。君应回望秦与楚，楚涉汉水愁秦关。我亦坐念高安客，神游黄蘖参洞山。何时旷荡洗暇谪，与君归驾相追攀"[2]的诗句，表达出对羁留于莽荒小地的无奈与对参禅悟道、回归之情的向往。

岭外文人由于对岭南风物的陌生感，从不同于本土的视野出发，留下了许多对岭南的新奇记忆与审美观照，给身处其间不觉其美的岭南人带来发现自己和重新审视家乡美的契机，为后人留下难得的精神财富，但是我们也发现，岭外文人对罗浮山的书写多多少少都有一种违和感，要么仙异化，要么陌生化，缺乏一种地方意识的认同与建构，与实实在在的、真真实实的罗浮山相差甚远。

二 罗浮仙山的岭南化：岭南三大家的本土认同

作为一处虚拟性和实体性俱存的文学景观，罗浮山更多地将自然美与不断积淀叠加的文化内涵紧密结合，以厚重的人文感呈现出来。它可以从不同的层面、不同的角度来观照、审视、解读、欣赏。随着本土文人的崛起，他们赋予了罗浮山特殊的乡土怀想和家园情怀，经由本土作家润色打造的罗浮山重新走向全国视野，由以往的虚构的遥不可及的仙境变成了可

---

[1] 翁鸿业：《西湖歌·次张西园韵》，《惠州西湖志》，广东高等教育出版社1989年版，第329页。
[2] 苏轼：《追饯正辅表兄至博罗，赋诗为别》，《惠州西湖志》，广东高等教育出版社1989年版，第435页。

触可感的岭南地标。这种本土文人对罗浮山想象的有意识建构在南宋时期初现端倪，古成之、崔与之、余靖、留正、李昂英等一批岭南士子的参与使罗浮山文学形象有了新的色彩，有了一定的家园感和地方感。而真正展开对罗浮山进行全方位书写是在明清之际，而其中又尤以岭南三大家为主。"从人本主义的角度来看，地方暗示的是一种'家'的存在，是一种美好的回忆与重大的成就积累与沉淀，且能够给予人稳定的安全感与归属感。"[①] 仙山的岭南化也恰反映出岭南三大家为首的岭南士子对自己家园的自我认同。

生活在明末清初岭南地带的屈大均、梁佩兰、陈恭尹，有着相似的时代背景和生活经历。明朝末年，清兵入关，朱明王朝的倾覆，使得许多汉族文人成为遗民。他们不愿承认清朝政权，经常结社反清，有的则避世隐居，悼念前朝。历来改朝换代时期，最能凸显文人的家国情怀。屈、梁、陈作为晚明遗老，不仅彼此结识，还相互欣赏、饮酒唱和。罗浮山作为一个重要的家园意象经常出现在他们的诗词作品中，粗略统计，提及罗浮山诗词多达400多篇。他们笔下的罗浮山虽然也部分地延续了历代文化累积所形成的固有意象，但是也逐渐剥离了岭外士子赋予的附加意义，显得轻灵可爱、清丽动人，以岭南山水特有的风韵情趣展示在世人面前。

（一）"自是罗浮人"的身份认同

屈大均、陈恭尹、梁佩兰均是土生土长的岭南人。屈为广东番禺人，陈为广东顺德人，梁为广东南海人。三人均为由明入清的遗民，都曾游历各地，有着开阔心境与写作视野，表现出相似的文学主张和创作风格。屈大均人生经历复杂，不仅参与反清复明抗争，而且曾削发出家以示誓死不

[①] 朱竑、刘博：《地方感、地方依恋与地方认同等概念的辨析及研究启示》，《华南师范大学学报》（自然科学版）2011年第1期。

臣服清廷之意。他以化缘为名游历四海，北上东游，履及多处。陈恭尹作为明末清初广东抗清斗争的发起人之一，曾往返于福建、浙江、江苏等地联系抗清的各地义军，还曾赴云南欲投奔永历帝。梁佩兰不同于屈、陈，热心仕途，科考多年，因才气出众声名远扬于名公巨卿、达官贵族之间，被授翰林院庶吉士，以留京写诗为乐，士大夫争相延请品题吟哦。其间，他与中原的名诗人交往唱和甚多。

当一个人身处异乡时，身份的归属变得尤为重要。身处异乡或宦居在外的游子更容易通过对家园的回望来确定自己的身份，表达对家乡的地方依恋和地方认同。地方认同"即个人或社群以地方为媒介实现对自身的定义，并在情感上认为自己是属于地方的一分子"。[①] 在岭南三大家的作品中，我们可以明显地感觉到三人通过标注家乡地方表达对自己身份的确认，其中最为中原文化熟知的岭南名山——罗浮山自然而然成为他们的首选。例如，屈大均早年号为"罗浮道人"，陈恭尹自号"罗浮布衣"，这种以罗浮明志的做法一方面显示出自己绝世隐居之志，符合罗浮隐逸之山的固有情怀，另一方面以家乡标榜自己身份也恰恰彰显了岭南士子对自己家乡文化的自豪感和自信心。除此之外，还有多处诗表达自己作为罗浮人的身份归属，如屈大均"以予罗浮人，白鹇同飞骞。"(《赠别甘处士返豫章》)、"我本罗浮五色鸟，化为仙人出炎峤"(《题王山使独鹤亭》)、"我从罗浮万里来，逢君文采一徘徊"(《客山阴赠二祁子》)；陈恭尹"城头江汉一千里，座上罗浮两个人"(《庚子元旦毛子霞招同何不偕登黄鹤楼》)；梁佩兰"罗浮仙山人所晓，罗浮与我情不少""我家南海波涛住，罗浮隔断扶桑村"(《望罗浮》)等，字里行间渗透着"我从罗浮来""我是罗浮人"的对自己故土身份的认同感。

[①] 朱竑、刘博：《地方感、地方依恋与地方认同等概念的辨析及研究启示》，《华南师范大学学报》(自然科学版) 2011 年第 1 期。

身处异乡，羁旅之思通过罗浮来舒展。屈大均写到，"雁门无数雁，一夜尽南飞。我忆罗浮暖，难将雨雪违。"(《闻雁》)① 大雁南飞，飞往游子心上的故乡，也把游子的思念带回罗浮。身在北朔寒冷边关，想到大雁能飞回温暖的故乡。虽然语气平淡，却涌动着诗人深沉的思乡之情。"影落千山远，声来九塞愁。频年羁客梦，曾否到罗浮。"(《寄李烟客黄逢吉》)② 或许是离家愈远，思乡之情愈切。日有所思，夜有所梦，罗浮作为故乡的意象缠绵在诗人的梦里徘徊不去，反复加深这种思念之情。同时，在游览其他山水名胜时，望着眼前缥缈朦胧的景象，诗人仿佛又置身于家乡美景之中。"平生五岳游，今上谢公楼。楼里多山水，空濛云气流。故乡在南海，夫子有罗浮。置我丹青上，芙蓉四百秋。"(《呈周栎园·其一》)③ 游五岳、登高楼，望着相似的景色，仿佛眼前皆是故乡的影子，对故土的热爱之情可见一斑。这其中的念想不仅包含诗人对家乡的想念，也有对故国逝去、山河破碎的沧桑之感。陈恭尹对罗浮也有着独特深沉的情感。他多次赞扬罗浮酒酿："难醒易醉罗浮酒"(《中秋后一日黄积庵招同吴山带罗仲牧梁芳济何楚奇王也夔集见堂雨中即事同限秋字二首·其一》)④、"仙桂罗浮酿不无"(《次屈翁山韵寿王君佐》)⑤、"使君正醉罗浮酒，不免樽前忆故乡"(《风干萍果惠州王子千使君席上作二首·其二》)⑥，饮家乡酒酿不啻是解思乡之愁的一种方式。《西樵旅怀五首·其一》序道："二十之龄，客途强半。六年度岁，各在一方。戚日苦多，浮生如寄……追昔伤兹，悽然有作。"⑦ 诗文通篇追忆罗浮气候和畅、浪漫舒适的场景，与当下颠簸凄凉的人生情境相较，照出了坎坷艰辛的前途末

---

① 屈大均著，欧初、王贵忱主编：《屈大均全集》，人民文学出版社1996年版，第248页。
② 同上书，第301页。
③ 同上书，第330页。
④ 陈恭尹著，陈荆鸿笺：《独漉诗笺》，广东人民出版社2009年版，第852页。
⑤ 同上书，第824页。
⑥ 同上书，第933页。
⑦ 同上书，第543页。

路。在后来陈恭尹的许多赠别诗中，诗人送别友人去往罗浮，或是寄诗给居住罗浮的友人，忧愁之中不仅有思念友人和离别之不舍，更夹杂着自己归乡无期的失落与惆怅。"寰中花鸟正春新，四百罗浮日日春。送子不堪临水别，昔年曾是住山人。"（《送何左王入罗浮兼答留别之作》）[1]、"经岁旌旗驻菊坡，罗浮秋色近如何。"（《寄戴念庭三尊时署增城》）[2]、"罗浮山高人所钦，罗浮水清君子心。罗浮之外君何有，归对罗浮尽日吟。"（《罗浮山水图歌为陈岱清司李》）[3] 这些诗歌情绪含蓄蕴藉，委婉平淡，在揣摩与玩味之余才能感受到作者浅浅的乡愁。

归隐罗浮更是成为他们的最大心愿。如屈大均言，"戎马时方急，罗浮我欲还。相思蓬海隔，流泪损朱颜。"（《怀悬公》）"我将终罗浮，服食惟朱草。"（《古诗为叶金吾寿》）"浮丘已作谢公墩，复把罗浮当漆园"[4]（《前制府吴公以生日往罗浮山赋此寄寿·其一》）；"太华虽言好，未若归罗浮"[5]（《冲虚观》）；"我愧疏慵应早退，罗浮归养采芳兰"[6]（《留别建陵孟太守·其一》）；"愿作罗浮大蝴蝶，与君朝朝食花叶。愿作罗浮五色禽，与君暮暮宿花林"[7]（《陈丈种花歌》）可以说是反复咏志，表明向往自然疏淡无忧的田园生活的心迹。陈恭尹有"仙遗衣化罗浮蝶，蝶化山蚕复作衣。栩栩未离庄叟梦，丝丝还上玉人机"[8]（《李苍水司训长乐以罗浮蝶茧数双及茧布见寄云布即蝶茧所成翼日蝶出茧中五色纷披玩对之间因成一律寄谢其意》），通过描写蝶回环往复形态的转换营造诗人对坐忘、忘机的境界的迷恋。"只为平生志未灰，罗浮家近是蓬莱。曾窥抱朴书千首，

---

[1] 陈恭尹著，陈荆鸿笺：《独漉诗笺》，广东人民出版社2009年版，第703页。
[2] 同上书，第744页。
[3] 同上书，第659页。
[4] 屈大均著，欧初、王贵忱主编：《屈大均全集》，人民文学出版社1996年版，第1001页。
[5] 同上书，第15页。
[6] 同上书，第874页。
[7] 同上书，第122页。
[8] 陈恭尹著，陈荆鸿笺：《独漉诗笺》，广东人民出版社2009年版，第329页。

易得安期枣一枚"（春感十二首次王础尘之八）①。这种成仙了道的意愿与罗浮的仙山形象是一体的，得益于地理环境上的趋近。梁佩兰也写道："骑驴一踏蓟门春，便拟抽身作隐人。将上罗浮峰四百，黍珠庵畔结山邻"②（《答佟声远次原韵》）、"服药寻仙自可求，罗浮门户是浮丘"③（《题赠》）。关于归隐罗浮的志趣在三位诗人的作品中呈现出相似性。罗浮山水成为他们抚慰失意之心的最好良药。从我是罗浮人，到归隐罗浮，终老罗浮，表现出诗人们对生命轮回的认可，和生于兹、死于兹的归根情怀。

（二）仙山的岭南化

罗浮山作为蓬莱左股的传说由来已久，这是历代描写罗浮的文学家都了如指掌的典故，也是最常见于三家罗浮作品的题材。作家来到传闻中的仙境，必然要赞其神奇，咏其玄妙。关于罗浮的神话传说遍布三家罗浮诗词，如四百三十二峰、罗浮日出、罗浮梅、罗浮蝶、罗浮雀等成为其中常见意象。如屈大均有多首咏罗浮梅花蝴蝶的诗歌："何来蝴蝶车轮大，知是罗浮小凤凰"④（《题张璩子罗浮山下书舍》）、"罗浮梅花天下闻，千树万树如白云。开时花似玉杯大，枝枝受命罗浮君"⑤（《罗浮探梅歌为臧啃亭作》）。诗中的梅、蝶等意象经过比喻、夸张的处理均化为"仙物"，更凸显其神奇色彩。梁佩兰笔下的罗浮山更频繁地以"仙山"面目出现。他善于用大开大合的笔法将神话传说与他的奇特想象和恣意夸张以及罗浮神秘的风物景象结合在一起，使三者相辅相成，交融为一体，呈现浪漫主义的风格特点。在长篇古体诗《望罗浮》⑥中写道："鬼神琢划良有以，风雷

---

① 陈恭尹著，陈荆鸿笺：《独漉诗笺》，广东人民出版社2009年版，第781页。
② 梁佩兰著，吕永光校点补辑：《六莹堂集》，中山大学出版社1992年版，第374页。
③ 同上书，第383页。
④ 屈大均著，欧初、王贵忱主编：《屈大均全集》，人民文学出版社1996年版，第1153页。
⑤ 同上书，第188页。
⑥ 梁佩兰著，吕永光校点补辑：《六莹堂集》，中山大学出版社1992年版，第40页。

交会非等闲。我家南海波涛住，罗浮隔断扶桑村。白马随潮簇雾来，飞禽决眦迷烟去……倒落金银台，挂起珊瑚殿。鱼龙跳峰头，蝴蝶飞水面……神仙于此山，故意作诡谲。使人双眼望，望亦不可测……"无论是状美禽、良云、飞雪，乃至描写罗浮整体景象，梁佩兰都一以贯之地采用纵横捭阖的笔法，上溯至上古"祝融司南溟，耀真挺灵岳。丽离判元始，妃合封浑噩"①（《罗浮》）、"大化岂有本，我生幸同时。先天与后天，相望一间之"②（《将至罗浮望四百峰作》），在时间轴上呈现巨大跨越，展现罗浮山作为自然景观的历史性；又有"谁知蓬莱山，今晨于此见。割来自左股，飞出向西面"③（《初入罗浮登华首台，宿尘公精舍》）、"四百青芙蓉，初日破烟晓。我身无羽翼，一日焉能了"④（《望瑶石台云母大小石楼》），拓展了诗学地理空间，磅礴之气油然而生。诗人不断在诗歌中拓宽时间长度、空间宽度，使罗浮山这一仙山形象脱离了时空维度的限制，呈现缥缈、广阔、无限的意蕴。

三位诗人一方面沉浸在罗浮仙境的超现实想象中，另一方面由于其真实的居山、游山体验又促使他们不断地将罗浮山由虚拟的仙境转化为现实的乐园。在他们笔下，罗浮山春、夏、秋、冬四时风景不同，罗浮山的各种风物都尽显其妙，罗浮日、月、星、云、雾、雪、梅、松、瀑、峰、花、蝶带着岭南特有的韵味扑面而来，一改罗浮仙境描写的富丽华瞻，给人们清丽脱俗、秀媚可亲之感，一如岭南现实的山水。

屈大均写有《罗浮杂咏》四首、《望罗浮》《罗浮曲》各两首、《咏罗浮》八首、《送人入罗浮》四首，或是赞其风景秀美，或是赞其水瀑、流云、林木花草、日出等。如"空外日氤氲，茫茫四百君。雨将双岳合，晴

---

① 梁佩兰著，吕永光校点补辑：《六莹堂集》，中山大学出版社1992年版，第150页。
② 同上书，第149页。
③ 同上书，第150页。
④ 同上书，第151页。

以一泉分。石柱支青壁,香炉吐白云。穿林深浅去,惊起碧鸡群。""峰路时时断,翻嫌瀑布多。水浮苍树去,山逐白云过。饷客惟朱草,牵人是绿萝。踟蹰石梁畔,心奈欲归何。"①(《罗浮杂咏》)生动地再现了罗浮山多峰多瀑,物种丰饶,四季常青的自然风光。"罗浮四月春泉决,流出千溪万溪雪"(《绿绮琴歌》)、写出了罗浮春天的清丽可爱;"本是罗浮岫,南来逐海潮"(《罗浮》)、"登山若浮海,舟航即轻策。浮山复浮去,与罗万里隔"(《登罗浮绝顶奉同蒋王二大夫作》),写出了罗浮与海相邻的特点,也暗合浮山"浮海而来"的典故;"可怜罗浮山,离合亦有时。天雨罗浮合,天晴罗浮离"(《罗浮曲其一》),②写出了罗浮乍离乍合之态,将罗浮由来的美丽传说与现实晴雨气候变化融合在一起,既体现浪漫之遐思,又表达游观之雅兴,体现出虚实相映成趣之美。

屈大均还记载了一次罗浮冬天的气候异常,"峤南自古无大雪,况复罗浮火洞穴。山人不识冰与霜,白露少凝阴道绝。今年季冬太苦寒,雪花三尺如玉盘。麻姑玉女尽头白,四百缟素失峰峦。天气忽将南作北,层冰峨峨路四塞。浮碇岗头似白山,罗阳溪口成勒勒。千株万株松欲催,梅花冻死无一开。北风惨吹笼葱裂,猿狖僵卧吟且哀。辟寒有方得仙客,斫取龙鳞薪琥珀。地炉烧出日轮红,天井迸来云箭白。咫尺空濛接海津,光摇宫阙失金银。玉作越王烽火树,瑶华飞满珊瑚身。天鸡夜半冻不叫,曜灵忍失朱明照。久伤鸟羽坠重光,安得烛龙衔一燋。欲挽羲车力士无,穷阴苦逼岁华徂。麑裘不暖难消夜,坐拥瑶琴影太弧。"③(《罗浮对雪歌》)岭南一向气候温暖,屈大均在塞外的时候最怀念的就是罗浮的暖和,"我忆罗浮暖,难将雨雪违。"可是这一年岭南却遭受了极寒气候,天气苦寒一

---

① 屈大均著,欧初、王贵忱主编:《屈大均全集》,第473页。
② 以上见屈大均著,欧初、王贵忱主编:《屈大均全集》,人民文学出版社1996年版,第113,1056,97,1066页。
③ 同上书,第201页。

下似乎使南方变成了北方，到处冰封雪冻，耐寒的梅被冻得开不了花，猿狖被冻得僵卧哀鸣，甚至夜半的天鸡也被冻住了，不再叫醒浮海而来的一轮红日。但是这少有的大雪却也给罗浮山带来一种别样的美，大如玉盘的雪花，皑皑白雪覆盖的四百三十峰，傲雪挺立的松梅等，都给人们带来不一样的感觉。

岭南特有的物产也常常入诗，如陈恭尹诗"采砚每逢蕉叶白，买舟频系荔支红"（《赠别潘稼堂简讨二首·其二》）、"田收晚稻余秋色，寺入溪桥隔竹声"（《九月晦日同连双河湛天沐慧容上人二儿士皆自增城将登罗浮中路宿资福寺》）、"罗浮风暖鹧鸪啼，山下梅花客未迷"（《西樵旅怀五首·其一》）、"明年荔熟醉何处，为报君家酿老春。"（《登合江楼饮王使君南区宝坻酒次坡公韵》）；屈大均诗"罗浮蝙蝠红，双宿芭蕉叶"（《定情曲·其七》）、"山人遗我荔枝瘿，得自罗浮第三岭"（《箪友篇》）、"南枝稀越鸟，余尔鹧鸪群"（《郑方二君以生鹧鸪数双见贻赋诗答之》）、"应看木棉发，莫听鹧鸪啼"（《别天生·其二》）、"冬有芙蓉亦有桃，绝喜岭南霜雪少"（《陈丈种花歌》）等，涉及的芭蕉、荔枝、木棉、芙蓉、冬桃、早梅、晚稻、鹧鸪等都是南方特有的物种，大量岭南风物入诗，无疑使仙山充满了扑面而来的人间气息。

仙山的岭南化，不是坐井观天的自吹自擂，不是"子不嫌母丑"的敝帚自珍，不是不食人间烟火的不可企及的空想之地，而是现实可触的充满幸福遐想的人间福地。没有刻意的神异化，而是来自对本土家园的自我认同，是建立在游历多方后对"我的家乡就是仙境"的自豪与自信，是在比较大千世界之后对家园的更高层次的肯定。

三 余论

综上所述，正如新人文主义地理学者认为，"地方（place）不仅仅是一个客体。它是某个主体的客体。它被每一个个体视为一个意义、意向或感觉价值的中心；一个动人的，有感情附着的焦点；一个令人感觉到充满意义的地方"。① 岭南三大家书写罗浮山具有强烈的地方意识和丰富的地缘色彩。罗浮山因为有了著名文学流派的集体书写，文学形象更加丰富，岭南三大家多次践屦，游历大小景点，对罗浮山水反复吟咏，这些游观作品的加入，使罗浮山作为宏大抽象的文学景观的同时又有了许多细部、具体文学景观的支撑，使罗浮山文学想象呈现虚实结合、浪漫情怀与现实游观结合的双重特点。本土诗人充满地方特色和满怀家园情感的书写使得人们可以从不同视角对罗浮山进行观照。这种去陌生化的书写，回复到其本来面目，改变了岭外文人对岭南的他者化的异物书写，去除了岭南山水风物的、人为的莽荒色彩，在文化心理的意义上建构起岭南文化自我认同的自觉与自信。故乡情结的寄寓使罗浮山作为具有公共意义的符号，从"域外仙山"形象转化为岭南"乡愁"的代表，在文学中反复出现。

---

① 夏铸九、王志弘编译：《空间的文化形式与社会理论读本》，台北明文书局1999年版，第86页。

硕博论坛

地方感、地方特性与恋地情结的文学抒写

徐汉晖*

地理环境是人类安身立命的物质基础与空间存在,"有天地然后有万物,有万物然后有男女"[①],土地与世间万物有着天然的亲缘关系。自古以来匍匐于大地之上的人类,在数以万年的生息繁衍中,与土地建立了深厚的感情。由于生存的需求,人类总在不断地认知土地,探寻地理,了解环境,改造自然。从原始的采摘狩猎、逐水草而居,到农耕定居,再到工业化和信息化时代,通过长期的生产实践活动,人类与地理环境形成了一种"互建"的关系,即在改造地理环境的同时进化了自身,荆棘蛮荒之地在被改造之时也得到了进化与美化。人类与地理环境始终相互作用、相互影响又相互发展。文学生产作为人类高级形态的实践活动,它的表达与书写、发展与演变与地理环境有着千丝万缕的密切关系,空间如同时间一样,是文学存在的一极坐标。

人虽是自然万物之灵长,却以土地为根基。古往今来,每一位文人墨客都终生匍匐与辗转于大地之上,从年幼时以故乡为生命依托和起点,到

---

* 作者为凯里学院人文学院副教授、湖北大学文学院博士研究生。
① 《易经》,中国文史出版社 2003 年版,第 271 页。

青少年时游历和游学四方，再到中年以后定居某地或漂泊天涯，他们始终行走在路上，一直在认知与感受地理环境、了解与体悟地方特性、依恋与眷念着故地，因此会产生一种与众不同的"地方感"，对每一个地方的特性会形成独特的心理认知和文学感悟。地方在给文学输送养料、为文学提供审美观照对象的同时，又给文人提供了情感触发的物质机缘。经历了与自然环境的长期接触和实践交流之后，地理的物质形态和人文内涵等诸多因子总会以不同方式渗透进作家的日常生活和情感之中，作用于他们的思想和创作，形成文学书写中的一种"人地镜像"美与人地之情。

一　地方感：人地关联的文学反映

何为地方感？简单而言，即对某一地方的感受、感知、认识、了解与评判，"地方感是一种强烈的、通常是积极地将我们与世界联系起来的能力"[1]。然而，要真正了解地方感的概念内涵，必须首先从"地方"谈起。地方是文学地理的核心概念之一，也是一个极为复杂的地理学概念。地方的英文对应单词是"place"，在《简明牛津词典》里的含义有20多种；我国《新编现代汉语词典》对其解释为："①我国各级行政区划的统称，跟'中央'相对；②本地，当地；③某一区域，空间的一部分，部位；④部分。"[2] 显然，这里对地方的理解站在纯中性的客观立场，忽视了人类在地方生存中的主观性和情感性内容。在人本主义地理学者看来，人类是生活在充满意义内涵的世界中，地方是人们对世界的一种主观态度和情感体验，而非冰冷生硬的空间存在。人文地理学家爱德华·瑞尔夫（Edward Relph）在20世纪70年代指出："地方是通过对一系列因素的感知而形成的总体印象，这些因素包括环境设施、自然景色、风俗礼仪、日常习惯，

---

[1] ［美］苏珊·汉森主编：《改变世界的十大地理思想》，肖平译，商务印书馆2009年版，第244页。

[2] 罗琦、周丽萍主编：《新编现代汉语词典》，吉林大学出版社2003年版，第240页。

对家庭的关注以及其他地方的了解。"① 可见，地方的概念至少包含三个层面，一是作为地理环境的地方，它是地球表面的一个点；二是作为人类活动的地方，它是人们日常交往与文化活动开展的场所；三是作为心理意义的地方，它是能让人产生依恋感与归属感的空间存在。由此，我们可以认为，地方既是一个物质形态的空间地点，也是一个包蕴人类情感的主观场景，它是动态而非静止的，是开放而非封闭的，是独特而非普遍的。实际上，一个地方的动态性、开放性、独特性与地方历史和人类实践活动分不开，"正是人类实践中形成的文化、语言促成了地方的意义"②。

正因为地方与人类的历史活动密不可分，所以在人与地方环境长期相互作用的过程中，地理环境会反作用于人类，并赋予人们一种特殊的情感体验，于是真正的"地方感"就产生了。从哲学和人文地理的角度而言，"地方感指的是人们在地方经历中的情感和知觉，包含了态度结构，有三个维度：地方依恋、地方依赖和地方认同"③。地方依恋是人们对某一地方产生了情感上的归属之心，地方认同是人们对地方的一种认知肯定，地方依赖则是人们对地方价值功能的一种欲望上的依附。因此，地方感包含了复杂的心理机制。

从以上概念分析可知，人们对所经历的地理环境总会形成一种心理的感官认知，不管是喜欢或讨厌、肯定或否定、依恋或厌倦，地方感带有明显的主观情绪和情感倾向。而且，"地方感"一旦形成，就会积淀在心里，并具有较为稳定的长久记忆。一般来说，个体心中的"地方感"包含四个层面：对故乡的眷念，对自然风景胜地的膜拜，对人文地理胜地的向往，对居住地的情感态度。正因如此，每一位作家对他们所生活过的地方，尤

---

① 王志弘：《流动、空间与社会》，台湾田园城市文化事业有限公司1988年版，第144页。
② 邵培仁：《媒介地理学——媒介作为文化图景的研究》，中国传媒大学出版社2010年版，第100页。
③ 庄春萍、张建新：《地方认同：环境心理学视角下的分析》，《心理科学进展》2011年第9期，第1390页。

其是少年成长的地方都具有强烈的"地方感",往往会在他们的文学创作中有意识或无意识地显露出来。鲁迅小说所虚构的故事地点几乎都在他的故乡绍兴,绍兴鲁镇的地理意象频繁地出现在他的作品中,包括他对乡土人事兴衰的感叹,对故乡凋敝的忧伤,对乡民愚昧的批判,这种情感实际上是故乡地理环境深刻作用于作者心灵之后的一种文学折射与镜像反映。童年时期对故乡的美好记忆,少年之时对故乡人事冷暖的感知,以及青年之后异地求学的经历,再到他中年辗转各地的生活经历,鲁迅以行旅者的姿态见证了许许多多的地方,获得了丰富的地方感。而在当时风沙扑面的中国,他所历经的"地方感"是灰色与惨淡的冷色调,是满目疮痍与悲哀的地方景象,所以,在鲁迅以"鲁镇为中心地点"的作品中,我们所读到的"地方感"总是饱含否定情绪与批评色彩的落后之地、衰败之地、厌恶之地。

与鲁迅不同,沈从文的地方感带有"两极分化"或"两极对立"的模式,一是对故乡的溢美之情;二是对城市的厌倦之感。故乡湘西在他的笔下总散发着人性的光辉,那里不仅风景秀丽、宜居宜住,而且民风朴素、人事单纯。沈从文对故乡的肯定明显多于否定,与之相对的是他对都市的情感否定明显多于肯定。这种截然不同的地方认知与情绪反映也许与沈从文体验到的"地方感"有关,少年在家乡的生活虽然封闭单调但至少衣食无忧,20 岁北漂"京都"之后,他屡屡碰壁、生存艰难。身处异乡,在城市无根的孤独彷徨,咀嚼着生存体验的巨大反差,由此形成了他对都市文明之地的厌倦,对故乡风土的高度认可,也反映了沈从文缺乏归属感的心理焦虑。其实,仔细梳理后不难发现,最早具有鲜明地方感和地方色彩的现代文学作品,并不是作者在自己家乡之地所完成的,而是在旅居之地"通过追忆故乡的方式激活了某种沉睡的地方意识"[①] 之后创作发表的。20

[①] 唐利群:《现代文学的地方性与中国形象》,《人文丛刊》(第二辑) 2006 年第 6 期,第 251—252 页。

世纪20年代,那些来自浙江、湖南、贵州等地的作家旅居北平所写的"乡土文学"即为明证。更不用说那些以地域命名的文学流派了,如"海派""山药蛋派""荷花淀派"等这些充满地方色彩的文学派别,其创作具有明显的地方意识,分别凸显了"上海""山西""白洋淀"等地的风尚人情。如果这些流派的作家对以上地方的地理环境毫不知晓,与这些地方的自然环境和历史文化没有发生任何关联,没有经受任何地方风物的浸染,他们作品鲜明的"地方感"从何而来?正如文化地理学者迈克·克朗指出:"地方不仅仅是地球上的一些地点,每一个地方代表的是一整套文化。它不仅表明你住在哪儿,你来自何方,而且说明你是谁。"[①] 可见,"地方感"的形成与文学呈现与作家对某一地方文化的深刻的生命体验有关,地方性是文学地域流派的写作胎记,"地方感"则塑造了作家的审美特质,小说中的地方世界往往是作家头脑中那个鲜活的"地方感"的投影与映照。

二 地方特性:文学描写的另类风景

地方特性是建立在地方性基础之上的,所谓"地方特性"指"在时间上具有共时性和延续性,在空间上具有地域封闭性和稳定性"[②]的地理存在与地区方位,地方特性既有地域的自然标记和属性,又有地域的文化特征与属性,是自然边界与社会边界相统一之后的存在属性。地方特性具有普遍性与特殊性、共性与个性,同时具有稳定性和动态性。地方的特性在于每一个地方孕育出的自然环境与人文要素两者的组合都是独一无二、无法复制的。地方的共性在于它的某些气候特征、环境类型、人文事项在相互依赖的世界中与其他地方有类似之处。一般而言,地方的物质环境和人

---

① [英]迈克·克朗:《文化地理学》,杨淑华译,南京大学出版社2003年版,第131页。
② 杨丹丹:《"地方性"与北方文学研究》,《东北师范大学学报》(哲学社会版)2014年第5期,第168页。

文要素在一定范围内基本固定不变，但也会随着社会历史的变化而动态发展。一个人对某一个地方"地方感"的形成与建立最主要在于"地方特性"的刺激与作用。地方特性是一个地方的身份标记，让人过目不忘，比如泰山的雄伟、三峡的神秘、桂林的秀丽，这是地方的自然特性。另外，地方特产、地方历史、地方风云人物等独一无二的内容也属于地方特性。对地方特性的挖掘与书写是古往今来很多作家喜欢的一种创作姿态和表现手法。

从某种程度而言，文学就是建立在地方知识和地方特性的基础之上，小说常常被视为"叙事形态的地方知识、地方生活"[①]的地理性文本。其实，在古代文学中，有关地方特性的诗文比比皆是。像《桃花源记》展现了一个封闭而自足的和谐村寨，那是人类"大同世界"的一个特殊窗口，这种地方特性不言而喻；像"蜀道之难，难于上青天""北风卷地白草折，胡天八月即飞雪""人间四月芳菲尽，山寺桃花始盛开""天苍苍，野茫茫，风吹草低见牛羊""白马秋风塞上，杏花春雨江南"等诗句都是对地方特性的描写，表现了地方独特的自然风光与环境特征。文学世界的地方特性往往聚焦于地方文化与地方自然风景的两重性上。在现代文学中，废名的"黄梅故乡"、芦焚的"河南果园城"、张爱玲的"传奇沪港"、汪曾祺的"高邮水乡"、萧红的"呼兰河"、老舍的"老北京城"等地方性文学书写，让人看到了各地另类的风景和风情，或淳朴，或优美，或市侩，或残忍，或愚昧……可以说，这些地方特有的自然风貌与风土人情作为一种鲜明的印记沉淀在作家的精神空间中，形成了他们独有的生命感悟与审美体验。例如，老舍《四世同堂》《骆驼祥子》等小说对北京四合院生活、老北京城胡同、杂耍、庙会的精细刻

[①] 葛红兵、高霞：《小说：作为叙事形态的"地方生活"》，《文艺争鸣》2010年第7期，第38页。

画，对老北京市民性格和人情世态的深刻把握，以及"京味"方言的独特运用，将老北京的地方特性在具体、生动和复杂的时代语境及历史情境中铺展开来。他在小说中创设的地理空间几乎全是老北平现实地理空间的翻版，使其作品真正具备"京味"的特性与魅力。还有萧红笔下的《呼兰河传》，无论是呼兰河城的严冬酷寒，还是它的饥饿、死亡和残酷凄厉的人事，都散发着强烈的北国气息，"一个僻远小城，因此成了一种鲜明的地方形象"①。

其实，不仅现代作家迷恋地方特性的表现与书写，当代作家也保持了鲜明的地方感，延续了这种创作路径。柳青、路遥、陈忠实、贾平凹等几代陕西作家对黄土高原上历史风云、个体命运的集中刻画，并将地方性语言与地方性知识在小说里浑然融合，"陕味"淋漓尽致。还有"王安忆小说中的上海风味，张炜小说中的胶东韵致，莫言小说与高密东北乡的内在联系……都证明着文学语言的地方性在作品中的美学魅力"②。总之，地方特性作为文学反映历史、再现生活的一种常见手法，实质上是因作者强烈的地方感的驱动使然。只有当作家与地方建立起真正的情感纽带，他才会有责任感与动力去反映地方的风土人情，无论是赞美也好，批判也罢，都源于他心中的地方感，缘于他对地方的爱。

三 恋地情结：文学的情怀与主题

恋地情结实际上是一种"地方依恋"，它指地方因自身独特的魅力得到了认同，并对社会个体或群体构成了情感上的吸引力。这个概念来自环境心理学和游憩地理学关于"思乡情怀"的理论。美国华裔人文地

---

① 唐利群：《现代文学的地方性与中国形象》，《人文丛刊》（第二辑）2006年第6期，第253页。
② 金莹：《王光东——"地方性"弱化意味着文学个性的消失》，《文学报》2011年11月17日第4版。

理学家段义孚著有《恋地情结》一书，他把恋地情结主动引入人文地理的研究，阐释了人对地方的爱恋和依恋之情。当然，恋地情结产生的前提是个体对地方的清晰认知和认同，并对地方有过居住、旅居或游历的实践经历，由此与地方产生了情感上的联结，它是个体对地方的一种单向和正向的情感。恋地情结在文学中最鲜明的表现就是"思乡主题""家园情结"和"爱国主题"，这是文人墨客永远剪不断、理还乱的情怀。家和故乡犹如孕育婴儿的子宫，无论游子离开家乡有多远和多久，他们在冥冥之中总会有回归"子宫"的欲望与冲动，对家乡的无限怀念与依恋就有此种潜意识和心理。在文学作品中，这种思乡和恋地的诗文随处可见。"举头望明月，低头思故乡"表现了思乡之情；"念天地之悠悠，独怆然而涕下"由对苍茫大地的感叹，抒发了忧愤之情；"日暮乡关何处是，烟波江上使人愁""春风又绿江南岸，明月何时照我还"，等等，这些诗句饱含着浓浓的恋乡情怀。"日啖荔枝三百颗，不辞长作岭南人"虽不是思乡，却是恋地情感的真实写照。岭南的荔枝让人回味无穷，异常想念，因此作者不愿离开此地，期待能长长久久地做一个岭南人。"巴山楚水凄凉地，二十三年弃置身"这是恋地情结的反向情绪，诗人刘禹锡被朝廷贬谪遥远的巴蜀荒凉之地，时隔20多年后回到家乡，一切物是人非，他把对故乡的爱恋之情置于对弃身巴蜀凄凉的辛酸控诉中。

　　在中国现代文学中，"恋地书写"也不乏少数。现代作家与古代文人一样，都具有一种以天下为己任的家国情怀和担当精神。闻一多写于1926年的《死水》把黑暗腐败的中国比喻成"这是一沟绝望的死水"，实乃因对中国每一寸土地爱得太深太切。1925年他抱着殷殷的爱国之情从美国留学提前归来，不料看到的是国内军阀混战、生灵涂炭、满目疮痍的景况，因此，通过揭露与批评的视角，以负面情绪表达了对中国大地的热爱。艾青写于1938年的《我爱这土地》更是将"恋地情结"推向一个情感高潮，"为什么我眼里常含泪水，因为我对这土地爱得深沉"①。当时日本已经发动全面侵华战争，中国大地正遭受日军铁蹄蹂躏，诗人对祖国山河的爱化为了一种无尽的悲愤与无奈的感伤。郁达夫写于1934年的《故都的秋》，虽不是对自己故乡的怀念与赞美，却表达了对旅居之地的深情顾念和向往。北平的秋如此之美，北平如此宜居，他在文中直言"愿把寿命的三分之二折去，换得一个三分之一的零头"②留住这北平的秋，可见他对北平的依赖情感有多深、多真。鲁迅虽在北平旅居多年，但他从未表达过对北平的赞美和依恋之情，而是以客居北平的"北漂身份"写返乡的小说。《故乡》深刻揭露乡土社会在现代化进程中的凋敝和落后，小说主人公此番回到"相隔二千余里，别了二十余年的故乡"③，看到一切如旧，心中不免五味杂陈。正因为鲁迅心灵深处对故乡依然拥有最真实的爱，才会在作品里对"故乡"表现出爱恨交织的情感。社会发展了，故乡却在倒退，原本对故乡、对故地应该天然保持"地方认同"的游子，却不免"厌倦"了。可见，"恋地情结"的情感结构应该是多维的，有时会以负面和消极的情绪反应表现出对"此地"和"彼地"的高度依恋与热爱。

总之，恋地情结首先建立在地方感和地方认同的基础之上，然后才会产生或喜或厌的情感倾向。由于文学是对世界的反映和对人生的观照，每一位作家在他生命的旅程中，与地方的交流、联结必然会形成对地方的感知、对地方特性的否定或认可，或达成人地之间的默契与依赖。这种对地理环境的生命体验沉潜到作品中，便是一种"人地镜像"的文学抒写。

---

① 钱谷融：《中国现当代文学作品选》（上卷），华东师范大学出版社2008年版，第298页。
② 严家炎：《中国现代文学作品精选》（第三版），北京大学出版社2013年版，第86页。
③ 钱理群、王得后：《鲁迅小说全编》，浙江文艺出版社1991年版，第62页。

色彩观照下的世界文学地理
——论文学地理学内在机制中的异质同构

上官文洁[*]

一 四季色彩

在人类所有的感觉中，视觉被心理学家认为是人的第一感觉，而色彩对视觉的影响最大，它宛如空气一般，在不知不觉中影响着人们的心灵，影响着人们的生活。

美国的卡洛儿·杰克逊，被誉为色彩第一夫人，她发明了四季色彩理论，该理论后来被佐藤泰子引入日本，并结合亚洲人的特点，研制成了适合亚洲人的色彩体系。该色彩体系在1998年被于西蔓女士引入中国，并做了相应的改造以适应中国人的肤色。目前，四季色彩理论已经风靡全球，成为时尚界的热门话题。

---

[*] 作者为复旦大学中国语言文学系硕士研究生。

（一）四季色彩心理

伊顿在《色彩艺术》一书中说："色彩效果不仅在视觉上，而且应该在心理上和象征上得到体会和理解。"[①] 日本色彩设计研究所小林重顿根据季节的色彩变化绘制出季节的色彩形象坐标，如图1[②]所示：

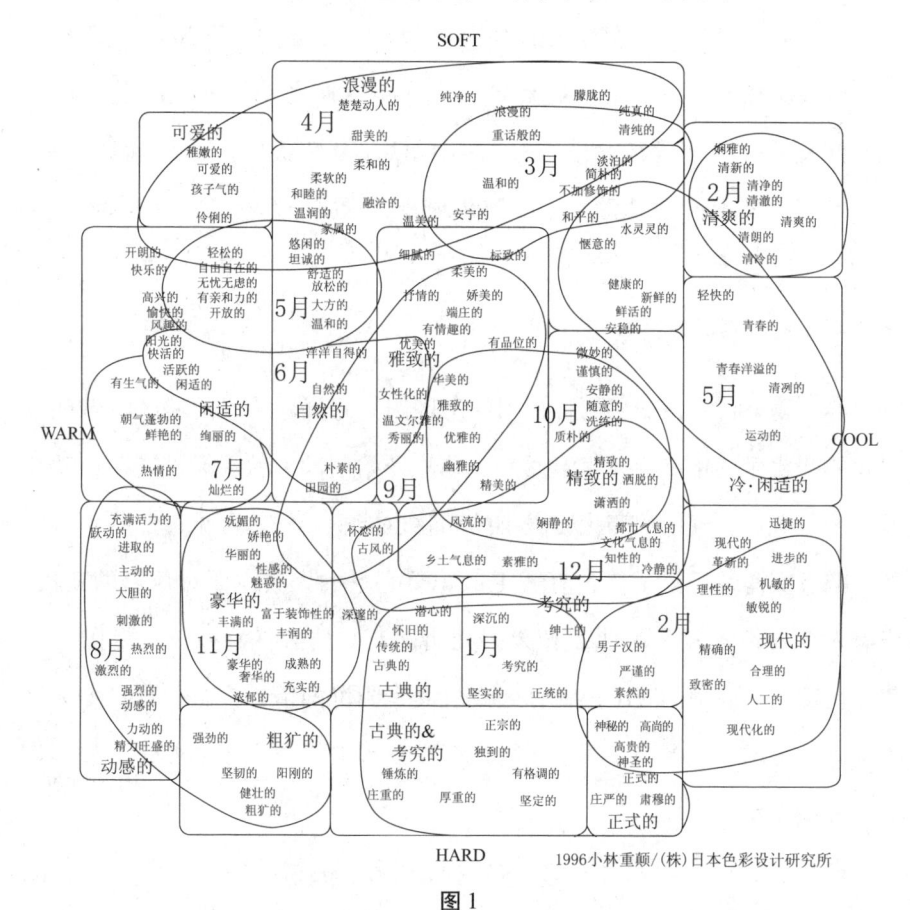

图1

（备注：12月、1月、2月为冬季；3月、4月、5月为春季；6月、7月、8月为夏季；9月、10月、11月为秋季）

---

① ［瑞士］约翰内斯·伊顿（Johannes Itten）：《色彩艺术——色彩的主观经验与客观原理》，杜定宇译，上海人民美术出版社1987年版，第8页。

② 参见小林重顿《色彩心理探析》，南开大学色彩与公共艺术研究中心译，人民美术出版社2006年版，第79页。

物理境与心理场的契合符合格式塔心理学派的"异质同构"①说,该学派认为:虽然在结构上物理界与心理界是不同质的,但是却可以达到两个世界的同型合一,因为两者可以相互对应和沟通,并从中产生诗与美。正如刘勰在《文心雕龙·物色》中所言:

> 春秋代序,阴阳惨舒;物色之动,心亦摇焉。盖阳气萌而玄驹步,阴律凝而丹鸟羞;微虫犹或入感,四时之动物深矣。若夫珪璋挺其惠心,英华秀其清气;物色相召,人谁获安?是以献岁发春,悦豫之情畅;滔滔孟夏,郁陶之心凝;天高气清,阴沉之志远;霰雪无垠,矜肃之虑深。岁有其物,物有其容;情以物迁,辞以情发。②

春、夏、秋、冬交相更替,阴气沉郁阳气舒展,诗人的心情随着四季景物的变化而变化。春天气温回升,动物开始活动,秋天天气转凉,动物开始准备冬食。气候的变化连微小的动物也能感受到,可见,四季对万物的影响着实深刻。至于作为有美玉般聪慧心灵的人类,面对色彩的变换,没有人会视而不见。因此,春天阳光明媚,心情愉悦舒畅;初夏阳气转盛,忧郁的心境烦闷凝结;秋日天高气爽,阴沉的情志广阔辽远;冬天漫天飞雪,思虑庄重深沉。四季景物的变换使人的情志也随之变化,故所作之文因情而发。③

四季的变化在宏观上体现为物候的变化,生物的周期性变化和相应的生长发育节律叫作物候现象。在诗人的生命意识中,物候现象起到了

---

① "异质同构"是"格式塔"心理学的理论核心,这个学派的代表人物是美国现代心理学家鲁道夫·阿恩海姆。格式塔心理学派认为在外部事物的存在形式、人的视知觉组织活动和人的情感以及视觉艺术形式之间,有一种对应关系,一旦这几种不同领域的"力"的作用模式达到结构上的一致时,就有可能激起审美经验,这就是"异质同构"。

② 刘勰:《文心雕龙:全本译注精译》,王运熙、周锋译注,上海古籍出版社2010年版,第222页。

③ 同上书,第223页。

催化剂的作用。四季的变化在微观上则体现为季相的变化,植物在不同的季节表现的外貌叫作季相,季相的变化带给人时令的启示,增强了人的季节感[①]。

1. 春天

> 雪消门外千山绿,花发江边二月晴。
> 献岁发春,悦豫之情畅。

贝里尼在20世纪60年代提出了"唤醒理论",他认为影响唤醒的因素有神经系统的变化,还有季节的变化。冬去春来,气温回升,人们把厚重的棉衣换成轻便的春装,顿时更觉得轻盈自在、神清气爽,似乎从沉睡中被唤醒。当然,被唤醒的不只是人类,还有奇妙的大自然。春天一步步地临近,万物开始复苏,各种颜色的花儿竞相绽放,迎春花的鹅黄、柳芽的新绿、桃花的粉嫩、梨花的洁白,一望无际的新绿,色彩斑斓的点缀,一组明亮、鲜艳的色彩构成了一幅欣欣向荣、美不胜收的画卷,给人以扑面而来的春意和愉悦。

在所有颜色中,绿色是对人眼最适宜的颜色,从生理学角度解释,是因为人在看绿色时眼球的视网膜无须调节,所以绿色会给人一种平静、安定、愉悦的感觉,而且能将人的心理维持在一个最理想的状态。而五颜六色的鲜花由于鲜艳娇嫩及饱和度强烈,会给人明快新鲜的感觉。因此,才会有"草树知春不久归,百般红紫斗芳菲"的春意盎然,才会有"日出江花红胜火,春来江水绿如蓝"的色彩斑斓,才会有"千里莺啼绿映红,水村山郭酒旗风"的怡人画面。

[①] 曾大兴:《气候、物候与文学——以文学家生命意识为路径》,商务印书馆2016年版,第29—45页。

2. 夏天

> 纷纷红紫已成尘，布谷声中夏令新。
> 滔滔孟夏，郁陶之心凝。

夏天，高温的天气让人心烦气躁，外在世界与内心世界似乎都变成了火般的红色，而当人处在红色环境时，会使脑垂体产生反应，这种反应会在极短的时间内传递到肾上腺，使其分泌肾上腺素，然后通过血液循环影响新陈代谢，进而引发一系列生理变化，如脉搏加快、血压上升、呼吸急促，最后易出现疲劳、焦躁等反应。

于是，便有了"仲夏苦夜短，开轩纳微凉"，在沁人心脾的清凉驱走难耐的酷热后，诗人的诗兴便勃然大发，所以才有了"荷风送香气，竹露滴清响"的静谧暗香，才有了"月明船笛参差起，风定池莲自在香"的袅袅韵响，才有了"竹深树密虫鸣处，时有微凉不是风"的清凉舒爽。

3. 秋天

> 空山新雨后，天气晚来秋。
> 天高气清，阴沉之志远。

秋天，暑气消退，凉意渐浓，秋风吹红了枫叶、染黄了银杏叶，秋风吹过，落叶纷飞，地面上累积着秋意，一层一层，愈来愈浓，极目远望，都是专属于秋天的广阔、辽远。

秋天，地面受高压控制，空气下沉，因此云较少，故而天高云淡；秋天，夏季风南撤，北方水汽减少，大气对流减弱，云层随之减少，升高，晴天多，天气不再闷热，故而秋高气爽。

秋天，阴沉的情志广阔辽远，所以才会有"秋风萧瑟天气凉，草木摇落露为霜"的深沉，才会有"红叶黄花秋意晚，千里念行客"的情思，才会有"楚天千里清秋,水随天去秋无际"的辽远。

4. 冬天

> 千里黄云白日曛,北风吹雁雪纷纷。
> 霰雪无垠,矜肃之虑深。

冬天,天寒地冻,酝酿着雪的世界,雪后的白色,是纯洁的颜色,它反射所有的光,但又包含光谱中的所有颜色。帕斯认为,白色是寂静的颜色,当所有的词句都终结的时候,白色就是对空间的一个比喻,白色代表着"暗含的联系,潜在的比喻"①,中国绘画中的"留白"即是此理,正如老子所说"有生于无",故而白色会引发人无尽的联想与想象,引发人庄重深沉的思虑。雪消初晴,倍增其寒,因为大量的热量在积雪消融时被吸收,故气温会降低,所以就有了"下雪不冷消雪冷"的民间谚语。雪融化后,呈现在眼前的是朴实的大地色,而这一色系则会给人深沉稳重之感。

于是,在冬天,就有了"瀚海阑干百丈冰,愁云惨淡万里凝"的凝重,就有了"晨起开门雪满山,雪晴云淡日光寒"的晴寒,就有了"日暮苍山远,天寒白屋贫"的深沉。

李延寿在《北史·文苑传》中说:"夫人有六情,禀五常之秀;情感六气,顺四时之序。盖文之所起,情发于中。"②人的情感顺应四季的变化,在物色的感召下,孕育了不胜枚举的传世佳篇。

钟嵘在《诗品序》中亦云:"若乃春风春鸟,秋月秋蝉,夏云暑

---

① [墨]奥克塔维奥·帕斯(Octavio Paz):《太阳石》,赵振江译,北京燕山出版社2014年版,第7—8页。
② 李延寿:《北史文苑传》,郭绍虞主编《中国历代文论选》第1册,上海古籍出版社2001年版,第361页。

雨，冬月祁寒，斯四候之感诸诗者也。"① 刘熙载在《艺概·诗概》中写道："花鸟缠绵，云雷奋发，弦泉幽咽，雪月空明，诗不出此四境。"② 四季的物候变化不仅为诗人提供了绝佳的意境，也为其提供了丰富的题材。

宋代郭熙在《林泉高致》中称："真山水之云气，四时不同，春融怡，夏蓊郁，秋疏薄，冬黯淡。真山水之烟岚，四时不同，春山淡冶而如笑，夏山苍翠而如滴，秋山明净而如妆，冬山惨淡而如睡。春山烟云连绵人欣欣，夏山嘉木繁荫人坦坦，秋山明净摇落人肃肃，冬山昏霾翳塞人寂寂。"③ 刘熙载在《艺概·诗概》中说："山之精神写不出，以烟霞写之；春之精神写不出，以草树写之。"④ 阳光的变化会使山的色彩也随之变化，强烈的阳光会使山的固有色减弱。除此以外，山的色彩还或多或少地受着周围环境的影响，其中，树木对山的色彩影响最大，我们在望山的时候只看到树木的颜色，而看不到山本来的颜色。视觉上的这种色彩体现源于山本身的色彩组合，是成长于山中大面积的树木与山的合体所致。因此才会有四季之不同山，四季之不同感。

陆机在《文赋》中如此说："遵四时以叹逝，瞻万物而思纷。悲落叶于劲秋，喜柔条于芳春。心懔懔以怀霜，志眇眇而临云。"⑤ 和宗炳同时代的山水画家王微在《叙画》中写道："望秋云，神飞扬，临春风，思浩荡。"⑥ 完全不同的事物，在审美活动中习惯性地被人们相提并论，如西风

---

① 钟嵘：《诗品》，郭绍虞主编《中国历代文论选》第1册，上海古籍出版社2001年版，第309页。
② 刘熙载：《艺概·诗概》，郭绍虞主编《中国历代文论选》第4册，上海古籍出版社2001年版，第43页。
③ 郭熙：《林泉高致》，中州古籍出版社2013年版，第86页。
④ 刘熙载：《艺概·诗概》，郭绍虞主编《中国历代文论选》第4册，上海古籍出版社2001年版，第42页。
⑤ 陆机：《文赋》，郭绍虞主编《中国历代文论选》第1册，上海古籍出版社2001年版，第170页。
⑥ 张彦远《历代名画记》，人民美术出版社1985年版，第213页。

落叶与悲秋之感，芳春柔条与欣悦之情，仰望秋云与神思飞扬，沐浴春风与神思浩荡，这种心理现象叫作审美相似律，它只存在于审美活动中，是对客观景物与内在情感进行重新分类、联结的结果。

在中国，人们注意到了四季与文学内容、风格的对应；而在西方，人们则关注于四季与文学体裁的对应。弗莱是加拿大的原型批评家，他认为：自然界的运行有它的内在动因，即循环，天体的运行轨迹，电子的绕核运动，四季的更替，血液的循环以及人的呼吸，都遵循着一定的循环规律。他根据这一循环规律把作品划分为：喜剧、传奇、悲剧和讽刺文学，并认为这同一年四季的更替在某种程度上相通。春天，阳光明媚，充满希望，与喜剧相通；夏天，色彩缤纷，气象变化万千，与传奇相通；秋天，落叶纷纷，萧瑟苍凉，与悲剧相通；冬天，寒气逼人，缺乏生气，与讽刺文学相通。[①]

（二）日本的四季色彩

1. 日本人的自然观

黑格尔曾认为，"地理的基础是助成民族精神产生的自然的联系，是精神表演的场地，其中自然的类型与人民的类型和性格密切相关。"[②]

日本是一个岛国，南北狭长，四周环海，海岸受暖流影响，气候温和湿润，自然景观四季分明，因而日本人对大自然的变化十分敏感，并最终形成了以崇尚自然为显著特点的民族性格。

2. 日本人的色彩观

色彩作为视觉美的载体，是最直观的，它承载了日本人对美的欣赏与再造。日本人的色彩观首先表现在关注季节的变化，他们追随自然色

[①] 童庆炳主编：《文学理论教程》，高等教育出版社2004年版，第46页。
[②] ［德］黑格尔：《历史哲学》，王造时译，上海书店出版社2001年版，第82页。

彩的变化，将色彩与时令紧密相连。日本四季分明，色彩的变化异常丰富。春季的"樱花前线"是由樱花自南向北绽放所形成的绝美景观；秋季的"红叶前线"是枫叶自北向南着色所形成的怡人画面。日本人的视觉神经受到诸如此类的大自然色彩变换的影响，因而形成了敏锐的色彩感觉。

人类对色彩的认识都经历了从视觉到心理、从感官到精神的升华过程。日本人的色彩观主要涉及视觉和心理两个层面，他们通过运用色彩从而达到某种情感和观念上的目的。日本人拥有纤细敏锐的审美眼光，他们以此去体会色彩的细微变化，追求美感，追求色彩的装饰性。色彩的组合是日本人的用色理念，他们通过色彩的搭配来表达某种观念和情感，整个日本色彩文化历史中都贯穿着这一理念。

对色彩的敏锐感受力再加上生活的积淀，使得日本人将卓越的配色技巧运用于日常生活及艺术实践中，他们注重配色的传统随处可见。从服饰上看，日本的大众流行服饰普遍素雅，譬如"优衣库""无印良品"等品牌的色调多以浅淡的素色为主；而日本的传统民族服饰"和服"则十分注重季节性，譬如，春天的樱花和菜花、夏天的菖蒲、秋天的枫叶和菊花、冬天的松与梅。从饮食上看，日本料理的特点是清淡美观，他们通常选用应季的食材，运用最简单的调理方法，尽量保持食物的原汁原味，崇尚"色、香、味、器"的统一。日本料理不仅是舌尖上的艺术，更是值得用眼睛来欣赏的视觉艺术。食材的选择顺应时令，配菜装饰突出季节感。日本茶道活动中搭配的"和茶子"也随着季节而变化着不同的颜色。日本的插花艺术也十分注重选择应季的花材。日本商场里的宣传海报也根据季节不停地"换装"，春日的樱花粉、夏日的海水蓝、秋日的枫叶红或银杏黄、冬日的圣诞红或雪花白。可以说，日本人生活的世界是一个色彩的海洋，随着季节的变化，他们的生活色彩也随之发生相应的变化，同时在变化中又创造着有规律的节奏。他们不同于中华文化关注于色彩的哲学思考，也不同于西方文化注重对色彩的科学考察，而是从古至今都尊奉着原始信仰和崇拜大自然的色彩观。

3. 日本的文学色彩

一个人、一个民族对色彩的喜好可以反映其文化心理及潜在性格。日本江户时期的国学家本居宣长曾说："如果问什么是宝岛的大和心，那就是旭日中飘香的山樱花。"如果要为日本文学找一种代表色，那么应当是"樱色"，樱色是淡淡的日本樱花颜色，它是日本古代尤其平安时代贵族女性常用的色彩，也是日本流传至今的色彩。在日本传统色彩中，"樱色"又叫"一斤染"，得名于"红花一斤染绢一匹"。从色彩心理学角度分析，樱色属于粉色系列，寓示着唯美、纤细、敏锐、暧昧。

樱色是最能体现物哀美学的颜色。物哀美学是日本文学和日本文化的精髓，亦是理解日本人民族气质的关键。物哀美学是从平安时期紫式部的《源氏物语》发源而来的，它是一种深沉的哲理般的感触，由情景交融而引起，其中弥漫着淡淡的哀愁，彰显着缠绵悱恻的抒情基调，体现了人生的悲剧性。物哀是通过物实现对物的超越，其有三个层次，即心物交流、情景交融、超然物外，从而达到内心与外在、主观与客观、自然与人生的契合，表现出日式的情趣与哀伤，即融优美与典雅于一体。叶渭渠在《日本文学思潮史》中，将"物哀"解释为一种心绪，是由对对象的爱怜和同情混成的，这个对象可以是人，可以是物，也可以扩大为社会世相[①]。

川端康成深受以《源氏物语》为代表的物哀美学的影响，他获得诺贝尔文学奖的三部作品即体现了物哀美学的传统。他的诺贝尔获奖演说题目为"美丽的日本的我"，在演说中他引用道元禅师的一首题名为

---

① 叶渭渠：《日本文学思潮史》，北京大学出版社2009年版，第102页。

《本来面目》的和歌："春花秋月杜鹃夏，冬雪皑皑寒意加"，同时也引用了古僧良宽所写的绝命诗："秋月春花野杜鹃，安留他物在人间。"道元禅师曾说："虽未见，闻竹声而悟道，赏桃花以明心"，日本花道的插画名家池坊专正也曾口传："仅以点滴之水，咫尺之树表现江山万里景象，瞬息呈现千变万化之佳兴。正所谓，仙家妙术也。"日本国民的敏锐感受可以说到了无以复加的程度。诺贝尔文学奖的颁奖词中说："川端先生的叙事里具有纤细韵味的诗意，他的作品架设了东方与西方的精神桥梁。他以卓越的感受和小说技巧，将日本人心灵的精髓跃然纸上。"日本人那纤细、敏感、含蓄、唯美的特质，表现于文学上便是物哀美学，这与樱色的色彩感存在着异质同构的关系。但是，除此外，樱色还有另外的含义，即敏锐而又暧昧。

在川端获奖的26年之后，大江健三郎荣获诺贝尔文学奖，他"以敏锐的感受力体悟着社会世相，以羸弱之躯承受着人类的苦痛"，他的作品创作于"现在"，却惊人地预见了"未来"。与川端相呼应，大江作了一篇题目为"暧昧的日本的我"的获奖演说。在演说中，大江先生说："川端选择了暧昧，这是通过'美丽的日本的我'里'的'这个助词来体现的。第一方面表示'我'从属于'美丽的日本'，第二方面表示'我'与'美丽的日本'同格。"诺贝尔颁奖词如是说："大江先生的想象力富于诗意，他创造出一个想象世界，这个世界把现实与神话紧密联结在一起，将现代的众生相诉诸笔端，给人们带来了冲击。"大江先生作品的特点如铃木大拙所言："最深的真理通过直觉来把握，并借助于表象，将其极为真实而又深刻地表现出来。"

川端先生和大江先生的创作从不同方面表现了日本文学的樱色特质，呈现独特的日式风格，因而走出了日本，走向了世界。

二 地域色彩

(一) 色彩地理心理

让·菲力普·朗科罗是法国现代著名的色彩学家,他于1960年创立了色彩地理学,这是一门实践应用色彩理论学说。他认为,由于在地球上所处的地理位置的不同,不同地区的建筑色彩会有很大不同,其原因有自然地理的因素,也有不同文化的影响,即共同决定一个地区建筑色彩的是自然地理和人文地理两方面的因素。同理,因为在地球上所处的地理位置的不同,不同地区的文学色彩也会有很大的差异,故此,笔者提出"色彩文学地理"的概念。

日本色彩设计研究所小林重顿在其《色彩心理探析》一书中详细阐述了地域色彩,并且形成了严密而科学的调查地域色彩的方法:拍摄地域图片,测色,集色,探究地域色彩等[①]。地域色彩宛如空气一般,以潜移默化之势影响着人们的生活和心灵。在此,试举例说明。

日光测定的实验由意大利色彩学家在欧洲地区展开,实验结果表明:北欧的阳光偏蓝,而南欧意大利的阳光则偏黄。蓝色,在所有可见光中波长略短,因而其成像位置较浅,故蓝色在视觉中有收缩之感,它给人的感觉是寒冷的、消极的、带有阴冷倾向的。黄色,其可见光的波长较长,在光亮度上,其光感最强,因而黄色是一种明快而鲜亮的色彩,它易于激起人的愉悦感。如此,由于长期生活在有颜色差别的阳光下,两地的人们不知不觉地形成地域性的色彩偏好,如北欧人喜欢冷色调,南欧人喜欢暖色调,表现于当地的建筑色彩设计及室内色彩设计,即蓝色和白色是北欧色

---

① [日] 小林重顿:《色彩心理探析》,南开大学色彩与公共艺术研究所译,人民美术出版社2006年版,第48页。

彩的代表，黄色是南欧色彩的代表。

北欧五国多数属于亚寒带大陆性气候，其特点是冬季寒冷而又漫长，夏季凉爽但时间较短。北欧的人口密度低，再加上寒冷的气候，使得人与人的接触相对较少，所以北欧人性格冷淡内敛。与其相比，南欧（如意大利）则属于典型的地中海气候，冬季温和多雨，夏季炎热干燥，温暖的气候使得南欧人较热情外向。

北欧终年日照稀少，就像地处北欧的丹麦（北纬55.4°），即使国土最南端的纬度也比中国黑龙江省（北纬53.5°）的纬度高，这个国家每年一月份的日照时间只有五六个小时，人们必须在零度以下摸黑出门及回家。阳光的骤减使得冬日被漫长的黑色笼罩，故而影响人体某些荷尔蒙的分泌，使人罹患冬季抑郁症，北欧自杀率偏高也与此有关。因此，5%的丹麦人冬日会将自己封闭在家里足不出户。

欧洲独特的地理环境孕育了独特的欧洲文学，使欧洲文学有了欧洲的色彩印记。

(二) 欧洲的文学色彩

1. 欧洲的格局

欧洲大致可以分为东欧、西欧、南欧、北欧和中欧。北欧包括挪威、瑞典、芬兰、丹麦、冰岛等；南欧包括希腊、意大利、西班牙、葡萄牙等；西欧包括英国、法国、荷兰、比利时等；中欧包括德国、奥地利、瑞士等；东欧包括立陶宛、白俄罗斯等。

2. 欧洲的文学风格

伏尔泰在其《论史诗》中曾说，要辨别意大利人、法国人、英国人或西班牙人的写作风格，就像从他面容、发音和行动辨别出他的国籍一样简单。意大利作家的资质中渗透着意大利语的甜蜜柔和。西班牙作家则崇尚华丽的辞藻和庄严的风格。而英国人则更崇尚作品的力量感和活力感，明喻和讽喻尤其被视为主要的写作手段。明彻、严密和优雅是法国人的创作风格。他们认为英国人的力量太过凶猛粗暴，而意大利人的柔和又缺乏英雄气概。① 伏尔泰的论述形象地说明了在欧洲文学一元性之下的多元化特点。

3. 欧洲的文学色彩

综观欧洲各国的国旗，可以发现，蓝色、红色和白色是出现较多的颜色，如果只能选择一种颜色作为欧洲文学的代表色，那么，最合适的当属紫色，蓝色和红色混合之后形成了一种新的颜色即紫色，不同比例的蓝色和红色混合之后会呈现不同类型的紫色，不同类型的紫色具有诸如优雅、浪漫、神秘、复杂的特点，而这些特点又能很好地诠释欧洲文学一元性与多元化的风格。因此，紫色与欧洲文学存在着异质同构关系。欧洲文明的统一性与多样性，造就了欧洲文学一元性与多元化的特点。所谓一元性，是指全部欧洲文学都具有某种同一性，这种同一性渗透着欧洲作家的创作与作品。多元化是指同一性下所产生的各种变化。欧洲文学内在的同一、深层的一致即一元性，而同中之异即多元化，欧洲文学的性质与魅力就在于这种相反相成的独特特点。②

三 人文色彩

（一）中国人的色彩观

1. 中国的五行学说

《礼记·月令》说来说去是春、夏、秋、冬及四季的征候：生、长、

---

① ［法］伏尔泰：《论史诗》，童庆炳主编《文学理论教程》，高等教育出版社 2004 年版，第 298 页。
② 孙培人、李铭钊：《欧洲文学的一元性与多元化》，《长春师范学院学报》1994 年第 2 期。

收、藏。

《黄帝内经素问》之色便是青、赤、黄、白、黑的五行系列,而且,也是与东、南、中、西、北对应。《素问》也主张自然与人体的感应,在《金匮真言论》第四章中涉及五色。

到了葛洪时,《抱朴子》也同样以"肝青气,肺白色,脾英气,肾黑色,心赤色,五色纷杂"为论,可以说,五色说已经成了中国色彩论的骨干。

依据《礼记·月令》《吕氏春秋》十二纪、《淮南子·时则训》等文献,将五行学说"文化网络"的关系列表,如表1所示:

表1　　　　　　　　　五行学说与文化网络的关系

	月季	帝号	神名	方位	五行	音	味	体
青	孟春	太皞	勾芒	东	木	角	酸	脾
赤	孟夏	炎帝	祝融	南	火	徵	苦	肺
黄	季夏	黄帝	后土	中	土	宫	甘	心
白	孟秋	少皞	蓐收	西	金	商	辛	肝
黑	孟冬	颛顼	玄冥	北	水	羽	咸	肾

2. 中国的色彩理论

中国色彩理论的基础正是阴阳五行学理,从美学思想上看,中国绘画服从的原则不是视觉的真实,不是第一自然的"相",而是心灵的自由,是第二自然的"意"。潘天寿在论及中西绘画的不同时认为,单纯和概括是中国绘画的用色特点,而讲究细微复杂、追求真实性则是西方传统绘画的宗旨[1],这从某种程度上解释了中国绘画所谓的"留白"的哲理。

"色彩即色彩"是西方人的色彩观,而"色彩不仅只是色彩"则是中

---

[1] 参见姜澄清《中国色彩论》,甘肃人民出版社2008年版,第155页。

国人的色彩观。西方人从自然科学的角度来看待色彩，他们认为色彩是太阳光在物体表面反射后的结果；而中国人则习惯于联想和想象，将色彩视为一种象征，认为色彩源于五行。将色彩作为一个对象来研究，西方人的态度是客观的，因此，色彩之谜被逐渐揭示出来；中国人则不然，直到清代，仍沉浸在"五行说"中，对色彩作主观的认定。换言之，中国色彩学理主要是从心理学这方面展开的，在实用上，古人充分地利用了色彩对心理的影响这一特点，使色彩有某种神秘化的倾向。

西方人难以理解中国文化，比如对中国绘画、书法的认知，这在很大程度上与中国特有的美学原理相关，而其神秘的哲学之源在于它以阴阳五行说为基础。中国文化是"阴阳文化"的观点被学术界普遍接受，又称"中国的思想率是阴阳观"。

国学大师钱穆云："中国思想之伟大之处，在其能抱有正反合一观。如言死生、存亡、成败、得失、利害、祸福、是非、曲直，莫不兼举正反两端，合为一体。其大者则如言天地、动静、阴阳、始终皆是。"[1] 康德所提出的"二律背反"与其有相通之处，"二律背反"指对同一个问题形成相互矛盾却各自成立的两种理论或学说，又称作"二律背驰"。中国的正反合一观和西方的二律背反体现了世界精神的相通之处。

3. 中国的文学色彩

老子在谈及颜色时，唯独列举黑白，他将黑白视为两极，这种认识与现代科学相吻合，因为物体完全吸收光线的结果即是黑，而反射全部光线的结果即是白，两者处于两极。"黑""白"成了老子哲学中核心概念的别称。老子选择"黑""白"论"道"是绝高的智慧，因为黑、白不仅在视觉上处于两极，而且在语义方面，也与老子哲学有着极为密切的关系。"黑"，与"玄"相通。许慎《说文解字》训"玄"为"幽远"；王弼注

---

[1] 钱穆：《现代中国学术论衡》，生活·读书·新知三联书店2001年版，第104页。

"玄者，冥也。默然无有也。"因此，"黑"又有"无"义。"白"，与"素"相通，"素"为未经染绘的帛。"朴"，《说文解字》训为"木素也"，即未经斧斤的木。在《老子》中，"素""朴"或独用，或联用，是常见语词。《老子·一章》云："玄之又玄，众妙之门。"由此观之，"玄"可谓是老子哲学思想的核心观念。

老子"黑白"哲学所表现出来的"玄"的特点可以说是中国文学的特色所在，精髓所在。"玄"，指玄妙，玄奥，深奥难以理解，这一思想对后世中国文化的发展产生了既深且广的影响。如果为中国文学选择一种代表色，那么，玄色可能最适合。关于"玄色"有诸多不同的解释：第一种解释为：赤黑色，《说文解字》中作此解释："玄，幽远也。黑而有赤色者为玄。"《诗经·豳风·七月》中有"载玄载黄，我朱孔阳"之说。《毛传》："玄，黑而有赤也。"《周礼·考工记·钟氏》云："五入为緅，七入为缁。"汉郑玄注："凡玄色者，在緅缁之间，其六入者与？"[①] 第二种解释为：泛指黑色。《广雅·释器》："玄，黑也。"第三种解释为：随天地四时变化而变化的颜色。《考工记》在肯定了"天玄地黄"之后补充说："土以黄，其象方，天时变"，意即天之玄色随季节的变化而变化。上述三种对"玄色"的解释不完全相同，但有一个共同点，即都认为玄色以黑色为基础。由此可知，玄色是以黑色为主要特征，但又有不同变化的颜色。

古代人认为：玄色是天色，是父色，其他色都是由它派生的，所以玄色地位很高。老子在《道德经》第十二章曾言："五色令人目盲"，即老子认为，纷繁的五色不过是现象之色，而作为天色的玄色才是幽深玄妙的本质之色，它和"道"一样朴素，也最接近玄化无言的"道"。玄色之"玄"与道之"玄"可谓有异曲同工之妙，理解了玄色，也就理解了老子

---

① 邹华清主编：《汉语大字典》，四川辞书出版社2010年版，第309页。

论道所谓的"玄之又玄",也就找到了"众妙之门"。因而从本质上讲,"玄色"与中国的哲学、美学、文学等存在着异质同构关系。

玄色,是具有中国特色的传统色彩名词,目前尚无英文翻译。它是一种哲学意义的颜色,易于引发深沉的思考。中国写意山水画里所呈现的色彩基调即是玄色,这就解释了我们在欣赏一幅写意山水画时为什么会产生无限的遐想,但是又无法用言语来表达,诚如老子所言:"只可意会,不可言传",又如司空图所言:"景外之景,象外之象,韵外之致,味外之旨",又如严羽所言:"其妙处莹彻玲珑,不可凑泊,如空中之音,相中之色,水中之月,镜中之象,言有尽而意无穷",又如王国维所言:"言外之味,弦外之响。"老子"玄"的思想可谓贯穿于中国文学史,对中国文学产生了深远的影响。

(二) 中国文学中的人文色彩

中国文学的色彩是一种隐性的存在,除了受到五行学说的影响外,还很大程度上受到了人文色彩的影响。在这里,人文色彩主要指民性。不同的地方其民性不同。在此以山东为例,众所周知,水浒英雄一百单八将,七成好汉在山东,他们豪爽、侠义、热情,这样的性格特征与当地的气候不无关系。山东位于中国东部沿海,属于温带大陆性气候,夏冬长,春秋短,雨热同期,季节分布的不均衡使得山东人少了春与秋的缠绵婉转,而多了一份夏与冬的干脆爽直,因此,就促使其形成了热情、豪爽的性格特征,这正契合了格式塔心理学派的"异质同构"说。

北宋大文豪苏轼的豪放词在词史上占有重要地位,而他的豪放词正是写于密州(今山东诸城),苏轼的豪放词受密州民性的影响颇深,与其在杭州任上所作诗词的清新婉约不同,他在山东所作的诗词大都体现出豪放不羁的胸襟与气魄,例如,最有名的《江城子·密州出猎》,如果苏轼没有到过密州,可能就没有那种潇洒奔放的豪放气场。正是在人文色彩的熏陶下，才使得苏轼的精神色彩与文学色彩增添了新的内涵，从而在词史上开拓了一片崭新的天地。

四 世界文学地图

最早提出"民族文学与世界文学"这个文艺学范畴的是歌德。他强调：诗是人类共同的财产，各民族都有自己的长处，有自己的民族特性，但不能故步自封，夜郎自大，只有通过各民族文学间的相互交流、相互学习、相互对话，才能促使世界文学的时代早日到来。世界精神是推进世界文学时代早日到来的重要因素，歌德所提出的"世界精神"是指能够拥有超越民族仇恨、超越狭隘的爱国主义的文化眼光与精神追求。正如歌德所说："艺术和科学跟一切伟大而美好的事物一样都属于整个世界。"

世界上的各种现象作为结果并非孤立存在，它们处于无形的关系网中，彼此之间存在着若干的联系，发现其间存在的奇妙关系，找到潜在的规律是人类的不懈追求[1]。

黑格尔依据自己多年的认知，绘制了"世界精神历程"示意图，如图 2 所示（稍有改动）；韦伯·哈贝马斯进而又绘制了"20 世纪世界的观念"示意图，如图 3 所示（稍有改动）：

从图 2 和图 3 中我们可以发现"世界精神"与"世界观念"的对应规律，正是这些相互对应的规律使民族文学与世界文学筋络相连。

达姆罗什说："世界文学是离开起源地，穿越时空，以源语言或通过翻译在世界范围流通的文学作品。"[2] 他将世界文学描述为"民族文学的椭

---

[1] Klaus Kufeld：《"西东合集"：欧洲文学与跨文化转型》，张芳译，《中外文化与文论》2008 年第 1 期。

[2] 转引自刘洪涛、张珂《全球化时代的世界文学理论热点问题评析》，《清华大学学报》（哲学社会科学版）2014 年第 6 期。

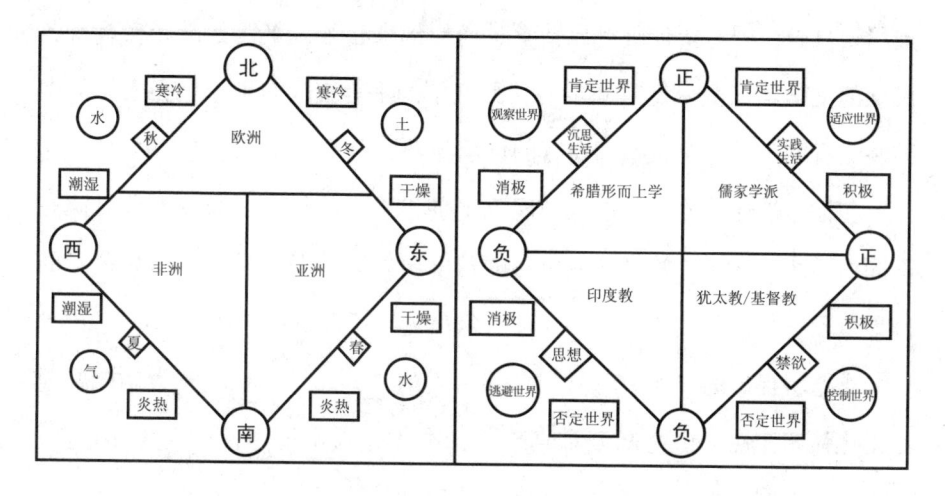

图2　世界精神历程示意　　　图3　20世纪世界的观念示意

圆形折射"。"椭圆形反射"原本是光学术语,达姆罗什根据世界文学的特点将其改造为"椭圆形折射"。所谓"椭圆形反射"是指一个焦点的光源在一个椭圆形空间里,会经反射聚焦到第二个焦点上,形成双焦点。达姆罗什的创造性改造意在说明在一个椭圆形空间里,原语文化与宿主文化各自提供一个焦点,各自发挥作用,不受任何一方的限制。

莫莱蒂在论述世界文学时引用"树"和"波浪"的比喻,"树"指的是树状结构,其具有由一而多、层层衍生的特点。"波浪"的比喻指的是水流动的特点,具体指的是覆盖性和吞噬性。事物从统一到多样的发展用"树"作比,而由多样到统一则用"波浪"作比。莫莱蒂认为,世界文学不是简单运动的产物,它是交错运动之后合成的结果。①

唐丽园是哈佛大学比较文学学者,她的论文《反思世界文学中的"世界":中国大陆、台湾、东亚及文学接触星云》指出:"所谓的欧洲中心主义存在已久,相反亚、非、拉一直以来都处于边缘地位。这样的局面应该

---

① 转引自刘洪涛、张珂《全球化时代的世界文学理论热点问题评析》,《清华大学学报》(哲学社会科学版) 2014年第6期。

被尽快打破,因为要促进世界文学时代的到来必须以平等的眼光来看待各民族的文学。"① 她认为,世界各民族文学的平等交流有助于世界文学的世界性,有助于世界宝贵精神财富的传承与发展。

怎样才能使民族文学平等地展现于世界文学的舞台,众多学者对此有不同的看法,在此,笔者试从色彩的角度出发来论及文学,因为在色彩的世界里没有高低贵贱之分,每一种颜色都是不可或缺的存在。

康德所提出的"纯粹理性"是指人类的"知、情、意"三大功能,西方文化强调知性,讲究知识和真理;日本文化强调情感,讲究美和审美;中国文化强调意志,讲究道德和善;这三者相互对应、相互补充。从这一角度讲,可以将西方文化视为知的文化、日本的文化视为情的文化、中国的文化视为意的文化。② 从色彩的角度来看,可以将西方文学视为紫色文学、日本文学视为樱色文学、中国文学视为玄色文学。

狄德罗将"关系"定义为"一种悟性的活动",但他强调"尽管关系只存在于我们的悟性里,但它的基础则在客观事物当中"。我们有充分的理由相信,通过越来越密切的文化交流,通过增进彼此的文化理解与认同,一个知、情、意相统一和真、善、美相统一的世界文学时代一定能够到来。

---

① 唐丽园:《反思世界文学中的"世界":中国大陆、台湾、东亚及文学接触星云》,《世界文学理论读本》,北京大学出版社 2013 年版,第 262 页。
② 崔世光:《意的文化与情的文化——中日文化的一个比较》,《日本研究》1996 年第 3 期。

学科建设动态

中国文学地理学会第六届年会暨首届硕博论坛综述

刘玉杰[*]

2016年10月27日至28日，中国文学地理学会第六届年会暨首届硕博论坛在湖北武汉举行。此次会议由中国文学地理学会、湖北大学、广州大学和江西省社会科学院联合主办，湖北大学文学院承办。来自中国、日本、韩国等国高校、科研院所的专家学者及硕博士生近180人共襄盛会，围绕中心议题"文学地理学的研究方法"展开研讨。

大会开幕式由湖北大学文学院院长刘川鄂教授主持。湖北大学校长熊健民教授、澳门大学中文系朱寿桐教授、韩国外国语大学金贤珠教授分别致辞，日本福冈国际大学国际关系学院院长海村惟一教授和中国文学地理学会会长、广州大学曾大兴教授分别作大会主题发言。

中国文学地理学会硕博论坛成为本次学术会议的最大创新点，与会者交口称赞这一为硕博研究生提供学术交流平台的会议形式。据不完全统计，来自全国高校近60位硕、博士研究生参加了硕博论坛，提交论文近50篇，并有20余位硕博研究生发言。经过学术评委会长达一个月的严格

---

[*] 作者为武汉大学文学院比较文学与世界文学专业2015级博士研究生。

评选，6 位博士研究生、12 位硕士研究生获得优秀论文奖。其中湖北大学徐汉晖博士和复旦大学上官文洁、华中师范大学敖翔分获博士组、硕士组一等奖。硕博论坛由华中师范大学邹建军教授主持。曾大兴会长指出他对邹建军教授关于举办硕博论坛的提议非常赞同，认为硕、博研究生所具有的学术锐气对中老年学者具有巨大的推动作用；一个学科必须具备研究对象、基础理论和专业人才培养三个条件，而一个学科只有赢得青年学者的青睐、关注，才是有希望和前景的学科，硕博论坛作为中国文学地理学会培养青年学者的重要机制，应载入中国文学地理学学科史。

从与会代表提交的近 130 篇论文以及现场发言来看，涉及中国古代文学、文艺学、中国现当代文学、比较文学与世界文学、民间文学、影视文学等多学科，主要围绕以下几个方面展开研讨。

一　文学地理学基本理论与方法研究

曾大兴在《文学地理学学术史略》中指出，尽管文学地理学的思想言论在中国已有 2000 多年的历史，但真正系统性的文学地理学研究在中国只有 30 多年的历史。因而作为一门新兴学科，文学地理学学科基本理论与方法研究显得尤为迫切和重要，本届会议在此方面有较多成果和较大进展。

（1）文学地理学研究方法系统总结。曾大兴在题为《文学地理学的研究方法》的大会主题发言中，指出文学地理学的研究方法可分为一般方法和特殊方法两种，前者指地理学研究一般方法和文学研究一般方法，后者指文学地理学作为一个独立学科所使用的研究方法。并系统阐述了六种文学地理学研究方法，即系地法、现地研究法、空间分析法、区域分异法、区域比较法以及地理意象研究法。值得注意的是，一方面，这六种文学地理学研究方法均是在与文学史研究方法的比较视域下展开论证的，比如系地法之与系年法、现地研究法之与文献研究法、空间分析法之与时间分析法、区域分异法之与分期分段法、区域比较法之与历时比较法等。这在很大程度上是曾教授对他"建设与文学史学双峰并峙的文学地理学"的学术主张的自觉细化、深化。另一方面，并未割裂与文学史研究方法的联系，比如现地研究法是把文献研究法和田野调查法这两种方法结合起来。在此意义上可以说文学地理学研究方法既具有十分明确的学科独立意识，又与之前其他学科的研究方法形成辩证的补充、对话关系。

（2）文学地理学理论融合、创新。邹建军的《文学地理学的内部研究和外部研究问题》，将以作品为中心还是以非作品为中心、以审美为目的还是以非审美为目标、有助于还是无助于文学问题的解决等作为内部研究和外部研究的划分依据，文学地理学的研究对象和学科定位、文学地理学理论的传播与接受、中外文学家的地理分布及其成因等外部研究是文学地理学研究的基础，而地理环境对作家作品的影响、文学对某一区域人文地理环境建构的影响、作家身上的地理基因等内部研究是文学地理学研究的重点，最高的境界在于将内部研究和外部研究有机结合、统一，共同丰富现有的文学地理学研究。杜华平的《文学地理学的多面相与学科融合》首先就"两个文学地理学"这一学术现象展开文学与地理学维度的梳理，认为虽然两大学科的学术路径和研究范式以及学术目标有所区别，但二者的交集明显大于分歧。接下来探讨了文学地理学的文学面相和文化面相，在深化了文学与地理学对话、融合的意旨后，尝试确立文学地理学的理论立足点，即以地理空间为核心概念，充分吸收列斐伏尔、福柯等人具有现代意义的空间观念。杜雪琴的《中西合璧、内外结合、上下贯通——文学地理学批评的三种理念》认为文学地理学批评需要关注中西合璧、内外结合、上下贯通三种核心理念。中西合璧指一方面积极反思中西文化异同，确立自己的文化价值，另一方面努力吸纳中西文化精髓；内外结合指将宏观研究与微观研究结合；上下贯通指容纳新旧多种批评方法之所长，采用一元为主、多元并用的研究方法。上官文洁的《色彩观照下的世界文学地理——论文学地理学内在机制中的异质同构》将色彩与地理融会贯通，认为属于物理色彩的自然色彩（四季色彩和地域色彩）与属于心理色彩的人文色彩，共同作用于文学色彩，存在着异质同构关系，构成了文学地理学的内在机制。

（3）文学地理学核心概念辨析。陶礼天的《〈诗经·国风〉的地域风格论——论地域的文学与文学的地理之关系》以《诗经·国风》为案例，论述了地域的文学与文学的地理（地域）的关系，还集中考论了齐风与齐气及其地域风格传统等问题，最后还结合维柯的《新科学》，对诗性地理与论文相关性作了探讨。李志艳的《文学地理学：从文学本体论讲起》将文学地理学的研究重回文学本体论，辨析时间与空间关系，得出以下结论：文学始源于作家主体空间在场性的系列审美活动；文学在本体论上是一门空间艺术；文学地理学的研究范畴应包括前文本空间、文本空间以及后文本空间；文学地理学视野下文学史的重写，强调回归文学发生现场，重现文学活动的在场性与变动性，以此建构文学史的时间维度与板块区域。徐汉晖的《地方感、地方特性与恋地情结的文学抒写》结合中国古代文学、现当代文学等实例，论述了地方感、地方特性、恋地情结与文学的复杂内在关系。地方感的形成及文学呈现与作家对某一地方文化的深刻体验有关，地方感塑造了作家的审美特质；文学在某种程度上建立在地方知识和地方特性的基础上；恋地情结建立在地方感和地方认同的基础之上，对地理环境的生命体验沉潜到作品中便是"人地镜像"的文学抒写。孙云霏的《他者与主体——后现代主义的空间批评与文学地理学的空间批评之比较》认为，后现代主义的空间批评以后现代主义哲学为哲学根源，呈现"他者"性质，是双重被建构性，表现为分裂与斗争；文学地理学的空间批评以宇宙论、生存论为哲学根源，呈现"主体"性质，是内在性与建构性，表现为整体感知和移情。钟扬的《地理如何在文学中发挥作用——关于文学地理学一些概念的再思考》对地理基因、地理性、天气等文学地理学概念做了再思考。

(4) 文学地理学学科史梳理。朱寿桐的《由〈气候、物候与文学〉说到文学地理学的研究》一方面回顾了曾大兴由文学家的地理分布到文学家生命意识的分析、从文学的地理学研究到文学地理学建构的学术历程，其实是从一个学者的治学历程剖析了文学地理学的学科历史；另一方面，认为文学地理学作为一门学科，其学术内涵和外延需要进行详细而缜密的论证，需要框定特有的资料和理论系统，需要阐明独特而可行的研究方法等。周文业的《文学地理学和文学史的学科地位分析》通过翔实的数据统计，得出如下结论：一方面，在学科地理学和学科史的 20 种交叉学科中，作为新兴学科的文学地理学的综合排名为第 6 位；另一方面，尽管文学地理学发展很快，排名靠前，但离真正进入国家学科目录、成为与文学史双峰并峙的二级学科的目标尚有很长的距离。杨玲的《近 30 年来文学地理学研究之得失》，梳理了文学地理学发展的五个方面，即以空间拓展传统文学研究获得普遍认可、地域文学研究日益凸显、对文学地理学的理论与方法的有效实践、学科建设朝着体系化快速发展、对西方地理空间理论的借鉴等。

二 文学景观研究

文学景观是文学地理学的一项重要研究内容。海村惟一、曾大兴、王兆鹏等研究的是实体性文学景观，其他论文研究的多是虚拟性文学景观或两者的融合。

(1) 实体性文学景观研究。海村惟一所作的大会主题发言《日本的风土、心景与文学风景——以志贺岛、香椎寫、太宰府的万叶歌碑为主》，主要通过以志贺岛、香椎寫、太宰府为三点一线的空间中的万叶歌碑这一文学景观，来考察《万叶集》所反映出的日本风土心景与文学风景。曾大兴的《文学的误会与成全——湖北境内的两个赤壁》，通过现地研究，梳理了湖北蒲圻赤壁和黄州赤壁间错综复杂的关系，认为一方面是杜牧、苏轼、罗贯中的文学误会，将黄州赤壁这一纯粹的自然景观建构为著名的文学景观，另一方面，文学也参与创造了蒲圻赤壁这一景观。王兆鹏在《欧阳修对扬州平山堂景观的建构与书写》一书中，认为欧阳修在平山堂这一景观的形成中起了决定性作用，他不仅开创、奠基了平山堂的人文景观，也发现定型了平山堂的自然景观，更书写和导引了平山堂的文学景观。

（2）虚拟性文学景观。①荆楚文学景观。夏明宇的《苏轼在黄州的空间书写》论述了苏轼与寺庙道观、雪堂、赤壁等景观对话，实现其心灵困境的突围。郭伟的《〈凌虚台记〉的地理书写》论述了苏轼初仕凤翔时以凌虚台的变迁为发端，引发出"兴成毁废，相寻无穷"的地理哲思。②岭南文学景观。陈恩维的《从地方风物到美学家园——南园五先生的地域书写及其意义》论述了南园从地理景观到文学景观的转变过程，也是南园五先生个人游憩体验上升为集体经验和公共记忆的过程。蒋艳萍的《空间建构与地方认同——清初岭南三大家罗浮山书写研究》论述了罗浮山这一文学景观在岭外文人笔端展现出的神仙之山和隐逸之山，以及岭南三大家对罗浮山的岭南化和地方认同。赵晓涛的《文学地理学视域下的宋代广州蒲涧文学景观述论》从自然形态呈现、寻仙悠游主题、带宗教色彩的蒲涧会等层面考察了作为文学景观的蒲涧。③吴越文学景观。熊海英的《风景、心境与诗歌的交响与变奏——以宋代多景楼和江湖伟观吟咏为中心》以镇江、杭州的观景名楼和相关文学作品为标本，考察环境与文学要素之间的多层面互动，在观景楼地理位置和登览景观不变的情况下，登览者、登览之情与登览之作的内涵与风貌却与时递变。陈晨的《西津渡文学景观研究》探析镇江西津渡文学景观所表达的伤怀、离别等主题。④北方文学景观。两论文聚焦北京文学景观。

于润琪的《京味儿小说"胡同地理"寻踪初探》，通过对清中后期四部京味儿小说中胡同的梳理，认为胡同这一人文景观是京味儿小说重要的地理属性。吴蔚的《山水与经学——乾隆三山五园御制诗刍议》透过三山五园皇家园林景观，论证了乾隆御制诗以山水比德的经学理解。两篇论文关注八景诗。徐玉如、高振的《八景诗歌的文学地理特点与创作动因——以琅琊八景为例》以琅琊八景为例，阐释八景诗的文学地理特点与创作动因。任梦池的《清代商洛地方志中的"八景诗"探析》，探析商洛地方志中八景诗中的自然、人文景观。另外，王姮的《作为虚构景观的"高密东北乡"》，认为莫言小说中的高密东北乡是虚实相生的文学地理景观，超越了现实区域的文学书写和审美体验，但缺乏面向现实的勇气和展望未来的姿态。⑤城市文学景观。郑丽丽的《清末新小说的勃兴与作为现代公共空间雏形的上海》、白瑶的《王安忆小说中的都市情怀》、冯希梅的《金宇澄〈繁花〉的上海书写》、周玮昆的《试论王安忆小说〈长恨歌〉中的上海书写》四文均研究作为文学景观的上海，郑文论述作为承纳现代知识分子的公共空间维度的上海，白文、冯文和周文处理的是当代小说中上海话、上海饮食、上海弄堂等上海元素。丁萌的《〈悲惨世界〉中的地理空间建构及其审美意义》，探析迪涅、蒙特勒伊、巴黎等城市景观所反映出的文明与野蛮、压迫与反抗之间的张力美。

此外，陈友康的《地理分界点的诗歌书写——以滇南胜境关为例》，考察了以胜境关这一地理边界、行政边界、心灵边界为书写对象的诗歌，认为它们为理解地理分界点诗歌写作提供了样本。

三 中国区域文学地理研究

区域文学地理研究向来是文学地理研究的重头戏。此次会议继承了前几届年会的特点，在荆楚文学地理研究、岭南文学地理研究、江西文学地理研究、吴越文学地理研究、西部文学地理研究等领域继续发力外，并呈现出多区域文学地理学研究等新的研究热点。

（1）荆楚文学地理研究。杨宗红的《从〈夷坚志〉湖北故事看民间信仰及其生成》，通过《夷坚志》中的湖北故事，考察宋代湖北社会的民间信仰。邵大为的《蛇山南楼考——兼谈与黄鹤楼之关系》考察了同在武汉长江南岸蛇山上的南楼与黄鹤楼两处景观的关系。叶吉娜的《现当代湖北作家作品中的长江意象》，从长江彰显生命自明、承载人世沧桑、寄托生命沉浮三方面分析湖北作家作品中的长江意象。高爽的《废名小说中的"桥"：从物象到意象》，从带有鲜明黄梅地域特色的桥这一地理意象切入，认为地域文化参与了废名的故乡想象与建构。黄盼盼的《从地理、人物、情节论池莉〈生活秀〉的影视改编》，认为池莉以武汉为地理背景的小说《生活秀》在两种影视改编作品中，地理背景被分别更换为厦门和重庆，这种不智之举在很大程度上影响了主题的表达。

（2）岭南文学地理研究。李海燕的《岭南风情与平民风范——论黄咏梅小说的地域文化特色》从岭南景观的形象再现、岭南风味民俗的多样展示、岭南方言俗语的大量运用、岭南平民人生的倾力书写以及大众艺术风格的着力传达等方面论述了黄咏梅小说的岭南地域文化特色。翁筱曼的《文学地理学视野下的晚清学海堂文学教学》以人文环境和地理环境为基点观照学海堂在教学中对地域文化空间的构筑，投射出地方乡土的认同和国家观念的重构。

（3）汉水流域文学地理研究。王建科的《论汉水流域的水浒戏及其传播意义》，从地域文学的角度，探讨了水浒戏在汉水流域的改编与传播。梁中效的《汉代文化中的汉水形象述论》认为汉水女神是中国四大江河女神中最早、影响最为深远的女神。姚秋霞的《"汉调桄桄"的儒家情怀与地域文化特征》认为汉水流域的地方戏汉调桄桄既传承华夏民族共同价值，又体现出汉水上游的地域文化特征。宫臻祥的《唐宋文人吟咏汉中风景诗初探》，通过对汉中风景诗中的道路山川、自然风光的地理还原，再现了唐宋时期的汉中生态环境。姜晓娟的《试论本、客籍地理环境对陆游南郑诗词风貌转变的影响》，从陆游上任南郑（汉中）之前以及南郑任上所游历的地理环境，分析对陆游诗风重大转变的影响。

（4）吴越文学地理研究。王建国的《广陵观潮：中古一种江南文学意象的地理考察》结合古代文献、考古发掘和现代地理研究考索广陵潮，认为广陵观潮这一文学意象应归扬州。莫其康的《"自古昭阳多俊杰"探微》探析了自古昭阳多俊杰背后自然地理环境、运河文化等五方面的成因。陈麒如、林晓娜的《文学地理学视域下的梦窗词》认为吴文英的苏杭词分别折射出汴京和古吴都的影子。吴雅萍的《文学地理学视域下的宋福建遗民诗歌》通过遗民诗中反映福建的自然、人文地理意象，论析其中蕴含的爱国精神和理学哲思。

（5）西部文学地理研究。高人雄的《从地域文化视阈看北魏文学的文化元素》认为，北魏文学发轫之初的主导区域特色不是代北和中原，而是西北河陇地域的学术文化特质。唐星、高人雄的《地域文化影响与官方文学创作——论关陇北周政权礼乐建设对宗庙歌辞创作的影响》论述了融合关陇地域文化的北周礼乐制度对宗庙歌辞创作的影响。周梦梦、高人雄的《十六国佚失辞赋考论》论析了十六国佚失辞赋独特的地域民族特色。张向东的《易君左的〈西北壮游〉》认为《西北壮游》对大西北戈壁、雪山等地理景观的诗意书写，反映了战后大西北的风俗民情和现代化进程。伍联群的《论冯山的蜀道诗》认为冯山的蜀道诗既写胜游之乐，也抒一己之怀；既观物理变化之理，也显明其用世之志。

（6）江西文学地理研究。刘双琴的《鄱阳湖的地域特色及其诗歌创作》论述了鄱阳湖诗中鄱阳湖的双重空间，即反映孤舟远行、滨水别离的行旅空间，以及反映尊儒崇道、隐遁家园的隐逸空间。陈小芒的《论白居易江州诗文的多重地理空间建构》从自然地理空间、人文地理空间、心理地理空间探析白居易的江州诗文。王胜奇的《两宋时期江西僧侣文学家探析》对两宋时期江西出现的36位僧侣文学家从生平、身世、作品等多方面进行梳理。赖晓君的《明代江西通俗小说作家群的身份认同及创作综论》从地域文学审视江西通俗小说作家群及作品，认为既是对地缘身份的认同，也是本土宗教文化的延续。

（7）北方文学地理研究。王双的《史梦兰与晚清冀东诗风》认为史梦兰的代表作品浸透了构建地方风雅传统的强烈意识。孙春青的《论〈永平诗存〉作为地域性诗歌选集的诗史意义》认为《永平诗存》具有补充清诗史和河北地方文学史空白的意义，而自然景观、人文景观的大量书写，使其在地域诗歌总集中具有特殊的艺术质素。常优的《从地名透视邯郸的地理历史文化》从邯郸的地名透析出四种地方文化，如以成语典故为地名的历史文化底蕴、因地处平原而具有对称性等。杨秀礼的《春秋奔国与郑国文学辞令创作》将奔国文学现象视为中国最早的流寓文学，并对郑国的奔国辞令展开讨论。胡蓉的《〈述善集〉所见元代濮阳西夏遗民作家之理学思想及相关问题》凸显了中原理学对《述善集》理学思想的影响。

（8）多区域文学地理学研究。朱丽霞的《扬州与广州："黄牡丹状元"事件的文学史意义》认为，一方面发生在扬州的黄牡丹状元事件是文化史上影响深远的花卉之咏，另一方面牡丹之咏不仅提升了岭南文坛的地位，而且改变了文学的地域分布和演进生态。王志清的《地域文化精神视域中的"盛唐气象"解读》以文学地理、地域文化的思路和方法来研究盛唐气象，认为关中、山东与江南三大地域的唐代诗人诗美各异。正是盛唐诗歌所共同表现出来的兼容性、综合性和丰富性形成了盛唐气象的美学判断，因而不宜将盛唐气象狭隘地理解为单一的雄浑博大美学范畴。张福清、曾苗的《论孟浩然襄阳、吴越诗之地理与人文意象》通过分析地理意象和人文意象，认为襄阳诗意象侧重于荆楚文化，吴越诗意象侧重于相思、归隐情怀，丰富了盛唐气象中"清"的风尚。李惠玲、陈柏桥的《思接千里、视通万里——从〈使交集〉看地理与文学创作的关系》从南北九省的客体地理对主体创作的地理书写影响出发，探析地理环境与文学创作的关系。李阳的《白居易诗歌文学地理解读》探讨了地理景观对白居易渭南时期、江州时期、洛阳时期诗歌创作的影响。

（9）民族与地域问题研究。既有多民族融合与地域问题研究，如王忠禄的《五凉文学的多民族性及意义》认为，五凉文学研究对于研究东晋十六国时期民族文化交流融合、河西与中原的关系、多民族文学史观的建构具有重要意义。也有论析壮族、回族、鄂温克族等单一民族与地域问题的，如卢贝贝的《民族焦虑的消解：壮族布洛陀经诗的文学地理学研究》结合地理意象、活态文本生成以及地方话语，探讨具有精神导向作用的壮族布洛陀经诗地理化叙事如何有效消解地域性的存在焦虑。李志荣的《"天、地、水"三界和谐：文学地理学视阈下的壮族始祖创生神话研究》认为地理环境是壮族始祖创生神话的发生根基和表征对象。杨璐萌的《壮乡民族空间的构建——论韦其麟民间传说题材叙事诗》从现实地理再现、想象空间拓展、心理情感升华等方面论析壮乡民族空间的构建。董劭敏的《韦启文抒情诗的文学地理结构研究》围绕地理结构、时间维度、语言模式等方面，发掘壮族诗人韦启文诗作的行旅式文学地理空间。马志英的《论清初云南回族文人孙鹏诗歌的地域性书写》认为滇云大地的自然、人文景观承载着孙鹏浓重的地域情感和山水情怀。陈浩然的《乌热尔图小说中的自然地理景观描写及其内涵》认为森林、山河、动物等地理意象，反映出鄂温克人万物有灵、人与自然平等相处等观念。

四 国外文学地理研究

中国文学地理学会第五届年会在日本召开,为文学地理学研究注入国外因素。此次会议关注国外文学地理的论文继续增长,占全部论文较大比例。其中尤以日本文学、北欧文学、美国文学的文学地理研究为重。

(1)亚洲文学地理研究。与中国一衣带水的地缘关系使得日韩文学、文化成为关注焦点。(韩)金贤珠、蔡圷迪的《韩国丝绸之路音乐研究的现状与展望》对韩国丝绸之路音乐研究分三个阶段进行梳理与展望,也为文学地理学研究带来异国的、他学科的启示。海村佳惟的《文学作品译本中人物再塑造的地域性研究——以〈1Q84〉中的青豆为中心》,将《1Q84》的中国大陆地区施小炜译本和中国台湾地区赖明珠译本与日文原版对照,从直译率、句子变动率、总句数等数据得出结论:赖译本既保存了原作韵味,又符合中国台湾地区的地域性语境;施译本为接近大陆的地域性语境,大幅度地改变原作韵味。金琼的《绘制"人性地图册"——东野圭吾〈解忧杂货店〉的叙事策略与人性观照》,认为小说借助杂货店和孤儿院等叙事空间,表达了对底层大众困境的关注。段亚鑫的《森林的力量——〈万延元年的足球队〉的文学地理学解读》,聚焦于森林意象,从人与自然的背离、喧哗世界的净土和生命欲望的归属三方面展开论述。甘小盼的《〈国境以南 太阳以西〉中的雨意象》认为雨意象是日本独特地理文化的产物,是生命之源、净化之水,象征生命的轮回。另外也有对印度文学的关注,如孙凤玲的《地理基因对泰戈尔诗歌自然意象的影响》认为加尔各答平原、喜马拉雅山、印度特定文化传统等地理基因对泰戈尔诗歌的自然意象具有重要影响。

(2)欧洲文学地理研究。北欧文学的代表易卜生成为研究热点。敖翔的《伊厄棣斯的"海洋性格"问题》认为易卜生在《海尔格伦的海盗》

中运用挪威海意象，塑造伊厄棣斯勇于反抗、向往自由的"海洋性格"，并指出其双重审美意义，即伊厄棣斯一方面积极反抗并追求自由，另一方面又消极自恋并逃避自由。潘丹丹的《〈咱们死人醒来的时候〉的地理空间建构及追寻主题表达》认为，海滨浴场、疗养区、高山谷地三重地理空间与追寻主题有着内在契合，是"在高处"哲学的诗性地理表达。王金黄的《论〈建筑师〉中的地理叙事》从三重地理空间、地理身份以及地理叙事的多重功能三方面论析《建筑师》中的地理叙事，整体把握易卜生后期象征哲理剧叙事方式的创新、戏剧思想与艺术建构等。杨子的《论〈培尔·金特〉中"金特式自我"与地理空间建构》将颠倒的世界、欲望的世界和忏悔的世界三重地理空间与"金特式自我"作双向互证研究。英、奥等国也多有涉及。覃莉的《文学作品里地理空间建构的诗学意义——以华兹华斯长诗〈序曲〉为个案》认为文学地理学批评的策略是自上而下地将作品与时空连接，透过分析文本内外的时空版图与地理叙事，诠释出背后的诗性张力与美学意义。涂慧琴的《〈迈克尔〉中的地理空间与人物命运关系》认为，华兹华斯在《迈克尔》中建构的山野、小屋、幽谷等地理空间，与人物的悲剧性命运存在内在关联。韩玉的《〈城堡〉中的空间叙事》从叙事空间深层意蕴的探究、典型叙事空间模式的抽离以及时空体分析等空间角度重新解读卡夫卡的《城堡》。

（3）美洲文学地理研究。马礼霞的《〈大双心河〉中的人地关系》认为，海明威通过主人公由目睹人与自然的二元对立到对生态伦理价值的认同，体现出海明威基于和谐思想的人地观。白阳明的《地理的真实、想象的虚拟——梭罗散文的移位叙述》从真实的地理空间和虚拟的想象空间相互交错的移位叙述，对梭罗散文的地理叙事进行剖析。王海燕的《〈押沙龙，押沙龙！〉中地理空间与女性人物心理关系研究》认为"精神荒原"在福克纳建构的不同地理空间得到了展示，成为观照人物的某种心理状态和生存意义的最佳途径。

五 文学地理学宏观跨界研究

不同于中国区域文学地理研究和国外文学地理研究中地理区域的单一性，文学地理学宏观跨界研究中的地理区域往往是多样性的，蕴含着中外地理跨界所带来的异质性遭遇与融合。

（1）从文学地理学视角探讨中外观念。彭民权、方丽萍两文探讨中国视角下的中外观念。彭民权的《从地理到文化：先秦"夷狄"概念的演变》梳理了夷狄这一观念由中性的地理名词到贬义的文化名词的转变过程。方丽萍的《从"王者无外"到"置之度外"：论北宋士人的中外认知》首先论析了传统的"中国"感知以及四海一家的政治理想，然后着重论述了王朝疆域的变化所引起的华夷观念的变化，北宋士人的中外认知有着从"王者无外"到"置之度外"的演变。刘玉杰的《花国、城墙与茶乡——〈两访中国茶乡〉中的双面中国与植物朝圣》探讨了外国人眼中的中国形象，认为英国植物学家福琼使用地理意象建构起两种中国形象，即花国代表的正面形象和城墙代表的负面形象，两种形象在对中国茶乡的植物朝圣中趋于中和。

（2）丝路文学研究。刘介民的《丝路文学：文学地理学之文学记忆》将丝路文学看作欧亚大陆文学地理学记忆的桥梁，考证丝路文学应关注两个方面，宏观方面不断探索、寻觅丝路文学地理学史料，微观方面考察丝路文学的历史沿革、阐发民族间的影响和关系等，以比较文学的学术路径从三方面展开探讨：丝路文学的文学地理学视野、丝绸之路上的古今文学地理记忆、丝路文学的民族地域交流融合。

（3）海外华人、华裔文学。李仲凡的《移民经验作为严歌苓小说写作资源的限度》认为移民经验曾是严歌苓最为重要的小说写作资源，但近些年中国本土经验的匮乏也给她的小说创作带来某些束缚和限制。移民经验与本土经验、地理经验与小说创作之间的关系成为她度过创作高原期的关键所在。黄惠的《〈百种神秘感觉〉中的空间形态及其意义》以谭恩美小说中美国生硬、僵直的旧金山都市空间和中国质朴的、原生态的长眠村乡村自然空间切入，论述了回归到与自然和谐如一的本真状态的主题。

此外，胡梅仙的《生态文学、宇宙生态观与空间宇宙诗学》将研究对象由地球大地转向更为广阔的宇宙空间，为文学地理学带来诸多启发。

六 其他方面研究

一方面，文学地理学研究已形成一些相对成熟的研究模式与领域，比如文学的地理分布、气候与文学的关系等；另一方面，文学地理学研究具有十分明显的生成性，催生着新的研究模式和领域，比如文学地理学实用研究、运用文学地理学研究电影等。

（1）文学的地理分布。不仅有文学家的地理分布，如蔺文龙的《明清传奇作家与作品的地域分布及成因》，指出明清传奇作家主要分布在南方，并认为与昆曲表演的消长、文人介入的双向作用、文学家族对戏曲创作的倡导有直接关系。张建伟的《金元时期内蒙古的文学地理与文人分布》通过辽金和元代内蒙古文人分布的不同，探讨背后原因及金、元两朝对待汉文化不同态度；还有批评家以及文学社团的地理分布，张慧玲的《宋元明诗学批评与杜诗接受的地域性》通过考察杜诗批评家的地理分布状况，辨明杜诗传承的时代性和接受的地域性。曾肖的《复社的分社考论》以长江南北为地理划分依据考察复社分社的地理分布。

（2）气候与文学的关系。纪德君的《关于〈水浒传〉气候、地理描写问题的再思考》针对《水浒传》中出现的时令气候、地理方位描写错误现象，认为时令气候错误的原因在于口头文学的程式化套语使用，地理方位错误则与聚合式成书方式有关。刘畅的《春秋物候景观与中国古典诗词》

针对古典诗词中春秋物候的比例远高于夏冬景物的文学现象，认为有三个方面的原因，即生命层面春秋物候更易与人的心灵产生物化同构，审美层面春秋物候更具有初始、流动、变化的特点，心理层面春秋物候更契合人们离别、思归的季节性心理。高忱忱的《南北朝时期北方地区的岁时节令诗》认为南北朝北方诗歌在地域与季候方面显示南北文学差异的同时，也融入了南方诗歌的表现技巧等。

（3）文学地理学的实用研究。何勇强的《宋代的日记与行程记》认为相比于编年体史书的"日录"，行程记这一独特文类实为游记文学的一种，旅行中更具实用性。周文业的《〈三国演义〉地理错误研究》对《三国演义》进行了地理错误分布区域、地理错误和成书过程以及地理错误和版本演化三方面研究。左汉林的《杜甫由陇入蜀行踪遗迹考察记》用田野调查的方式勾勒出杜甫由陇入蜀的更为准确的路线。

（4）文学地理学个案研究。路成文的《周邦彦〈渡江云〉（晴岚低楚甸）创作时地新释》通过作品的时序、地理信息等，推断出此词作于周邦彦离任溧水赴京任职途中，创作时间稍晚于《花犯》（粉墙低）。王渭清的《林纾文言小说〈荆生〉〈妖梦〉地理意象索隐》认为汉中南郑和陕西甘泉是林纾精心安排的地理意象，旨在映射新文化运动人物。云韬的《空间叙事视角下的萧乾小说新论》认为萧乾小说的空间叙事特征是外向维度的风景描写和内向维度的家的阴影，最终在《梦之谷》达到乌托邦空间的高峰。庞彦婷的《张承志小说的语言地理问题》从语言地理学的视角，从方言土语、地域性民歌、地理术语运用等方面论述张承志小说的地域性。朱晓薇的《〈原野〉中的地理叙事研究》通过巨树、火车等地理景观和原野等空间构建的地理叙事，观照人物塑造和主题表达。晋洪杨的《格非艺术风格的变与不变——以"江南三部曲"中的花家舍为例》透过虚构地理意象花家舍，论述格非在叙事结构、语言风格等方面的变，以及质疑现实等方面的不变。

（5）运用文学地理学研究电影。霍晓珊的《〈星际穿越〉中的时间叙事》尽管着重探讨时间与生命的关系，但亦探讨了地球以气候上的风沙为象征的生态失衡。段承颖的《论电影〈荒野猎人〉中文学地理学批判思想》，从自然、社会、自我等维度进行探讨，反映出人与自然和谐共生的主题。

综上所述，中国文学地理学会第六届年会暨首届硕博论坛取得了丰硕的成果，相比于前五届年会，本届年会上学者们提交的论文更多、涉及的面更加广泛、问题意识更强，最大的亮点是新增了"硕博论坛"，吸引了更多青年学者的参与，为文学地理学学科建设与人才培养开辟了新的道路。

(《世界文学评论》2016年第3期)

中国文学地理学会第六届学术年会举行

本报讯 记者明海英、通讯员谈海亮报道：10月28日，中国文学地理学会第六届学术年会在湖北大学举行。学者围绕"地域文学研究""文学景观研究""文学地理意象研究""荆楚文学地理研究"等议题展开深入研讨。

"人类与地理的天然亲缘关系，不仅激发和塑铸了人类的空间意识，而且也为文学与地理学之间的有机融合提供了潜在的可能，因而以文学空间形态为重心的文学地理研究，实为回归于这一天然亲缘关系之本原的学术行为。"江西师范大学文学院教授杜华平表示，文学地理学对于文学空间研究形态的拓展与深化，既在理论层面上更符合构建一种时空并置交融的新型文学史研究范式，同时也可以在现实层面上反思与补足中国文学研究的明显缺失。

在杜华平看来，从人与地理之间的交互影响角度可以看出各种类型、各种尺度的地理空间背景所赋予文学家的印痕，又可从文学家的"空间实践"解释人的"自由意志"本质及其限度，较完整地揭示出特定社会、历史、自然条件下的文学家精神面貌、性格个性和共性。

中国文学地理学会会长、广州大学人文学院教授曾大兴表示，文学地理学研究既要深入到作家本体，又要深入到作品本体，还要深入到接受本体。他以深入到作家本体为例阐释说，文学与地理环境之关系的形成，必须以文学家为中介，即地理环境只能通过文学家的地理感知来影响文学作品的创作。文学家的地理感知是如何形成的？有什么内涵和特点？这既与文学家生活及创作所在地具体地理环境有关，也与其气质、个性、文化传承、知识结构、价值取向、审美情趣等有关，因而，对其研究必须深入到作家本体。

(《中国社会科学报》2016 年 10 月 31 日)